KB146901

채만식
선집

채만식
선집

정홍섭 엮음

현대문학

채만식.

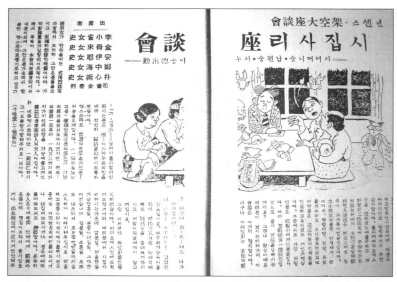

「난센스·가공대좌담회─시집살이 좌담회」, 《신여성》, 1933년 6월)의 삽화. 이 글은 2부의 맨 앞에 실려 있다.

대정2년(1913년) 동경 오우미야쇼텐近江屋書店에서 번역·출판된 투르게네프의 대표작 『엽인일기獵人日記』(3판)의 속표지와 겉표지(우리나라에서 나온 번역본의 제목은 『사냥꾼의 수기』로 되어 있다). 채만식은 자신이 사숙한 가장 중요한 외국작가로 투르게네프를 꼽는데, 투르게네프의 전집을 독파했을 뿐만 아니라 그중에서도 이 『엽인일기』는 사오 차례나 반복해서 읽었다고 술회하고 있다.

『탁류』 69회 연재분. 남승재가 운영하고 있는 병원에 고태수가 진료를 받으러 온 장면이다. 남승재는 고태수가 성병에 걸려 있음을 알게 된다. 공교롭게도 아래쪽에 성병약 광고가 실려 있다. 실상 이 시기의 신문 광고 가운데는 성병약 또는 정력증강제 광고가 매우 많음을 확인할 수 있다. 한쪽에서는 전쟁을 독려하고 또 한쪽에서는 '섹스 문화'를 조장하는 것이 이 시기의 '지배 담론' 가운데 하나였다.

1938년 4월 29일자 《조선일보》 1면에 실린 '천장절天長節(일왕의 생일을 기념하는 날)' 봉축 기사. 중일전쟁의 '전과'를 보도하고 있는 왼편의 기사가 '천장절' 봉축의 의미를 극명하게 말해준다. 이때는 『탁류』 연재가 막바지로 치닫고 있었으며, '천하태평춘'이 한창 연재 중이었다. 윤장의 영감의 중일전쟁 예찬론이 연상된다.

1939년 학예사에서 출간된 『채만식단편집』의 속표지. 책을 구입한 사람의 이름,
구입한 때와 서점 이름 등이 적혀 있어 이채롭다(영남대학교 도서관 소장).

『채만식단편집』의 뒷부분에 실린 학예사 근간 예정 도서목록.(좌)
1947년 서울타임스사에서 간행된 『조선대표작가전집 제8권－채만식』의 속표지(우). 책 출간 당시에 찍은 것으
로 보이는 작가의 사진이 실려 있다.

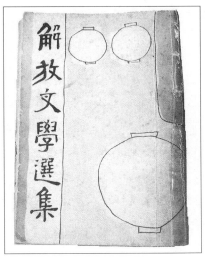

1948년 종로서원에서 간행된 『해방문학선집』. 채만식의 「논 이야기」가 수록되어 있다. 염상섭이 이 책을 편집했다.

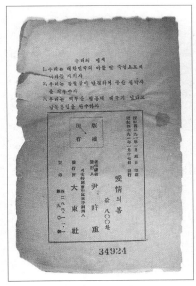

1958년 서울 대동사라는 출판사에서 간행한 『애정의 봄』. 채만식의 『태평천하』의 해적판이다. 해적판을 내면서 바꾼 작품 제목이 우선 황당하고, 책의 판권 란에 버젓이 찍혀 있는 '윤오중' 이라는 발행인 이름 역시 실소를 자아내게 한다. 위쪽의 '우리의 맹세' 에 담긴 관제 구호들의 내용과 어우러져 묘한 부조화감을 자아낸다.

〈한국문학의 재발견-작고문인선집〉을 펴내며

한국현대문학은 지난 백여 년 동안 상당한 문학적 축적을 이루었다. 한국의 근대사는 새로운 문학의 씨가 싹을 틔워 성장하고 좋은 결실을 맺기에는 너무나 가혹한 난세였지만, 한국현대문학은 많은 꽃을 피웠고 괄목할 만한 결실을 축적했다. 뿐만 아니라 스스로의 힘으로 시대정신과 문화의 중심에 서서 한편으로 시대의 어둠에 항거했고 또 한편으로는 시대의 아픔을 위무해왔다.

이제 한국현대문학사는 한눈으로 대중할 수 없는 당당하고 커다란 흐름이 되었다. 백여 년의 세월은 그것을 뒤돌아보는 것조차 점점 어렵게 만들며, 엄청난 양적인 팽창은 보존과 기억의 영역 밖으로 넘쳐나고 있다. 그리하여 문학사의 주류를 형성하는 일부 시인·작가들의 작품을 제외한 나머지 많은 문학적 유산들은 자칫 일실의 위험에 처해 있는 것처럼 보인다.

물론 문학사적 선택의 폭은 세월이 흐르면서 점점 좁아질 수밖에 없고, 보편적 의의를 지니지 못한 작품들은 망각의 뒤편으로 사라지는 것이 순리다. 그러나 아주 없어져서는 안 된다. 그것들은 그것들 나름대로 소중한 문학적 유물이다. 그것들은 미래의 새로운 문학의 씨앗을 품고 있을 수도 있고, 새로운 창조의 촉매 기능을 숨기고 있을 수도 있다. 단지 유의미한 과거라는 차원에서 그것들은 잘 정리되고 보존되어야 한다. 월북 작가들의 작품도 마찬가지이다. 기존 문학사에서 상대적으로 소외된 작가들을 주목하다보니 자연히 월북 작가들이 다수 포함되었다. 그러나 월북 작가들의 월북 후 작품들은 그것을 산출한 특수한 시대적 상황의 고려 위에서 분별 있게 이해되어야 할 것이다.

이러한 당위적 인식이, 2006년 한국문화예술위원회의 문학소위원회에서 정식으로 논의되었다. 그 결과, 한국의 문화예술의 바탕을 공고히하기 위한 공적 작업의 일환으로, 문학사의 변두리에 방치되어 있다시피한 한국문학의 유산들을 체계적으로 정리, 보존하기로 결정되었다. 그리고 작업의 과정에서 새로운 의미나 새로운 자료가 재발견될 가능성도 예측되었다. 그러나 방대한 문학적 유산을 정리하고 보존하는 것은 시간과경비와 품이 많이 드는 어려운 일이다. 최초로 이 선집을 구상하고 기획하고 실천에 옮겼던 한국문화예술위원회의 위원들과 담당자들, 그리고문학적 안목과 학문적 성실성을 갖고 참여해준 연구자들, 또 문학출판의권위와 경륜을 바탕으로 출판을 맡아준 현대문학사가 있었기에 이 어려운 일이 가능하게 되었다. 이런 사업을 해낼 수 있을 만큼 우리의 문화적역량이 성장했다는 뿌듯함도 느낀다.

〈한국문학의 재발견-작고문인선집〉은 한국현대문학의 내일을 위해서 한국현대문학의 어제를 잘 보관해둘 수 있는 공간으로서 마련된 것이다. 문인이나 문학연구자들뿐만 아니라 더 많은 사람들이 이 공간에서시대를 달리하며 새로운 의미와 가치를 발견하기를 기대해본다.

2009년 4월

출판위원 염무웅, 이남호, 강진호, 방민호

한국 근대 작가들 가운데 채만식만큼 문제적인 인물은 드물다. 그의 작품과 그 속에 담긴 문제의식을 찬찬히 살펴보면, 한국 근대의 물질생활과 정신세계를 우리 스스로 깊이 성찰할 계기를 가질 수 있다. 이는 무엇보다도 그가 살았던 시대(1902~1950년)가 이른바 한국 '근대화'의 초기로서, 그 안팎으로부터의 왜곡과 파행의 근본이 자리잡아간 시기였다는 사실과 연관되어 있다. 그는 대표적인 풍자 작가로서 흔히 알려져 있는데, 사실 풍자란 어떤 대상을 단순히 우스꽝스럽게 묘사해서 재미를 불러일으키거나, 또는 재미를 동반하면서 우회적으로 비판하는 것을 훨씬 넘어서는 의미를 담고 있다. 그것은 바로, 어떤 공동체적 삶의 연속성을 가능케 하는 물질생활과 정신활동의 원리로서의 전통이 붕괴하고 있다는 시대적 위기의식의 양식이다. 채만식은 이러한 예민한 시대적 위기의식의 감각을 통해 새로운 '미래의 전통'을 찾아내고 만들어내기 위해 한 사람의 작가로서 고군분투했다. 사실은 그의 친일 이력조차 이런 커다란 맥락 속에서 통찰해야 그 진상을 바로 보고, 또 정확하게 비판조차 할 수 있다.

여기에 실린 채만식의 작품과 글들은 대부분, 창작과비평사에서 발간한 『채만식전집』을 포함하여 과거에 어떤 책에서도 소개되지 않았던 것들이다. 박사논문을 준비하는 과정에서 나는 김홍기 교수가 발굴·소개한 글을 바탕으로 하여, 채만식이 기자 생활을 했던 개벽사의 잡지들인 《별건곤》《혜성》《제일선》 등을 더욱 더 꼼꼼히 검토했고, 그 결과 이 잡지들 속에 숨어 있는 채만식의 글이 매우 많다는 사실을 발견하게 되었다. 그 이후 손정수 교수의 발굴로 「박명」 「순녀의 시집살이」 「수돌이」 「봉투에 든 돈」 등의 단편소설들이 채만식의 것임이 밝혀지게 되었다(더욱 더 많은 채만식의 글들을 찾아낼 수 있도록 자료 조사에 대한 자극과 실마리를 주신 김홍기 교수와, 자신이 발굴한 작품들을 이 선집에 실을 수 있도록 흔쾌히 허락해준 손정수 교수께 이 자리를 빌려 진심으로 감사의 말씀을 드린다).

또한, 자료 조사를 계속 진행해나가는 가운데 《중외일보》에 실린 「독설록에서」라는 수필과 《협동》이라는 잡지에 실린 「심봉사」라는 미완 소설을 발견하게 되었다. 특히 후자는 채만식 생전 최후의 작품으로서 그 발견의 기쁨은 적잖은 것이었다. 이렇게 해서 수합된 작품과 글이 65편이었다. 애초에는 이 모든 글들을 책으로 묶을 생각이었으나, 이것들을 새로 정리하고 검토하면서 소설 6편, 가상좌담회와 짧은 희곡으로 4편, 그리고 수필과 잡문으로 18편, 이렇게 모두 28편을 추려내게 되었다. 단행본 선집의 분량을 고려했기 때문이기도 하지만, 선집으로 묶어낼 만한 질과 수준을 판별한 결과이기도 하다.

이 선집을 통해 우선 채만식이라는 작가의 작품세계를 더욱 풍부하고 깊게 이해할 수 있는 계기를 가질 수 있을 것이며, 또한 이 작가의 실제 개인사와 그 내면을 설명하고 이해할 자료가 극히 부족한 현실에서 이 선집의 글들은 적지 않은 의미를 가진다고 생각한다. 나아가, 앞서 말한 대로 한국 근대의 진상과 근본을 직시하고 성찰하는 데 채만식과 그의 작품세계가 긴요한 근거가 되어주는 바와 똑같이, 이 책에 실린 그의 글들 역시 그와 마찬가지의 중요한 자료가 될 것이다. 책이라는 형식을 얻지 못하고 자료 더미 속에 묻혀 있던 차에, 이렇게 한국문화예술위원회의 〈한국문학의 재발견-작고문인선집〉 기획을 만나 세상에 알려지게 되니 얼마나 다행스러운 일인지 감사와 기쁨을 감출 수 없다. 널리 읽히고 많은 이야기들이 오고가기를 바라는 마음 간절하다.

2009년 4월
정홍섭

* 일러두기

1. 이 작품집에 실려 있는 글들은 채만식이 자신의 본명과 잘 알려져 있지 않은 필명들로 1925년 부터 1933년까지 신문과 발표한 글들 65편 가운데 추려낸 28편으로, 기존의 작품집 어디에도 실려 있지 않은 것들이다. 1부에는 소설을, 2부에는 가장좌담회와 짧은 희곡을, 3부에는 수필과 잡문을 실었다. 「해학·풍자·기발, 신부후보자 전람회, 입장 무료…… 쌍S 주최」 역시 가상의 인물 소개로서 가벼운 잡문 형식의 신문기사이나 그 허구적 재미가 소설적인 성격에 가깝기 때 문에 소설로 분류했다.

2. 이 작품집의 표기법은 현행 한글 맞춤법과 외래어 표기법에 의거하였다. 그러나 채만식이 의도 적으로 방언을 즐겨 구사한 작가였기 때문에, 이 작품집의 여러 글들 속에서 역시 그러한 의도 가 분명하다고 판단되는 대목에서는 방언 표기를 그대로 살려두었다. 외래어 표기 역시 당시의 구어적 발음을 살릴 필요가 있는 대목에서는 현행 외래어 표기법을 무시하였다. 예컨대 '초콜 릿'을 '초코렛'으로 표기한 경우가 그러하다. 방언의 뜻풀이는 임무출 『채만식 어휘사전』(토 담, 1997년)과 이기갑 외 편 『전남 방언사전』(태학사, 1998년), 한글학회 편 『우리 토박이말 사 전』(어문각, 2002년) 등을 참조하였다. 이 자리를 빌려 감사의 말씀을 드린다. 뜻풀이가 필요하 나 어떤 방언사전에도 등재되어 있지 않은 어휘들에 대해서는 앞으로 계속해서 조사·연구가 필요하며, 이 역시 각주에 달아놓았다.

3. 원문의 한자는 필요한 경우에만 국문과 병기했다.

4. 명백한 오식은 바로 잡은 뒤 각주에서 밝혔다. 그 외에 별도로 설명이 필요한 부분에 대해서도 편집자가 가능한 한 상세하게 주석을 달았다.

5. 작가가 고유명사를 일부러 드러내지 않은 경우는 ○로, 검열로 복자 처리된 글자는 ×로, 그리 고 판독이 불가능한 글자는 □로 표기했다.

차례

제3부_수필 · 잡문

해설_채만식 문학의 원형을 보여주는 다양한 자료들 • 383

제 *1* 부 소설

박명薄命

_ 화서[1]

1

늦은 봄의 지질한[2] 비는 개었다.

하늘과 들과 산은 모두 씻은 듯이 개어 이른 봄꽃 필 때에 보는 몽롱하고 암암한[3] 기운이 없이 맑고 깨끗하였다.

물이 실린 무논에서는 개구리가 떼를 지어 귀가 아프도록 요란히 울고 넓은 들에는 한가히 일하고 있는 흰 옷 입은 농군들의 그림자가 아담하게 굽어보였다.

갓 푸른 어린 잎들은 꽃을 대신하여 방긋방긋 웃으며 춤추고 탐스러운 보리 언덕에는 가벼운 바람이 나부껴 보드라운 물결이 굽이굽이 일어났다.

때를 재촉하는 포곡새[4]는 앞산에서 푸르게 울고 유곡柳谷[5]의 꾀꼬리

---

1 화서: 채만식의 필명 중 하나. 안심자득安心自得의 경지. '낮잠'이라는 뜻으로도 쓰임. '화서지몽華胥之夢'
  이란 황제가 낮잠을 자다가 화서의 나라에 가서 그 나라가 이상적으로 잘 다스려진 상황을 보았다는 고사
  에서 나온 말로, 길몽吉夢 또는 단지 꿈의 뜻으로도 쓰임.
2 지질하다: 싫증이 날 만큼 지루하다.
3 암암하다: 눈앞에 아른거리는 듯하다.
4 포곡새: 뻐꾸기.
5 유곡: 버드나무 골짜기.

는 구슬 같은 목소리로 짝을 불러 노래하였다.

참새는 알을 까고 제비는 집을 짓고 벌과 나비는 겨우 남은 한두 송이 꽃을 찾아 분주히 돌아다녔다.

때는 마침 한아閑雅한[6] 웃음이 지나고 즐거운 춤으로 변하여가려 하였다.

생을 가진 모든 물건들은 대자연의 단[甘] 것을 흠썬 들이마셔가며 힘찬 생명의 팔다리를 거침없이 내뻗었다.

온 세상은 모두 환희의 춤과 노래로 가득 찼었다.

그러나 이러한 환희 가운데 싸여 있으면서도 오히려 눈물을 흘리는 것은 사람—사람 가운데에도 설움이란 것을 가진 사람—이다.

봉희鳳姬도 그중의 한 사람이었었다[7].

*

봉희는 오늘도 어두컴컴한 방 안에 혼자 앉아 즐겁던 옛날을 머릿속에 그려보다가 그만 안타까움에 복받쳐오르는 눈물을 억제키 어려워 마음에 없는 나물바구니를 집어 들고 앞 남산으로 향하여 갔다.

그는 조경삼이라고 하는 이 고을 노령[8]의 외딸이었었다.

그는 금년에 갓 스물 난 세상에 얻어 보기 어려운 미인이요 남성의 간을 녹여내는 매력을 가진 여성이었었다.

희고도 통통한 얼굴의 동그스름한 윤곽에 조금 밭게 위로 올라붙은 주걱턱이며 가느스름한 눈, 길고 검은 눈썹과 속눈썹이며 불그레한 연지

6 한아하다: 한가롭고 아담하다. 조용하고 품위가 있다.
7 이었었다: 이런 식의 대과거시제 표현이 채만식의 문장에서 매우 특징적으로 나타난다.
8 노령: 지방 관아의 관노官奴와 사령使令.

22

볼 빛에 은침으로 꼭 찌른 듯이 옴폭 팬 보조개, 흰 이, 속적은 귀, 높은 콧대, 이 모든 섬세한 부분으로부터 호리호리하되 그다지 가늘지 않고 작지도 않은 키, 좁게 흘러 붙은 두 어깨, 발꿈치까지 치렁치렁한[9] 탐스러운 머리의 전체의 균형이 무엇 하나 흠잡을 곳이 없었다.

그는 보통학교도 다니지 못하였다. 그러나 한때에 좀 유여하게[10] 살던 그 조부의 덕으로 그는 한문을 상당히 배웠다.

만일 그가 상당한 가정에 태어났었더라면 현숙한 부인이 될 만한 부덕과 재질을 가지고 있었다.

그가 처녀로 있을 때에 어느 양반이란 사람 하나는 그를 소첩으로 삼으려고 경삼을 불러다가 달래도 보고 붙잡아다 매도 때려보고 한 일도 있었으나 필경은 뜻을 이루지 못하고 말았다.

그리고 고을 청년들도 헛된 가슴을 태우며 침을 삼키는 사람이 많이 있었다.

그것도 봉희를 속 깊이 사랑을 하며 나아가서는 조강의 아내[11]를 삼을 생각이 있어 그러한 것이 아니라 다만 탐화探花의 봉접蜂蝶[12]과 같이 그의 미색과 재질을 탐내어 일시의 위안을 삼으려 함에 지나지 못하는 것이었었다.

사실 그네의 인습과 환경은 '노령의 딸'로 그 조강지처를 삼을 수는 없었다.

그는 열여덟이 되어서 같은 계급인 김제金提 어느 노령에게로 시집을 갔었다.

---

9 치렁치렁한: 원문에는 '치렁치렁하는'으로 되어 있음.
10 유여하다: 여유가 있다. 모자라지 않고 넉넉하다.
11 조강의 아내: 조강지처糟糠之妻. 지게미와 쌀겨로 끼니를 이을 때의 아내라는 뜻으로, 몹시 가난하고 천할 때에 고생을 함께 겪어 온 아내를 이르는 말.
12 탐화의 봉접: 꽃을 찾는 벌과 나비.

그러나 미인박명이란 말이 봉희를 두고 이름인지 그는 시집가던 그 이듬해 가을에 그 남편을 잃고 새파란 청상과부가 되었다. 그 후 그는 얼마 동안은 시집에 있으면서[13] 자식을 잃고 눈물로 세월을 보내는 시부모를 위로도 하고 또 자기도 위로를 받으며 지내왔다. 그러나 한번 죽은 그의 남편이 다시는 돌아오지 못하는 이상 이 세상의 모든 것이 그에게는 비애와 고독뿐이었다.

그리하여 그는 별로 마음이—과부인 그의 마음이 변하여서 그러한 것은 아니지만 더구나 봄철이 돌아오매 뜬 마음을 가라앉힐 길이 없어 얼마동안 친정에 와서 지내고 있었다.

*

봉희는 보얗게 소복을 하고 머리에도 흰 수건을 쓰고 나물바구니를 팔꿈치에 낀 채 하염없이 길바닥만 바라보면서 산기슭을 돌아 샘물이 흐르는 골짜기까지 이르렀다. 남편을 여의고 나서 한 번도 화기를 띠어본 적이 없는 그의 얼굴은 애처로이도 수척하여졌었다.

그는 나물바구니를 옆에 놓고 가늘게 한숨을 내쉬며 우물 두덩[14]에 가 다리를 쭉 뻗고 펄썩 주저앉아 사방을 살펴보았다. 뒤와 옆으로는 푸른 산이 그득 들어서서 아늑한 병풍과 같이 되어 있고 앞만이 확 터져서 넓은 들이 끝없이 내뻗어 있었다. 그리고 그의 가까이는 아무 사람의 그림자도 보이지 아니하고 다만 산중턱에서 나무 등걸 캐는 어린 초동들의 흥에 겨운 노래 소리가 멀리 들려왔다.

---

13 있으면서: 원문에는 '있어서'로 되어 있음.
14 두덩: 우묵하게 들어간 땅의 가장자리에 약간 두두룩한 곳.

2

그는 그 노래 소리에 귀를 기울였다.

그중에 "가네 가네 하드니만은 님이 나를 바리고 증말로 가네"하는 산타령의 그 뜻과 무엇을 원정[15]하는 듯한 높고 얕은 그 조調가 어쩐지 자기의 애달픈 신세를 두고 부르는 듯싶어 마음이 한층 비창[16]하였었다.

그는 지나간 옛일을 회상하여보았다.

아무리 남이 천히 여기는 노령의 집에 태어났을망정 소위 양반의 집 자녀들에게 부럽지 않도록 부모의 넘치는 사랑 속에서 아무 군색[17] 없이—지금은 치패[18]되었지만—자라던 일로부터 지금은 백골만 청산에 홀로 묻혀 있는 자기의 남편과 청실홍실을 들이고 백년의 가약을 맺던 초례청, 첫날밤 화촉 아래에서 그를 대하던 부끄럼, 그처럼 부끄럽고 가슴은 두근거리면서도 언뜻 보기에도 든든하고 다정스러워 보이던 그 얼굴과 이상히 구수한 듯한 품, 다시 사랑하던 부모와 길든 집을 떠나 울며 시집으로 가던 일, 까다롭고 조심스러운 시집살이, 그러나 남편의 지극한 사랑, 그의 병, 그의 죽음, 그의 장사, 또다시 그의 얼굴, 그 품—이렇게 생각할 때에 지나간 모든 일이 쓰나 다나 모두 그리움의 대상이 될 뿐이었다.

그는 왜 그때가 다시 한 번 돌아오지 못하는고 하였다.

다시 한 번만 돌아왔으면 오죽이나 좋을까 할 때에는 그만 가슴이 터져 오르는 듯하였다.

그는 생각하고 생각하던 끝에 다른 것은 다 잊어버리고 이러한 장면

15 원정: 원망하는 심정.
16 비창: 마음이 몹시 상하고 슬픔.
17 군색: 필요한 것이 없거나 모자라서 딱하고 옹색함.
18 치패: 살림이 아주 결딴남.

을 눈앞에 그려보았다.

그는 지금 자기가 자기 남편의 무덤에 가 엎드려 몸부림을 하며 그를 부르고 우는 그 장면 속에 들어 있어 보았다.

그리한즉 그때에 뜻밖에 무덤 봉우리가 떡 벌어지며 그 남편이, 정답고 그리운 그 남편이 기지개를 불끈 쓰고 일어나며 자기가[19] 울고 있는 것을 이상스러워 하는 눈으로 바라보았다.

그는 너무나 기뻐서 와락 달려들어 그 남편을 얼싸안고 반가움에 넘치는 눈물을 다시 흘렸다.

그 남편은 "어—험…… 잠도 곤히도 잤다…… 그런디 왜 울어?" 하고 물었다.

그는 남편을 붙잡고 앉아 그의 죽음으로부터 그 뒤에 자기의 섧고 외로이 지내던 이야기를 모두 하였다.

그리고 두 사람은 눈물 어린 눈에 웃음을 띠고 손목을 마주 잡고 집을 향하여 걸어갔다.

이처럼 아무것도 모르고 이러한 생각을 하고 있는 동안에 봉희의 얼굴에는 즐거운 미소가 방그레 떠올랐다.

이러한 명상은 그의 지극한 애통 가운데 찰나 찰나에 나타나는, 그에게는 다시없는 행복의 순간이었었다.

그러나 그가 그 꿈이 아닌 꿈에서 깨어나 그것은 도무지 쓸 데 없는, 될 수 없는 헛된 생각에 지나지 못하는 것이라는 것을 생각할 때 그의 애달픔은 전보다도 한층 더할 뿐이었었다.

그러한 절망 끝에서 그는 다시 한 번 그 명상을 돌이켜보고자 무한한 애를 쓰고 하였다.

| 19 자기: 원문에는 '자기의'로 되어 있음.

그러나 한번 흐트러진 그 명상은 졸연히 그의 머릿속에 떠오르지를 아니하였다.

그는 끊이지 않고 솟아나는 샘물이 어지러이 깔린 조약돌 위로 매끄럽게 흘러가는 것을 물끄러미 바라보았다.

그러자 자기는 갑자기 손가락만한 사람이 되어 접시만한 배를 타고 귀이개만한 노를 저어 자기 남편을 찾아간다는 듯이 생각되었다.

그러나 그 다음은 어찌 될 것인지 생각이 나지 아니하였다.

그는 다시 서편 하늘 저 가에서 솜뭉치같이 보드라운 흰 구름 봉오리가 곱게 곱게 피어오르는 것을 보았다.

구름 위에서는 신선이 된 그의 남편이 자기를 부르는 것이 보이는 듯하였다.

그리하여 그도 갑자기 선녀가 되어 그 구름 위로 날아올라가지는 듯하였다.

그러나 그것도 그 끝은 어찌 되는지 역시 알 수가 없었다.

3

그는 또다시 손가락만 한 사람이 되어 그 배를 타고 남편을 찾아가도 보고 선녀가 되어 하늘로 날아가보며 필경 어찌될 것인가 하는 것을 생각하여보느라고 오랫동안 조용히 앉아 그 생각에 골몰하였다.

얼마 후에 가는 바람이, 따스한 가운데도 약간 찬 기운이 섞인 듯한 가는 바람이 흐트러진 머리칼이 흘러내린 그의 얼굴을 스쳐 지나갈 때에 그의 행복의 명상은 또다시 깨뜨려졌다.

그는 가슴을 움켜잡고 소리를 숨겨 울었다.

얼마를 울었던지 실컷 울고 나니 마음이 좀 가볍고 정신이 맑아지는 듯하였다.

그러나 어린 초동들이 부르는 무심한 노래 소리는 또다시 그의 마음을 잡아 흔들어놓았다.

"천 년을 살거나 만 년이나 사리란 말이냐 죽음에 들어서 노소가 있나 살아서 생전이나 내 맘대로만 지나를 볼거나" 하는 노래에 그는 자기도 모르게 '그렇지' 하고 절절이 동감이란 뜻을 보였다.

그리고 그는 생각하여보았다.

'내가 살면 천 년이나 만 년이나 살 바가 아닌데…… 이 섧은[20] 세상을 살다가 나만 죽어버리면 그만이 아닌가' 하며 그는 거울에 비치던 자기의 얼굴을 생각하여보았다. '그 고운 얼굴을…… 누구를 바라고 한평생을 이러고 살 것인고?' 그는 그의 앉은 샘물 둔덕에 몇 송이 남아 핀 철쭉꽃을 바라보았다.

꽃에는 벌이 날아와 앉았다 날아가고 날아갔다가는 돌아오고 재미스럽게 놀고 있었다.

그는 그 꽃의 신세를 퍽 부럽게 여겼다.

그는 요즈음 새로이 그의 머릿속에 일어나는 괴로운 생각에 다시 붙잡혔다.

그는 개가, 즉 다시 시집을 가보고 싶었다.

그러나 그 생각이 일어날 때마다 그를 따라 여러 가지 괴로운 생각이 뒤쫓아 일어났다.

그는 '과부는 개가를 않는다, 열녀는 불경이부' 라 하는 어렸을 때에 글에서 보고 듣던 그 말을 굳게 믿었다.

| 20 섧다: 서럽다.

그는 과부가 개가를 하면 왜 못쓴다든가 또는 왜 열녀는 불경이부이어야만 한다든가 그것은 알지 못하고 또한 생각하여보려고도 아니하였다.

물론 그가 열녀는 불경이부라는 것을 믿는 것이 자기가 열녀가 되겠다는 구체적 의사가 있어 그러한 것은 아니었었다. 그렇다고 그의 머릿속에 무슨 부정한 생각이 있다는 것 또한 아니다.

그는 그 열녀는 불경이부라는 말의 열녀라는 두 글자를 '여자'라는 두 글자와 마치 한 가지로 알았다. 또 그는 그의 죽은 남편을 못 잊어 하는 마음이 매우 깊었다. 자기가 가장 사랑하고 또 자기를 사랑하던 그 남편의 영혼은 자기의 개가함을 보고 지하에 있어서 응당 원망을 할 것이요 설사 그렇지 않다 하더라도 죽고 없는 그에게 대하여 퍽 미안하고 의를 배반하는 것 같았다.

다시 그를 제일 괴롭게 하고 주저하게 하는 것은 다시 만난 둘째의 남편의 그 어떠한 사람인 것과 개가를 한 뒤에 행복이 될까 하는 여부였었다.

그는 새로운 남편도 먼저의 남편과 그 용모로부터 모든 범백[21]이 꼭 같아야만 할 것이라고 그것을 바랐다.

그러나 그렇게 될 수가 없을 것 같았다.

그러면 어떠한 사람일까? 하고 생각할 때에 그 누구일 것인지는 모르겠으나 아무리 하여도 미덥지 못하고 불만이 있었다.

| 21 범백: 여러 가지의 모든 것.

4

그리고 그가 흔히 보는 다른 과부들의 개가라 하는 것이 거의 전부가 남의 첩이 아니면 명색이 없이 떠돌아다니는 홀아비의 더부살이가 되고 그것이 더 한층 영락[22]이 되면 청루[23]에서[24] 술잔을 잡고 절개와 웃음을 파는 신세가 되어버리고 마는 전례가 그로 하여금 몸이 떨리도록 무섭게 하였다.

이러한 생각을 할 때에는 개가하고 싶던 생각이 십 리나 달아나지만 또다시 외롭고 쓸쓸한 자기 신세를 돌아볼 때에는 아무리 하여도 그대로 절개를 지켜나갈 수가 없을 것 같았다. 그리하여 그는 절개를 지키려고 생각하면 그것이 자기에게는 너무나 무겁고 너무나 거룩하여 자기로서는 아무리 하여도 따르지 못할 것인 것 같고 그렇다고 팔자를 고치려고 생각하면 자기가 너무나 천박한 구렁에 빠지는 것 같고 수중에 들었던 보옥을 더러운 개울창에 던져버리는 것같이 애석하였다.

그리하여 그의 단순히 외롭고 섧던 가슴에는 괴로운 암투까지 점점 늘어가게 되었다.

옛날의 열녀전에 있는 그 열녀를 생각할 때에는 눈물이 흐르도록 마음이 깨끗하여지면서도 평생을 두고 쓸쓸한 찬바람이 돌 자기의 외로운 잠자리를 생각할 때에는 잘나나 못나나 사내는 좋으니 아무라도 잠동무가 되어줄 사람이 그리웠다. 그리고 뒤미처 일어나는 것은 그 남편의 생각이요 다시 돌이키지 못할 그리운 옛날이었었다.

---

22 영락: 세력이나 살림이 줄어들어 보잘것없이 됨.
23 청루: 창관娼館. 창기娼妓나 창녀들이 있는 집.
24 에서: 원문에는 '에'로 되어 있음.

*

봉희의 소복하고 수건 쓰고 나물바구니를 든 그림자가 동리 앞길에 나타나자 사정에 모여 활 쏘고 있던 젊은 친구들의 시선은 모두 한꺼번에 그곳으로 향하였다. 그들은 모두 먼빛[25]으로라도 그가 봉희인 것을 넉넉히 알았다. 그리고 다 각기, "저것이 경삼이 딸년이지." "아무개 가속(아내)이지." "수절하고 산다지?" "같잖은 계집년 수절은 다 무엇이 말라비틀어진 것이여." "흥 지금은 노령도 양반이랍시네." "양반은 개 팔어 두 양반이야. 개발에 편자지." "어찌 얼굴이 계집애로 있을 때만 못하더구만." "하여간 상놈의 계집으로는 아까워." "그러니까 다시 시집가라고 사내놈이 죽었잖나." 이처럼 그들은 범연한[26] 듯이 봉희를 비평도 하며 가장 양반인 체하고 경멸도 하였다.

그러나 그 경멸이라는 것은 소위 '오기(심술궂은 것)에 새 바지에 똥 싼다'는 격의 것이요 그 실상 내면으로는 제가끔 엉큼한 욕망과 간절한 기대는 다 가지고 있는 터였었다.

그중에 길용吉用이라는 어린 친구 하나는 제일 많이 봉희를 노리고 있고 다른 사람보다도 그러할 가능성을 가지고 있는 터였었다.

그는 여러 사람이 지절대고[27] 있는 틈에 아무 말도 없이 활 쏘던 것을 거듬거듬[28] 치워 놓고 봉희의 뒤를 따라 앞산으로 향하여 갔다.

남아 있는 사람들은 아주 권리를 양보나 하는 듯이, "이 사람 자네두 너무하네" "흥 좋구나" "헛물켜리" "오늘 저녁 한 턱 내게" 하며 외면으로는 떠받쳐주는 듯하나 속마음으로는 비꼬는 말을 그의 등 뒤에다 퍼부

25 먼빛: (주로 '먼빛에', '먼빛으로' 꼴로 쓰여) 멀리서 언뜻 보이는 정도나 모양.
26 범연하다: 차근차근한 맛이 없이 데면데면하다. 대수롭지 않다.
27 지절대다: 지절거리다. 낮은 목소리로 자꾸 지껄이다.
28 거듬거듬: 대강대강 거두는 모양.

었다.

지방에서 그 지방의 부호를 중심으로 하고 그 주위에 추종하는, 하는 것 없이 빈둥빈둥 노는 젊은 친구들 사이에 잘 있는 아첨과 비굴의 분위기가 그네 사이에도 역시 없음을 면치 못하였다. 그러므로 길용이란 사람도 개꼬리만한 돈을 믿고 조건 없는 그 권리를 응당 행사할 것으로 알아 모든 일에 있어서 자기에게 굴복과 아첨을 요구하며 또한 그것이 당연한 일로 알며 개성과 의지가 없이 그에게 추종하는 젊은 친구들은 그것을 역시 항다반[29]으로 여겨 무슨 일에든지 앞과 우월을 양보하였다. 길용은 스물넷 난 새파란 청소년이었다. 그의 선친은 삼십이 넘은 후에야 맨주먹을 쥐고 일어나 도박과 가혹한 고리대금으로 십오 년 동안 사오천 석이나 될 추수거리의 재산을 장만하였다.

그의 돈 모으는 수단이 어쩌나 가혹하고 모지던지 남에게 '도척이[30]'라는 별명까지 얻어듣고 '그놈이 죽을 때는 눈이 빠져 죽을 것이라'는 원망을 들었다.

그러나 이러한 원망과 욕을 먹으면서 돈을 모아 놓은 그는 등 따신 옷 한 벌 입거나 맛있는 음식 한 번을 반반히 먹어보지도 못하고 십오 년 동안 그 재산에 대하여 충실한 말과 개 노릇犬馬之勞을 다하다가 삼 년 전에 심장마비로 인하여 이 세상을 떠나고 말았다.

그리하여 그의 재산은 전부 그때에 갓 스물한 살밖에 아니 된 그의 장남인 길용에게로 상속이 되었다.

길용은 그의 선친의 본을 받아 그 재산을 잘 지켰다.

잘 지킬 뿐만 아니라 한편으로는 더 많이 늘렸다.

---

29 항다반: 항상 있는 차와 밥이라는 뜻으로, 항상 있어 이상하거나 신통할 것이 없음을 이르는 말.
30 도척: 중국 춘추 시대의 큰 도적(?~?). 현인 유하혜柳下惠의 아우로, 수천 명을 거느리고 천하를 횡행하였다고 한다.

길용은 위인이 제 몸 생긴 것과 마음 쓰는 것이 다 깜찍하였다. 그의 재빠르게 생긴 쫑긋한 입과 신경질로 날카로운 코와 서목태鼠目太[31]같이 새까만 눈이 그 좁고 얇은 얼굴에 대래대래[32] 주워 박힌 것만도 그의 천품을 말하는 듯하였다.

그리고 그 얼굴에는 언제든지 개기름이 조르르 흐르고 이마에는 나이에 맞지 아니하는 푸른 힘줄이 얼크러져 있었다.

그리고 그의 몹시 잰[33] 말소리는 무쇠덩이같이 땡땡하고 키는 심하게 말하면 세 뼘밖에는 안 되었다.

그는 술과 색을 썩 즐겨하였다. 그리하여 그는 그 방면에는 돈을 쾌히 썼다. 그러나 이 주색 방면에 돈을 급히 쓰는 것만큼 그는 다른 방면에는 말할 수 없이 인색하였다.

그는 공익사업 같은 데는 한 푼의 기부행위도 하기를 즐겨하지 아니하였다.

그것이라도 만일 관청의 교섭이 있는 것 같으면 도리어 영광으로 잘하지마는, 그렇지 아니한 사사로운 단체에서 와서 청구하는 것은, "내가 무슨 돈 있소. 더구나 요새" 하고 거절하여버렸다.

그리고 나서 그 기부 청하러 온 사람을 돌려보내놓고는 "속 빠진 놈들…… 왜 공연히 남더러 돈은 내라구 성가시게 그래…… 우리 아부지가 돈 모을 적에 제 따위 놈들이 엽전 한 푼이나 보태어주었나" 하고 욕을 하였다.

---

31 서목태: 쥐눈이콩. 여우콩. 콩과의 여러해살이 덩굴풀.
32 대래대래: 다닥다닥. 채만식의 대표작 『탁류』에도 나오는 의태어이다.
33 잰: 원문에는 '재인'으로 되어 있음. 참을성이 모자라 입놀림이 가벼운.

5

그리하여 그는 '새끼 도척이' '놀부' '날남쇠[34]' '생쥐'라는 여러 가지 별명을 얻어들었다.

그는 어렸을 때에 한문 사숙에서 통감[35] 한 질을 배운 것을 가지고 그것을 밑천 삼아 금전 거래와 도조[36] 받아들이는 문서를 기록하는 외에는 아무것도 아는 것이 없고 또 모르는 것을 그다지 불만으로 여기지도 아니하였다.

그는 물론 일찍이 열셋 나던 해 장가를 들었다.

그리하여 그에게는 지금 보통학교에 다니는 아들까지 있었다.

그리고 어디서 굴러왔는지 기생 부스러기 하나를 첩으로 얻어 각살림을 시키는 중이었었다.

이로 인하여 질투심 많은 본처와 첩 사이에는 일상 시앗 싸움이 끊이지 아니하였다.

그러나 그네는 필경은 그에게 모두 복종을 하지 아니치 못하였다. 그의 홀로 남은 편모까지도 그에게 순종할 따름이었다.

*

길용은 봉희의 뒤를 쫓아가서 멀찍이 솔밭 사이에 몸을 숨기고 그의 거동을 살폈다.

---

34 날남쇠: 의미 조사가 필요한 말임.

35 통감: 자치통감資治通鑑. 중국 송나라의 사마광이 영종의 명에 따라 펴낸 중국의 편년서. 주나라 위열왕으로부터 후주後周 세종에 이르기까지의 113왕 1362년간의 역대 군신의 사적史跡을 편년체로 엮은 것으로, 정사正史 이외의 풍부한 자료와 고증을 첨가하였다. 1065~1084년에 간행되었다. 294권.

36 도조: 남의 논밭을 빌려서 부치고 논밭을 빌린 대가로 해마다 내는 벼.

지금껏 끝없이 얼크러져 나가는 어지러운 생각에 울기도 하고 한숨 쉬던 봉희는 해가 기울어져가려 함을 보고 빈 바구니를 집어 들고 일어서서 한 걸음 두 걸음 시름없는 발길을 옮겨 시냇가로 내려왔다.

나무하던 아이들은 캔 나무를 지게에 가득히 짊어지고 멀리 앞을 서서 여전히 노래를 부르며 논길로 내려갔다.

슬풋이[37] 저물어가는 저녁 해와 멀리 들리는 그 노래 소리가 봉희로 하여금 새로운 설움과 외로운 회포에 잠기게 하였다.

초동들의 눈을 꺼려 뜻을 이루지 못하고 있던 길용은 숨어 앉았던 곳으로부터 뛰어나와 총총걸음으로 봉희의 뒤를 따라 섰다.

봉희는 뜻밖에 등 뒤에서 사람의 거친 발자취 소리가 들리므로 겁이 더럭 나서 발길을 속히 옮겼다.

그러나 얼마 가지 못하여 바로 그의 등 뒤에서는 "헴" 하는 밭은기침 소리가 들렸다.

봉희는 거의 본능적으로 뒤를 돌아다보았다.

거기에는 길용이—길용이라 함보다도 봉희의 인상에 떠오르기는 '도척의 자식인 놀부'—가 아주 점잔을 빼고 서서 의외롭다는 듯이 봉희를 바라보고 있었다. 봉희도 그를 바라보기는 보았으나 그의 눈에서 나오는 이상스러운 시선은 보지를 못하였다. 보았더라도 그 이상스러움을 깨닫지 못하였을 것이나.

그리하여 봉희는 다만 무슨 불길한 일이나 생긴 듯이 겁이 나고 가슴이 두근거려 얼핏 고개를 돌리고 발길을 옮기려 할 때에, "자네가 어따 저 아무개(봉희의 남편의 이름을 부르며) 가숙[38] 아닌가?" 하고 더욱 옆으로 다가섰다.

---

37 슬풋이: '슬며시' 정도의 의미로 쓰이고 있는 듯하나 조사가 필요한 말임.
38 가숙: 가속家屬. 식솔. '아내'의 낮춤말.

봉희는 '왜 남의 사내가 젊은 여자에게 이렇게 말을 건네는고?' 하는 의아의 대답에 번개같이 머리를 스쳐 지나가는 것은 '노령의 자식' '상놈' '양반' 이란 것이었었다.

그는 얼굴에 화롯불을 끼얹는 듯이 열이 확 치닫고 분함인지 두려움인지 모르는 그 무엇이 가슴에 치밀어 오르는 듯하였다.

그러다 길용은 한 발 더 옆으로 다가서더니 그 이상스러운 눈으로 수건 밑에 가린 봉희의 얼굴을 굽어다보며 가장 다정스러운 목소리로 "요새는 얼마나 적적하게 지나는가?" 하며 봉희의 손목을 움켜잡았다.

봉희는 이것저것 생각도 없이 무슨 버러지나 떼어버리는 듯이 잡힌 손목을 확 뿌리치고 눈을 매섭게 떠 무례한 자를 쏘아보며,

"별 망측스런 꼴을 다 보겠네……" 하고는 경멸하듯이 몸을 돌이켜 양양하게 발길을 옮겨 놓았다.

그러나 약한 것은 사람의 마음이다. 사내의 굳센 뼈와 거친 살이 자기의 살에 닿으며 그 유심한 눈과 더운 숨길이 얼굴을 스쳐 지나가던 그 인상을 그는 다시 한 번 돌이켜 생각하여보지 아니치 못하였다.

길용은 자기가 생각하여도 큰 망신을 하였다는 듯이 딴 길로 좇아 발길을 옮겨 놓으며 자기의 계면쩍음[39]을 스스로 가릴 길이 없어 "어 괘씸한 년" 하였다.

그러나 그의 얼굴에는 무엇인지 모를 결심의 그림자가 떠올랐다.

| 39 계면쩍다: '겸연쩍다慊然-' 의 변한 말. 쑥스럽거나 미안하여 어색하다.

6

그날 저녁이었었다.

길용은 술이 얼근하게 취하여 가지고 하인을 시켜 경삼을 불러왔다.

나이 오십이 넘어 흰머리가 날리는 경삼은 윗목 구석에 가 무릎을 세우고 공손히 앉아 말을 듣고 아직도 입에서 젖비린내가 나는 듯한 길용은 아랫목에 가 발을 개고 앉아 한 발이나 넘는 담뱃대를 물고 가장 점잖은 말소리로

"그래…… 자네 요새는 어떻게 살아가는가……? 나이 저렇게 늙어서 다른 일도 못헐 것이고……."

"네…… 그저 원수의 나이를 먹어 놓아서 꿍꿍 일두 못허고 애비 덕분에 논마지기나 장만하였던 것은 그새 요리저리 모다 뇌작거려[40] 먹고…… 인제는 늙은 놈년이 꼼짝 못허고 굶어 죽는갑습니다……."

"허허…… 그 참 딱한 일일세……. 그것이 다 자네가 자식이 없는 탓이네그려……."

"그것두 다 제 팔자인가부올시다……."

길용은 한참만에 다시,

"그런데…… 들으니 혼자 된 자네 딸년이 요새 와서 있다지? 얼마나 적적허게 지내는가?"

"후우…… 그것이 모두 전생의 죄다 짐이지요……. 그것을 그저 남부럽지 않게 키워서 잘 살두룩 여워 준 것이 그 지경이 되었으니…… 다 그것두 팔자소관입지요. 그저 저무나 새나 눈물만 쪽쪽 흘리고…… 원 차라리 팔자나 고쳐서 다른 데로 가기나 하였으면 맘이나 편할 텐테……

| 40 뇌작거리다: 노작거리다. 자꾸 만지작만지작하다.

허기야 아무리 상놈이기로서니 그럴 수야 있겠습니까마는…… 진정 말씀이지 이 늙은 놈의 눈에서 피가 흐를 지경입니다……."

"허허…… 그 원 딱한 일일세. 실상 내가 자네를 오란 것도 그것을 좀 물어보랴구 그런 것이네……. 그 애가 지금 나이 스무 살인가밖에 안 된 터에 제 말로는 팔자를 고치지〔改嫁〕 않는다고 그런다지만 그것이 어디 될 말인가? 그나마 자네의 나이나 젊었다면 모르지만 어디 자네 내외인들 살 날이 며칠이나 남았는가……? 그리고 지금은 전 세상허고도 달러 과부를 팔자 고치지 말라는 법은 없으니까……. 그래 그 애 그 신상이 하두 긍측하길래[41] 어디 마땅한 데다가 중매나 하여줄 생각이 있어 묻는 말인데…… 자네 생각은 어떤가……?"

"원 저두 하느니 그 말씀이올시다……. 차라리 그렇게나 하였으면 한때라두 맘을 놓겠습니다마는…… 허기야 또 상놈이 체모는 보아서 무엇합니까……. 그렇지만 제한테 한번 물어나보아야겠습니다……."

"그렇지 물어보다 뿐일 것인가 제 말두 들어보아야지……. 그러면 내가 내일 저녁에 바람 쐬기 겸해서 느직이 내려가면서……."

"원 황송하신 말씀이시지 제가 와 뵈옵지오니꺼……."

"아니, 아니…… 그렇지 않은 일이 있으니 염려 말게……. 그러구 이것 가지구 가서 술안주나 좀 만들어 놓고" 하고 그는 아까워하는 빛도 없이 십 원짜리 한 장을 꺼내주었다.

눈치를 챈 경삼이도 아무 말 없이 그것을 받아들고 나갔다.

그 이튿날 밤이 깊은 뒤에 길용은 평소에 잘 입지 아니하던 비단옷을 입고 머리에는 기름을 발라 곱게 빗어 넘기고 얼굴에는 분도 살포시 바르고 값 헐한 향수를 코설주[42]가 붉어지도록 흠씬 뿌리고 하여간 자기 깐

41 긍측하다: 긍측矜惻하다. 불쌍하고 가엾다.
42 코설주: 문 양 옆의 기둥. '코설주'는 코의 가운데 뼈 부분을 가리키는 듯함.

에는 힘껏 빼뜨리고 누가 보나 아니 보나 조심을 하면서 경삼의 집으로 갔다.

사방은 모두 죽은 듯이 고요하고 하늘에는 부잣집 맏딸 같은 탐스러운 달이 푸근히 돋아 있었다. 길용은 이러한 달밤에 주흥을 띠고 절세의 미인을 찾아가는 것이 무슨 꿈인 듯도 하고 또 춘향전의 이 도령이나 된 듯도 싶었다.

경삼 부처는 너무나 황송하여 뜰아래까지 내려 그를 맞아들여 큰방 아랫목에 앉히고 자기네는 윗목 구석에 가 조심스러이 자리를 잡았다.

길용은 샛문 하나를 사이에 두고 있는 건넌방에 봉희가 앉아 있을 것을 생각하고 마음이 진정할 수가 없이 떠올랐다. 이 말 저 말 여러 말을 하던 끝에 봉희의 뜻이 어떠하더냐는 것을 물었다.

경삼은 매우 미안한 낯빛으로 말은 하여보았으나 아무 대답도 듣지 못하였다고 하였다.

여러 가지 눈치로 보아 경삼의 마누라는 그 영감보다도 길용의 의견에 대하여 한층 더 고맙게 여기고 또 그것을 간절히 기대하고 있는 듯싶었다.

7

길용은 다시 다른 이야기를 하다가 기회를 얻어 가지고 원줄기의 말을 꺼냈다.

"내가 긴히 청할 일이 하나 있는데……" 하고 그는 건넌방에 있는 봉희가 말을 알아들을 만큼 일부러 말소리를 높여

"그것은 다른 것이 아니라 어제 저녁에 내가 누구를 중매한다구 한

말은 좀 실없는 말이고…… 어떤가……? 나를 사우로 삼지 않을런가……?"

길용은 말을 끊고 두 내외의 얼굴을 번갈아 바라보았다.

경삼 부처는 짐작은 하였던 터지만 무어라고 대답을 하여야 좋을지는 몰라 서로 얼굴만 바라다보았다.

길용은 그네의 대답을 기다리지 아니하고 다시 말을 이어 다음과 같은 말로써 그들의 마음을 샀다.

첫째, 지금 세상은 과부라도 다시 팔자를 고쳐 다시 시집을 가야 한다는 것(실상 길용이가 과부 해방론자였던 것은 아니다)으로부터, 지금 봉희가 수절을 한다 하더라도 필경은 그것이 오래 가지를 못할 것이니 차라리 진작 서두는 것이 좋겠다는 것, 그리하여 자기는 지금의 그 첩을 내보낼 것이요 설령 봉희를 첩이란 이름으로 데려간다 하더라도 그것은 이름뿐이지 첩이건 무엇이건 정만 깊어 평생 해로만 하면 그만일 것이요 또 경삼 부처에게는 평생을 넉넉히 지낼 만큼 논을 떼어 주마는 이러한 여러 가지 조건을 내세웠다. 경삼 부처는 평생을 넉넉히 살아갈 만큼 논을 떼어 준다는 말이 하늘에서나 떨어진 복인 듯싶어 기쁨을 참지 못하고,

"진정 말이지 인자허신 처분이십니다……."

"어쩌면 아직 젊으신 서방님이 그리 그렇게도 맘이 어지십니껴……."

하고 두 내외는 한 마디씩 감사의 뜻으로 말을 하였다.

그러나 경삼은 다시 근심스러운 듯이,

"그렇지만 미거한 자식이 서방님 뜻이나 안 거스를런지 그 걱정이올습니다……."

길용은 시기를 잃지 않고,

"그것이야 그렇지……. 부모가 아무리 허락을 헌다기로 제 맘이 읎으면 될 말인가……? 그러니께 내가 좀 데리고 앉어서 제 뜻을 물어보아

야 허것네……. 그러나 이렇게 되었으니 우리가 술을 좀 먹어야지…….
위선 술상이나 좀 들여오소…….”

준비하여 두었던 술상이 들어왔다.

길용은 술을 따르려고 하고 경삼의 아내의 손에서 술 주전자와 잔을
앗아 들고 한 잔을 그득 부어 경삼을 주며,

“자아, 이것은 새로 얻은 사우가 주넌 술이여…….”

“이것은 너무 죄송스럽습니다……” 하고 경삼은 주는 술을 받아 마
셨다. 길용은 또다시 한 잔을 부어 경삼의 마누라를 주며,

“자아, 알지……? 사우 예뻐할 사 장모라니[43]……. 장모 한 잔 자시
게…….”

“여편네가 술을 어떻게 먹습니껴……” 하고 그도 역시 받아 마셨다.
길용은 빈 잔과 술 주전자를 내려놓으며,

“자아, 인제는 장인 장모가 사위를 한잔 따라 주어야지…….”

경삼은 술을 붓는 동안에 그 마누라는 건넌방을 향하고,

“야야…… 아가…… 이 방으로 건너와서 술이랑 좀 부어 드리려무
나……” 하고 봉희를 불렀다.

그러나 길용은 손을 내저어 막으며 “아니…… 그럴 것 없어……. 오
래야 오도 안 헐 거이구…… 내가 가지…….”

다시 몇 잔 술이 왔다 갔다 한 뒤에 길용은 건넌방으로 건너가고 경
삼 부처는 그들을 위하여 이부자리를 펴놓은 후에 사랑방으로 나가버
렸다.

| 43 사우 예뻐할 사 장모라니 : 원문에는 ‘사우엡버할 사 모라니’라고 되어 있음.

8

어제부터 봉희의 가슴에는 그 암투가 한층 더 심하여졌다.

'어떻게 할꼬' 하고 아무리 생각에 생각을 더하여보아도 그저 이러면 좋을까 저러면 좋을까 하는 주저뿐이지 아무 별 좋은 도리는 나서지를 아니하였다.

그는 큰방에서 자기 부모와 마주 앉아서 하는 길용의 말을 다 들었다.

길용의 말 가운데 "정만 들어 한평생 해로만 하면 그만이지" 하던 말이 그의 귀에 쏙쏙 들어박히는 듯하였다.

그는 '에라' 하는 속에서 되는 대로 내맡겨버렸다.

화닥닥 뛰어나가고도 싶었으나 그것은 다만 '싫었을 뿐' 이었지 질긴 유혹의 줄은 그대로 놓아주지 아니하였다.

길용의, 남편을 여의고 난 뒤에 처음으로 대하는 사내의 그림자가 그의 앞에 나타나고 말소리가 그 귀에 울릴 때에 그의 가슴은 떨렸다. 그리하여 그는 그대로 고개를 숙이고 앉은 채 입을 다물고 사내의 하는 대로 맡겨 두었다.

길용은 그의 옆으로 바싹 다가앉아 힘없이 무릎 위에 놓인 그 손을 잡으며 정화에 타오르는 눈으로 꼭꼭 씹기라고 할 듯이 그 얼굴을 굽어다 보았다.

이때에 날카로운 칼로 봉희의 가슴을 에는 듯한 생각은 지금은 죽고 없는 자기의 남편과 첫날밤에 서로 대하던 때의 그 추억이었었다.

그는 '금야에 갱결연이면 고부가 곡황천今夜更結緣故夫哭黃泉[44]'이란 글귀를 생각하여 보았다.

| 44 금야에 갱결연이면 고부가 곡황천: 오늘밤 또다시 부부의 인연을 맺으면, 옛 남편이 저승에서 곡을 한다.

그의 눈에서는 두 줄기의 더운 눈물이 걷잡을 사이도 없이 사뭇 쏟아졌다.

이 두 줄기 눈물이 청산에 백골만 묻혀 있는 옛 남편의 영혼에게 애달피도 인연을 끊는 마지막의 하소연일 것이다.

길용은 봉희의 그 깊은 속은 모르고 다만 어루만지듯이,

"어허…… 울기는 왜…… 한편으로 생각허면 슬프기도 할 것이지만 또 한편으로 생각하면 이것두 경사가 아닌가……? 누구든지 첨에는 다 그런다네……. 자아…… 그만 진정하고 저리 가세……" 하고 손목을 잡아 이끌었다.

봉희는 하자는 대로 따라 큰방으로 건너왔다.

길용은 먹던 술상을 다가놓고 등불 등지고 돌아앉은 봉희를 잡아 흔들며,

"자아, 여기 술 한 잔 부어 주게……. 우리가 백년해로하자는 인연을 맺던 뜻으로오……" 하고 이것이 꿈인가, 더욱이 봉희의 그 자태를 볼 때에 진정 이것이 생시인가 하는 듯이 못 견디어하였다.

봉희는 마지못하여 술을 부어 주었다.

가고 오지 아니하는 남편을 위하여 굳게 맺혔던 띠가 풀릴 적에 봉희의 눈에서 다시 한 번 암루暗淚[45]가 흘러내렸다.

*

세월은 흘러갔다.

| 45 암루: 소리 없이 흘리는 눈물.

어느덧 가을은 깊어 낙엽은 황락黃落[46]하고 소소한[47] 바람이 나무 끝에 우는 때였었다.

××고을 동리 앞으로는 초라한 상여 한 채가—상주의 대신으로 늙은 부부 한 쌍이 상여 채를 붙잡고 통곡하며 차마 놓지 못하는 상여 한 채가—구슬픈 만가를 부르며 동구 밖으로 향하여 나아갔다. 이것이 박명한 우리 봉희의 죽음을 마지막으로 알려주는 것이었었다.

봉희는 죽고 말았다.

'불초 여식 봉희는 노래老來[48]의 의지 없으신 두 분 슬하를 떠나 홀로 이 길을 가나이다. 오래지 아니하여 황천에서 죄를 사하려 하오며 시신은 옛 가장의 무덤 옆에 묻어주옵소서' 하는 짧은 유서를 남겨 놓고 봉희는 자결을 하였다.

나는 봉희의 죽음에 대하여 더 말하지 아니하려 한다.

다만 길용이가 그날 밤 이후로 한 달 동안은 여전하다가 그 후부터는 일절 발을 끊고 또 한 가지도 언약을 이행치 아니하였다는 것만 말하여 둔다.

《동아일보》, 1925년 10월 9~16일

---

46 황락: 나뭇잎이 누렇게 되어 떨어짐.
47 소소하다: 바람이나 빗소리 따위가 쓸쓸하다.
48 노래: '늘그막'을 점잖게 이르는 말.

순녜의 시집살이

_ 화서

1

"저런 짝 찢어 죽일 년 같으니.[49]"

순녜의 시어미는 조 동지 집 안마당에 들어서면서 우물에서 물을 긷고 있는 순녜를 보고 이렇게 욕을 하고는 그 독살스러운 눈으로 그를 흘겨보았다.

악착스러운 그 욕, 사나운 그 얼굴, 무서운 그 눈살에 머리를 숙인 순녜의 얼굴은 죽은 듯이 해쓱하여지고 두 어깨가 으쓱하더니 사지가 정신 없이 떨리는 바람에 그의 손에 쥐었던 두레박줄이 힘없이 미끄러져 우물로 들어가버렸다.

두레박이 우물에 빠지는 것을 본 순녜의 시어미는 한 마디라도 욕을 더할 기회를 얻은 듯이 "이 육시를 할 년아 두루박 빠진다……. 정신은 빼서 국 끓여 먹었느냐 이 썩을 년아……" 하고 그저 달려들어 머리끄덩이를 움켜쥐고 실컷 두들겨주고 싶은 듯이 그를 노려보았다.

| 49 저런 짝 찢어 죽일 년 같으니: 이 욕은 『태평천하』에서도 윤직원 영감이 자기 며느리에게 자주 하는 말이다.

사실 순녜가 그러고 도망하여 온 분풀이를 하자면 당장 달려가서 거반 죽도록 두들겨주고 나서야만 속이 시원할 것이었으나 마루에 앉은 그 집 마나님과 다른 사람들의 눈을 꺼려 그는 분을 참는 듯이 돌아서서 마루로 올라갔다.

*

지금으로부터 팔 년 전 어느 겨울날 맑게 언 하늘에 산 사람의 살을 엘 듯한 찬바람이 부는 석양이었었다.

××고을 동구 밖 큰길 위에서 보기에도 흉측스럽게 생긴 거지[乞人] 하나가 손에 모진 회초리를 들고 나이 일고여덟밖에는 아니 되어 보이는 어린 계집애 하나를 사정없이 잔채질[50]하고 있었다.

계집아이는 언 길바닥에 대굴대굴 구르며 "아이구 안 헐게, 다시 안 헐넙니다" 하고 까무러칠 듯이 소리를 쳐 울었다.

거지는 매를 멈추고 무서운 소리로, "그럼 어서 일어나서 가아, 이년의 가시내" 하고 눈을 부라렸다.

그러나 계집아이는 그대로 땅에 가 주저앉아 "추워어 으으…… 다리 아퍼……" 하고 칭칭 울기만 하였다. 거지는 골이 치밀어 오르는 듯이 매를 들어 죽어라고 함부로 후려 때렸다.

계집아이는 다시 소리를 높여 "엄마"를 부르며 울었다.

그때에 마침 그곳에서 멀지 아니한 외딴집에서 살던 농군의 부부가 이 울음소리를 듣고 쫓아 나와서 그 거지에게 그 연유를 물었다.

그 거지는 그 계집아이는 자기의 딸인바 아내가 죽고 나서 살 길이

| 50 잔채질: 포교捕校가 죄인을 신문할 때에, 회초리로 마구 연거푸 때리는 매질.

없어 항구로 가는 중인데 춥고 다리가 아프다고 따라오지 아니하므로 그런다고 대답하였다.

그러나 농군은 그 계집애가 그 거지의 딸이란 말을 믿지 아니하고 "분명 자기 자식일 것 같으면 부모 된 도리로서 어린 자식이 다리가 아프다면 업고라도 갈 것이요 춥다면 자기가 입은 옷이라도 벗어 입혀야 옳을 일인데, 그러면 분명 자기 자식이 아니라 남의 자식을 훔쳐가는 것이 아니냐"고 다급히 따져 물었다.

2

거지는 할 말이 없는 듯이 어물어물하다가 필경 자기 자식이 아니라 거리로 울고 돌아다니는 것을 거두어 기르려고(?) 데리고 가는 중이라고 대답을 하였다.

그리하여 농군은, "그러면 자기가 맡아 기르든지 도로 제 부모를 찾아 주든지 하겠다"고 내놓지 아니하려고 하는 거지를 위협까지 하면서 그 계집애를 빼앗았다.

그러나 눈앞에 그 정경이 불쌍하여 빼앗아 놓기는 하였지만 자기네 자녀도 거두어나갈 여력이 없는 가난한 농군의 처지라 그 계집아이를 그 건넌마을에 읍에서 나와 사는 조 동지의 둘째 아들 집으로 데리고 가서 그 사정을 말하고 거두어 기르도록 부탁을 하였다.

그리하여 그 집에 붙어서 팔 년 동안을 자라 가지고 시집까지 간 그 계집아이가 오늘날 순녜였었다.

순녜는 제 성姓도 몰랐다.

나이는 제 말에 일곱 살이라고도 하고 여덟 살이라고도 하여 어느 것이 옳은 나이인지 몰랐다.

또 그 고향은 그가 말하는 사투리로 보아 다만 물 건너[忠淸道][51]인 것만 짐작할 뿐이었었다.

그리고 왜 그 거지를 따라왔느냐고 물어본즉, "아침에 잠이 깨어 보니까 어머니가 없어서 찾으러 울고 돌아다니는데 그 거지가 어머니한테 데려다 주마고 하여서 따라온 것"이라고 대답하였다.

이것으로써 보면 순녜는 어느 가난한 과부의 딸로 그 과부는 주체스러운 것을 떼놓느라고 잠든 틈을 타서 서방을 얻어 가버리고 그 거지는 부모 없이 길거리로 울고 다니는 것을 보고 제 말대로 기르려고 그랬든지, 혹은 팔아먹으려고 그랬든지 하여간 속여서 데리고 가던 것인 것을 짐작할 수가 있었다. 그 외에는 순녜의 내력에 대하여 순녜 자신이나 다른 사람이나 아무도 더 알지를 못하였다.

하여튼 순녜는 팔 년 동안 꾸준히 읍냇집(마을 사람들은 그 집을 읍냇집이라고 불렀다)에 붙어서 자라 나왔다.

그는 어렸을 때부터 일을 잘하였다. 그가 나이 열두셋이 되던 때부터는 집안의 자잘한 일은 전부 맡아 가지고 하였다.

방아 찧고 물 긷고 밥 짓고 빨래 빨고 그러는 틈에 채전에 풀도 매고 어린아이들도 업어 주고 무엇이든지 못할 것 없이 다 잘하고 또 주인이 시키는 대로 순종을 하였다.

그러나 순녜는 언제든지 주인에게 지천[52]을 먹고 가다가는 얻어맞기까지 하였다.

---

51 물 건너: 여기서 '물'은 금강을 가리킨다. 채만식의 고향인 전북 옥구의 금강 너머가 충청남도이다. 『탁류』에 등장하는 정 주사가 바로 금강 건너 충청남도의 서천 출신이며, 『여자의 일생』에도 다음과 같은 구절이 나온다. "원 선생은 올라간 손끝에다 모자챙을 깝신 숙여대면서 웃는 얼굴과 그의 느리고 바라진 물 건너[錦江對岸: 충청] 사투리로……."

52 지천: 지청구.

그는 처음 올 때부터 소변을 가리지 못하였다.

한 달이면 스무 번은 으레 밤에 잘 때에 오줌을 지렸다.

처음에는 나이 어려서 그런가 보다 하였으나 끝끝내 나이 열여섯이나 먹어 시집을 간 오늘날까지도 그 버릇을 놓지 못하였다.

그러므로 그의 잠자는 처소와 몸에서는 언제든지 고약스러운 냄새가 나고 입은 옷은 썩어 헤어졌다.

그는 아무리 보아도 저능아는 아니었으므로 선천적 고질이라고 할 수는 없었다.

다만 우연한 기회에 그의 입에서 미끄러져 나온, "그 사람(그 거지)이 데리고 오면서 솔밭에다가 뉘어 놓고 어찌구저찌구 하였다"는 말로써 미루어 분명 그 무지스러운 거지에게 국부에 유기적 상처를 받은 까닭으로 그러한 듯싶었다.

그리고 그는 또 졸기를 잘하였다. 무슨 일을 하다가도 일감을 손에 잡은 채 꾸벅꾸벅 졸고 앉았기가 예사였었다.

그리하여 그는 당초에부터 지기志氣[53]를 펴지 못하였다.

그는 언제든지 고양이에게 쫓겼던 쥐 모양으로 허리와 어깨를 오므라뜨리고 다니고 무엇이든지 똑바로 쳐다보지를 못하고 갸웃갸웃 굽어다보았다.

3

언제든지 찌푸린 그의 얼굴은 서리 맞은 배춧잎 모양으로 생기가 없

| 53 지기: 어떤 일을 이루려는 의지와 기개. 지기를 펴다=기를 펴다.

고 종일 앉았어야 묻는 말을 간단하게 대답하는 외에는 말 한 마디 입 밖에 내지 아니하였다.

그리고 처음에는 그렇지 않았으나 차차 지내면서 남을 속이기를 잘하였다.

제일祭日에 음식 같은 것을 훔쳐 먹고 어쨌느냐고 물으면 한사코 잡아떼고 말을 아니하였다.

그의 얼굴 생긴 본바탕은 그다지 침울하거나 천치 같지는 아니하였다.

도리어 얄종얄종한[54] 입과 또렷한 눈이 영리하게 보였다.

그러면 어려서 이후로 아무도 눈도 거들떠보지 아니하는 사람들 사이에서 마치 어미를 잃은 목매기송아지[55]가 심술궂은 어린아이들에게 붙잡혀 휘둘리듯이 뼈가 저리도록 일을 하여주는 외에는 아무 기쁨과 위안도 없이 도리어 여러 사람에게 지천을 먹고 매를 맞아가며 자라나기 때문에 그의 천성이 변하여 버린 듯싶었다.

그러나 그러한 학대 속에서도 그는 한 번도 달아나려고 한 일은 없었다.

그리고 한 번도 제 신세를 슬퍼하여 한숨을 쉰다든지 울음을 운다든지 또는 누구를 원망한다든지 하는 일도 없었다.

마치 남이 보기에는 아무 감정도 없는 나무토막도 같았다.

이처럼 팔 년 동안을 마치 비오는 어두운 밤에 길옆에 서 있는 빗돌과 같이 남과 간섭 없는 생활을 하다가 금년 정월 그 읍냇집에서 촌살림을 그만 두고 읍으로 다시 들어오는 즈음에 순네는 바로 그 옆집에서 사는 조 서방의 둘째 아들 금돌이라는, 코 대신에 숨 쉬는 구멍 둘밖에 없

54 얄종얄종하다: '얄찍하다'와 비슷한 뜻으로 쓰이고 있음. 얇은 듯하다.
55 목매기송아지: 아직 코뚜레를 꿰지 않고 목에 고삐를 맨 송아지.

는 덜머리 총각에게로 시집을 갔다. 시집을 갔다는 것보다 주체스러운 것을 어디로 떠맡기려 하던 차에 그 조 서방네가 달라고 하므로 얼른 내주어버렸다.

그리하여 순녜는 명색 시집이라는 것을 가고 시집살이를 하게 되었었다.

*

시집살이를 하게 된 순녜의 고생은 전보다 한층 더하였다. 계집아이로부터 어른이 된 그에게는 시집살이는 그 짐이 너무나 무거웠다.

가장 양반인 체하고 가도家度를 보네 예절을 차리네 하면서도 골만 틀리면 웃통을 벗어 제치고 바짓가랑이를 사타구니까지 걷은 채 며느리인 순녜를 앞에다 앉혀 놓고 개잡년의 자식이네 무엇 가지랭이[56]를 찢을 년이네 하며 욕을 퍼붓는 소위 시아비, 한 달이면 서른 밤을 하루도 빼놓지 않고 밤잠을 못 자게 구는 그러면서도 손톱만치도 아내라는 것을 불쌍히 여기거나 정답게 굴지 아니하는 무지스럽고 미욱한 그 남편, 그 보기 싫은 상판, 소위 며느리라는 것을 수백 냥 주고 사온 종년 잡도리하듯 하고 숨 쉴 새도 없이 부려먹으면서도 시시때때로 가시같이 볶아대는 이리 같은 그 시어미, 사납기로는 둘째가라면 서러워할 만한 여우 같은 시누이, 그중에도 강짜[57][嫉妬], 이 틈에서 순녜는 시집살이를 하였다.

삼시 밥 지어먹고 설거지하는 것은 말할 것도 없거니와 방아 찧기, 물 긷기, 빨래질 하기는 순녜가 도맡아 하는 것이고 그 외는 밭도 매고 나무도 하고 하였다.

---

56 가지랭이: 원문에는 '가라장이'로 되어 있으나 '가랑이'의 전라도 방언인 이 말이 옳을 듯함.
57 강짜: 강샘. 상대하고 있는 이성異姓이 다른 이성을 좋아함을 지나치게 시기하는 일.

4

이렇게 일을 하건마는 땅벌같이 앵앵거리는 시어미와 펀펀 먹고 노는 시누이는 오줌을 싸네 냄새가 나네 추하네 게으르네 밥이 이르네 늦네 하여 이루 셀 수 없이 순녜의 일동일정一動一靜[58] 모든 것에서 기어코 흠집을 잡아 가지고는 매질을 하고 구박을 주었다.

그러한 중에도 얻어먹고 얻어 입고 하는 것은 더욱 말할 수가 없었다. 밥쌀은—쌀이라야 양쌀에 좁쌀 섞은 것—끼니마다 시어미나 시누이가 꼭꼭 되질을 하여 주고 밥을 지어 놓으면 시누이가 나와서 어미 아비 오라비와 제 밥을 모조리 닥닥 긁어 푸고는 순녜에게는 주걱글경이와 누룽지만 으레 남겨 주었다. 그것도 속이나 해반[59] 하여야 아무 말 없이 밥만 퍼 가지고 들어가지 만일 꼬라지가 났던 판이면 공연히 "밥이 질으네 되네 익었네 설었네 그 새 먹은 나이는 개를 주었나 밥도 풀 줄 몰라서 남더러 푸라 마라 하네" 하며 갖은 푸념을 다하였다.

이러한 때에는 순녜의 밥 차지는 더욱 적었다.

그리하여 뼈가 녹도록 일을 하고 게다가 점심도 못 먹는 터라 그것만 가지고는 반낭[60]도 차지 못하므로 그는 가끔 주린 창자를 틀어쥐다 못하여—밥을 배불리 먹던 때에도 그러한 버릇이 있는 터라—밥을 훔쳐 먹고 그러다가 그것이 들키면 모진 매를 얻어맞고 하였다.

그리고 그가 입은 옷은 사람의 몸에 걸쳤으니까 이름뿐이 옷이었지 만일 눈 어두운 엿장수가 보면 사람째 집어가려고 하게 생긴 누더기였었다.

---

58 일동일정: 하나하나의 동정. 또는 모든 동작.
59 해반: 의미가 불명확하며 조사가 필요한 말임.
60 반낭: 의미가 불명확하며 조사가 필요한 말임.

그것은 더욱이 순녀가 바느질을 할 줄 모르므로 자주 갈아입지 못하는 까닭이었다. 물론 그다지 푼푼하게[61] 갈아입을 옷도 없지만 그 야숙스러운[62] 시누이의 손으로 옷 바느질 한번 얻어 입기는 옛날의 평양감사 하나 하기보다도 더 힘이 들었다.

그리하여 그의 얼굴은 영양 부족과 정력 소모로 외꽃같이 노래지고 침울함과 비겁함은 전보다 한층 더하여졌다.

그리고 그의 왼 몸뚱이는 매로 맞고 손으로 꼬집힌 자리에 피가 맺혀 시풋시풋[63] 멍이 지고 가뜩이나 몇 낱 아니 되는 그의 머리칼은 매 맞을 때마다 움켜잡히고 잡아 뜯기기 때문에 손으로 셀 만큼 성큼하여졌다.

*

순녀가 달아나오던 석양이었었다. 그는 물동이를 이고 우물로 물을 길러 나갔다가 우연히 그 읍냇집 안주인이 어린아이들을 데리고 나오는 것을 먼빛으로 보았다. 그들은 남에게 맡겨 둔, 전에 살던 집을 둘러보러 온 것이었었다. 순녀는 그 시집살이라는 것을 하게 되면서부터 철을 많이 알았다.

5

그는 자기 신세가 박한 것을 한탄하고 자기 주위에 있는 모든 사람들

---

61 푼푼하다: 모자람이 없이 넉넉하다.
62 야숙스러운: 원문에는 '아숙스러운'으로 되어 있음. '야숙'이란 '야속野俗' 즉 '무정한 행동이나 그런 행동을 한 사람이 섭섭하게 여겨져 언짢은'이라는 의미로 쓰이고 있는 듯함.
63 시풋시풋: 의미 조사가 필요한 말임.

이 원수스럽기도 하였다.

더구나 그 시집살이라는 것이 읍냇집에서 붙어 살 때만 차라리 못한 것을 절실히 느꼈다.

하는 일은 갑절이나 되고 얻어먹는 것은 창자를 틀어줄 지경이고 게다가 밤이면 그 우악스러운 사내에게 죽기보다도 싫은 시달림을 당하고—그것도 그것이려니와 앞에 닥치는 모든 일이 무거운 짐을 어깨에 짊어지는 듯하고 시집 사람들의 야속히 구는 모든 것은 낱낱이 뼈에 박히는 듯하여, 차라리 욕을 먹어도 먹는 때뿐이요 매를 맞아도 맞는 때뿐이요 그 자리에서 돌아서면 그저 아무렇지 않고 무슨 일을 당하든지 어렵고 거북한 뒷일 걱정이 없던 읍냇집에서 살던 그때가 날로 그리워져갔었다.

그리하여 그는 먼빛으로라도 그들을 볼 때에 전에 괴롭던 것은 어렴풋이 잊어버리고 다만 어머니(어머니가 어떠한 인지 자세히는 모르지만)를 본 듯이 반가웠고 자기가 품에 안고 등에 업어 기르던 어린아이들을 볼 때에 동생(동생이 무엇인지도 자세히는 모르지만)들을 만난 것같이 눈물이 나오도록 반가웠었다.

그리하여 그는 얼핏 물 한 동이를 길어 우물가에 놓고 그들을 만나보려고 그 뒤를 따라갔다.

그 주인도 풍편에 대강 들어 순녀의 시집살이하는 형편을 알고 있었으므로 그 신세를 긍측히 여겨 좋은 말로 위로도 하여주고 또 그러한 곳으로 그를 보낸 것을 스스로 후회도 하였다. 이처럼 순녀는 그들 틈에 가싸여 이런 이야기 저런 이야기를 하면서 해가 저물어 저녁밥 때가 지나도록 놀고 있었다. 물론 그는 때가 늦어 가는 줄을 모른 것도 아니요 때가 늦으면 응당 매가 돌아올 줄도 알고 있었으나 '에라 죽이기밖에 더 할라드냐' 하는 생각으로 그러고 있었던 것이다. 그리하여 그는 해가 깜빡

져서 주인네가 읍으로 들어간 뒤에야 우물로 가서 물동이를 집어 이고 용천박이집[64] 같은 그 집으로 돌아갔다.

순녜의 시어미는 성이 꼭두[65]까지 치밀어 가지고 있다가 순녜의 돌아오는 것을 보고 그대로 마당에다 굴굴 굴리며 분이 풀어지다 못하여 사지에 맥이 풀어지도록 두들겨주었다.

그는 순녜가 곧 돌아오지 아니하는 때부터 성이 나 가지고는 곧 어디 가든지 찾아내면 매질을 하려고 동리로 찾아 돌아다니다가 의외에 순녜가 읍냇집 안주인과 같이 있는 것을 살펴보고 속으로는 앙앙하였으나 자기네 처지로는 상전같이 여기는 그들 앞에서 차마 그럴 수가 없어 꾹 분을 참고 있었던 것이었다.

그러나 '저년이 분명히 시집 흉을 보고 또 여러 말을 하려니' 하는 생각으로 그 분이 한층 더하고 그러기 때문에 매를 더 맞은 것은 사실이었었다.

그러나 시어미에게 매 맞고 욕먹는 것만으로는 순녜도 오히려 그대로 참고 견딜 수가 있었다.

그리하여 그는 저녁밥을 지으려고 부엌으로 들어가기는 하였으나 원체 매를 모질게 맞고 또 설움이 복받쳐 오르므로 잠깐 동안 손에 일을 잡지 못하고 진정을 하느라고 주저를 하고 있었다.

아직도 분이 풀리지 못하여 색색하고 있던 시누이년은 두 말 않고 순녜에게로 달려가서 머리끄덩이 잡아 거우르며,[66]

"나가아, 이년의 가시내야……. 너 옰다구 우리가 밥 못하여 먹을 줄 아느냐……. 나가 나가……" 하고 사정없이 잡아끌어다가 여기까지 이

---

64 용천박이집: '용천박이'는 문둥이를 일컫는 전라·충청 지역의 방언. 따라서 문맥상 용천박이집은 매우 초라하고 누추한 집을 의미한다.
65 꼭두: 정수리나 꼭대기. 물체의 제일 윗부분.
66 거우르다: 속에 든 것이 쏟아지도록 기울이다.

르러서는 아무리 순녜일망정 참을 수가 없었다. 그리하여 그는 잡힌 머리채를 뿌리치고 새파래진 입을 바르르 떨며 한껏 소리를 쳐

"나가라면 나갈 틔여⋯⋯. 내가 이 집 종년으로 팔려 왔던가⋯⋯?"

하고 악을 쓰며 몸을 돌이켜 싸리문 밖으로 쭉하니 나아갔다.

6

그때에 마침 들에서 돌아오던 그의 남편이 앞을 딱 막아서며,

"왜 이리여⋯⋯ 웬 야단이여⋯⋯" 하고 눈을 부라렸다.

성이 꼭두까지 치밀어 순녜를 잡아 삼킬 듯이 뒤를 쫓아오던 시어미는 한층 더 기운이 나서,

"어따 이년 좀 보아라⋯⋯. 오늘 점심 막 먹고 나서 물을 길러 간다고 나가더니 읍냇집인가 망할 놈의 집인가 가서 이실고실以實告實[67] 우리 집 숭[68]얼 실컷 보고는 해가 깜빡 진 뒤에사 들어왔길래 무엇이라고 좀 나무랬더니 지가 종년으로 팔려 왔냐고 컬컬헌 소리를 하면서 시방 나간다구 그러고 나간단다. 음, 저런 짝 찢어죽일 년의 가시내 같으니⋯⋯."

사내놈은 두 말 않고 순녜의 머리끄덩이를 잡아끌고 방으로 들어가면서

"워너니[69] 못쓰것소⋯⋯. 버르장머리럴 좀 가르쳐 놓아야겠소. 어머니 어따 그 실직헌 매 좀 갖구 들오시오⋯⋯."

남편놈은 순녜를 방으로 끌고 들어가서 옷을 벗기기 시작하고 시어

---

67 이실고실: 곧이곧대로 알림.
68 숭: '흉'의 방언(강원, 경상, 전남, 함경).
69 워너니: 워낙. 본디부터. 원래.

미는 매를 끊어 가지고 와서 문을 안으로 걸어 잠그고는 같이 덤벼서 순네의 옷을 벗겼다.

순네는 벗기우지 아니하려고 죽을힘을 다하여 버티기는 하였으나 굳센 사내의 팔과 가시같이 꼬집는 시어미의 손끝에 못 견디어 필경 위아래 안팎옷을 모조리 벗기우고 말았다. 몸에 헝겊 조각 하나 없이 활씬[70] 벗겨 놓은 순네를 사내놈은 머리끄덩이를 잡아 거우르고 시어미는 가져온 매를 늘식[71] 꼬아 잡고 잔채질을 시작하였다.

그 발가벗은 순네의 머리끄덩이를 잡아 엎고 앉은 놈팽이[72]는 처음부터 아주 자릿자릿[73]한, 전에 보지 못한 재미를 보았다.

그리하여 그는 언제까지든지 그처럼 벗겨 놓고 보고 싶었다. 또 시어미는 순네의 그 벗은 몸이 질투에 가까운 얄미운 생각으로 언제까지든지 매질을 하고 싶었다.

그리하여 그 틈에 낀 순네는 좋아서 맞고 미워서 맞고 공연한 매를 더 얻어맞았다.

그러나 순네는 매를 맞으면서 단단히 결심을 하였다.

그것은 죽는 한이 있더라도 그 집에서 나가버리려는 것이었었다. 그리하여 그는 그 모진 매를 맞으면서도 이를 부득부득 갈며 한 번도 아프단 소리도 내지 않고 꼭 엎드려서 그 매를 다 맞았다.

필경 매질은 끝났다.

사내와 시어미는 무엇이라고 다짐을 두고 밖으로 나갔다. 순네는 회

---

70 활씬: 제법 넓게 벌어지거나 열린 모양. — "남의 식구라구는 없으니, 아녈 말루 활씬 벗구는 여기저기 시언한 자리루 골라눕던 못 허우?"(「소망少妄」, 1938년)
71 늘식: 의미가 모호하여 조사가 필요한 말임.
72 놈팽이: 놈팡이. '사내'를 낮잡아 이르는 말. 직업이 없이 빌빌거리며 노는 사내를 낮잡아 이르는 말. 여자의 상대가 되는 사내를 낮잡아 이르는 말.
73 자릿자릿: 심리적 자극을 받아 마음이 순간적으로 꽤 흥분되고 떨리는 듯한 느낌.

쳐 놓은 몸에 누더기 옷을 거듬거듬 걷어 입고 흐트러진 머리를 걷어 올리고 나서야 설움에 복받쳐 방바닥에 가 엎드려서 오래도록 울었다.

그날 밤 밤이 이슥한 뒤에 순녜는 집―용천박이집 같은 그 집을 빠져나와 읍내 조 동지 집을 찾아들어갔다.

7

조 동지 집에서는 일변 놀라기도 하고 또 그날 순녜의 당한 일을 듣고 모두 분하고 쾌씸하게 여겼다.

＊

순녜의 시어미는 마루에서 담배를 먹고 있는 조 동지 집 노마나님 옆으로 가서 아주 흠선欽羨스럽게[74] 인사를 하고 그 옆에 가 앉았다.

위선 두 사람은 순녜의 일은 아주 심상히 여기는 듯이 딴 이야기를 한참동안 하다가 주인 마나님이 먼저 말을 꺼냈다.

"그 밤중에 그년(순녜)이 그러고 왔으니 아무리 제 맘에 맞지 않는 일이 있더래도 그럴 수가 있단 말인가……. 단단히 나무라고 그 당장에 도로 쫓아 보낼라구는 하였지만 밤도 늦구 또 오늘 자네를 불러다가 같이 암냥[75]해서 보낼라구 그대로 두었네만……. 어쩌자구 그년이 그렇게 말썽을 부린단 말인가……."

이렇게 내면은 어찌 되었든지 외면으로는 손윗사람의 처지를 가려주

74 흠선스럽다: 우러러 공경하고 부러워하다.
75 암냥: '압령押領'의 변한 말. 죄인을 데리고 오는 것.

는 듯이 점잖게 말을 하였다. 순녜의 시어미는 꼬리를 치며,

"글씨 허니 그 말이올시다……. 전생에 무슨 죄를 짓구 나서 그런 원수의 것이 와서 매엿던지 모르것십니다……. 무엇 하나 사람답고 까리적은 구석이 있어야지요……. 밥두 삼시 시 끼를 배가 터지도록 처먹으면서 무엇 먹을 것을 둘 수가 없이 뒤져 처먹어 쌓구……. 옷만 허더래두 제 손으로 딘 불구녕 하나 못 막어 입으면서 여간 함부루 입어야지요……. 게다가 저녁마당 오즘을 퍼 쌓넌답니다……. 당추 그냥 냄새가 나서 옆으로 얼른두 헐 수가 없어요……. 그러구 무슨 일이든지 손에다 붙잡기만 하면 세상을 모르구 앉어서 끄벅끄벅[76] 졸기만 하여요……. 어제 저녁만 하더라두 누가. 집안 으른얼 찾어보지 말라구사 헐고만 언 즘신 때 나간 년이 컴컴하더락까지 들어와야지요……. 그리서 좀 무엇이라구 나무랐더니 종년으로 팔려 왔냐구 폭담을 허구 나가다가 제 사내한틔 붙잡히여서 읃어맞구 그렇게 도망질을 했답니다."

조 동지 집에서는 순녜를 내어주지 않을 생각도 있었으나 만일 그리한다 하면 자기네가 빼돌렸다는 말을 듣기 쉬울 터이므로 마지못하여 순녜를 도로 보냈다.

순녜는 한사코 따라가지 아니하려고 하며 "그까짓 놈의 집이 아니라도 살 곳이 있다"고 쾌쾌히[77] 말대답을 하였다.

그러나 순사청巡査廳[78]에 잡아가느니 죽이느니 살리느니 하며 위협을 하는 바람에 그는 죽기보다도 싫은 시집으로 다시 끌려갔다. 마치 죽으려는 소가 도수장으로 끌려가듯이.

이러한 일이 있은 지 열흘이 채 못 되어 조그마한 보퉁이를 옆에 끼

---

76 끄벅끄벅: 원문에는 '끠빅끠빅'으로 되어 있음. 꾸벅꾸벅.
77 쾌쾌히: 용기가 있고 시원시원하게.
78 순사청: 경찰서.

고 머리에 수건을 쓴 순녀의 그림자가 동구 밖으로 사라졌다. 그의 거처하던 방 한가운데에는 머리 쪽[79]을 몽탕 잘라 대접에 담아서 받쳐 놓은 소반이 한가운데 놓여 있었다.

—단편창작집 『반거충이[80] 일기』에서—

《동아일보》, 1926년 1월 20~26일

---

79 머리 쪽: 시집간 여자가 뒤통수에 땋아서 틀어 올려 비녀를 꽂은 머리털. 또는 그렇게 틀어 올린 머리털.
80 반거충이: '반거들충이'의 준말. 배우던 것을 못 다 이룬 사람. '반거충이'라는 어휘는 「명일」(1936년)「집」(1941년) 등의 작품에서도 볼 수 있다.
 — "섣불리 공부를 시켰자 허리 부러진 말처럼 아무짝에도 쓸데없는 반거충이가 될 것이요, 그러니 그것이 아이들 자신 장래에 불행하게 할 뿐 아니라, 따라서 부모의 기쁨도 되지 아니한다고 내내 우겨왔던 것이다." (「명일」)
 — "항렬이 대부항이요 나이도 10년을 솟는대서 말이 항용 반거충이로 나오는 것도 그 사람다운 면목이었다." (「집」)
 채만식의 소설에는 배운 사람으로서의 자기 조소를 강하게 내비치는 작품, 가령 「레디메이드 인생」이나 「명일」과 같은 작품이 있으며, 이러한 지식인의 자기 풍자는 채만식 소설의 주요한 특징 가운데 하나이거니와, '반거충이'는 그 상징적 표현으로서의 의미를 갖고 있다.

수돌이

_ 화서

1

"어떤 지이미럴 헐 놈우 자식이 남우 닥 다리럴 이렇게 분질렀대여 웅 아까 보닝개루 병수란 놈우 자식이 새총〔空氣銃〕얼 갖구 댕김서 방정 얼 떨어쌌터니 아마 그놈우 자식이 새총으루 맞춰서 이렇게 분지러졌넝 갑만 오사헐 놈우 자식덜 지이미 지애비가 배지 불르게 처먹여 농개 도 라댕김서 똑 고따우 짓만 허구 댕겨 싹퉁머리가 한 푼어치두 웂넌 년의 자식덜 그놈우 자식얼 보기만 허면 내가 제 다리럴 이렇게 똑 분질놀라 넝구만."

이렇게 욕을 거팡지게[81] 해 퍼부으며 수돌이는 다리 하나가 부러져서 털레털레하고 붉은 피가 뎅겅뎅겅 듣는 외래종外來種 흰 수탉 한 마리를 안고 집 후원으로부터 밖으로 나와 집에서 좀 떨어져 있는 가겟방으로 나왔다.

가겟방에서 문서와 수판을 가지고 회계를 맞추어보고 앉았던 수돌이

| 81 거팡지다: '거방지다'의 방언. 매우 푸지다.

아버지 강 참봉은 또 무슨 일이나 났는가 하여 길거리로 허둥지둥 나오다가 수돌이가 다리 부러진 수탉을 안고 나오는 것을 보고 일변 놀랍고 일변 화가 나서,

"왜 그러냐? 응? 저 닥 다리넌 왜 저랬냐? 왜 그랬서 누가?"하고 방금 무슨 큰일이나 낼 듯이 들렀다.

수돌이는 죄도 없이 또 무슨 지천[82]이나 얻어들을까 하여 겁을 잔뜩 내어가지고 비실비실 제 발을 빼어가며,

"저두 몰라라우. 아까 멘역소〔面事務所〕 갔다 와서 모시[83]를 줄라구 불능개 다런 놈언 다 오넌듸 당후 안 오걸네 뒤안(후원)으로 가봉개 살구나무 미틔 가 쓰러졌넌듸 이럭케 생겼어라우"하고 한편으로 눈치를 슬슬 보았다. 강 참봉은 아프고 싫다는 듯이 푸덕거리며 꼬꾸댁거리는 닭을 받아들고 이리저리 살피어보며,

"하 이런, 하 이런, 원 이런. 그래 그리서 누가 그런 종두 모른단 말이냐? 누가 그랬냐? 또 저 판돌이(수돌이 아우)란 놈이 작난얼 히였구나? 네이놈 판돌아 늬가 그랬지? 응?"하고 수돌이 뒤에 따라선 판돌이를 흘겨보며 다져물었다. 판돌이는 어린 것이 애매하다는 듯이,

"아니라우 저넌 몰라라우. 악가 봉개루 저 병수가 새총얼 갖구 우리 집 뒤루 갔넌듸 그때 닥이 꼬꾸댁꼬꾸댁 히었서라우"하고 두덜두덜하였다. 수돌이는 판돌이 말을 받아,

"옳아요 병순가 그놈우 자식이 아마 그랬넝개비라우. 이리 쥐에기라우. 지가 갖구 가서 꼭 이렇게 생긴 닥얼 사오던지 닥 갑얼 물어놓던지 허리구 허게"하고 닭을 받아 안고 장거리로 해서 뒷동리로 향하여 갔다. 닭은 또다시 푸덕거리며 소리를 지르고 그 뒤에는 올망졸망한 장난꾼 아

---

82 지천: 지청구. 까닭 없이 남을 탓하고 원망하는 일.
83 모시: 모이.

이들이 무슨 구경거리나 생긴 듯이 죽 따라섰다.

강 참봉은 성이 꼭지까지 치밀어서,

"에잇 웬수놈우 자식덜 무엇 부자놈우 자식이 고기럴 못 으더먹어서 소중素症[84]이 났간듸 이 여름의 새총얼 갖구 댕겨. 에잇 그놈우 자식덜이 우리허구 무슨 웬수가 졌간듸 그렇게 심사럴 부리구 댕기넝고. 싹수가 읎넌 놈우 씨알머리[85]덜 내가 어서 이놈우 골[邑]얼 떠나야지 어서 떠나야 히여" 하고 욕을 퍼부으며 가겟방으로 들어갔다. 방으로 들어가서도 이것저것을 내부딪고[86] 툭툭 치면서 여전히 욕지거리를 하고 툴툴거리기를 마지아니하였다.

2

강 참봉은, '강 참봉'이라고 하면 고을에서도 누구에게나 일종의 특수한 기피忌避의 감정을 주는 사람이었었다. 더욱이 강 참봉 그 하나뿐이 아니라 그 집안사람은 누구 할 것 없이 고을에서 인심을 잃었다.

성질이 모두 괴팍하여 동리에서 일어나는 싸움은 모조리 도맡아 하고 심술이 궂어서 남 못되는 것을 자기네 잘 되는 것보다 더 고소하게 여기고 인색한 품은 소위 '제 돈 칠 푼만 알지 남의 돈 칠천 냥은 모른다'는 속담의 주인공이 되고 성질이 간사하여서 남의 험담 잘하고 아첨 잘하고…… 이러하기 때문에 그 집안사람들은 누구 할 것 없이 고을의 '친한 사귐'으로부터 마치 속담에 '개밥에 도토리' 격으로 제외를 당하였다.

---

84 소증: 푸성귀만 먹어서 고기가 먹고 싶은 증세.
  ― "하두 보리꽁둥이허구 된장덩이만 먹으닝개루 소징이 나서 원……" (「정자나무 있는 삽화」, 1939년)
85 씨알머리: 사람의 종자를 욕으로 이르는 말.
86 내부딪다: 앞으로 나가 부딪다.

그러나 그렇다고 또 남들이 노골적으로 그 집안사람들을 괄세[87]를 하느냐 하면 그렇지도 아니하였다.

강 참봉은 그래도 대대로 고을에서 살아 내려오는 소위 행신하는 집의 뒤끝이기 때문에 일부의 점잖은 사람들은 표면으로나마 그저 그대로 흔연히[88] 대접을 할 뿐이 아니라 또 한편으로는 강 참봉 그가 중년에 마음을 골똘히 먹고 모진 고생을 겪어가며 지긋지긋하게 돈을 모으기 때문에 지금은 논도 한 이백 석 추수거리를 장만하고 돈도 몇 천 원을 수중에 두고 돈놀이를 하는 터이라 웬만한 사람은 모두 그에게 얼마씩 빚이 있고 또 빚이 없다고 하더라도 뒷일을 생각하여 속으로는 몹시 얄밉게 여기면서 겉으로는 내어놓고 괄세를 못하였다.

그를 강 참봉이라고 부르는 것도 그가 무슨 참봉 벼슬을 하여서 그런 것이 아니라 그가 돈을 좀 모은 뒤에 그에게서 논마지기나 얻어 짓고 빚도 내어 쓰는 사람들이 그저 무어라고 그대로 부르기가 무엇해서 누가 처음에 그렇게 몇 번 부른 것이 아주 참봉이 되어버렸고 그럼으로 일종 비꼬는 수작으로 참봉이라고 부르는 사람들도 많았다.

또 한편으로는 그의 성질이 사납고 몹시 딱딱거리며 자기 집안에서 아주 '불호랑이' 노릇을 하기 때문에 요즈음 와서는 수돌이와 연배되는 젊은 사람들은 강 참봉을 '자가용경찰서장自家用警察署長'이라고 별명을 지었다. 그래서 수돌이에게 대하여 강 참봉의 말을 할 때에는 '자네 어루신네가 어찌어찌하다'고 하기보다 '자네 댁 자가용경찰서장이 어찌어찌하다' 든가 간단하게 '자네댁 서장이 어찌어찌하다'고 하였다.

수돌이가 처음에는 이러한 별명을 부르는 것을 몹시 싫어하여 욕도 하고 싸움도 더러는 하였으나 나중에는 하도 들어싸니까 그만 시들해서

---

87 괄세: 괄시恝視. 업신여겨 하찮게 대함.
88 흔연하다: 기쁘거나 반가워 기분이 좋다.

그대로 심상히 들어버리고 따라서 그것이 점점 사람들의 귀에 익어서 '이키, 수돌네 자가용경찰서장 오신다' 라든가 '흥, 서장이 또 어데를 가시는고' 하면 누구나 다 강 참봉인 줄 알았다.

강 참봉의 부인이 또한 억척스럽기로는 둘째가라면 서럽다고 할 만하였다. 집 안에서 농사를 널리 짓느라고 머슴을 너댓[89]씩 두건만 사십이 넘어 오십이 가까운데도 괴로운 줄도 모르고 그 며느리(수돌이 아내)를 끌고 여름이면 보리방아, 겨울이면 쌀방아, 집안 음식범절과 의복 같은 것은 말할 것도 없고, 채전밭 매어 가꾸기, 고추밭 매어 가꾸기, 두 마리나 되는 소 여물 쑤어 먹이기, 돼지 · 닭 · 집오리 치기…… 그리고 틈만 있으면 밀을 갈아서 누룩 뒤져 팔고 콩나물 길러 팔고 해서 그악스럽게[90] 돈을 따로 모았다. 그리고 밖에서 남편이나 아들이 남과 무슨 시비를 하다가 혹 경우에 빠져 몰리게 되면 이면도 체면도 집어치우고 뛰어 나서서 그저 무턱대고 '날 죽여라 이 오사헐 놈덜아 우리허구 무슨 웬수가 졌냐' 하고 발악을 하였다. 그러면 싸우고 있던 사람도 그만 무서워서 시비도 채 가리지 못하고 슬슬 가버리고 하였다.

수돌이는 강 참봉의 맏아들이었다. 그도 그의 부모에게 못지않게 인색하고 돈 모으는 속이 살갑고 송곳으로 이마빡을 찔러도 진물도 아니 날 만한 구두쇠였었다. 그러나 그는 사람 생긴 품이 원래 겁이 많고 어리석어서 남에게 속기를 잘하고 일상 동무들과 아이들의 놀림감이 되었다. 그리하여 강 참봉은 괄괄한 그 성질로 걸핏하면 지천을 하고 조금만 잘못하면 매질을 하고 항용恒用[91] 하는 말이 '병신 밭에 가서 이삭을 주서도 저보담은 낫겠다' 고 하였다. 그러므로 그는 집에 들어오나 밖에 나가나

---

89 너댓: 네댓.
90 그악스럽다: 사납고 모질다. 끈질기고 억척스럽다.
91 항용: 흔히 늘.

기운을 잘 펴지 못하였다.

그리고 그는 벌써 나이가 스물한 살이 되었고 열다섯 살에 장가를 들어서 그 동안에 딸자식까지 하나 낳았건만 귀엽다고 그러는지 못생겼다고 그러는지 강 참봉을 비롯하여 영철永喆이라는 관명[92]을 두고도 내내 수돌이라는 아명을 불렀다.

3

수돌이는 병수를 만나면 그저 멱살을 당시랗게[93] 붙잡고 당장에 닭 값을 물리되 만일 그래도 듣지 아니하면 병수의 할아버지나 아버지에게라도 말을 하여서 기어코 닭 값을 받아 내리라고 속맘으로 시비 따질 말까지 생각하여 가면서 이를 악물고 씨근버근[94] 병수의 집, 고을에서 첫째를 다투는 조 동지 집의 큰 대문 앞까지 다다랐다.

그러나 그는 그 큼직하고 위엄찬 솟을대문이 앞에 딱 가로놓이고 큰 부잣집이라는 생각이 날 때에 어쩐지 무엇에게 덮여 눌리는 듯이 두려운 생각이 앞을 서서 대문 안으로 들어가지를 못하고 뒤에 따라온 아이 하나를 시켜서 병수를 불러내었다. 아이가 들어간 지 한참만에야 조 동지의 작은 손자, 동리의 말썽꾼 병수가 나왔다. 그는 덕집[95]이 커다란 수돌이가 다리 부러진 닭 한 마리를 안고 서서 자기를 노려보고 그 뒤에는 장난꾼 아이들이 올망졸망 늘어서서 무슨 일이 생기기를 기다리는 듯이 침

92 관명: 관례冠禮를 치르고 어른이 되면서 새로 지은 이름.
93 당시랗다: 당실하다. 맵시 있게 덩그렇다.
 — "두부장수는 종태의 손목을 당시랗게 훑으려 잡고 도둑놈의 자식이니 오랄 질 놈의 자식이니 멀쩍하게 욕을 한바탕 퍼붓는다."(「명일」, 1936년)
94 씨근버근: 숨이 몹시 차서 시근거리며 헐떡거리는 모양.
95 덕집: '몸집'이라는 뜻으로 쓰임. '집'이란 '크기' 또는 '부피'의 뜻을 더하는 접미사.

을 삼키고 있는 것을 보고 깜짝 놀라서 주춤하다가 다시 시치미를 툭 떼고 수돌이를 흔연히 쳐다보며 그러나 역시 업수이[96] 여기고 조롱하는 태도로,

"자네가 날 찾았넌가? 왜? 그 닥언 웬것이여? 나 줄라구 갖구 왔구만? 고맙네. 이리 주소. 헛따 그놈 물 많이 붓구 푹 삶어 먹었스면 인삼 몇 근 먹은 것보단 낫것다" 하고 그의 나이에도 상당치 아니하게 능청스러운 점잔을 뺐다. 수돌이는 그 겁 많게 생긴 큼직한 눈을 옆으로 치떠 가증스러운 말을 하고 섰는 병수를 흘겨보며 원래도 더듬는 말에 성이 난 판이라 한층 더 데데데데하는[97] 말로,

"무엇이 어찌여? 닥 갑 물어내어 닥 갑" 하고 안았던 닭을 병수에게 내보였다. 병수는 여전히 시치미를 떼며 닭은 본체만체하고 아주 놀라는 듯이,

"무엇? 닥 갑? 내가 어쩟간듸 닥 갑얼 물어내라넝가? 응?"

수돌이가 기가 막히다는 듯이,

"내가 어쩟간듸가 무어여? 이 닥 다리 부아 닥 다리" 하고 닭을 더 바싹 병수에게로 들이밀었다. 병수는 그럴듯하게 닭을 굽어다 보다가,

"응 닥 다리가 부러졌구만. 어쩌다가 이렇게 작신 분지러졌을꼬! 그런듸 이 사람 수돌이 닥 다리가 부러진 것언 안되었네만 날더러 어쩌란 말인가?"

"아니 아까 자네가 새총으로 쏘아서 이렇게 안 분질렀어. 왜 새총언 갖구 댕김서 남우 닥 다리럴 분질러 놓아 왜?"

"얼래 참 기가 맥히네. 아니 이 사람 내가 새총으로 쏘아서 이렇게 분지넝 것얼 자네가 부았넌가? 부았어?"

96 업수이: 교만한 마음에서 남을 낮추어보거나 멸시하여.
97 데데데데하다: 데데거리다. 말을 자꾸 더듬거리다.

"보던 안 히였지만 자네가 아까 새총얼 갖구 우리 집 뒤여루 안 돌아 댕겼어? 그러구 우리 판돌이가 그러넌디 자네가 막 우리 집 뒤루 돌아댕 기넌디 닥이 꼬꾸댁꼬꾸댁 허더라던디 그리여? 어서 닥 갑이나 물어내 여. 닥 갑이 오 원이여 오 원."

"허허 참 어제 저녁 꿈자리가 사납더니 별 꼴얼 다 보겄네. 내가 새총 얼 갖구 댕기구 자네 닥이 꼬꾸댁거렸응께 내가 분질렀단 말이지? 아서, 그런 병신 소리넌 두 번두 허지 말구 어서 읖어져 개가 싹 핥은 듯이 읖 어져 이 병신아."

"무엇이 어찌여? 이년의 자식" 하고 수돌이는 병수에게로 바싹 다가 섰다. 그는 이때까지 참고 있던 성이 터져 올라왔다. 그는 맘에 먹었던 말은 그대로 잘 나오지 아니하고 도리어 자기보다 나이 어린 병수에게 망신이나 하는 것 같아서 참을 수 없시 분하였다. 그리하여 그는,

"무엇이 어찌여 이년의 자식. 병신이라니? 누구더러 병신이래여. 이 순 후리개년의 자식 같어니. 니미 니애비가 저녁마닥 양쪽 어깨에다 쌍 으로 촛불얼 써놓고 앉어서 그렇게 가르치데? 이 오사엠병얼 허다가 급 살맞일 놈우 자식 내가 병신이면 너넌 무엇이냐?" 하고 욕을 내리 퍼부 었다. 이 욕에는 병수도 골이 났다. 그러나 수돌이가 흥분이 된 대신 그 는 냉냉하고 쌀쌀스럽게,

"너보구 너라구 히였다? 옳지 너넌 나보단 네 살인가 다섯 살 더 먹 었다구? 연상 어른이시라구? 자식이 똑 병신 소리만 개려 갖구 댕김서 허넌구만. 아나 엇다 어른! 순 못난 잡것 같어니. 야 이 잡것아 글씨 니가 무엇 갖구 껍덕대냐.[92] 돈 믿구? 피 에헤. 돈이 있스면 몇 푼이나 있냐? 그까짓 논 몇 섬지기 허구 돈 몇 천 원 갖구 돈놀이 히여먹넝 것? 시푼[93]

---

92 껍덕대다: 껍적대다. 신이 나서 방정맞게 꺼불거리다.
93 시푸다: 시프다. '헤프다'의 방언(전남).

똥언 구린내두 안 난단다야."

이 말은 수돌이의 가슴에 못을 박는 듯하엿다. '왜 우리 집에는 돈과
논이 좀 더 없었든가' 하는 야속한 생각과 어린 병수에게 망신을 당한 것
이 분하여서 그의 눈에는 눈물의 핑 돌았다. 그는 억지로 눈물을 참으며,

"오냐 오냐. 우리넌 돈두 읎구 가난헌 사람이다. 너넌 부자 장자구.
왜 부자놈우 자식이 남우 닥 다리럴 분질러 놓구 안 물어줄라구 히여. 어
서 물어내라. 엇다 이 닥언 니가 갖다 잡어럴 먹던지 삶어럴 먹던지 닥
갑 오 원 당장에 내라" 하고 안았던 닭을 병수의 앞에 확 내던졌다. 병수
는 닭이 땅에 떨어지자마자 발길로 픽 차내 던지며 밉상스럽게,

"아 이 잡것이 또 지랄허네. 닥 갑이 무슨 닥 갑이냐? 물어주래? 아나
이리 오니라. 허벅다리나 한번 콱 물어주마. 돈이 썩어나덩가부다" 하고
확 돌아서서 안으로 들어가려 하였다. 병수의 발길에 채인 닭이 꼬꾸댁
꼬꾸댁 하고 비명을 지르며 절룸절룸 푸덕푸덕 달아나려 하는 것을 보고
수돌이는 겁결에 쫓아가서 닭과 한가지로 이리 뛰고 저리 뛰고 하며 붙
잡으려고 애를 썼다. 구경꾼 아이들은 그것이 우스워서 모두들 대그르
웃었다.

수돌이는 한참동안 닭과 씨름을 하다가 겨우 붙들어 안아가지고 들
어가려고 하는 병수의 뒤를 쫓차가서 소리를 지르며,

"아 니가 참말루 닥 갑얼 안 물어내구 그럴래? 가자 그럼 느 아부지
한틔 가자. 내가 가서 다 이를 것이다" 하고 사랑으로 들어갈 듯이 별렀
다. 이 말에 병수는 발을 멈추고 동그래진 눈으로 수돌이를 바라보다가
다시 경멸하듯이 독살스럽게,

"흥 잘헌다. 이넌의 자식 어듸 우리 아부지한틔 일러만 부아라. 나넌
느 집 서장한틔 가서 일를 말이 읎넌 줄 아냐. 너넌 어저 저녁의 선옥(동
리에 있는 색주가)이 집에 가서 술 처먹구 거그서 자구 그렀지? 내가 몰

르년 줄 아냐? 나두 느 집 서장더러 일를 걸 늬 각시(아내) 보넌듸 엎어져서 볼기 맞넌 꼴 참 볼 만허것다. 왜 그 말언 무섭냐? 어서 좀 떠들어보지 왜 암말두 못 허냐" 하고 승리를 한 듯이 막 놀리어 주었다.

과연 수돌이는 아무 말도 못하였다. 그는 가슴이 뜨끔하고 전신이 맥이 탁 풀리었다. 그는 다만 분이 치밀어 오르고 짜증나는 눈으로 집어삼킬 듯이 원수스럽게 병수를 노려보았다. 그는 그저 소리 없는 총이 있으면 당장에 병수 그 원수를 탕 쏘아 죽이었으면 싫었다. 그러나 다시는 더 병수를 건드릴 수가 없어 그대로 홱 돌아서며 쓸데없는 앙탈로,

"오냐 이년의 자식덜 두구보자. 부자놈의 자식이라구 싹퉁머리 읎이 남우 닥 다리 분질러 놓구 댕김서 뎁데 그러런 욕 허구. 어디 보자" 하고 씽씽 가버렸다.

병수는 어깨를 으쓱거리고 싱글싱글 웃으며,

"얼씨구 잡것 지랄허네. 병신자식 겉으니. 그 말언 무섭냐? 엇다 수돌아 닥 갑 받어가거라" 하고 내내 조롱을 하고 구경꾼 아이들은 "어얼레 하하" 하고 모두들 웃었다.

4

수돌이는 그 길로 닭을 안고 바로 고을 공의公醫에게로 갔다. 공의 역시 먹으라고 선사로 가져온 줄 안 눈치다. 수돌이는 부러진 닭 다리를 내어 보이며 섣부른 일본말로

"무라개상[94] 고노 니와도리노 아시니 구스리 좃도(촌상공 이 닭 다리

| 94 무라개상: 일본인 공의의 이름 무라카미村上에 존칭 '상樣'을 붙여 부르는 말.

에 약 좀)"하고 아첨하는 억지웃음을 지어가며 닭을 내어 보였다. 공의
는 기가 막힌다는 듯이 이맛살을 찌푸리고,

"오레와 쥬이쟈나이요. 혼또니 바가니 스루네(나는 수의가 아니야.
그것 참 망신이로군)"하며 두덜두덜하였다. 그러나 수돌이는 공의가 한
말을 잘 알아듣지도 못하고 연속 '무라개상'과 '구스리'를 찾았다. 하도
졸라싸니까 공의도 하는 수 없이 알코올 적신 솜으로 닭의 상한 다리를
닦고 부러진 것을 잘 맞추어서 '옥도포름[95]'을 바르고 붕대로 동여주었
다. 수돌이는 돈을 얼마나 받으랴냐는 말에 웃으며 그만두라는 공의에게
몇 번이나 고맙다는 치하를 하고 닭을 안고 집으로 돌아왔다.

그가 닭 값은 받지 못하고 흥부가 제비 새끼 부러진 다리를 동여매듯
이 부러진 닭의 다리를 친친 동여가지고 끄벅끄벅[96] 돌아오는 것을 보고
집안에서는 또 한바탕 야단이 일어났다.

"아 글씨 이 병신 쭉쟁이 자식아. 그렇게 호기럴 부리구 쫓아가더니
그냥 이러구 와?"하고 강 참봉은 다그쳤다. 수돌이는 간이 콩만 해져서
비실비실하며,

"암만 히두 지가 안 분질렀다구 허넌디 어떻게 히여라우."

"에라 이 순 병신 천치…… 저걸 어떻게 히여. 씨가 좋다구 히여서
일부러 군산까지 가서 오 원이나 주구 사왔넌디 다리가 저렇게 작신 부
러졌으니 저걸 어떻게 히여."

"무라개상이 그러넌디 곧 낫넌다구 그리라누."

"앙알거리기넌 잘 헌다"하고 강 참봉은 수돌이 머리를 한 번 콱 쥐어
지르며,

"남덜언 복이 있어서 자식덜두 잘 두었더라만 에잇"하고 가겟방으로

---

95 옥도포름: 요오드포름.
96 끄벅끄벅: 문맥상 '터벅터벅' 정도의 의미로 쓰이고 있으나 조사가 필요한 말임.

들어갔다.

안에서는 수돌이 어머니가 또 수돌이를 붙잡고 간을 녹여주었다.

"아 글씨 그년의 자식얼 뜯어럴 놓던지 발겨럴 놓던지 지미 지애비더러 일르던지 히여서 기연이 닥 갑얼 안 받어 오고 그냥 왔냐? 인내라. 내가 쫓아가서 받어갖구 오마" 하고 그 땍땍거리는 목소리로 야단을 쳤다.

수돌이는 자기 어머니가 병수를 찾아갔다가 만일 병수의 입에서 어젯밤에 선옥이 집에를 갔던 말이 나오기만 하면 생으로 큰일이 나겠으므로 어쨌든지 슬슬 둘러부치는 말로,

"아니라우. 알구 봉개루 병수가 안 그랬대라우. 무라개미상두 그러넌디 총알에 맞어서 부러진 것이 아니라구 그리라우. 내일 지가 다시 알어볼팅개 그만 두어기라우" 하고 겨우 진정을 시키었다.

이렇게 무사히 씻어 덮기는 하였으나 그의 가슴에는 영영 굵다란 못이 박히고 말았다. 그것은 아까 병수와 싸울 때에 "네가 무엇을 믿고 꺼떡대냐?" 하는 병수의 말이었다. 과연 자기 집은 병수의 집에 비하면 가난뱅이었었다. 그리하여 그는 '왜 우리 집은 가난한고', '앞으로 어떻게 하면 어서 바삐 쉽게 돈을 좀 모아볼까. 어쨌던지 돈을 모으기만 하면……. 돈을 모으기만 하면 집을 짓는데 지금 병수네 집보담 훨씬 더 크게 짓고 또 그때쯤 가서 병수네가 거의 망하게 되기만 하면 그 집과 논밭을 모도 보아란 듯이 사들이고 그리고 병수가 거지가 되어 찾아와서 돈을 빌려달라고 하면 실컷 조롱을 하여주고, 그렇게 되면 그때에는 부모도 지금처럼 엄하지는 않을 것이고 선옥이 같은 첩도 얻을 수가 있을 것이고 점잔도 낼 것이고 지금처럼 남이 조롱도 아니하고 도리어 나으리 서방님 하고 떠받쳐줄 것이고……' 이렇게 침을 삼키어가며 꿀 같은 공상을 하였다. 그러나 공상을 하다 갑자기 현재의 자기 집과 처지를 돌아

보면 무한히도 쓸쓸하고 한심스러웠다. '어떻게 하면 손쉽게 많은 돈을 좀 모아볼까?' 자기 아버지가 서른다섯 살부터 돈을 모으기 시작한 것이 지금 나이 쉰인데 십오 년 동안에 겨우 논 몇 섬지기와 돈 몇 천 원밖에는 번 것이 없으니 만일 병수네 같은 부자가 되자면 한 백 년을 두고 모아도 그만큼 될까가 싶지 아니하였다. 그는 자기가 스스로 어떻게 묘하게 돈을 좀 속히 모았으면 싶은데 아무리 하여도 좋은 도리가 없었다. 그동안 자기 스스로가 힘을 써서 모은 것이 오 년 동안에 푼푼이 저금한 것 한 육백 원과 소 세 마리를 사서 도조로 내어준 것과 논 닷 마지기를 산 것밖에는 더 없었다.

'돈을 어서 좀 모아야겠는데 그러나 어떻게?'

이리하여 그의 맘은 안타깝고 괴로웠다.

5

그날 저녁이었다. 수돌이는 항용 하던 대로 저녁을 먹고 나서 원두막으로 갔다. 동리로부터 훨씬 떨어져 산 밑 참외밭 옆에 있는 원두막에는 그날 밤에도 화투판이 벌어졌다. 장소가 조용하고 선선한 까닭에 돈 있고 할 일 없는 사람들과 돈을 따먹으려는 질꾼[97]들이 밤마다 수돌네 원두막에 모여 노름을 하는 것이었다.

밤이슬을 맞아가며 참외를 몇 개 따서 팔고 노름하는 옆에 잠도 못 자고 지키다가 개평을 몇 푼씩 얻은들 그것이 큰 부자가 되는 데 무슨 도움이 되랴 하는 전에 없던 한심한 생각을 품고 수돌이는 시름없이 원두

| 97 질꾼: 노름꾼. 김유정의 「소낙비」 같은 작품에도 나오는 말임.

막으로 올라가서 판을 한번 둘러보았다. 그을음이 새까맣게 오르는 석유 등잔불과 코를 콕 지르는 모깃불을 놓고 대님 짝으로 혹은 수건으로 머리를 질끈질끈 동인 세 사람이 앉아서 톡톡 하며 정신없이 화투를 치고 그 뒤로는 개평꾼들이 너댓이나 빙 둘러앉았었다. 그리고 판에는 시퍼런 십 원짜리가 제법 왔다 갔다 하고 노름하는 사람의 앞에는 자세히는 몰라도 돈이 몇 백 원씩 수북수북이 놓여 있었다.

수돌이는 전에는 도무지 노름을 하지 아니하였다. 그것이 위험한 것일 줄 알 뿐 아니라 또 자기 아버지가 만일 자기가 노름을 한 것을 알게 되면 생으로 날벼락이 내릴 터이니까 감히 생심도 못하여보았다.

그러나 그날 저녁에는 하는 수 없이 맘이 끌리었다.

판에 나와 있는 돈이 적어도 한 오백 원은 되는데 아까부터 그의 가슴 속에 자리를 잡고 들어앉은 '쉽게 돈을 모으겠다'는 욕심이 걷잡을 수도 없이 머리를 들고 일어나서 저놈만 오늘 저녁에 다 따도 괜찮은 심평이고 또 그렇게 며칠만 계속하면 순식간에 몇 천 원, 잘하면 몇 만 원까지도 딸 수가 있으리라는 생각이 못 견디게 그를 소삭거리었다.[98] 더구나 남이 하고 있는 것을 보니 답답하기가 짝이 없고 자기가 하기만 하면 꼭 딸 것만 같았다. 그리하여 그는 참다못하여 빈 틈 하나를 비벼 뚫고 앉으며,

"나두 오널 저녁언 한판 헐 틔여" 하고 좌중을 둘러보았다.

이것을 보고 마침 화투를 걷어잡던 질꾼으로 유명한 홍가가 대수롭다[99]는 듯이,

"돈이 몇 푼이나 있간디 이러구 덤벼?" 하고 가진 돈을 보이라는 것처

---

98 소삭거리다: '속삭이다'의 방언. 김영랑의 시 「돌담에 속삭이는 햇발같이」에서도 '속삭이는'의 본래표기는 전라도 방언인 '소색이는' 이다.

99 대수롭다: 본래는 '중요하게 여길 만하다'의 의미이나, 여기에서는 그 반대인 '가소롭다'라는 뜻으로 쓰이고 있음.

럼 수돌이를 바라보았다. 수돌이는 조끼 호주머니에 삼지끈[100]으로 끈을
달아 집어넣은 부수쌈지 같은 지갑 속에서 꼬기작꼬기작한 십 원짜리 한
장을 꺼내어 호기 있게 앞에다 척 놓으며,

"자, 십 원" 하였다. 여러 사람들은 모두 대그르르 웃고 홍가는,

"아서 제발 저리 가서 가만히 앉었다가 참우나 팔구 개평이나 띠어.
또 그렇게 증말 허구 싶으거던 가서 이백 원만 짊어지구 오던지" 하고 화
투를 척척 쳤다.

이백 원의 밑천이 있어야 한다는 말에 수돌이는 어간이 벙벙하여 앉
았는데, 같이 화투를 하던 전당국 하는 깍쟁이 이李가,

"엇다 이 사람 그럴 것 무엇 있넌가. 가서 자네댁 서장 모르게 궤櫃 속
에서 이백 원만 훔쳐 갖구 오소. 따서 도루 갖다 느두면 구만 아닌가?"
하고 충동이를 하였다. 수돌이는 그 말에 '옳다 되었다' 하는 듯이 벌떡
일어섰다.

이것을 보고 역시 같이 노름을 하던 부잣집 젊은 친구 조가가 점잖은
말로,

"여보소 수돌이 왜 이러넝가? 자네가 돈을 갖구 와서 화투럴 허면 이
판에서 돈얼 따먹을 종 알구 그러넝가? 쓸듸없는 짓 말구 가만이 앉었
소. 또 자네 어루신네가 아시면" 하고 세 사람이 모두 다시는 수돌이는
본 체도 아니하고 화투를 치기 시작하였다.

수돌이는 그대로 한참이나 서서 망설이다가 참지 못하고 원두막 아
래로 내려가면서,

"아무개 저 원두밭 좀 가끔 둘러보소. 나 곧 올게" 하고 어두운 속으
로 사라져버렸다.

| 100 삼지끈: 활을 쏠 때에 삼지에 끼는, 실로 만든 가락지.

한참만에 수돌이는 시근버근[101]하며 맨발 벗은 짚신 발에 정강이까지 이슬이 후줄근하게 맞아가지고 원두막 위로 올라왔다. 그는 과연 알돈[102]으로 이백 원을 가지고 왔다.

점잖은 친구 조가는 나이도 수돌이보다 십여 살 위고 하므로 여러 번 못하도록 말렸으나 수돌이는 굳이 듣지 아니하고 판에 끼어 화투를 하기 시작하였다.

꾼이 넷이 되기 때문에 들고 나기를 하기로 하고 판은 격에 십 전 내 기었었다. 첫 판에는 질꾼 홍가가 들어가고 깍쟁이 이가가 첫손이 되고 수돌이가 중 조가가 회말[103]이었다.

수돌이 패는 아주 썩 잘 들었었다. 그는 처음부터 모든 것이 뜻대로 되는 것 같아서 맘이 퍽 기뻤다. 송학 광과 오동 광에 국화 열 끝 매조 띠 단풍 띠 그리고 국화 홑끝과 난초 홑끝…… 이만하면 손에 든 것만 하여 도 거의 본[104]은 될 만하였다. 바닥도 잘 나왔다. 이가가 처음 하고 난 뒤 에 수돌이가 송학 광으로 솔 띠를 먹어오고 젖히는 데서는 난초 띠로 난 초 열짜리를 먹어왔다. 벌써 사십 격을 먹어온 것이다. 그리고 잘하면 홍 단도 바라볼 수가 있었다. 다음번에는 오동 광을 먹어오고 젖혀서는 비 광이 나와서 바닥에 나와 있는 비 열짜리로 먹어왔다. 벌써 본격 팔십을 제하고도 열 끝을 땄다. 그 다음에는 국화 열짜리로 홑끝을 먹어오고 또 다음에는 국화 홑끝을 내어놓고 젖혀서 모란 열다섯 끝을 먹어오고 또 다음에는 난초 홑끝을 내어놓고 젖혀서 흑싸리 다섯 끝을 먹어오고 또 다음에는 단풍 띠로 단풍 열끝을 먹어오고 맨 끝판에는 매조 띠로 그저 다섯 끝만 먹어왔다. 그리하여 첫판에 예순 끝을 땄는데 조가가 사십

---

101 시근버근: 씨근버근.
102 알돈: 정성스럽게 모아 몹시 소중한 돈. 종이 따위에 싸지 아니하고 그대로 드러낸 돈.
103 회말: 노름 용어로서 조사가 필요한 말임.
104 본: 본전.

끝을 잃고 이가가 스무 끝을 잃었다. 수돌이에게는 육 원이 들어왔다.

이번에는 수돌이가 첫손이라 화투를 걷어잡아 가지고 잘 치지도 못하는 솜씨로 투덕투덕 쳐서 패를 나누어 준 뒤에 자기 패를 집어서 펴보았다. 역시 썩 잘 들었다. 남이 묻기도 전에 "안 들어가" 하고 바닥패를 집어보았다. 그동안에 조가가 얼핏 들어갔다. 이번에는 패도 잘 들어왔거니와 바닥패도 잘 떨어졌다. 다하고 나서 세어 보니 한 사십 끝을 땄다.

셋째 번에는 열 끝을 잃었다. 그러나 넷째 번에는 홍단을 한 거리 하고 다섯째 번에는 또 사십 끝을 땄다. 이렇게 열댓 판 하는 동안에 수돌이는 한 오십 원이나 땄다. 그는 하늘이라도 올라갈 듯이 기뻤다. 전 같으면 공돈 오십 원이 생기었으니까 다시는 더 바라지도 아니하고 벌떡 일어설 수돌이지만 판돈을 다 먹을 욕심을 가진 그는 그대로 눌러앉아 계속을 하였다. 개평꾼들은 손을 쑥쑥 내밀며 개평을 달라고 하였으나 그는 단돈 십 전도 주려 하지 아니하였다. 그리고 홍가와 이가는 연해 "미꾸라지한테 무엇 물렸다"고 두덜두덜하였다.

판은 점점 커졌다. 격에 십 전 내기를 하던 것이 이십 전 삼십 전 오십 전까지 올라갔다. 그 동안에 수돌이는 백여 원을 땄다.

그러나 수돌이의 운수는 길지 못하였다. 백 원쯤 들어와 가지고 얼마 동안은 더 들어오지도 아니하고 나가지도 아니하고 있더니 필경은 솔래솔래[105] 나가기를 시작하였다.

들어올 때에는 약바르게[106] 들어왔지만 단 몇 거리와 사오십 끝씩 몇 차례 지고 나니 땄던 백 원은 허망하게도 훅 나가버렸다. 수돌이는 등이 바싹 달아가지고 대번에 일 원 내기로 올랐다. 그러나 일 원 내기로 한

---

105 솔래솔래: 조금씩 조금씩 가만히 빠져나가는 모양.
106 약바르다: 약빠르다. 약아서 눈치나 행동 따위가 재빠르다.

첫 판에 또 사십 끗을 지고 나니 본전에서 도리어 이십 원이 나갔다.

이번에는 꼭 단을 한 거리 하려 한 것이 과연 홍단을 불러 놓고 손에 '사쿠라' 홀끗을 쥐었다. '사쿠라'가 광짜리는 벌써 잘리었으니까 이제는 띠만 나오면 갈데없는 단이다. 수돌이가 중이었는데 기다리는 '사쿠라' 단짝은 아무리 하여도 나오지 아니하였다. 맨 끝차례에 첫손인 홍가가 공산 광짜리를 내어놓고 바닥에서 매조 홀끗을 젖혔다. 자, 이제는 바닥에 자지만 아니하였으면 단이라고 생각하고 수돌이는 '사쿠라' 홀끗을 내어놓고 두 장 남은 윗장을 집어서 '보자 어디' 하고 힘 있게 쳤다. 그러나 그것은 매조 열 끝짜리였었다. 얄밉게도 단짝은 바닥에 나붓이[107] 자고 있었다. 하지도 못할 단 때문에 오십 끗이나 잃었다. 오십 끗에 오 원을 치렀다.

이렁저렁 본전 이백 원이 거의 다 나가게 되었다. 그는 가슴이 죄이고 등이 달아서 바로 앉지도 못하였다. 필경 본전이 다 나가고 몇 원을 달리는 것을 보고 홍가가 먼저 툭툭 털며,

"구만 허세. 외상 노름얼 무슨 재미루 허구 앉었어" 하고 일어서려 하였다. 이 말에 수돌이는 깜짝 놀라 어쩔 줄을 모르면서,

"아니여 아니여 더 히여 나 돈 더 갖구 올게 더 히여" 하였다. 그러나 돈을 더 가져오려야 더 가져올 돈이 없었다. 먼저 이백 원을 가져온 것도 그날 강 참봉이 빚을 받아서 궤 속에 넣어둔 것을 몰래 훔쳐온 것이었다.

수돌이가 돈을 가지러 간다고 하여 놓고 여전히 머뭇거리는 것을 보고 이가가,

"가질러 갈나거든 어서 가서 갖구 오소. 원 날 새기 지대리닝가?" 하고 재촉을 하였다. 수돌이는 찝찝하고 앉아서,

---

| 107 나붓이: 작은 것이 좀 넓은 듯하게.

"돈은 읎구 저금통장밖이 읎넌듸."

"저금통장? 좋지 가져와 내가 잡으께."

수돌이는 겨우 살아난 듯이 옆에서 구경하는 사람을 시켜서 자기 아내에게 저금통장을 아무도 몰래 보내라고 쪽지를 적어 보냈다.

이 꼴을 보고 조가는 툭툭 털고 일어서며,

"나넌 구만 헐라네. 자네덜이나 더 허소. 내가 돈얼 땄으먼 못 가겠네만 나두 돈 백 원이나 잃었으닝개⋯⋯. 그러구 이 자리에 오래 앉었다가넌 큰말 듣겄네" 하고는 자기 것을 걷어가지고 돌아가버렸다.

오래지 아니하여서 수돌이 저금통장을 가져왔다. 육백 원 하고 또 몇 원 있었다. 내일 같이 우편소에 가서 찾아주기로 통장과 도장을 이가에게 내맡기고 이백 원을 얻어서 다시 화투를 시작하였다.

그러나 수돌이는 화투를 잘하지도 못하는 데다 조가가 가고 난 뒤에는 홍가와 이가가 들어서 속이어까지 먹음으로 수돌이는 배겨내지를 못하였다. 이백 원은 순식간에 다 잃어버리고 또 이백 원을 얻었다. 또 잃었다.

마지막으로 이백 원을 손에 들고 수돌이는 떨었다. 그리고 그의 가슴에서는 우꾼우꾼[108] 맞방망이를 쳤다. 그는 잃기 시작한 때부터 내내 두고 단 몇 거리와 광 몇 거리만 거푸 하면 곧 본전을 찾겠느니, 꼭 이번에는 단이 나겠거니 하여 왔으나,[109] 될 듯 될 듯 만하고 도무지 되지를 아니하였다. 패가 들어오는 것을 보아도 처음 딸 때 같으면 넉넉한 팬데, 그러나 바닥에서 일지를 아니하고 손에 든 패는 째어서[110] 그저 자꾸 잃기만 하였다.

---

108 우꾼우꾼: 어떤 기운이 일시에 자꾸 세게 일어나는 모양.
109 왔으나: 원문에는 '왔스니'로 되어 있으나 문맥상 '왔으나'가 자연스러움.
110 째다: 일손이나 물건이 모자라서 일에 쫓기다.

수돌이의 눈은 벌겋게 상기가 되어 뒤집힐 듯이 휘둥그렇고 살기가 등등하였다. 그의 입에서는 게거품이 질질 흐르고 정신이 홍총망총[111]하여서 가끔 가다 딴전을 통통 보았다.

여름밤은 짧았다. 닭이 몇 홰 울고 나더니 날이 휘엿이[112] 새기 시작하였다.

돈 육백 원을 훅 불어 날린 수돌이는 꿈인가 생시인가 저 사람들이 정말 내 돈을 따먹고 아무 소리 없이 가지야 않겠지, 도로 주지나 아니할라는가 하며 홍가와 이가의 눈치만 보았다. 그들은 시치미를 뚝 떼고 가버리고 개평을 얻은 개평꾼들도 좋아라고 모두 가버렸다.

혜쩍[113]하고 혼자 원두막에 앉은 수돌이의 주위에는 악마의 꿈 같은 밤의 장막이 슬며시 걷히고 아침 안개가 땅 위로 얕게 떠돌았다.

6

날이 훨씬 밝은 뒤에 수돌네 집에서는 돈을 도적맞았다고 야단이 나서 집안이 발칵 뒤집혔다. 강 참봉은 수돌이를 다그쳤으나 그는 끝까지 자백을 아니하였다. 강 참봉도 그러면 도적놈의 소위라고 주재소에까지 말을 하였다. 그러나 몇몇 사람 외에는 그 도적을 알 사람이 없었다.

일금 육백 원야一金 六百圓也라고 쓰고 즉시불卽時拂이라는 도장을 찍은 저금통장을 속옷 속에 품고 '아버지가 돈이 쓸 데 있다고 저금한 돈을 찾아오라고 하시면?' '날벼락' '몽둥이'…… '육백 원' '어데로 갔는고'

…… 이러한 두려움과 애달픔에 시름이 없이 장거리에 앉아 참외 몇 개를 놓고 팔고 있는 수돌이를 누구나 그 속을 굽어다보면 별구경이 많았을 것이다.

그는 어제 밤새도록 한잠도 못 잔 몸이라 참외 깎는 칼을 손에 든 채 꾸벅꾸벅 졸다가 칼로 참외를 탁 치며 "단 났다"라고 소리를 버럭 지르다가 제 소리에 잠이 번쩍 깨어 칼에 찍힌 참외를 물끄러미 쳐다보면서 혼잣말로 '이것이나마 어서 부지런히 해서 또 주워 모아야지' 하고 고개를 끄덕끄덕 하였다.

마침 지나가던 사람이 참외 하나를 가리어 들고,

"참우 이놈 을매요?"

"돈 반(삼 전)이오."

"삼 전? 비싸니 이 전만 받으우."

"안 되야요."

"여보 원 이 전 값밖에 안 되우."

"그 참우가 이 전짜리만 되야요?"

"엇다 여보 밑지더래두 그대루 팔우. 우리 손자놈 갔다 줄라넌디 돈이 이 전뿐이요. 일전 상관이니."

"돈 일 전언 그저 공것인 줄 아우?"

수돌이는 이 끝의 말을 힘 있게 할 맘이었으나 무슨 소린지 모르게 저 목구멍에서 무어라고 우물우물 하고 말았다.

—1926년 12월 18일 정밤중 호조다리에서

《동광》 제14호, 1927년 6월

봉투에 든 돈

_ 화서

건넌방 아랫목에 들어박혀 앉아서 가시 같은 푸념을 뇌살거리며[114] 딸을 볶아대고 있던 봉희鳳姬 어미는 가뜩이나 골이 난 판에 봉희가 또 나가는 것을 보고 장지문[115]을 화닥닥 열어젖히며 단속곳[116] 바람으로 손에 담뱃대를 든 채 마루 끝까지 따라 나와 그 뚝뚝하고 귀염성 없는 영남 사투리로,

"네 또 어데 가노? 인력구 오면 어짜라코. 응?" 하고 한바탕 잡도리라도 할 듯이 고함을 쳤다.

봉희는 쇳소리 같은 어미의 말소리가 징그럽다는 듯이 어깨를 움칫하고 잠깐 발을 멈췄다가 이어 돌아다보지도 아니하고 성가시다는 듯이 메어다 부딪는 듯한 퉁명스러운 말소리로,

"동무 집에 놀러가요. 인력거가 오기나 하나 웬게" 하고 그대로 씽씽

---

114 뇌살거리다: 혼잣말처럼 되풀이하여 자꾸 말하다.
115 장지문: 障—門 지게문에 장지 짝을 덧들인 문. 원문에는 '창지ㅅ문'으로 되어 있으나 오류로 보임.
116 단속곳: 여자 속옷의 하나. 양 가랑이가 넓고 밑이 막혀 있으며 흔히 속바지 위에 덧입고 그 위에 치마를 입는다.

걸어 나갔다.

봉희 어미는 그만 악이 복받쳐서 발을 동동 구르며,

"아, 지년이요, 이년 봉희야! 이 ××××로 짝 지질 년, 이년 네 무얼 하로 날마동 저리 비이잉 하고 쏘대댕이노구마. 동무 집에 네 써뱅이[117]가 있나아, 동무 년이 네로 평생 멕이 살린닥 하더나. 응 이년아, 어지도 저리 미친년맹이로 쎄에 하고 마악 나가고 나니 이내 곧 인력구가 왔는데, 이 늙은 년이 아아무리 찾어다니도 평생 있어야지. 이년 봉희야아" 하고 악을 썼다.

그러나 이때에 봉희는 벌써 대문 밖에까지 나갔다. 그는 대문 밖에서 행랑어멈을 불러 인력거가 오거든 그의 동무인 옥화의 집으로 보내라고 이르고 그대로 길거리로 나섰다.

바깥은 마침 밤이 오려는 어두컴컴한 장막이 둘려 있고 전등불은 새삼스럽게 번득였다.

검푸른 속으로 내다보이는 하늘에는 작은 별들이 담숭담숭,[118] 징그럽게[119] 차게 부는 쌀쌀한 바람에 사라질 듯이 까막거렸다.[120]

봉희는 목도리로 얼굴을 덤뿍[121] 둘러 눈만 내어놓고 바람에 날리는 두루마기 자락을 여미어 가면서 길을 걸었다.

음력 그믐이 닥쳐와서 그러한지 진열장을 찬란하게 꾸며놓은 휘황한 상점 거리와 길거리로 오고 가는 사람들의 행동이 이상스럽게 긴장이 되고 분주한 듯하였다.

이 그믐이라는 생각에 잠깐 동안 무심하여졌던 봉희의 가슴은 또다

---

117 써뱅이: 써방, 서방書房, '남편'의 낮춤말.
118 담숭담숭: 간격이 촘촘하지 못하고 조금 드문드문한 모양.
119 징그럽게: 원문에는 '진그랍게'로 되어 있음.
120 까막거리다: 작고 희미한 불빛 따위가 자꾸 꺼질 듯 말 듯하다.
121 덤뿍: '듬뿍'의 뜻으로 쓰임. 넘칠 정도로 가득하거나 소복한 모양. 원문에는 '딥북'으로 되어 있음.

시 무긋하여졌다.[122]

'그믐…… 대목…… 하루 이틀 부둥부둥 닥쳐는 오는데 어떻게 하나! 돈이 그래도 몇 백 원 있어야 하겠는데 몇 백 원은커녕 단 몇 원도 없으니 어떻게 하나. 그대로는 아무리 해도 지낼 수 없고…… 동무들은 모두 바늘을 쏙쏙 뽑은 설빔을 입고 놀음에를 다닐 터인데 나 혼자만 뜯이것[123]을 입고 다니기가 좀 창피한가. 옷 한 벌은 불가불 해야지 어머니도 한 벌 해 디려야 하고, 행랑어멈을 유달리 부려먹었으니 그도 한 벌 해주어야지 쌀허구 나무를 들여와야지 석탄도…… 아차 집세가 두 달이나 밀렸지. 무얼 가지고 그런 것을 모두 하나. 친한 동무에게는 세찬歲饌[124]도 좀 해야지 집에도 그래도 무어나 좀 장만해야지. 이백 원? 이백 원으로는 어림도 없고. 삼백 원? 줄잡아서 삼백 원은 들겠는데…… 삼백 원 삼백 원…… 전당도 값진 것은 그동안 모조리 잽혀먹고…… 어떻게 하나……? 저 은행에는 그래도 쓰지 않고 노는 돈이 많이 있으렷다. 패물전 포목전…… 모다 많기도 하다만은…… 저 사람들은 무엇이 기뻐서 저렇게 재미있게 웃고 가는고. 저런 사람은 나 같은 걱정은 없으렷다. 왜 나는 이 지경인고. 돈? 돈! 돈이 무엇인고? 돈이 왜 없는고…… 조趙가? 눈을 질끈 감고 해버려? 부자놈이고 또 등이 답북[125] 달었으니까 그만 것이야 해주겠지…… 해버려? 그러나 돈이 아니라 옥을 준대도 원 사람 녀석이 하도 그렇고 또 내가 다시는 서방을 않기로 결심을 했는데 또 해? 아이고 내가 언제나 이 노름을 면하나!'

이처럼 봉희는 답답하고 근심스러운 생각을 되풀이하면서 무거운 가슴을—여름날 장마 구름이 가득 낀 하늘같이 무거운 가슴을—안고 어느

122 무긋하다: 꽤 묵직하다.
123 뜯이것: 헌 옷을 빨아서 뜯어 새로 만든 옷.
124 세찬歲饌: 설에 차리는 음식. 이것으로 차례를 지내거나, 세배하러 온 사람들을 대접한다.
125 답북: 담뿍.

덧 종로 네거리를 지나 광교를 건너서 서편으로 개천가에 있는 옥화의 집으로 들어갔다.

옥화는 촐촐하게[126] 혼자 앉아 콧노래를 부르며 화투 패를 떼다가 봉희가 온 것을 보고 문을 차고 뛰어나와,

"봉희 왔나! 아이고오 이년아 와 이리 늦게 오누? 어서 들어온나……아니 아니 들어올 것 없다. 가자, 국심이 집에 가자, 국심이가 네하고 같이 오라카더라. 웃 놀자코. 그리고 그년 한턱 울려 묵자. 요새 저 최 씨—네도 알지 와 그 눈 크고 문딩이같이 생긴 최 씨 말이다—그 최가 다닌다 카더라. 조합에서 들었다. 가자 잉" 하고 남은 말할 겨를도 없이 이렇게 혼자서 와 떠들어대며 그동안에 외투—거의 알미울 만큼 그린 듯이 허리가 잘룩한 외투—를 둘러 입고 나섰다.

봉희는 정신없이 말 한 마디도 못하고 그대로 끌려 나섰다.

큰 거리에 나서서 봉희가,

"전화나 걸어 두어야지."

"조합에? 걸지."

"네 걸어라."

"그래 내 걸지. 저어기 저 ××상점에서 잘 빌려준다. 가자."

"그럼 어서 가서 걸어라. 나는 치워 죽겠다."

*

봉희와 옥화는 국심의 방으로 들어갔다.

국심이는 그때야 단장을 하고 있었다. 봉희는 항상 보는 것이건만 찬

| 126 촐촐하다: 배가 조금 고프다. '출출하다'의 작은말.

란하게 차려놓은 국심의 방 안 짐을 유심히 둘러보며 아랫목에 깔린 보료 한 구석을 들추고 앉았다.

윤이 번드르르하고 키가 훨씬 큰 으리으리한 의걸이,[127] 새파란 제병[128] 이불과 불그레한 요, 노란 처네[129]가 곱게 꽃으로 아로새긴 유리 속으로 내다보이는 이불장, 그 옆에 요란한 백통[130] 장식이 전등불에 둔하게 번득이는 앞닫이, 바람벽 양편에 쌍으로 걸어놓은 훤한 체경, 발치에 놓인 한 쌍 문갑, 그 위에 올려놓은 예쁘장스러운 시계, 큼직한 화병, 몇 권 책, 윗목에 놓인 요강 받친 대야, 다 같이 군센 자극을 주는 하얀 바람벽과 새빨간 보료, 장침長枕,[131] 사방침四方枕[132]—이러한 것을 보며 봉희는 자기의 초라한 방 안 짐을 상상하였다.

옥화는 방에 들어오면서 다짜고짜로 봉희가 걷어치우고 남은 보료 위에 가 벌떡 드러누우며,

"국심이 네 와 머리 인제 빗노?" 하고 물었다.

국심이는 올망졸망 울긋불긋한 화장품이 그득히 놓인 큼직한 경대를 앞에 놓고 앉아 마침 손바닥에 뿌옇게 갠 분을 얼굴과 목에 쓱쓱 문지르며,

"응 좀 늦었다."

"와?"

"어데 좀 갔다 오느라고."

국심이는 단장에 정신이 쏠려 무심히 대답을 하고 겉분[133]만 칠한 숭

---

127 의걸이: 위층에는 옷을 걸고 아래층에는 미닫이 모양으로 되어 옷을 개어 넣게 된 장.
128 제병: 전병만한 큰 무늬가 있는 비단.
129 처네: 이불 밑에 덧덮는 얇고 작은 이불. 겹으로 된 것도 있고 솜을 얇게 둔 것도 있다. 원문에는 '천의' 로 되어 있음.
130 백통: 구리와 니켈의 합금. 은백색으로, 화폐나 장식품 등에 쓰임.
131 장침: 모로 기대어 앉아 팔꿈치를 괴는 베개. 사방침보다 가로로 길다.
132 사방침: 팔꿈치를 괴고 비스듬히 기대앉게 된 네모난 베개.
133 겉분: 말 그대로 '겉에 칠하는 분' 정도의 의미로 보이나, 정확히 어떤 화장품을 가리키는지는 불명확함.

한 얼굴을 경대 속으로 굽어다 보며 연해 문지르고 토닥거리고 닦아내고
하였다.

　한참 만에 살에 분이 곱게 먹은 뒤에 그는 다시 양편 볼 위로 연지 볼
을 어렴풋이[134] 그렸다 다시 코르크를 성냥불에 살라 가지고 눈썹을 그리
기 시작하였다.

　전 정신을 다하여 공 발리[135] 그렸다. 볼이 불그레한 하얀 얼굴에 새
까만 나비 눈썹이 또렷이 곱게 떠올랐다. 마지막으로 입술에 주숙[136]을
찍었다.

　다시 머리를 빗기 시작하였다.

　삼단[137] 같은 머리를 뒤로 풀어 넘겨 가지고 얼굴을 찡그려가며 서너
번 얼레빗[138]으로 슬슬 가렸다. 기름은 살폿 바르는 둥 마는 둥 하고 가르
마는 살짝 바른 편으로 기울게 타 가지고 참빗으로 여러 번 곱게 빗고 나
서 뒷머리를 기름 때 묻은 끄나풀로 질끈 묶어 한 끝은 입에 물고 한 끝
은 발로 밟고 바싹 쪽을 틀고 앉아서 머리채를 세 가닥으로 갈라 가지고
한 코에 한 번씩 빗질과 손질을 하며 경대를 굽어다 보면서 땋아 내려갔
다. 머리를 다 땋고는 잡아맨 끄나풀을 풀어버리고 다시 빗치개[139]를 가지
고 양편 이마 귀퉁이의 머리를 살살 펴 따들싹하게[140] 하여 가지고는 귀진[141]
것을 동그랗게 만들었다. 자줏빛 넓적한 댕기를 드려[142] 굵다란 금비녀로
쪽을 졌다. 손거울을 뒤에다 대고 몇 번이나 비춰보며 손질을 하였다. 쪽

134 어렴풋이: 물체가 뚜렷하게 보이지 아니하고 흐릿하다. 원문에는 '아름풋이'로 되어 있음.
135 공 발리: 공 바르게. 공을 들여서.
136 주숙: 문맥상 '연지燕脂'의 의미로 쓰이고 있으나 조사가 필요한 말임.
137 삼단: 삼을 묶은 단.
138 얼레빗: 빗살이 굵고 성긴 큰 빗.
139 빗치개: 빗살 틈에 낀 때를 빼고 가르마를 타는 데 쓰는 도구.
140 따들싹하다: 잘 덮이거나 가려지지 않아 밑이 조금 떠들려 있다.
141 귀지다: '귀나다'의 옛말. 모가 반듯하지 아니하고 한쪽으로 비뚤어지거나 기울어지다.
142 댕기를 드리다: 땋은 머리끝에 댕기를 물리다.

에다 다시 비취 '핀', 진주 박힌 뒤꽂이, 백금 귀이개[143]를 집어 꽂고는 다시 경대를 굽어다 보았다.

짐[144]이 끼고 분독 오르고 누렇게 뜨고 눈썹이 모지라진[145] 얼굴은 간곳 없고 멋지게 꿈틀거리는 쪽 고은 머리와 나비 눈썹, 흰 얼굴에 불그레한 연지 볼, 쪽 빨면 터칠[146] 듯한 앵두 입술의 곱고 예쁜 얼굴이 또렷이 나타났다. 그는 단장을 다 마치고 나서 너절하게 늘어놓은 경대 앞을 거듬거듬[147] 치워 윗목에 갖다 놓고 대야에다 손을 씻었다. 반지를 두어 개 골라 끼고 팔목에 콩만한 시계를 찼다.

옥화는 국심의 단장한 것을 요리저리 뜯어보다가,

"쪽이 좀 늦다. 그라고 네는 얼굴이 넓으니까 연지 볼을 코 옆으로 바싹 다가 칠해야 한다. 그래야 얼굴이 좀 좁아 뵈지. 눈썹은 잘 그렸다. 지년이 눈썹 하나 그리기는 귀신이야."

국심이는 다른 말보다도 쪽이 늦다는 것이 마음에 걸리는 듯이 다시 경대 앞으로 가서 손거울을 뒤 대고 요리저리 비춰보다가 '에라' 하는 듯이 도로 와서 앉으며,

"좀 늦이면 어떻노" 하고 옥화의 단장한 것을 한 번 훑어보고는 다시 눈을 봉희에게로 돌리다가,

"봉희 네는 와 세수 안 했노?" 하고 좀 이상스러워하는 눈치로 물었다.

사실 봉희는 단장을 하지 아니하였다. 온종일[148] 이불을 무릅쓰고[149] 누

---

143 귀이개: 귀지를 파내는 기구. 나무나 쇠붙이로 숟가락 모양으로 가늘고 작게 만든다. 원문에는 '귀이비개'로 되어 있음.
144 짐: '김'의 옛말.
145 모지라진: 물건의 끝이 닳아서 없어진. 원문에는 '모자라진'으로 되어 있음.
146 터칠: 터뜨릴.
147 거듬거듬: 흩어져 있거나 널려 있는 것들을 자꾸 대강 모으는 모양.
148 온종일: 원문에는 '왼종일'로 되어 있음.

었다가 다섯 시가 지난 뒤에 겨우 일어나 풋머리[150]를 슬슬 걷어 올리고 얼굴에는 마른 분을 바르는 둥 마는 둥 저녁밥을 한술 떠먹고 뛰어 나왔었다.

그리하여 그는 그저 무심히,

"세수는 해서 무얼 하니? 놀음에도 안 가는데."

"놀음에 안 가? 와?"

"불려야지."

"하하하하" 하고 옆에서 듣고 있던 옥화가 깃을 달고 나서며 "내가 안다 이년아 알어 안 불리기는 와 안 불리. 조합에 박 주사가 그러는데 네는 이년아 날마둥 사랑 놀음만 다닌다카더라" 하고 요사스럽게 생긴 그 눈에 교활한 웃음을 띠워 가지고 봉희를 노려보았다.

봉희는 기생이라고 하기보다 시골 부잣집 맏며느리같이 덥수룩하고 (그 대신 육감적으로는 생겼지만) 유순한 얼굴, 더욱이 겁을 집어먹은 듯한 큼직한 눈에 어쩔 줄 몰라 하는 빛을 나타내며,

"무어? 박 주사? 사랑 놀음? 에라 이 미친년, 이년아 요새가 어느 때라고 오는 놀음을 안 가고 사랑 놀음을 다니?"

"말 마라 이년아" 하고 다시 국심이가 말을 가로채어,

"조 씨가 네게 다닌다 카더라."

"조 씨? 헤에, 조 씨가 다 무어가. 어정[151] 넘겨짚고 그러지. 아니다. 안 다닌다."

"아아사, 다닌다면 내가 네 써뱅이를 뺏나? 이번에 무어 좀 잘해주더

<hr />

149 무릅쓰다: 위로부터 그대로 덮어쓰다.
150 풋머리: 사전에 올라 있는 바로는 '곡식이나 과실 따위가 아직 무르녹지 않고 이제 겨우 맏물이나 햇것
　　이 나올 무렵. 또는 그 무렵의 곡식이나 과실 따위'를 뜻하나, 여기서는 '자고 일어난 직후의 머리 상태'
　　의 뜻으로 쓰임.
151 어정: 일에 정성을 들이지 아니하고 대강 하여서 어울리지 아니함.

노? 잉 봉희야."

"정말 안 다닌다. 그새 우리 어머니한테―나는 툭툭 쏘니까 내한테는 잘 말도 않고―여러 번 말이 있었지만 그래도 내가 싫다고 했단다."

"흥 망할 년 배때 불렀구나" 하고 다시 옥화가 빈정대는 말로 "와? 와 싫다고 했노? 이년아 네나 내가 기생 년이 서방 않고 무엇 묵고 살 것가?[152] 돈냥이나 착실히 모아 둔 게로구나 망할 년…… 아따 국심아 지년이 요 안 씨라코 와 저 충청도 산다 카고 키 조고맣고 예쁘게 생긴 이 있지, 와 네도 ××관에서 안 부았나아, 그이도 싫다 카더니 이번엔 그 조 씨도 싫다 칸단다. 그이들이사 돈뿐이가 사람들도 상당하지."

봉희는 이 말이 몹시 비위에 거슬리는 듯이 하찮게 냉소를 하며,

"상당? 개똥이라지…… 상당이 다 무어꼬. 상당한 사내가 지금 세상에 돈 가지고 할 일이 그리 없어서 기생 외입할라구 하겠니? 다 그렇구 그렇게 생긴 치들이구 또 상당하면 그 사내가 나를 데려다가 본실로 올려 앉혀주겠니?"

"네 그럼 남의 본처 되기 바라나?"

"피이."

"그럼 이년아 네가 기생 년인데 사내가 잘나나 못나나 돈 준다는데 와 싫다 카노? 기생 년이 수절하고 살다가 열녀문 세울라노? 제에미 개 × 같은 년 다 보겠네. 이년아 기생이 서방을 하나를 하나 둘을 하나 백을 하나 하기는 일반인데 기왕 이 짓을 시작했으니까 돈이나 모아야지 네나 내나 좀 늙어봐라."

"그럼 이년아 기생이 신마찌[新村][153] 갈보더냐?"

"신마찌 갈보는 와? 아니 네는 그럼 올 칠월에 살림 살다가 다시 나

---

152 것가: '거냐'라는 뜻의 예스러운 방언 표현.
153 신마찌: 일제 시대 창녀촌이 있던 지금의 신촌.

와서 서방은 하나도 안 했나?"

"헤헤에, ××××."

"거 봐라 둘이나 셋이나 하기는 일반이지."

"그래도 나는 네처럼 놀음에만 잘 다니면 ××××× 살겠더라."

"돈을 언제 모으고?"

"아따 이년아 네는 그럼 서방 덕에 돈을 모았나? 얼마나 모았노?"

"하하하하, 사글셋집으로 돌아다니는 것만 보게. 모으는 게 무어가…… 그러나 인제부터 모은다."

"옥화 네 참 통 몇이나 되노?" 하고 묵묵히 앉았던 국심이가 옥화에게 물었다.

옥화는 잠깐 동안 까막까막하다가,

"정월에 나왔으니까 꼭 아홉인가 부다" 하고 싱긋 웃었다.

봉희는 이 말에 눈을 흡떠[154] 옥화를 바라보고 국심이는 옥화를 쪽 흘겨보며,

"아홉만?"

"아따 이년아 그까짓 것 에누리 좀 하면 어떻노. 백 명은 못 하겠니……. 나는 그렇다고 네는 몇이가?"

"나도 일 년쯤 되는데 다섯밖에 없다."

"정말?"

"정말."

"망할 년 너도 이년아 열은 넘는다."

"그랬으면 좋겠다만………… 그런데 참 어제 저녁에 김金 봤다."

이 말에 옥화와 봉희는 다 같이 호기심이 바싹 나는 듯이 한꺼번에,

| 154 흡뜨다: 눈알을 위로 굴리고 눈시울을 위로 치뜨다.

"어데서?"

"○○관에서."

옥화는 갑자기 긴장되었던 태도를 억지로 숨기며 냉랭한 어조로,

"잘 있다더나?"

"응."

"누구하고 왔더나?"

"○○일보사 축들 하고 왔더라.[155] 그런데 아주 외입쟁이가 다 되었더라. 아주 머."

"와? 어떻게?"

"전에는 그이가 수줍어서 말도 잘 못하고 금시 얼굴이 빨개졌지? 그라고 우리더러도 이랬소 저랬소 하잖았나? 그런데 어제 불려서 누군가하고 들어가니까 그이들이겠지. 그래 하도 반갑고 또 흉허물도 없으니까 문 앞에 앉아 인사도 채 않고 바로 김 씨 옆으로 갔더니 눈을 똑 부릅뜨면서 '이애 뽀이 이 기생은 뻐쭝다리[156]가 되야서 앉어 인사는 못하는가부다. 다리를 좀 꺾어주어라' 하겠지. 그래 내가 하도 무렴해서 '선생님 친함만 믿구 그랬습니다. 용서하세요.' 그러니까 '선생님은? 나으리면 나으리지 선생님이란 무슨 건방진 소리냐?' 아주 그러겠지⋯⋯. 그러고 나중에는 또 풀어져서, '여보게 그러나 저러나 오래간만일세 이루 와 내 옆으로' 그래 내가 옆으로 가까이 가서 '선생님 왜 그러세요? 약주 취하셨구만이요?' 하니까 '허허허허 그래 술 취했다. 술이 참 좋더라. 그러고 세상에 마음이 악하지 못하고 바른 사람은 언제든지 남에게 빠가니사례루[157] 하는 법이야. 그래서 나도 이렇게 깍정이가 되었소. 이 사람 국심아

---

155 ○○일보사 축들 하고 왔더라: 채만식이 1925~1926년 사이에 1년 남짓 동아일보사 기자로 재직한 바 있다.
156 뻐쭝다리: 뻗정다리. '뻗정다리'의 센말. 구부렸다 폈다 하지 못하고 늘 벋어 있는 다리. 또는 그런 다리를 가진 사람.
157 빠가니사례루: ばか(馬鹿)にされる。'업신여김을 받다'는 뜻의 일본말.

허허허허' 하고 막 떠들어. 그래서 내가 또 '옥화 더러 만나세요?' 하니
까 '무엇? 핏 옥화? 홍 그건 만나 무얼 해? 어림 서푼어치 없는 소리 마
라. 옥화 따우는 열 뭇[158]이라도 있다' 그리고 곱뿌[159]로 술을 막 들이켜더
니 '국심아 이애 저 기생(평안 기생도 하나 왔는데) 너도 내 말 들어라.
대체 너희들 기생이란 건 신마찌 갈보만도 못하더구나. 왜? 알고 싶으
냐? 홍 신마찌 갈보는 정직하지. 한 시간에 일 원이면 일 원, 하룻밤에
오 원이면 오 원, 정해둔 값만 받고 단지 제 ×만 팔지만 기생 년들은 그
더러운 고기뎅이를 팔어서 남의 집 젊은 자식을 망쳐놓고 또 사랑합네
하고 돈 빨어먹고……. 사랑이라는 것은 어떠한 사랑이든지 사랑 그것
만은 말이다 적어도 신성한 것인데, 너희들은 말하자면 더러운 너희들이
신성한 사랑까지 팔어먹으니 그런 천하에 죽일 년들이 있단 말이냐! 허
허허허, 그런데 너희들을 데리고 이러니저러니 하고 너희한테 반해서 날
뛰는 놈이 참 미친놈이지. 아이구 더러워 칵 퉤에' 하고 내리 야단을 치
는데 그이가 그럴 줄 몰랐다. 그리고 또 양복 주머니 속에서 지전을 한
움큼 꺼내 들고 '이애 저 기생 네 이름이 무엇? 산옥이? 응 산옥아. 내게
돈 있다. 선금 주마. 오늘 저녁에 나허구 같이 가지? 응? 싫여? 홍 싫거
든 그만두어라. 기생이야 뭐 야시에서 막 싸게 파는 고무신짝보다도 흔
한 것…… 허허허허, 자아 술 먹어야지. 그리고 기생은 술안주 셈이니까
노래를 해야지. 자, 노래해 산악이 잠영하고 그렇지 좋다' 하고 아이구
그런 왈패가 어데 있노."
　봉희는 놀라운 표정으로 이야기를 듣고 옥화는 일부러 하찮게 여기
는 듯이 듣고 있다가 억지로 말머리를 돌려,

"참 최 씨가 네게 다닌다지?" 하고 국심이에게 물었다.

국심이는 한참 이야기를 하던 끝에 좀 싱거운 듯이,

"응" 하고 대답하였다.

"매일 오나?"

"응."

"오늘 저녁에도 오겠구나?"

"응 이따가 옷 사갖고 오마 캤다."

"그럼 박 선생은?"

"그이야 벌써…… 한꺼번에 둘씩이야 되니."

"무얼 어때? 수단 있는 년은 한꺼번에 넷씩도 본다. 집에서 보고 여관에 가 보고 요릿집 밀실에 가 보고 절에 나가 보고."

"아이 망할 년 ×××××?"

"세×××××……. 어때 기생인데……. 무어나 무어나 이번에 최 씨가 무어나 좀 잘해주더나?"

"무얼 그저 내 옷하고 만또[160]하고 그러고 어머니하고 형님 옷 한 벌씩하고 또 나무 양식 들여보내고 그 담에 용돈 쓰라고 얼마 주고 그뿐."

"참 네 만또 무얼로 했노?"

"네 맞춘 것하고 꼭 같은 걸로 했다. 모양도 꼭 같이 하고 단추만 한 개 달아 달라고 했다. 이애 봉희야, 네도 이번에 만또 해 입지? 우리 셋이서 꼭 같이 해 입자 잉?"

"모르겠다, 나는." 하고 봉희는 시치름하고[161] 앉아서 신어붓잖게[162] 대

---

160 만또: 망토manteau. 소매가 없이 어깨 위로 걸쳐 둘러 입도록 만든 외투. 남녀가 다 입으며, 손을 내놓는 아귀가 있다.
161 시치름하다: 좀 시침하다. 일부러 쌀쌀하게 대하려는 태도가 있다.
162 신어붓잖다: '마음에 차지 아니하여 언짢다. 대수롭지 아니하다'라는 뜻으로 쓰이고 있으나 조사가 필요한 말임.

답하였다.

이 말에 옥화가 바싹 내달으며,

"내벤(내버려) 두어라. 그년이 문딩이 같은 게 음흉맞어서 제 혼자만 잘해 입을라코 그란다. 그러나 이년아, 인제 당해봐라. 조 씨가 코가 넓적한 게 들창코로잉 단단하겠더라. 정신 차려라" 하고 싱글싱글 웃었다.

봉희는 어이가 없다는 듯이,

"아이 망할 년" 하고 웃다가 갑자기 얼굴빛을 고쳐 착 가라앉은 목소리로,

"무어나 무어나 얘들아, 나는 정말이지 ×××하기 싫어서 꼭 죽겠다. 하자니 죽기보단 싫고 안 하자니 금방 먹고 살 것이 없고, 이번 그 조 씨만 해도 참 싫은데 집에서는 졸라 싸니 아이구 어떻게 하니!"

봉희의 말소리는 반이나 울음소리가 섞여 떨려 나왔다. 옥화와 국심이는 아무 대답도 아니하였으나 그 얼굴엔 모두 "해버리지 무얼 그러니" 하는 빛이 완연히 나타났다.

봉희의 가슴은 또다시 무겁고 답답하여졌다.

'어떻게 할까? 옥화의 말도 옳기는 한데 하나를 하나 둘을 하나 백을 하나 하기는 일반인데 기왕 기생 노릇을 하는 데이니까……. 그러나 먹은 결심은? 마음에 싫은 것은…………. 어머니만 안 기셔도 빚 같은 것이야 배를 따라고 내어밀을 셈치고 이 노릇을 그만두겠구만, 엑 그저, 이 당장에 조합으로 뛰어가서 폐업을 하고 말까 부다. 폐업을 하면? 무얼 먹고 사나. 그래도 나중에야 어찌 되었든지 빚도 내어 가면서 잘 벌든 못할망정 그렁저렁 살아가는데……. 내가 무슨 딴 재주가 있어야지. 이 짓이 아니고는 달리 살아 나갈 도리가 있어야지. 나도 다른 기생들보담 그닥지 못하지는 않는데 왜 도모지 놀음이 나지를 않노? 놀음에나 잘 다녔으면 그래도 그렁저렁 살아가겠는데 웬일일꼬? ……이리저리 하다가 내

가 늦어지면? 아이구 차라리 지금 죽어나버렸으면 좋겠다. 그러나 죽어? 이 고생 이 못할 짓을 하다가 그대로 죽어? 안 될 말……. 대관절 어떻게 하나. 그믐이래야 인제 닷새밖에는 더 안 남았는데. 조가? 조가? 아이구 게심치무레한 그 눈, 넙적하게 쫙 벌어졌으면서도 주먹같이 큰 그놈 들창코, 길게 가로 째진 메기주둥이, 홀렁 벗어진 이마, 짧고 성긴 머리를 기름을 발러서 빤지르르하게 싹 빗어 넘긴 그 얄미운 대가리, 기운이 좋아서 일상 불크레하고 개기름이 번질번질한 그 디룩디룩한 상판, 그 따우로 생긴 위인이 돈 냄새를 피우는 꼴…….' [163]

*

봉희는 열한 시가 지난 뒤에야 집으로 돌아왔다. 봉희 어미는 건넌방에 있다가 군입할[164] 것을 가지고 건너와서 아주 풀어진 말소리,

"방이 찹잖노?" 하고 아랫목 자리 속에 손을 넣어보았다.

"괜찮소."

"어데 갔더노?"

"국심이 집에요."

"아나 이것 묵어라 네 줄라코 사왔다. 곶감〔乾柿〕은 체할라. 두었다가 내일 묵고 귤이나 묵어라. 네 좋아하는 이것도 있다. 이거는 무어? 양사탕이라 카더나 무어라 카더나."

봉희는 눈에서 눈물이 핑 돌았다. 그는 귤 하나를 집어 까 가지고 외면을 하고 앉아 먹으면서

"누구 안 찾어왔던기요?"

---

163 이하 7행 검열로 삭제됨.
164 군입하다: 군입정질하다. 군음식(끼니 때 이외에 먹는 음식)을 먹다.

"앙 왔더라 와?"

"아니 그저……. 건너방 찹잖던기요?"

"안 찹다. 아랫목이 따끈한 게 좋더라" 하고 그는 딸의 낯을 보다가 아주 보드라운 말소리로,

"네 참 어찌할 게고? 오늘이 몇 칠가? 그믐이래야 닷새 남었나? 엿새 남었나? 오늘도 집주인이 와서 불호랑이맹이로 조르는 거로 네도 봤지……. 네 나이도 인제 스물한 살이지? 그만 철은 알아야지 와? 네는 조 주사로 그리 마다카노? 돈 있고 사람 잘나고……. 아사라, 아예 그리 마라. 오늘 저녁에는 오거든 말로 잘 듣거라."

봉희는 아까 막 돌아왔을 때에 어미가 기침을 콜록하고 잠을 못 자는 것을 보고 '방이 차서 저러나부다. 날 같은 것을 자식이라고 두고 사내자식도 없이 늙발에 고생한다. 내가 그렇게 한 게 잘못이지. 가엾어라' 하고 애처롭고 민망한 생각을 하고 있는 판에 더구나 스스로 노염이 풀어져가지고 제 좋아하는 것을 가지고 와서 자애롭게 해주는 것을 보고 눈물까지 흘렸으나 필경 또 조가의 말을 꺼내가지고 이러니저러니 하는 바람에 그만 다시 야속하고 미운 생각이 나서, 한편으로는 그렇게 하는 것이 기생 어미로서나 궁한 처지에 있는 것으로 보아서나 마땅한 일이라고 생각까지 하면서도 먹던 귤을 내던지고,

"몰라요 몰라요, 조가가 돈이 있으면 있는 대로 다 날 갖다 주나……. 그저 양돼지같이 디룩디룩하고 문둥이같이 생긴 것도 그저 돈만 준다면 서방이라고 해……" 하고 이불을 푹 무릅쓰고 누워버렸다.

그때에 마침 지친[165] 대문을 삑 여는 소리가 나며 이어 중문을 밀치고 부르는 소리도 없이 저벅저벅 걸어오는 구두 발자국 소리가 들렸다.

| 165 지치다: 문을 잠그지 않고 닫아만 두다.

봉희 어미는 봉희에게 무슨 말을 하려다가 말고 귀를 기울여 듣다가 문을 열고 나서서 컴컴한 마당을 굽어다 보면서,

"누고?" 하였다.

역시 컴컴한 속에서,

"냅니다. 봉희 있어요?" 하는 소리가 들렸다.

"네 아이고, 조 주사 왔십니껴? 나는 누구라코 늙어노니 눈이 어둡어서 원……. 와 그새 그리 앙 왔십니껴?(실상은 다녀간 지 이틀밖에는 안 되지만) 올라오소구마……. 아가! 조 주사 오셨다. 일나거라 좀……. 어서 들어오시소 참운데."

"벌써 자나?" 하고 조 주사라는 사람은 봉희 어미를 따라 큰방으로 들어왔다.

봉희는 마지못하여 겨우 일어나 인사를 하고 한편으로 비켜 앉았다. 조 주사는 아랫목 이불 위에 가 봉희와 나란히 앉고 봉희 어미는 방 한가운데 가 쪽을 틀고 앉았다.

봉희는 실상 이래도 근심 저래도 근심이었다. 속마음으로 조 주사가 왔으면도 싫었고, 또 오면 어떻게 하나 걱정도 하였다.

그래서 이미 왔으니까 인제는 안 왔더라면도 싫었다. 그러나 또 그저 놀다가 아무 말도 없이 가버리면 어찌하나 하는 걱정도 생겼다.

조 주사는 아닌 게 아니라 돈이 있는 사람 같았다. 위아랫막이를 말쑥한 삼팔三八[166]과 비단으로 감고, 아주 구식으로 만든 썩 좋은 외투에 값 많은 수달피 털을 대어 입은 것이며 짧게 깎아 기름을 발라넘긴 머리와 불콰한[167] 얼굴, 다섯 잠을 다 잔 누에〔蠶〕같이 몽실몽실[168]한 손가락에 낀

---

166 삼팔: 삼팔주三八紬. 중국 명주의 한 가지.
167 불콰하다: 얼굴빛이 술기운을 띠거나 혈기가 좋아 불그레하다. 원문에는 '불크레―한'으로 되어 있음.
168 몽실몽실: 통통하게 살이 쪄서 매우 보드랍고 야들야들한 느낌을 주는 모양. 원문에는 '몽톨タタ'로 되어 있음.

굵은 반지와 보석이 번쩍이는 조그마한 백금반지, 두루마기를 제치고 조끼에서 꺼내 보는 몽둥이 같은 금줄에 사발만한 금시계, 이빨 사이에서 번뜩이는 금니, 나이는 마흔 살이 넘을락 말락 하면서도 훨씬 노숙한 티가 나타나 보이는 행동, 말하자면 신상 타입〔紳商型〕으로 생겼었다.

봉희 어미는 얼굴에 희망이 가득 찬 미소를 띠어 가지고 수작을 건넸다.

"날이 참지요?"

"네 좀 쌀쌀하던걸요."

"아이고 나도 참어서 그새 꼼짝도 못하고……. 담배랑 좀 붙여 드리라 야야……. 와 그새 그리 앙 왔십니껴."

"네, 그저 바쁘기도 하고 또 날 같은 사람은 와야 그저 눈도 거들떠보지 않으니까" 하고 조 주사는 곁눈으로 봉희를 슬쩍 보았다.

봉희 어미는 그만 황송하여서,

"아이고 원 나리가 하도 점잖하신깨로 어렵어서 그라지요" 하고 너털웃음을 쳤다.

봉희는 한편 손으로 볼을 집고 묵묵히 앉았다가 담배 재떨이를 집어다가 조 주사 앞에 놓고 담배를 권하였다. 조 주사는 자기 조끼 주머니에서 해태[169] 갑을 꺼내어 한 대 붙여 물고 봉희를 쳐다보며,

"그래, 요즈음 세월이나 좋은가?" 하고 아주 어린애를 귀여워하는 듯한 부드러운 목소리로 어루만지듯이 물었다.

봉희는 작자가 전에 없이 敎[170]를 빼지 아니하고 어미한테나 자기한테나 공손하고 너글너글한 것을 보고 속마음은 바늘방석에 앉은 듯이 조이면서도 그래도 자기도 모르게 순탄한 말로,

169 해태: 당시의 담배 상표. 「레디메이드 인생」을 보면 '해태'는 고급 담배 상표임을 암시하는 대목이 나온다.
170 교: 교만驕慢의 준말..

"네 그저……" 하고 말끝을 어물어물하였다.

"얼굴이 전만 못했는걸."

"아, 그년이요" 하고, 봉희는 아무 말도 없는데 봉희 어미가 깃을 달고 나서며, "그년이요, 날마당 이불로 무립씨고 눕어서 왼종일 낮잠만 잔답니다. 먹지도 않고……. 저 쌍 좀 보소. 누렇게 질리갖고."

"허허, 그래서야 안 되지. 사람이라는 게 아무리 곤하더래도 아츰에 일즉 일어나서 햇빛도 쐬고 운동도 하고 되도록 낮잠 같은 것은 안 자는 게 좋은데, 그거 안 되었는걸? 아서 당초 그러지 말게 병나리."

봉희는 속마음으로 '희떠운 자식 치사스런 수작을 내어놓네' 생각하고 봉희 어미는 봉희와 말이 어우러지는 것을 보고 조 주사에게 그럴 듯이 인사를 하고 건넌방으로 건너갔다.

조 주사는 양복 입은 사람이 꿇었던 무릎이나 펴고 앉는 듯이 시원스러워하는 낯빛으로 봉희의 옆으로 약간 다가앉아 그 옆얼굴을 꺄웃이[171] 굽어다 보며,

"왜 그래? 응? 아마 누구 생각하는 사람이 있는 게로군?"

봉희는 아무 말도 아니하였다. 실상 무어라고 대답할 말이 없었다.

그는 전에 하듯이 아주 쌀쌀하게 하여 쫓아 보내고도 싶었다. 그러나 그렇게 하기는 아까울 뿐만 아니라 그러할 용기가 나려고도 아니하였다.

다만 자기의 약함을 스스로 변호하느라고 '좀 있다가' '보아서' '아직 멀었으니까 좀 더 생각해보고' 하며 스스로 위로를 삼을 뿐이었다.

실상 이번까지 거절을 하면 다시는 더 오지를 아니할 것 같았다. 더 오지 아니하면 큰일이다.

조 주사는 봉희의 태도가 전에 없이 천연스럽고 다만 무슨 생각에만

| 171 꺄웃이: '갸웃이'의 큰말. 무엇을 보려고 고개를 기울이는 모양.

골똘한 것을 보고 마음이 흡족한 듯이 척 누그러진 말소리로,

"그래, 사람이 원 그렇게 무정할 법이 있나?"

"무정은 무엇이 무정해요. 제 천성인데……."

봉희는 실상 이렇게 뜻 있는 말로 유순하게 대답하려 한 것은 아니었었다. '무정하면 그만두지 누가 밥을 싸가지고 덤비나 되지 못하게' 하고 싶었던 것이다.[172]

*

미리 짐작은 하였던 바이지만 너무도 하는 것이 밉살머리스럽고 욕심을 부리기 때문에 몇 번이나 발길로 팍 차 던지고 싶은 것을 끄윽 참고 새벽에야 겨우 잠이 들었다가 오정이 지난 뒤에 봉희는 기지개를 늘어지게 쓰고 일어났다.

그는 옆에 작자가 없는 것을 퍽 다행히 여겼으나 '오늘밤은 또 어찌나 하나' 하는 걱정스러운 생각에 입맛을 쩍쩍 다시며 일어나다가 문득 베고 자던 베개 밑에 하얀 종이 끝이 뾰족이 나온 것을 보고 무심코 뽑아 들었다.

배가 불룩하고 포르소롬한 것이 속에서 비쳐 보이는 흰 각봉투였었다.

봉희는 그것이 무엇인지를 바로 깨달았다. 그는 작자가 그렇게 싱겁게 끝을 맺을 줄은 생각지 못하였다.

그의 마음 한편 구석에는 아무 근거도 없는 섭섭한 생각이 떠올랐다. 그러나 그것은 곧 사라져버렸다.

| 172 이하 20행 검열로 삭제됨.

그는 봉투를 손에 든 채 한참동안이나 바라보았다. 필경 그의 눈에서는 눈물이 핑 돌았다.

건넌방에 있던 봉희 어미는 봉희가 일어난 줄을 알고 넘치는 기쁨을 숨겨가며 담뱃대를 물고 건너와서,

"야야, 원, 조 주사 가시는데도 안 보고 무신 잠으로 그리 잤노? 조 주사는 벌써 가서 살〔米〕하고 보내고 또 다른 것도 사 보냈더라. 어서 일 나서 밥도 좀 묵고" 하다가 봉희 손에 있는 봉투를 그제야 보았던지 참았던 기쁨이 터져 오르는 것을 억제하려고도 아니하고,

"그기 무어꼬? 조 주사가 두고 갔지? 인다라, 보자" 하고 잡아챌 듯이 손을 버쩍 내밀었다.

봉희는 한참이나 어미의 손과 봉투와 제 몸뚱이를 번갈아 보다가 목이 멘 소리로,

"엇소, 이게 조 주사 조 주사 하든 조 주사가 돈 돈 하든 돈을 주고 간 돈인가 부요" 하고 봉투를 어미의 손에 건네주었다.

그리하는 봉희의 눈에서는 눈물이 한 줄기 볼 위로 흘러내렸다.

봉희 어미는 받은 봉투를 다짜고짜 뜯어 빳빳한 십 원짜리 새 지전 스무 장을 꺼내 들고 눈물을 흘리는 딸년을 비웃는 듯 '거 봐라' 는 듯이 바라보며 엉덩이를 흔들고 건넌방으로 건너가버렸다.

끝.

1927년 2월 3일

《현대평론》제5호, 1927년 6월

해학·풍자·기발,[173] 신부 후보자 전람회, 입장 무료······ 쌍S 주최

_ 쌍S[174]

천하 일등의 명 기자 '쌍S'라고 내 입으로 말하면 대담스런 짓이지만은······ 적어도 중간에서 소개하는 사람들은 대개 그렇게 말하는 터이니까, 더러 그렇게 굉장한 명 기자로 알고 있는 사람도 있는 모양인지 그 명 기자 '쌍S'가 장가를 들 실의實意가 계시다는 소문이 신문 호외에까지 커다랗게도 조그맣게도 나지는 않았지만, 이래저래 저절로 퍼지니까 여기서 저기서 중매가 소개가 신입申込[175]이 정거장에 표 사러 달려들 듯 쏟아져 들어오기 시작하였다.

그러나 헛소문으로라도 천하의 명 기자라는 칭호를 듣는 쌍S다. 아직 이십 세기의 말년일망정 남의 중매로 쌍S 댁 주부를 모셔올 그런 속없는 어루박이[176]는 못 된다.

---

173 첫 회에는 없다가 2회부터 붙는 제목임.
174 쌍S: 채만식의 필명 중 하나.
175 신입: 신청.
176 어루박이: '얼뜨기'의 뜻의 전라도 방언 '어리뱅이'와 비슷한 말로 보임. '얼뜨기'란, 겁이 많고 어리석으며 다부지지 못하여 어수룩하고 얼빠져 보이는 사람을 낮잡아 이르는 말.

직접 만나고 사귀고 아는 여자 중에서 후보자를 선택할 것인데, 그것도 그리 용이한 일이 못된다. 쌍S 비록 나이는 삼십을 못 넘었을망정[177] 직업이 직업인지라 학교에서, 여자청년회에서, 교회에서, 재봉소에서, 야학에서, 강연회에서, 또는 친구의 집에서 만나고 사귀고 알게 된 처녀가 그리 적지 못하여 이리 생각하고 저리 생각하고 저울질해가면서 고르는 동안에 개벽사에 원고 보내기를 오래 쉬었던 것이다.

"너무 오래 쉬어서 독자들에게서 쌍S가 죽었느냐고 재촉 편지가 심하니 차차 하나씩 써보는 것이 어떻소?"

개벽사 중에도 《별건곤》 편집인이 반갑지 않은 얼굴을 또 가지고 왔다.

"원고고 무어고 결혼 문제부터 해결해놓는 것이 내게는 중대한 당면 문제인데……. 좀 더 기다려주시오. 다른 것은 생각할 여유도 없소이다."

"쌍S 같은 이가 장가를 들겠다면 천하에 내로라는 여자들이 밀물 치듯 할 터인데 무엇 때문에 해결이 힘들단 말요. 벌써 여름도 되고 하여서 쌍S 식 야릇한 글이 아니면 잘 읽히지 않는 철이니 부디 하나 써주시오."

"밀물 치듯이야 하겠소만은 그럴듯하고 이상한 패가 너무 많아서 해결이 곤란하단 말이요."

"대체 몇 명이나 놓고 그러는 모양이요?"

"이럭저럭 아는 여자가 퍽 많은데 그중에서 저편에서 싫다지 않는 사람만 꼽아서 마흔두세 명 되는걸."

"신랑 한 사람에 경쟁하는 처녀가 마흔두세 명?! 쌍S라니까 그렇겠지만 너무 행복스러운걸. 그러나 쌍S가 그렇게 여러 사람에게 알려지고

| 177 나이는 삼십을 못 넘었을망정 : 이 글을 쓸 당시 채만식의 나이는 29세였다.

인기 좋아지기는 우리 《별건곤》에 글을 많이 낸 덕이 아니요. 그러니 그 은혜를 생각해서라도 하나씩은 써야 안 하겠소."

"그는 그렇지. 그러나 지금은 아무 생각도 들지를 않는걸 어떻게 쓰겠소."

"그러면 좋은 수가 있소. 당신의 신부 후보자인 마흔두세 명의 미처 녀美處女에 관한 원고를 쓰시구려. 그러면 만 냥짜리 원고가 아니겠소. '쌍S의 신부 후보자 공개'라 하면 굉장한 기사입니다."

"그건 그건 안 되지. 내 자신의 일이니까 안 되지."

"아니요, 그걸 꼭 쓰시오. 그걸 쓰면 아직 결혼 아니한 미혼 남녀에게 참고도 될 것이요 쌍S 식으로 멋있는 양념을 툭툭 쳐가면서 쓰면 풍자의 효과도 많거니와[178] 제일 여름날 더운 낮에라도 재미있게 읽습니다. 그렇게 해서 더위와 모기와 빈대에게 쪼들리는 사람을 위로해주는 것도 한 적선이 아니겠소."

"그래도 안 되지 안 돼요. 절대로 그건 안 되지."

"그렇게 사십여 명의 장점, 단점, 용모, 성격을 자세[179] 공개해놓고 독자의 투표를 모아서 제일 많은 투표를 얻는 이와 결혼하여도 좋지 않소? 쌍S 식에 맞춰서 기발하고 좋지 않소. 생각해볼 것 없이 그렇게 합시다."

나는 슬그머니 승낙해버렸다. 그대로 공개해놓고 독자들이 골라주는 이에게로 장가를 들라 하는 것이 슬그머니 비위에 맞기도 하지만은 《별건곤》 기자와 고집 다툼을 하여서 한 번도 이겨본 적이 없는 고로 오래 버티어야 시간만 더 손해나는 노릇인 줄 아는 까닭이었다.

---

178 이때 이미 풍자가로서의 채만식의 자의식이 강하게 나타나고 있다.
179 자세: 자세히

개회사

에헴, 주최자인 쌍S로서 이 전람회 개회의 인사와 아울러 취의와 희망을 잠깐 말씀드리겠습니다.

여러분께서 쌍S란 이름은 내가 자주 써낸 글을 읽으시고 일찍부터 짐작해주시는 터이겠지마는 이 괴상 얄망궂은[180] 이름으로 행세하는 그 본인의 정체는 아무도 아시는 이가 없을 줄을 압니다. 나기는 서울 치고도 한복판 전동(공평동, 견지동)에서 나서 거기서 자랐건마는 조실부모 하고 형도 없고 동생도 없고 삼촌도 조카도 없고 오직 나이 많은 누님이 한 분 계시나 일찍이 출가하야 먼 지방에 가서 사시고 혼자 몸으로 이리 뚫고 저리 뚫어서 동경 상해를 거쳐서 미국 오하이오 대학 구경을 잠깐 하고 돌아왔는데, 특별히 공부한 것은 없어도 생각날 사람도 없고 궁금해할 가정도 없었던 만큼 공부에만 전념했을 터이라고 남들이 그럽니다.

남들이 그러는 말이니 그 말이 맞는지 안 맞는지 나는 자세 모르겠습니다마는, 조선에 돌아와서 별로 이렇다 할 직업이 없으나 올올이 한 몸뿐이라 그야말로 세 발 막대 거칠 것 없는 격으로 몹시 자유롭게 지내는 중에, 이 사람 사귀고 저 친구 사귀다가 불행히 신문기자와 잡지 기자들을 알게 되어 청하는 대로 졸리는 대로 잡동사니 글을 하나씩 둘씩 써보기 시작한 것이 버릇이 잡혔고 그것이 동기가 되어 신문기자 생활을 조금, 잡지 기자 생활을 조금, 단행본 저술 조금, 그러는 동안에 집 한 칸 풍금 한 채 화장품 약간을 사려면 살 만한 예금을 하였습니다.

그러나 나는 외국 갔다 온 노처녀들처럼 독신 생활을 주창까지는 아니하였으나, 실상 할 수 있는 때까지 독신 생활의 자유로운 맛을 향락하

| 180 얄망궂다: 성질이나 태도가 괴상하고 까다로워 얄미운 데가 있다.

려 해왔습니다. 그것은 어떤 까닭인고 하니 내 옆에 가까이 도는 나보다 모던인 친구들이 결혼만 하면 석 달이 못 지나서 삶아 논 배추 꼴이 되는 것을 너무나 많이 보는 때문입니다.

삶아 낸 배추로라도 그럭저럭 그냥 지내갔으면 좋지마는 금시 곧 하폄毁貶[181]을 하고 하폄이 세 번만 넘으면 반드시 후회를 하고 고민을 시작하니 거의 모두라고 하여도 좋을 만큼 저마다 후회하는 놀음을 내가 즐겨서 자진해 하기가 겁이 나는 까닭이었습니다.

어떤 시인이 어둡지도 않은 초저녁에 모자도 안 쓰고 내 하숙을 찾아왔습니다. 신식 태양 숭배자라서 모자를 안 쓴 것이 아니라 모자를 안 쓰고는 변소에도 못 가리만치 예절이 단단한 사람이 모자를 못 쓰고 와서 저녁밥을 내라 합니다. 어떤 일이냐고 물으니까 와이프하고 싸웠다 합니다. ○화전문[182]을 졸업한 대표 미인하고 결혼한 지 불과 다섯 달, 천하의 행복은 혼자 독차지하였다고 친구들의 부러움 받는 사람이 이 꼴입니다. 어떤 문학처녀가 자기 일신상 일에 의논할 일이 있다고 편지를 미리 해 놓고 찾아와서 건넌방에서 이야기하고 간 것이 동기가 되어서 "그런 좋은 애인이 있으면서 왜 나를 속여서 결혼하였느냐"고 건넌방에 들여갔던 커피 찻잔을 정성스럽게 가루를 만들었더랍니다. 그래서 꾸짖다가 달래다가 기어코 투쟁의식이 발동을 하여 만돌린을 집어던지고 튀어나왔다 합니다. 그 분김에 집어던진 만돌린 바가지가 공교히 어디로 떨어졌는지는 물을 것도 없지마는 어쨌든지 모자도 못 쓰고 튀어나온 것은 쫓겨나온 셈이 되지 않습니까. 결혼했다고 찾아온 여자를 만나보지도 못하래서야 나는 결혼을 일생 아니하겠다고 분연히 결심하였습니다.

지금은 아니 다니지만 어느 신문사에 있던 모던 기자 한 분이 설렁탕

181 하폄: 헐뜯어 비방함.
182 ○화전문: 이화전문학교. 지금의 이화여자대학교.

하고 절연을 하였습니다. 미남자요 얌전하고 재주가 있고 외국말을 잘하고 부러워하는 처녀가 많았었건마는 다 물리치고, 일본서 돌아온 어느 단발낭短髮娘[183]하고 결혼을 하더니 활동사진도 산보도 동부인해 다니면서 그야말로 원앙처럼 의가 좋은데 조선옷을 입히지를 않는 것이 탈이랍니다. 신문사에 올 때는 양복을 입지 말래도 입지마는 집에 와서도 목욕탕에 갈 때도 밥을 먹을 때도 드러누워 허리를 쉴 때도 그저 나리양복뿐이라 합니다. 물론 단발부인께서 조선옷은 만지실 자격을 안 가지신 까닭입니다. 자격을 사양해버리시기는 양복에 있어서도 마찬가지지만 양복 같으면 세탁소에 맡기기가 편하고 조선의복은 처음 지을 때는 남에게 삯을 주어 지어 온다 하더라도 빨래, 바느질, 다리미질 등 두고두고 귀찮으신 까닭이랍니다.

그러나 그렇다고 설렁탕과는 왜 절연을 하였느냐고 물으실 터이나, 이분이 원래 "조선을 사랑"하기로 남달리 노력을 하기로 결심한 이라 설렁탕 그 비현대적인 뚝배기에 그 불결한 국물에 조선 정조가 많다고 설렁탕 예찬을 끔찍이 부지런히 하던 터인데, 결혼한 후로는 밥솥에 쌀이 들어가는 때보다 안 들어가고 그냥 편안한 때가 더 많다 합니다. 아침에는 부인께서 늦게 일어나시니 정해놓고 설렁탕이요 저녁밥은 산보 갔다 늦어서 혹은 산보하고 와서 피곤하여서 또 혹은 활동사진 시간에 늦겠으니까 으레 "일상생활의 간편화"를 주창하고 설렁탕집으로 통지를 한다 합니다. 이 까닭도 저 까닭도 없는 날은 "오늘은 기분이 좋지를 못해서"라는 신식 꾀병이 생겨가지고 오늘도 설렁탕 내일도 설렁탕, 이래서 기어코 절연을 하였다는 것인데 이 절연으로 말미암아 부인이 현해탄 바람처럼 시원하게 반성을 하셨으면 좋지마는, 그렇지 못하면 요다음에는 부

| 183 단발낭: 단발머리 처녀. 즉, 여학생을 뜻함.

인과도 절연을 하게 되고 말 형편 같아서 옆에서 보기에도 몹시 아슬아슬하였습니다. 결혼한 탓으로 따뜻한 새 밥을 못 먹어보고 양복이란 것에 사지를 결박만 하고 살아야 한다면 나는 일생 결혼을 안 하겠다고 분연히 결심을 하였습니다.

나의 존경하는 친구 중의 한 분, 어느 대학에서 교수로 계시던 이는 ×화 졸업의 현숙한 부인을 맞으셨는데 어떤 일이지 자고만 나면 전신 특히 상반신에 상처투성이가 되어 나옵니다. 어깨, 목, 가슴, 심지어 손가락에까지 상처가 나는데, 알아보니까 그 현숙한 부인이 그래놓는다 합니다. 그 얌전한 부인이 그럴 리가 있는가 하고 다시 가서 그 부인의 얼굴을 아무리 유의해 쳐다보아도 그이가 그럴 것 같지를 않습니다. 결혼생활에는 얼굴만 보아가지고는 상상하지 못할 비밀이 있는 줄 깨닫고 나는 분연히 결심하였습니다.

어떤 친구는 조금도 비난할 점 없는 부인을 맞았으나 예금도 하기 전에 아기를 낳기 시작하여 머리털을 뽑으면서 두통을 앓는 것을 보았습니다. 결혼은 무서운 것이니 가깝게 가지 말아야겠다고 단단히 결심하였습니다.

어느 중등학교 체조선생님의 부인인 어느 여학교 출신 미인이 남편의 구두를 주고 엿을 사 잡숫는다는 소문을 들었습니다. 어찌 이루 다 일일이 이야기할 수가 있겠습니까마는 이래저래 나는 결혼하는 남자를 보면 측은해 보이는 버릇까지 생겼습니다.

그런데 '시간은 금보다 중하다'고 옛날부터 누구든지 말해왔지마는 시간은 왜 금보다도 중한지 그[184] 까닭을 이제 와서 깨달았습니다. 시간은 하느님보다도 더 능란한 조화를 가졌기 때문입니다. 이 세상 역사란 역사는 모두 시간이 만들어낸 것처럼 시간이란 놈은 사람의 마음까지 변하

| 184 중한지 그: 원문에는 '중하다는'이라고 되어 있으나 문맥상 맞지 않음.

게 하는 조화를 가졌습니다. 내 나이 서른 살이라는 고개를 자꾸 가깝게 올라가니 '결혼이란 경솔히 하니까 잘못 되지 잘만 하면 좋은 것이다' 하는 생각이 어느 틈에 어느 때부터 생기기 시작했는지 지금은 제법 머리가 커다랗게 자라놓아서 이제 당해서는 쫓아내려야 쫓아낼 재주가 없이 되었습니다. 이유가 분명하여 생긴 것 같으면 쫓아내기도 쉽겠는데 이유가 별로 없이 생겨진 놈이라서 어찌할 도리가 도무지 없습니다그려.

그럴 바에는 들기는 들어야겠는데 광고한 일이 없고 누구에게도 이야기한 일이 없는데, 여기서 저기서 말이 많고 아는 사람만도 그 수효가 적지 않아서 그 선택에 여간 곤란하지를 않습니다그려.

남의 험담 남의 실패를 다 알고 있던 겁쟁이인 만큼 진선진미한 인물을 골라야 할 관계로 이제껏 끙끙거리고 있어왔는데, 마침《별건곤》기자의 쌍S 이상의 얄망스러운 꾀로 신부 후보자를 만천하 독자의 앞에 일일이 공개하고 그중에서 독자들의 가장 많은 표를 얻는 이로 결정하라니 그대로 해볼까 하는 것입니다.

내가 아는 인물만 이편에서 좋다면 저편에서는 이의 없이 기다리고 있다가 대답해줄 사람만을 꼽아도 사십여 명, 그중에는 일본서 돌아온 이, 미국서 온 이, 상업학교 미술학교 출신, 보육학교 전문학교 출신, 여류시인, 여류음악가, 모두 학교 출신인 신여성뿐인 것은 물론입니다. 여기에 공개되는 신부 여러분께는 다소 미안하지 않을 수 없으나 내 일신에 중대한 문제요 또 그 선택을 독자께 부탁하는 일이니까 부득이 자세하게 어느 정도까지 숨김없이 소개할 밖에 없겠습니다.

독자 여러분께는 당치도 않은 폐를 끼치는 일입니다마는, 기왕 몇 번 '쌍S'의 글을 읽으신 것을 잘못된 인연으로 후회하실 셈하고 수고를 해주실밖에 없겠습니다.

자아, 이제 진열장으로 안내하겠습니다. 모던 여자들일망정 처녀들의 앞이 과히 요란하지 않게 차례차례 열을 지어서 들어와주십시오. 아니, 아니, 그렇게 앞엣[185] 사람을 떠다밀면 안 됩니다. 차례차례, 차례차례요.

이제 정작 진열을 하자 하니 본성명까지는 그대로 발표할 재주가 없어서 그것은 일체 숨기기로 하고 성자姓字만 달되 가성假姓을 붙이기로 하거니와, 다소간 없는 '멋'이라도 부리어 웃으면서 읽게 해주되 톡톡한 풍자미가 있게 하려는 것은 편집자의 주문이니까 내 죄는 아닌 것을 미리 발뺌해둔다.

최 양崔孃: 21세. 조선사람 회사로는 유명한 곳의 중역의 외따님이니 귀염 받고 자란 여자다. 키가 중키요 살결이 희고 뚱뚱하지도 가냘프지도 않은 토실토실한 편이요 가정이 쌍스럽지 않고 너절한 처남이 없으니 퍽 좋은 자리건마는 이 여자가 간신히 미술학교를 졸업하고 그만두었다는 것이 섭섭한 점이다. 뒤로 알아보니 제가 재주만 있으면 일본을 거쳐서 미국 유학까지 시킬 요량이었다는데, 원체 응석과 어리광에만 재주가 기울어져서 뜻 아니한 미술학교로 귀양을 갔었는데 그나마 서양화를 해보다가 힘이 든다고 자수만 배웠다 한다. 우선 그가 저고리 빛과 치마 빛을 조화시킬 줄 모르고 동무가 남색 파라솔을 샀다고 자기도 남빛을 사서 흰 얼굴을 송장같이 푸르딩딩하게 해가지고 다니는 것을 보면 미술학교의 선생님이 나빴는지 이 여자가 헛공부를 하였는지 알 수 없게 된다. "얼굴이 흰데다가 파란 양산을 받으니까 얼굴이 아주 파래 보입니다그려" 하고 슬그머니 놀려주면 그것이 흉인 줄 모르고 "무얼요 그다지 좋

185 앞엣: 이렇게 부사어에 사이시옷을 붙여 형용사를 만들어 뒤의 명사를 수식하는 표현은 채만식이 즐겨 구사하는 어법 중 하나이다.

지도 않은 것인데요" 하고 칭찬으로만 듣는 것을 보아도 이 여자가 얼마나 머리에 피가 돌지 못하는지 짐작하게 된다. 용모와 체격과 가정으로는 우등이건마는 나는 나의 제2세가 멍청이로 탄생할 것이 무서워서 결혼하자 할 용기가 나지 않는다.

홍 양洪孃: 22세. 내가 이 여자에게 제일 호감을 가지기는 그의 토실토실하고도 갸름한 두 다리에 있어서다. 이 여자에게 무용을 배우라고 권고한 일도 있었다. 이이가 이만큼 좋은 다리를 가지고도 만일 무용을 아니한다면 다리를 위하여 아까운 일이다. 그만큼 이이의 다리는 유혹적이요 매력이 많다. 그리고 얼굴도 영리하고 몸도 날씬하고 말이며 행동이 모두 무겁거나 둔하지를 않아서 경쾌한 품이 선천적으로 무용가로 태어난 사람 같다. 이 여자가 길에 나서면 다시 쳐다보지 않는 사람이 없다. 이 날씬한 미인과 동행을 하는 남자는 곧 거리의 소문거리가 될 만치 부러움을 받는다. 사투리가 조금 있지만 워낙 미인이라 사투리도 도리어 애교가 있다고 듣는 사람마다 말한다. 일본 가서 어느 미션스쿨을 마치고 고향에 돌아와서 여교원 생활을 잠깐 한 일이 있던 이인데, 이이가 나를 알게 되자 곧 편지를 교환하게 되기는 내가 이 여자 있는 지방에 가서 강연을 하였을 때 강연회 끝에 처음 단 한 번 만난 그때부터였다. 그는 나를 만나기 전부터 내 글을 늘 읽고 있었다고 말하였다. 그 후 편지에는 자기에게 구혼하는 이가 퍽 많다고도 하였다. 다시 구하기 어려운 예술가적 기품이 있는 미인이건마는 강연 한 번에 즉시 호감을 가지는 여자, 이런 무용가적인 여자는 강연회에 가서 그날 강연 제일 잘한 남자에게 무한한 호감을 가지게 되는 것과 꼭 마찬가지로 음악회에 갔을 때는 그날 가장 인기 좋은 음악가에게, 운동장에 가서는 거기서 또 제일 인기 좋은 운동가에게 절대한 호감을 가지게 될 것이 무섭다. 이런 여자가 만일 활동사진 구경을 즐긴다면 가장 인기 좋은 변사를 한 번 친히 만나보았으면 하게까지도 될 것이니, 이 여자가 확실히 박애주의자가 아니라는 증명을 얻기 전에는 결혼하기가 겁이 난다.

한 양韓孃: 20세. 나이 좋고 재주 있는 여자로 어느 목사님의 셋째 따님인데 영어 공부하느라고 눈을 버려서 무테안경을 쓰고 다닌다. 그러나 테 없는 깨끗한 안경이 흰 얼굴을 더욱 깨끗하게 할망정 결코 안경 때문으로 해서 흉해 보이지는 않는다. 이 여자가 젊은 남자들 사이에 유명하기는 문학처녀로서이다. 가끔 이 여자의 시가 어느 신문 귀퉁이나 5류, 6류의 잡지 귀퉁이에 나타나는 것을 볼 수가 있고 여학교 안에서는 소설가로 이름이 높아서 교내 잡지에는 호마다 이 여자의 달콤한 연애소설이 실린다. 내가 미국에 갔다 왔다는 것이 이 여자의 마음에 맞는지 퍽 좋은 마음으로 나에게 편지를 자주 보내는데 그 편지라는 것이 모두 소설을 읽는 것 같다. 우선 문안 인사가 소설 투요 자기가 어젯밤에 꾸었다는 꿈 이야기가 전부 소설이요 자기의 이상이라는 것이 전혀 소설이다. 그리고 그렇게 끝도 없는 소설을 나는 일주일에 두 번씩은 받아왔다. 시간 여유가 없는 남자는 여류소설가하고는 연애할 자격이 없다고 나는 그 편지를 받을 적마다 나의 바쁜 생활을 탄식하였다.

이런 여자가 흔히 신경질인 것은 이 여자에게 있어서도 어그러지지 않았다. 그리고 얼굴이며 몸맵시가 청초하고 좋으나 사실은 육체가 조금 빈약한 편이다. 옷을 벗기고, 아차차, 남의 옷을 벗긴다는 것은 실례이지만, 혹 이 여자가 목욕탕에를 들어가면 재주도 소문도 그 웃옷과 함께 다 벗겨져 달아나고 빼빼 말라 앙상한 골격밖에 남지 않을 것이니, 남에게 동정을 받을 만큼 참담한 대접을 받을 것이다. 그러나 그의 신경질은 뚱하고 무겁기만 한 것보다 귀염성이 있을 것이고 결혼 전에 수척한 이가 결혼만 하면 살이 오를 수도 있는 것이다. 그러나 내가 이날까지 주저해 온 것은 이 여자가 값싼 애상소설에 침취한 그만큼 자기가 늘 그러한 소설의 여주인공 같은 생활을 가게 되기를 바랄 것이 무서운 까닭이었다. 그가 바라는 대로 되자면 내 평생의 생활이 센티멘털한 소설 같은 파란이 끊임없이 계속되어야 할 것이니, 그렇지 못하고 늘 평화하기만 하면 이 여자는 염증이 나서 "평범한 생활이라 자극이 없어서 못 견디겠다" 할 것이다. 내 일찍이 악착한 죄를 지은 일이 없거든 무슨 벌로 그 풍파를 사서 겪으랴 말이다.

윤 양尹孃: 19세. 아직 나이가 어린데 불구하고 종로 큰 거리에서 포목전을 경영하는 상당한 재산가이니 군색한 것을 모르고 자라서 그런지 마음 놓고 자라서 키는 여자로는 시원히 큰 키요 체격도 부족한 곳 없이 충분히 발달되어서 21, 2세 되어 보인다. 심덕이 좋은 점으로 이 여자를 제일로 꼽겠는데 이 여자는 그 좋은 얼굴에 입술이 아래위로 두둑한 것이 아까운 흠이다. 사주팔자를 따진다는 것은 믿지 아니하지만 관상학으로 보아 그의 성격을 짐작한다는 것은 골상학적으로 근거가 있는 줄 나는 믿는데, 종아리가 굵고 입술이 두꺼우면서 아래위로 발달된 여자는 정이 많다고 하는 말을 들은 일이 있는 까닭이다.
이 여자가 그 좋은 얼굴과 몸맵시를 가지고 남의 혼인에 들러리로 자주 나서는 것을 보아도 맺고 끊는 아귓심[186]이 없이 남의 사정만 잘 보아주는 성미인 것을 알 수 있는 것이다. 한 번은 이 여자의 동창 학생이 어느 부랑 청년에게 속아서 셋째 부인으로 시집가는 것을 옆에서 걱정을 하면서도 결국 그 혼인에 들러리로 나선 것을 보면 너무 지나치게 헤프

| 186 아귓심: 손아귀의 힘. 남에게 쉽사리 굽히지 않는 꿋꿋함. 원문에는 '아귐성'으로 되어 있음.

게 남의 사정을 보는 사람이다.

김 양金孃: 25세. 나이는 알맞게 지긋하여서 여자에게 남자란 것이 어떻게 필요하고 고마운 것인 줄을 가장 잘 알 사람이다. 그러나 여자로서는 학문이 너무 많다. 학문이 많아도 그다지 고맙지 못한 학문이니 여학교 기술사에서부터 소설책만 보아서 얻은 학문이다. 연단에 서서 강연도 몇 번 하였고 그의 소설은 여류문사라는 이름으로 제법 많이 발표되었으나 아직 문학애호가인 한 양과는 달라서 소설가로 행세하는 여자다. 남자소설가는 흔히 술을 많이 먹는데 이이는 여류소설가인 만큼 술은 먹지 않으나 그 대신 바나나를 많이 먹는다. 한 번은 바나나를 먹다가 적삼소매 속에 넣었던 손수건을 떨어뜨려서 바나나를 입에 문 채로 수건을 집다가 큰 망신을 하고도 "무에 그리 우스워요" 하면서 나머지 일곱 개를 태연히 잡수신 이다. "나는 소설가로 태어났으니까요." 이런 말을 하면서 자기의 경험과 생활을 소설로 늘어놓는 여자이니까 만일 이 여자하고 결혼을 하면 나를 재료로 하여 소설을 쓰는 버릇이 생길 것이다.

"나는 이 한 개의 남자(자기 남편을 가리켜 하는 말)의 머리가 차차로 진보되어가는 것을 조용히 보고 있다." 이 따위 소설을 써서 말이다. 그러나 그것쯤은 여류소설가의 남편으로서 참을 수 있는 일이라 하고, 이 여자가 소위 문인 생활을 하노라고 일부러 그러는지 집안 정리를 차근차근히 하는 것을 불명예로 알고 있는 것이 탈이다. 그의 거처하는 방에 찾아가보면 이부자리를 깨끗이 개켜 논 것을 보지 못한다. 책상 위에는 잉크병과 철필, 빗, 머리카락, 분갑, 바나나 껍질, 두어 개의 면경, 이런 것들이 섞여 있어서 쓰레기통을 쏟쳐[187] 논 것 같다. 소설은 깨끗이 써

| 187 쏟치다: 표준국어대사전에는 '쏟뜨리다'의 북한어로 되어 있으나, 당시에 채만식이 즐겨 썼던 어휘임.

도 더럽게 사는 여자다. 언제던가 이 여자가 문지방 옆에 있던 바나나 껍질을 밟고 미끄러져서 책상 귀퉁이에 머리를 부딪고 나가 자빠졌던 것은 유명한 이야기의 하나요, 어느 신문사 초대의 요릿집에 갔을 때 양말 뒤에 구멍이 커다랗게 뚫어진 것을 그냥 신고 다니던 것이 폭로되었던 것도 이 여자의 유명한 일화의 하나다. 인생이 남자로 태어나서 여류소설가와 결혼하는 불행을 피할 것이라고 나는 여러 번 느꼈다.

강 양康孃: 23세. 굉장한 평판 미인이요 이 여자의 부모가 다 좋은 사람인데 아까운 일로는 이 여자가 음악에만 열중하는 것이 탈이다. 아무 때 만나도 악보를 끼고 있고 입에는 껌이 아니면 사탕을 물고 우물우물한다. 어여쁜 여자가 음악에 미치면 그 속 배알은 보통 인간 세상에는 용납되지 못하게 버려진다. 욕먹을 말인지 모르나 나는 음악 한다는 여자치고 마음 좋거나 심덕이 무던한 사람을 보지 못하였다. 속이 바늘구멍같이 좁고 빽빽하다. 그리고 결혼하면 자기 손으로 살림을 할 리가 없지마는 한다 해도 지기 몸에 해롭다고 고추장찌개나 고춧가루는 이웃집에서도 못 먹게 할 것이다. 그리고 그것보다도 더 위험한 일은 이 따위 유의 여자는 음악 이외에는 인생에 필요한 것이 하나도 없는 줄 알고 음악하는 사람만 사람으로 알 것이니 결혼 후에도 언제든지 음악 잘하는 남자만 초대하고 싶고 친하고 허여許與[188]할 것이 제일 위험하다.

신 양辛孃: 20세. 인물도 맵시도 성격도 환한 여자다. 이 여자를 아무데서 만나도 정신이 번쩍 나게 환한 여자다. 음성이 명랑하고 동작이 경쾌하고 조금도 음울한 구석이 없는 여자다. 그만큼 그의 화장술이며 그

---

188 허여: 어떤 권한, 자격, 칭호 따위를 허락하여 줌. 마음으로 허락하여 칭찬함. 원문에는 '허어'라고 되어 있으나 오식으로 보임.

의 교제며가 다 모두 밝다. 이이를 처음 만나기는 신천온천장[189]에서였다. 이이가 나에게 호감을 가져다주는 것은 나에게 자주 하는 편지에서보다도, 만날 때 반가워해주는 것보다도 이이가 나의 몸맵시에 유독 주의해주는 것하고 여러 사람 있는 좌석에서도 나의 눈치를 잘 알아주는 것하고 나의 말을 잘 기억해주는 데서 볼 수 있었다. 여러 사람이 모인 데에서도 내가 넥타이를 새 것을 맨 것을 제일 먼저 발견하는 것도 이 여자요 내 옷에 머리털이나 분필 가루가 묻어 있는 것까지 제일 먼저 발견해주고 기어코 틈을 잡아 그것을 떨어주고야 안심하는 것도 이 여자다. 연애심리학자의 말에 의하면 그것만으로도 훌륭히 이 여자가 나에게 연애를 시작하는 것인 줄 믿어도 좋다. 내가 혹 여러 사람과 한담을 할 때에 "나는 빛(색채) 중에 옥색을 좋아한다"고 지나는 말을 한 일이 있으면 그 말을 한 당사자인 나는 금방 그 말한 것을 잊어버렸는데, 그다음에 만나게 될 때는 그는 옥색저고리를 입는다. "저 이번에 이것을 새로 샀어요" 하고 새로 산 옥색 양산을 내어민다. 그 후에 보면 손수건에도 옥색 갓을 두른 것을 가지고 다닌다. 연애심리학자는 "인제는 벌서 저편에서 자네 입으로 결혼 말이 나오기를 고대하는 것일세" 한다.

참말 희귀하게 보는 상쾌한 여자다. 하이칼라[190]면서 단단하고 경쾌하면서도 요령이 있는 여자다. 이 여자면 남의 집에 가서도 아내 때문에 얼굴이 근지럽거나 무렴한 꼴을 당할 염려는 조금도 없다. 운동으로는 테니스를 곧잘 하고 웬만한 잡지는 첫 장 빽빽한 글도 내리읽는다.

그런데 작년 여름에 삼방약수터[191]에서 만났을 때 나는 안 볼 것을 보아버렸다. 그때 경성으로 돌아오려는 날이 지났건마는 장마로 기찻길이

---

189 신천온천장: 황해도 신천군에 있는 온천.
190 하이칼라: high collar. 예전에, 서양식 유행을 따르던 멋쟁이를 이르던 말.
191 삼방약수터: 예로부터 유명한 함경남도 삼방의 약수터. 강원도에서 함경남도 안변군으로 들어가는 관문에 위치해 있다.

무너져서 교통이 복구되기를 기다리고 며칠 더 있는 때인데, 이 여자의 아주머니하고 이 여자하고 있는 집에 놀러 갔다가 장마 통에 산골에서 사람이 많이 상한 이야기가 시작되었다.

"글쎄, 그런 참변이 어디 또 있겠어요. 어린애기가 셋이나 무너지는 산에 묻혀버렸다니요."

나는 탄식하면서 말하였다. 그랬더니 이 여자도 탄식을 하면서 말하였다.

"글쎄요. 그런 참변이 어디 또 있겠어요. 어린애가 셋이나 산에 묻혀버렸다니요."

그러나 그런 탄식의 말을 하면서도 이 여자는 석경石鏡[192]을 들여다보면서 콧등과 입 모숨[193]에 분칠을 하고 있었다.

나는 그것을 보고 우리 집 주인 노파가 칼질하는 도마만 들여다보면서 내가 하는 말에는 건성으로 대답하고 있는 태도를 생각하였다.

"아이그, 정말인가요. 어린애가 셋이나 한꺼번에 묻혀버리다니요."

이 여자는 여전히 반주伴奏를 해가면서 옷매무새를 다시 주무르고 있었다. 이 여자가 잘못하면 남편이 병석에서 물을 찾아도 석경만 들여다보고 있지 않을까 겁이 나기 시작하였다.

민 양閔孃: 22세. 이 여자는 돈푼이나 있는 과택[194]의 따님으로 조선 있을 때는 우등으로 학교를 마치고 일본까지 가서 햇수로 4년이나 있다가 왔다는, 대면만 해도 얼치기 모던인 것이 머리에 핏기가 잘 돌지 않는 것 같다. 그 훌륭한 체격, 이 여자와 결혼하면 아들은 정해놓고 잘 낳을

---

192 석경: 유리로 만든 거울.
193 모숨: 한 줌 안에 들어올 만한 분량의 길고 가느다란 물건.
194 과택: '과댁寡宅'의 방언(강원, 경기, 경남, 전라, 충북). 과부댁.

것 같다. 그런데 어째서 이 여자가 저고리를 길게 해 입고 치마를 될 수 있는 데까지 짧게 해 입으려고 애를 쓰는지, 이마를 쪼개보면 똥이 얼마나 나올는지, 달려들어 쪼개보고 싶은 생각이 난다. 조선 여자는 흔히 하반신이 날씬하지를 못하고 윗몸보다 다리가 짧다. 뚱뚱한 것이 미인이라면 모르되 훤칠하고 날씬한 것이 좋다 할진댄, 되도록 치마를 길쭘하게 입어서 아름답게, 날씬하게 할 것이다. 그리고 치맛주름도 좁게 접어서 점점 더 길쭘하게 보여야 할 것이다. 저고리가 옛날처럼 젖가슴이 나오게 짧게 하여서는 안 되지만, 저고리를 과히 길게 하지 말고 치마를 길쭘하게 입어서 날씬하지 못한 체구를 날씬하게, 경쾌하게 하여야 할 것인데, 몸뚱이는 어떻게 생겼든지 치마가 짧은 게 유행이라니 정강이 위로 추키기만 하면 좋은 줄 아는 갑갑한 꼴을 보면 참말 이 여자의 머리에는 똥만 가득 들어 있는 것 같다. 편지 하는 것을 보아도 장미꽃 박힌 편지지를 쓰기에 순실한 사랑을 의미하는 것인가 보다 하였더니, 웬걸, 웬걸, 백합꽃 박힌 것도 썼다가 물망초 그린 것도 썼다가 심지어 봉선화 박힌 편지지까지 사용하니, 봉선화면 '내 몸을 건드리지 마세요' 하는 의미인 것을 알기나 하고 쓰는지 모르고 쓰는지, 내가 언제 자기에게 좋은 의미의 답장을 한 일이 있으며 내가 언제 자기 몸을 건드리려고 하였는가. 아무 이유 없이 지나가는 사람보고 '여보셔요, 제발 내 몸을 건드리지 말아주셔요' 한다면 그것은 정신에 이상이 생긴 것이 아닐 수 없다. 들으니까 이 여자가 전에 한 번 어떤 대학교수하고 약혼설이 있었는데, 쓸데없이 그 남자의 여관에 자꾸 찾아간 까닭에 조촐하지 못하다고 하려던 약혼이 퇴짜를 받았다 한다.

"올 여름에 우리 애도 원산을 가겠다 하는데, 아무리 지금 세상이라도 결혼도 아니한 여자를 혼자 보낼 수가 있어야지. 별로 바쁘지 않거든 둘이 원산에 가서 여름이나 지내고 오구려."

이 여자의 돈 있다는 어머니도 내가 자기 딸하고 약혼이나 할 요량으로 있는 줄 알고 있다. 요컨대 이 집의 모녀분이 멍짜 아니면 똑같이 광狂짜다, 광짜야.

유 양柳孃: 19세. 여학교 시대부터 학교 안에서부터 이름이 높던 미인이다. 어느 시골 부호의 따님이다. 품행 방정, 성적 우량, 시집가면 땅마지기나 가지고 갈 유복한 여자다. 취미나 성격에 별로 특별한 것은 없으나, 그 대신 아무 흠절欠節[195]이 없는 얌전한 현부인 감이다. 그러나 꼭 한 가지, 너무 체소體小하여서[196] 몹시 상냥스럽고 애교가 있고 만 년 가도 새색시처럼 귀여울 사람인 것만은 좋은 아들을 바라는 사람에게는 위험을 느끼지 않을 수 없다. 내가 아는 친구의 부인 중에 건강하면서도 체소한 탓으로 해산하다가 산모 산아가 다 절명해버린 것을 본 일이 있는 까닭이다. 아까운 일이다. 염려 없다고 누가 보증만 하여준다면 나는 벌써 이 여자와 결혼하였을는지도 모른다.

차 양車孃: 23세. 좋은 여자다. 인물 좋고 마음 좋고 교제성 좋고 지식이 상당하고 그 가정은 시골 어느 야소교[197] 장로님 댁이고. 이 여자가 글씨를 잘 쓰고 음악을 잘하고 연설도 해보았고, 제일 연극을 크리스마스 때마다 성공하는 좋은 여자다. 그런데 이이가 박애주의자가 아닌지 그것 한 가지가 겁나는 조건이다. 그의 둘레를 에워싸고 도는 청년들이 4, 5인 된다는데 아무에게도 불평을 사지 않고 원만히 교제해나간다. 학교에 있을 때에 동성연애, 소위 여학생끼리 사랑을 하는 데에도 넌지시 여러 동

195 흠절: 부족하거나 잘못된 점.
196 체소하다: 몸집이 작다.
197 야소교: 예수교.

생을 일시에 원만히 사랑해왔었다 한다. 그것은 어쨌든지 그가 여학교를
이 학교에서 저 학교로, 저 학교에서 또 다른 학교로, 한 학교에 꼭 박혀
있지 못하고 전학을 하며 돌아다는 것을 보아도 그의 성격을 의심하지
않을 수가 없다.

전 양全孃: 21세. 미국 가서 돈을 좀 벌어가지고 연전에 돌아온 사람
의 딸인데, 서양 가정이 아니면 볼 수 없을 만큼 그 부모가 이 여자에게
자유를 주어서 밖에서 마음대로 날아다니는 새를 구경하는 것 같은 여자
다. 그 서늘한 단발한 머리, 시원스럽게 자유로 노는 두 어깨와 거기 달
린 팔, 날씬한 갸름한 다리와 그 걸음걸이, 젊은 남자들뿐 아니라 여자들
도 보는 사람마다 부러워하는 성격과 맵시를 가진 여자다. 신시대의 아
내로도 부족한 점이 없고 내가 바라는 아기의 어머니로도 적합한 여자
다. 이 여자는 나하고 만나면 미국 이야기가 가락이 맞아서 좋다고 유쾌
를 느낀다.
그런데 이 여자가 미국식이어서 교제가 쾌활하고 부모가 돈이 있으
니까 이 세상 것이 모두 자기를 위하여 생겨났고 자기를 위하여 움직이
고 있는 줄 알고 있다.
요전번 바자회에서 만났을 때도 어렵지 않게 내 돈을 30원이나 썼다.
이 여자는 남자들은 여자를 대접하기 위하여 생겨난 것인 줄 알고 있다.
댄스를 잘하고 테니스를 잘하고 겨울에는 얼음을 잘 지친다. 몹시 어
떻게 형용할 수 없이 쾌활한 여자다.
나는 어떻게 하든지 이 여자와 결혼을 하는 것이 제일이겠다고 생각
하였다. 이 여자 역시 나를 만날 때마다 나더러 넥타이를 더 화려한 것을
매라는 둥, 모자를 바꾸어 쓰라는 둥, 왜 단장을 짚지 않느냐는 둥, 여러
가지로 내 맵시에 정성을 쓰는 것을 보면 나에 대해서 전혀 마음이 없는

것은 아닌 것을 알 수 있다. 그래서 하루는 이 여자를 내 여관으로 초대하는 영광을 얻었다.

이 이야기 저 이야기 하다가 이 여자는 내 책상을 들여다보고 "책상은 좋은데 책이 좋은 것이 적습니다그려" 하더니 "내가 유명한 작가의 좋은 책을 가르쳐[198] 드릴 터이니 사다가 놓으세요[199]" 하고는 얼른 알아듣기 어려운 이름을 좔좔 부르면서 종이에 적어놓는다.

"이게 로서아露西亞[200] 작가입니다."

"네, 로서아 작가의 소설이라야 볼 맛이 있어요."

그리고 그는 또 하나 길다란 이름을 불렀다.

"라빈드라나드 타코르! 이이는 인도 시인인데, 어머니에 대한 어린이의 감정을 노래한 것인 있는데 참 좋아요."

나는 이 여자가 어린 사람 문제에 흥미를 가지고 있는 것이 기뻐서 기회를 잡아 물었다.

"당신이 그러면, 당신이 그 노래를 직접 노래해 들려주는 어머니가 되고 싶지는 않습니까?"

"아아니요, 천만에요. 왜 어린애를 낳아요. 그러면 나는 금방 늙어버리게요? 당신은 어린 애기를 바라실 터입니까? 어린애를 낳기 위하여[201] 결혼하는 것은 시골 농사꾼입니다."

나는 그만 속으로 당장 단념하여버렸다.

여기까지로 하고, 두었다 요다음 호에 계속하여서 소개를 하겠는데, 이다음에 소개될 인물을 독자가 보면 이이가 다 진열되었나 하고 깜짝

198 가르쳐: 원문에는 '아르켜'로 되어 있음.
199 놓으세요: 원문에는 '노서요'로 되어 있음.
200 로서아: 러시아.
201 위하여: 원문에는 '위하야'로 되어 있음.

놀랄 여자들이 나올 것이다. 누가 그렇게 유명한 여자가 나올 것인가, 이름만 듣고도 세상이 다 짐작할 여자, 그것은 요다음 호의 재미! 이번은 이만큼으로 쉬자.

이 양李嬢: 20세. 턱이 조금 빨기는[202] 하지마는 날씬한 미인이라 '아이스크림 미인'이라고 이 미인을 숭배하는 사람들이 이름을 지었다. 얼굴이 날카롭게 어여쁘고 자태가 날씬한데 성질까지 터분한 구석이 없이 칼날 같아서 여름에도 찬바람이 휙휙 도는 까닭이다. ○화를 우등으로 졸업하였으며 집안이 유식한 집안이니 견문이 그리 빠지지 않는다. 나의 존경하는 선배 모 씨는 그가 하관下觀[203]이 빨라서 턱이 고인 곳이 없다고 반대하지마는 나는 그 깨끗하고 정신 나게 어여쁜 용모와 칼날같이 분명한 성질이 도리어 당길 성 있어서 이이와 결혼하기를 매우 열심히 생각하였었다.

그러나 이 여자가 의외의 단점을 한 가지 가진 것은 "에, 그 어때요, 우습지 않아요?"하고 옷맵시 머리맵시에만 머리를 썩이는 버릇이다. 그렇게 물어놓고는 "왜 그렇게 남의 얼굴을 뚫어지게 보세요, 제가 면구하지[204] 않아요?"한다. 눈으로 보지 않고도 맵시가 우스운지 아니 우스운지 보아줄 재주가 있는 줄 아는지……. 결국 생각해보면 "어때요, 우습지 않아요?"하고 만날 적마다 하시는 그 말씀은 "어때요, 참말 어여쁘지요?"하는 소리인 것이다.

언제인가 한 번 나하고 산보를 같이 나섰을 때에 이 여자가 어느 서점 진열장 앞에서 발을 멈추고 서서 들여다보기에 나도 잠깐 같이 들여

---

202 빨다: 끝이 차차 가늘어져 뾰족하다.
203 하관: 광대뼈를 중심으로 얼굴의 아래쪽 턱 부분.
204 면구하다: 낯을 들고 대하기가 부끄럽다.

다보았다. 거기 진열해 있는 책이 눈에 뜨이는 것이 없었던지 금방 그 유리창 앞을 떠나서 걷기 시작하였다.

"아까 그 진열장 속에 걸려 있는 도서관 독서주간 포스터의 그림이 그럴듯하게 잘 되었지요?" 하고 내가 이야기를 꺼내보니까,

"어데요, 어데 그런 것이 있었습니까?" 하고 대답하는 것이 전혀 그 유리창을 들여다보기는커녕 그 앞으로 지나가지도 않은 사람 같았다. 이 여자가 그 유리창 속을 들여다본 것이 아니라 유리창에 비치는 자기 얼굴을 들여다보고 있었던 것이었다.

나를 낙심시키기는 하였지만, 그러나 조선 여자 치고는 드물게 보는 열심가이다.

서 양徐孃: 21세. 청진동 어느 과택의 맏따님으로 ○명[205]을 좋은 성적으로 졸업하고 지금은 ×× 가사과에 다니는 얌전한 영양이다. 이 양만큼 미인은 아니나 어느 사립 전문학교 1년생인 청년 한 명은 이 여자에게 퇴박을 맞고 홧김에 상해로 달음질을 해가고, 어느 의학전문 학생 두 명은 이 여자의 뒤따르기에 시간이 부족하여서 한 해씩 낙제를 하였고, 지금도 길에 나서면 뒤따르는 남자들 때문에 밤에는 음악회에나 연극장에를 혼자 나설 수가 없다고 가끔 나에게 배종陪從[206]을 명령하는 것을 보면 확실히 미인 명부에 오를 자격이 있는 것이다.

홀어머니 앞에서 길러진 탓인지 모르되 다소 응석과 어리광이 있고, 또 한편으로는 다소 고집이 있으나 신덕身德[207]만은 그 흠 잡을 곳이 없는 얼굴처럼 무던한 여자다. 골상학자의 말에 의하면 얼굴이 둥근 사람 치

---

205 ○명: '숙명' 인 듯함.
206 배종陪從: 임금이나 높은 사람을 모시고 따라가는 일.
207 신덕: '몸에 살이 많아 덕스러운 모양' 이라는 뜻의 '육덕肉德' 을 패러디한 말인 듯함.

고 마음이 악독한 이가 없다 한다. 이 말은 옳은 말이거니와 설혹 그 말이 옳지 않다고 하더라도 이 서 양은 분명히 심덕이 좋은 여자다. 옷 같은 것 제법 대담스럽게 새로 유행하는 빛깔 치마를 짧지도 않게 길지도 않게 정강이 중턱까지 되게 얌전히 입고 다닌다.

그러나 이 여자는 "그럼요", "나는 몰라요", "나는 싫어요" 소리밖에 다른 말을 배우지 못했다. 아무 이렇다 할 의견도 말하는 적이 없다. 그래서 이 여자의 아름다움은 결국 어여쁜 인형밖에 되지 못한다.

"당신은 무얼 좋아합니까? 독서입니까, 가사입니까?" 하고 물으면, "가사가 제일 좋구요, 독서도 즐겨 해요" 한다.

그러나 가사를 좋아한다 하고 현재 가사과에 다니는 이 처녀의 방을 보면 우리 여관집 노파는 기절을 하여 쓰러질 것이다. 방구석에는 머리카락이 수세미같이 엉켜서 내던져진 채로 있고, 마메콩[208]껍질, 사과껍질이 찢어진 봉지에 넘친 채로 그냥 놓여서 벗어던진 양말짝 위에 놓여 있고……. 간신히 책상 위만 가지런히 정돈되어 있는데, 그나마 화병에 꽃을 꽂은 꼴이란 무궁화 한 가지, 백합 두 송이, 월계꽃 세 송이, 거기다 기생꽃까지 한데 모아서 꽂아 놓았으니 이 사람의 머리가 쓰레기통 속같이 복잡한 것을 찬미하는 모양이나, 이 따위란 생기도 향기도 생명도 없는 가화假花[209]를 꽂아 놓은 것보다도 더한층 천덕스러운 취미다. 그리고 벽이란 벽에 활동사진 남녀배우의 사진을 늘어 붙인 것은 거룩한 취미다.

"책은 무슨 책을 읽으십니까? 요새는 『간디는 부르짖는다』가 많이 읽히는 모양인데요. 읽으셨습니까?" 웬걸, 웬걸, 그가 지금 읽는 것은 노춘盧春의 『영원의 몽상』[210]이란다. "아주 퍽 재미있어요. 그이의 글은 언제든

---

208 마메콩: '마메まめ' 자체가 일본말로 콩을 가리킴.
209 가화: 인조화.
210 『영원의 몽상』: 춘성春城 노자영盧子泳이 1925년에 낸 소설집 제목인데, 지금 서 양이라는 여자가 작가의 이름을 노춘성도 아닌 노춘이라고 부르는 것을 비꼬고 있다.

지 그렇게 재미있어서 나는 대로 사 보지요" 하고 어깨가 으쓱해한다. 그의 머리가 그다지 유치하면서도 부끄러운 줄을 도무지 모르는 용맹에는 감복하여 그 대담한 용맹에 즉시 쫓겨나와버렸다.

백 양白孃: 20세. 버들가지같이 호리호리한 여자다. 세상이 변해오지 않았던들 이 여자는 우선 그 가느다란 체격에 있어서 누구보다도 더 잘난 미인이라고 특별한 대접을 받았을 것이다. 아까운 일로는 세상이 변해온 까닭에 가느다란 편보다는 토실토실한 편을 현대적 미인이라 하면서 이런 여자를 빈약하다고 한다. 그렇다, 그것은 그렇다 하고, 이 여자가 효성이 지극해 그런지는 모르되 길에 나설 때마다 늙은 어머니를 동행하면서 "우리 어머니시랍니다" 소리를 잘하는 것이 몹시 영리하지 못하다. 살찌지 못한 늙은 노인이란 참말로 형용할 수 없이 빈약한 것인즉 영리한 여자는 다 꼬부라진 어머니 옆을 따라다니면서 "저도 인제 몇 살만 더 먹으면 이렇게 보기 흉한 꼴로 변해갈 것입니다" 하지 않는 것이다.

길 양吉孃: 29세. 서양 유학을 마치고 머리를 깎고 돌아와서 갑자기 유명해진 여자. 용모나 자태로 미인 될 수는 없으나, 탐스럽게 풍부한 육체를 가진 것이 자랑이요, 연설 잘하기로 유명하고, 교제 잘하기로 유명하고, 그보다도 더 서양 가서 울고 온 것으로 더 유명하여, 일에서는 귀신같이 위하고 아끼는 여자다. 얼굴은 코가 조금 나직한 것이 특징이나 이 여자의 교양이 많고 견문이 많은 것은 다른 여자에게서 그 비比를 구하기 어렵다. 이이와 결혼하면 결코 아내 때문에 부끄럼을 당한다거나 답답한 생각을 하는 일은 없을 것이다. 서양 갔다가 온 여자는, 또는 서양 가고 싶어 하는 노처녀는 흔히 "조선 안에는 결혼할 만한 마땅한 남자가 없다"고 평생 시집 못 갈 소리를 한다. 그 따위 말을 하는 여자의 소견

이 바늘구멍보다 넓은지 좁은지 그것까지는 재어보지 않았으니까 아직 모를 일이로되, 적어도 이 여자만은 교양이 많은 만큼 그런 그런 동록스런[211] 바늘구멍 같은 소리는 아니한다. 다만 한 마디 자기가 가르치는 학생들 보고 "조선에 돌아와서는 가히 마주 앉아서 의논하고 싶은 인물이 없으니까 나는 일체로 아무 하고도 교제를 아니하겠다"고 하였다 한다. 이 말이 그의 거룩한 교양 있는 점인 것이다. 자기 남편감이 조선에는 없다 하는 말과 의논할 인물이 없다 하는 말과, 같은 말도 점잖스럽게 하는 데에 유학까지 하고 돌아온 거룩한 교양의 값이 있는 것이다. 이 여자가 만일 좀 더 오래 유학을 하고 조금 공부를 더 하였다면 조선에는 영구히 돌아오지도 아니하고 자기 몸에 흐르고 있는 조선의 피를 다 뽑아 던지고 나는 서양 사람의 딸이요 하고 조선으로 시찰이나 하러 나왔다가 갔을 것이다. 그렇게 되었다면 이 여자의 교양이 더한층 거룩하여졌을 것을……. 나는 그것을 아까워하기 마지않는다. 그리고 전일에 나는 어떤 여학교 기숙사에 있는 학생이 고향에서 찾아온 자기 아버지를 동무 보고 "우리 집 마름꾼이란다" 하였다는 말을 듣고 크게 욕하였던 말을 후회하기 마지않는다. 이렇게 교양 많은 여자도 만일 어느 서양 사람을 만나면 자기 남편을 가리켜 자기 집 하인이라고 넉넉히 그럴 것이니까.

명 양明孃: 26세. 시를 잘 쓰며 단발 양장미인이다. 조선 여자로 문예에 재주가 있기는 이 여자가 제일일 것이다. 애교가 있고 상냥스럽고 퍽 재주 있는 여자건마는 까닭 없이 웃기를 잘하고 또 까닭 없이 울기를 잘한다. 하도 자주 웃고 하도 자주 우니까 어느 때 어느 틈새에 웃음이 울음으로 변하는지 알아볼 재주가 없다. 굵다란 닭의 똥 같다면 미인에게 대해서 실례이지만 진주구슬 같은 눈물이 분 바른 얼굴에서 얼른 굴러 떨어지지도 못하고 있는데, 그 눈물을 얼굴에 그대로 지녀 가지고 헤헤 헤 웃는 것은 좋게 보아 퍽 귀엽다.

한 번은 그가 어느 회사에 다닐 때 급사가 커피차를 한 잔 갖다 주었더니 노발대발하여 하는 말씀이 "어쩌면 그렇게 무식하단 말이냐. 여자는 으레 한 달에 한 번씩 월×을 하는 줄 뻔히 알면서 커피를 주다니."

이 여자 분명히 과도히 히스테리니, 이 여자하고 결혼하였다가는 남편이 잠꼬대하는 말까지 떠들고 돌아다닐 것이다.

강 양姜[212]孃: 23세. 외국 땅에서 길러져가지고 조선에 돌아와서 여성 운동에 애를 쓰고 다니는 조선 여자 치고는 활발하기 짝이 없는 여자다. 젊은 남자 대여섯 사람쯤은 사냥꾼이 개 데리고 다니듯 달고서 선술집에 들어가는 거짓말 같은 짓을 예사로 하는 무서운 여자다.

이런 여자하고 결혼 생활을 하는 것도 꽤 시원스럽고 유쾌할 것이라고 많이 생각해보았다.

그러나 들으니까 이 여자가 어려서부터 외국서부터 같이 자라던 남자와 친밀히 지내다가 최근에 그 남자가 살짝 돌아서서 다른 여자와 약혼을 하였다 한다. 그래 요전번에 만났을 때 내가 그 이야기를 꺼내서 실연한 심정을 위로해주니까,

"그건 무슨 말씀을 하셔요? 내가 그까짓 일에 절망을 하여 자살이라도 할 줄로 알고 그럽니까? 옛째째, 어림도 없습니다. 내가 그럴 생각만 있으면야 지금이라도 곧 딴 새 남자를 잡아오기는 식은 죽 먹기라니까요. 헌것을 버리고 새것을 취하라! 하는 것이 현대인의 모토인 줄 모르십

---

212 姜: 원문에는 '康'으로 되어 있으나 앞에 이 성씨가 나왔기 때문에, 임의로 이 성씨를 씀.

니까?" 막 잡아 온단다!

이런 말을 하면서도 이 여자는 말할 때마다 혀끝을 쏙쏙 내어민다. 그 혀끝이 창백하지를 않고 새빨간 것은 다행한 일이지만 그래도 "그 혀끝을 내미는 습관을 좀 버리시오" 하고 말하면 그럴 적마다 하하 하고 웃는다.

그 '하하' 가 무슨 의미의 '하하' 인지는 나는 지금껏 해독을 하지 못한다.

"쌍 선생, 당신 나하고 결혼하고 싶거든, 아차 하는 동안에 기회를 놓치고 후회하지 말고 얼른 말씀을 하세요."

나는 깜짝 놀라 전기에 찔린 사람처럼 튀어나왔다.

마 양馬孃: 20세. 성은 마 씨라도 말 같지 않고 양처럼 유순하고 얌전한 처녀다. ○명 여학교를 졸업하고 어느 개인교수에게 영어를 배우러 다니는데, 내가 그를 처음 만나기는 그 개인교수라는 이의 집에 갔을 때였다. 아주 얌전하기가 들어앉아서만 길러진 규중처녀처럼 얌전하고 안존한 처녀다. 얼굴도 티 한 점 없는 조촐한 얼굴이다. 그 집안도 상당히 지조 있는 집안이요, 그 큰오빠는 의학사로 병원을 경영하고 있고, 둘째 오빠는 독일 가서 유학하는 중이라 한다. 그런데 그 얌전하고도 조촐한 처녀의 왼손이 항상 수건을 쥔 채로 왼편 목을 고이고 있다. 남자도 그렇지만 여자는 더군다나 자기 몸의 결함을 남에게 숨기는 법이라, 엔간하여가지고는 잠깐 만나서 그 여자의 외관상 결함도 발견하기 어려운데, 그런 때의 비방을 한 가지 내가 넌지시 알고 있는 것이 있는데, 그 비방이란 '여자의 손이 어디로 자주 가는가, 그것만 보면 안다' 는 것이다. 이 것은 꼭꼭 맞는 비방이니, 가령 그 여자가 덧니박이거나 앞니가 빠졌거나 하면 그 손이 항상 입 근처를 떠나지 않는 법이요, 귀나 뺨에 흠집이 있으면 그 바른손이나 왼손이 반드시 귀 근처 뺨을 멀리 떠나지 않는 것이다. 이 비방을 알고 있는 나로서 이 여자가 처음 만나는 자리에서 그의 왼손이 늘 왼편 목을 받치고 있는 것을 보았으니, 그 목에 무슨 흉이나 있지 않은가 의심 아니할 재주가 없었다. 주의 주의하여도 이내 그 편을 자세 볼 기회를 얻지 못하고 있다가 그가 구두를 신을 때에 흘깃 보니까 과연 목병[213]을 앓은 흠집이 엄지손가락 만하게 있었다. 아까운 일이었다. 참말 좋은 보석에 티가 있는 것같이 아까운 일이었다.

　오 양吳孃: 22세. 이 여자 집안은 넉넉지 못하건마는 몹시 모양을 내는 여자다. 얼굴을 화장하는 솜씨라든지 머리치장을 하는 솜씨라든지 의복 치장을 잘하는 솜씨라든지 과히 어색한 점이 없는 만큼 항상 맵자하게[214] 차리고 나선다. 얼굴은 별 특징 없으나 후덕하게 무던스럽게 생기고, 억지로 특징을 잡아내라면 코가 조금 오뚝한 것이겠으나, 이것은 좋은 특징일망정 결코 나쁜 것이 아니다. 이 여자가 살림도 맵자하게 잘해 갈 것은 물론이요, 테니스 선수였던 만큼 그 성정이 과히 갑갑하지 않을 것도 짐작된다.

　그런데 이 여자가 군입질[215]을 잘하는 것은 유명한 일이다. 아무 때라도 그 동무들이 이 여자의 핸드백을 뒤지면 초콜릿이 없는 때가 없다는 것은 그다지 이상치 않을는지 모르나, 한 번 전차에서 차표를 꺼내다가 핸드백을 떨어뜨렸는데 그 속에서 초콜릿이 아니라 군밤이 우르르 쏟아져서 망신을 하였다는 것은 유명한 이야기가 되어 있다. 먼저도 말하였지마는 이 여자가 잔돈이 떨어지면 어느 중학교 체조선생님 하이칼라 부

---

213 목병: 목에 걸리는 질병의 통칭인 듯함.
214 맵자하다: 모양이 체격에 어울려서 맞다.
215 군입질: 군입정질. 사전적 의미로는 '아무것도 먹지 않으면서 그냥 입을 다시는 일' 을 뜻하나 여기서는 　'군것질' 이라는 뜻으로 쓰이고 있음.

인처럼 남편의 구두를 내어주고 엿을 사먹는다면 큰일이다.

배 양裵孃: 21세. 일본 가서 체육학교를 마치고 나온 상당히 이야기 상대 되는 여자다. 좋은 아기를 낳을 수 있는 좋은 어머니감이라 하여서 아무도 반대하지 않을 것이다. 그러나 어느 내 친구의 결혼 피로연에서 여흥으로 신랑 신부를 내어세워 구식으로 혼례 하는 장난을 하게 되었을 때, 이 여자가 신부의 들러리라면 들러리요 수모手母[216]라면 수모 격으로 지정되었다. 그런데 이런 장난은 신랑보다도 신부 편에서 얼른 응하지를 않아서 중도에 흐지부지되기 쉬운 것이라 수백 명 참회자가 다 같이 이 장난이 순조로 완성되기를 바라는 판에, 신랑도 신부도 순하게 응하여 잘 진행되어 신랑 신부가 마주 서기까지 하였는데, 이 여자가 "신랑이 먼저 절을 아니 하면 신부를 절대로 절을 시키지 않겠다"고 고집을 하기 시작하였다.

구식 원래의 법이 신부가 먼저 하는 법이라고 신부 편에서까지 말하는데 불구하고 이 여자 혼자서 빡빡 우겨서, 모처럼 계획한 장난이 한 시간 이상을 끌어 잘 진행하여가지고 마지막 판에서 와해되어 수백 명 사람을 파흥시켜 놓고 말았다.

이 여자가 의지가 이렇듯 굳세다고 하면 좋은 일이다. 그러나 이런 때에 이런 고집이란 이마를 부삽으로 헤쳐 놓아도 피 한 방울 보이지 않게 빡빡한 것밖에 더 보이는 것이 없다. 이 여자가 부부생활에 있어서 당치도 않은 일에 외고집을 쓴다면 큰일 날 일이다.

구 양具孃: 19세. 몹시 입이 떠서 용이히 의사 표시를 아니하는 여자

---

216 수모: 전통 혼례에서 신부의 단장 및 그 밖의 일을 곁에서 도와주는 여자.

다. 수줍어서 못하는지 일부러 아니하는지 그것은 모르겠으되, 어쨌든지 찬성하는지 불찬성하는지 예스인지 노인지 용이히 의사를 보이지 않는 묵중한 여자다.

양친은 없고 조부모님 앞에서 자라서 학교까지 졸업한 가엾은 여자다. 그러나 조부모님이 남달리 귀엽고 가엾은 생각으로 정성들여 양육한 만큼 다소 구식이나마 여자의 예의를 알고 공부가 우등 성적이었고 또 침선이 능란하여 동리에서도 칭찬 받는 여자다. 그런데 다만 요새의 여학교 출신인 모던 처녀들에 비하여 수줍음이 많고 너무 얌전하다. 그래서 나도 이 여자의 의사를 알기에 적이 고심하였었든 것이다.

이 여자뿐 아니라 누구든지 여자는 대개 자기의 속을 남에게 얼른 알리지 않는다. 진정의 참말처럼 자기 속에 있는 그대로를 다 쏟아놓는 것처럼 말하는 것 같아도, 그래도 정말 속에 있는 말은 따로 간직해두는 때가 많다. 그래서 저절로 거짓말이 많아진다. 욕먹을 말인지 모르나 낙지가 위험한 때 먹물을 풍기듯 거짓말을 뱉는다. 이것은 하늘이 여자들을 가엾이 여겨서 한 가지 더 준 본능일는지도 모른다. 그랬든 저랬든 이렇게 거짓말을 잘하는 사람에게도 속기가 쉬운 것이요 아무 말도 안 하는 사람에게도 속기가 쉬운 것이다. 이런 때는 여자의 의사를 짐작할 수 있는 비방이 있다. 여간 변태적으로 된 여자가 아니면 대개 이 방법으로 알 수가 있는 것이다. 무언고 하니 '그 여자의 발을 보면 안다' 하는 것이다.

이편에서 할 이야기를 일일이 정성스럽게 이야기하면서 그 대답을 주저하고 있는 여자의 발을 보아서 그 여자가 두 발을 앞으로 놓고 다소 두 다리를 오그리지 않고 펴는 눈치요, 발을 여덟 팔 자 형상으로 벌리면 그것은 '찬성' 이요 '동감' 이요 '예스' 니 남자는 안심하여도 좋고 만족하여도 좋다. 만일 그와 반대로 발끝을 모으고 다리를 오그리는 눈치면 그것은 '불찬성' 이요 '반대' 요 '노' 이니 단념해야 된다.

대체로 나는 이 방법에 의하여 그의 의사를 알았다. 그리고 그 집, 그의 조부모님도 내가 가기만 하면 환영한다. "쌍S 선생이 틈만 있으면 저애가 영어 공부를 좀 했으면 좋겠다고 그러는데 워낙 바빠하시니까……" 이런 말씀을 한다.

그러나 한 가지 흠은 내가 이 여자와 결혼을 한다면 속이 무던히 갑갑할 것을 각오해야 하겠고, 또 한 가지 이 집 조부모님까지 우리 집 식구로 모셔야겠으니 이것이 적잖이 문제가 된다.

이 전람회가 여러 달 걸치게 되니까 끝도 나기 전에 쌍S에게 편지가 많이 와서 탈이 났다. "대단히 흥미 있게 읽고 있으나 쓰시는 솜씨가 여자들에게 너무 심하지 않습니까?" 이 따위 편지는 대개 여자들이 보낸 것이다. 재미는 있으나 너무 가슴에 찔리는 곳이 많으니 조금 부드럽게 해달라는 말이겠지……. "당신 성미가 그렇게 심하게 고르다가는 평생 장가들기는 어려우리라." 이렇게 써 보낸 것도 암만해도 여자의 필적 같다. 그런가 하면 또 한편으로는 "쌍S 씨의 통쾌한 풍자에[217] 감사합니다" 하거나 "쌍S 씨에게 특청하오니 기왕이면 더 노골적으로 더 통쾌하게 써 주기를 바랍니다" 하는 편지가 제일 많이 오는데, 이것들은 아마 한두 번쯤은 여자에게 핀잔을 받았거나 속임을 당한 남자들인 것 같고, "저는 아직 미혼 남자로서 신부를 물색중이온데 선생의 쓰시는 기사가 많이 참고가 되어 감사합니다" 하는 편지들은 그중 진실한 편지다.

하여커나 나는 나대로 애초의 약속대로 애초의 방침대로 진열을 계속해가지 않으면 안 된다. 더 통쾌한지 너무 심한지 미지근한지 좋은 참고가 되는지 안 되는지 그것은 독자의 일이지 내가 관계할 일은 아닌 까

| 217 풍자에: 원문에는 '풍자를'로 되어 있음.

닭이다. 자아, 진열의 계속이다.

함 양喊孃: 22세. 어느 커다란 제약회사 주인의 누이로 상업학교를 작년 봄에 졸업한 미인이다.

얼굴이며 맵시며 말소리 행동까지 어찌 시원스런지 겨울에는 어떨지 몰라도 여름철에는 굉장히 좋은 여자다. 거의 얼음 덩어리 옆에 앉았는 느낌을 주는 여자다. 졸업한 후에도 진고개[218] 어느 상점에 점원으로 취직 소개가 있는 것을 "그까짓 걸 누가 다녀요" 하고 외마디 소리로 차버린 것도 서늘한 짓이요, 주판을 놓다가 조금만 거북하면 "나는 못 놓겠어" 하고 거침없이 엎어버리고 돌아앉는 것도 시원스럽다. 그리고 또 한 가지, 다른 사람이 도저히 흉내 내지 못하게 시원스러운 짓은 아무것이고 조금도 기탄없이 잊어버리기를 잘하는 것이다. 수건, 부채, 분갑, 손에 들고 다니는 것은 무엇이든지 시원스럽게 잊어버린다. 그가 앉았다가 일어나는 자리에 떨어져 있는 물건이 없는 때가 희귀한 만큼 표적을 남겨놓는다.

"아가씨, 이것 아가씨가 놓으신 것 아닙니까?" 이 소리를 듣기에 우등 졸업을 한 여자다. 차근차근해야 할 상업학교를 졸업하고도 이 지경이니까 까닭을 모를 일이다.

"예전 처녀처럼 반짓고리나 정리하고 있거나, 수 첩[219]이나 만지고 앉았을 때는 아니니까요. 현대 여자가 이것저것을 일일이 기억하고 있으려서야 신경 쇠약에 걸리지 않겠어요? 한 옆으로 척척 잊어버려 버리는 것

---

218 진고개: 충무로 2가 중국대사관 뒤쪽에서 세종호텔 뒷길에 이르는 낮은 언덕은 예로부터 진고개[니현 泥峴]라고 불렀는데, 이곳에 일본 공사관이 들어선 뒤 1885년 무렵부터 일본인들이 부근에 터를 잡기 시작해 청일전쟁 후에는 충무로 1~4가 일대에 이른바 혼마치[본정本町]라는 일본인촌이 형성되어 일제가 패망할 때까지 존속되었다.

219 수 첩: 원문에는 '수―첩'으로 되어 있음. 수놓을 '수繡'와 문서 '첩帖'을 이르는 듯함.

이 깨끗하고 가지런해서 나는 좋아요. 필요한 때 다시 사면 그만이지요."

이 여자, 남에게서 온 연애편지도 질질 흘리고 다닐 터이니, 이렇게 깨끗하다가는 해수욕장 같은 데 갔다가 어느 것이 자기 남편인지도 잊어버리기 쉬울 여자다.

안 양安孃: 21세. 이 여자야말로 그림 속에서 빠져나온 듯싶은 어여쁜 미인이다. 상냥스럽고 마음씨가 착하고 ○명을 우등으로 졸업하였고 아버지는 ○○학교 교장이시고 가장 얌전한 후보자인데, 이 가엾은 미인이 어쩐 일인지 약병을 떠나지 못한다. 마치 약병에 사람의 옷을 입혀 앉힌 폭이다. 3년만 집안에 병이 없으면 부자 안 될 사람이 없다는데……. 이 여자하고 결혼을 하려면 약병하고 결혼을 하는 셈치고 해야겠다.

박 양朴孃: 21세. ○○보육학교를 졸업하고 시내 ○○유치원에 보모로 있는 미인이다. 얼굴이 귀염성스럽게 생기고 자태가 좋을 뿐이 아니라 목소리가 좋아서 말하는 소리가 어떻게 어여쁜지 모른다. 이 여자가 애교 있는 입을 놀려 쾌활하게 이야기하는 것을 듣고 앉았으면 그야말로 카나리아의 노래를 듣는 것 같다. 이 여자가 그 귀여운 얼굴에 웃음을 띠우고 그 어여쁜 자태로 노래를 불러주는 것을 보면 그야말로 꽃밭에 소요하는 선녀와 같다. 이런 여자와 가정을 꾸미면 어떻게 좋은 낙원이 되는지 모른다. 그리고 이 여자가 아기를 낳으면 어떻게 아기에게 고맙고 충실한 좋은 어머니가 되는지……. 이만큼 훌륭한 미인이요, 이만큼 좋은 어머니 될 자격이요, 제일 유력한 후보자였는데, 하루는 보아서 안 될 것을 보았다. 한 번 지나는 길에 그 집에를 들렀을 때다.

"그래도 안 갈 테야? 요년아, 어저께두 사탕 사주고 오늘도 아까 과자 사준 것 제가 다 먹구 왜 안 가, 응? 심부름 안 하려거든 다 내놓아라,

어서 내놓아. 요년아, 그래두 안 갈 테야? 안 갈 테야, 요 알차구 닳아진 깍정이 같은 년아, 그래두 낼름 안 갈 테야?"

갖은 향긋한 말만 골라 하면서 울고 섰는 조카 소녀의 뺨을 자꾸 꼬집어 뜯고 있다. 행랑 사람은 빨래를 갔는지 없는 모양이고, 우표딱지가 있어야 편지를 부칠 모양이고, 동리 아이들과 소꿉질을 하고 있는 소녀보고 사오라 하는 맵시이시다. 유치원에서는 그렇게 부드럽고 어린애를 잘 위하는 여자가 어떻게 저렇게 우는 애의 뺨을 꼬집어 뜯는가……. 대문 옆에 서서 그 보아서 안 될 꼴을 본 나의 낙망은 참말로 컸었다. 보육학교에서 무엇을 배웠는지 나와서 다르고 집에서 다른 여자, 이런 여자는 다른 의미로도 위험성이 많은 여자다.

신 양愼孃: 23세. 일본 가서 고사高師[220]까지 마치고 돌아온 유식한 여자다. 취직은 아니하고 있으나 글을 잘 쓰는 여자다. 실력이 상당한 만큼 여자로서는 드물게 보는 독서가요 생각하는 것이 무던히 철학적이다. 속에 든 것도 없이 날뛰는 야시夜市 장사와 같은 흔한 여자에 비하면 그야말로 군계 중의 단 한 마리뿐인 백학같이 출중한 여자다. 마땅히 대접할 만한 여자다. 그가 그만큼 실력이 있고 생각이 가라앉은 만큼 평소에는 별로 말이 없으나 가끔가다 써서 발표하는 글을 보면 엄청나게 좋은 생각이 튀어나온다. 그런데 이 여자하고 결혼을 하자면 멀리 떨어져 있어서 편지로만 결혼생활을 하여야지 직접 만나서 단 5분 동안만이라도 마주 앉았으면 아무라도 무거운 근심 구덩이에 빠진 것 같아진다. 근심, 걱정, 우울뿐인 사람 같아서 마치 다 죽어가는 중병자의 옆에 간호하고 앉았거나 송장 옆에 기도하고 앉았는 기분이 되어버리고 말게 된다. 그 때

| 220 고사: 고등사범학교高等師範學校. 일제 강점기에, 사범학교·중학교·고등 여학교의 교원을 양성하던 학교.

문에 이 여자의 씻은 듯이 깨끗한 얼굴에도 어느 틈엔지 깊이 없는 우울이 장마 때 하늘처럼 찌푸리고 있는 것이 아까운 일이다. 이 여자하고 결혼을 하면 문턱까지 찾아왔던 행운도 기겁해 달아날 것은 확실하다.

정 양鄭孃: 22세. 이 여자는 어느 무역회사 중역의 따님이다. 먼저 소개한 신 양과 친한 동무인데, 이 여자 문학처녀라고 남들도 그리고 자기도 그런 줄로 자처하는 터인데, 나는 아직 한 번도 이 여자의 글이……아무 데에도 발표된 것을 보지 못했다. 굉장히 하이칼라인 여자요 성질이 쾌활하고 몸맵시를 잘 내어서 외국의 활동 여우같이 훤칠한 미인이다. 남자 교제를 할 줄 알고 손님 대접하는 솜씨가 좋고, 이 여자는 만나면 결코 갑갑하거나 근심스런 빛이 생기지 않는다. 체격이 좋고 성질이 쾌활하고 과히 무시가지 않고 집안이 넉넉하니 호화롭게 노는 데 필요한 돈이 부족하지 않고 흠 잡을 곳 없는 현대 미인이다. 그리고 이 여자가 만돌린을 잘 뜯는 재주를 가졌다. 하루는 달 밝은 날, 그의 집 사랑 마당에 의자를 놓고 앉아서 그의 만돌린을 듣다가 우연한 말 끝에,

"내 친구 중에 소설을 쓰는 K라는 사람이 제법 만돌린을 탈 줄 안다"고 이야기하였더니 그 당장에,

"아이그, 그 K 씨를 참말 아세요? 그 센티멘털한 소설을 잘 쓰는 그 K 씨를! 아이그 어쩌면……. 나는 그이 소설의 센티멘털한 것이 제일 좋아요. 그런데 그 K 씨가 어떻게 생긴 이야요? 나이는 몇 살이나 먹은 이야요, 아직 젊어요? 장가를 든 이입니까? 아주 로맨스가 퍽 많은 이라지요? 정말 그렇게 로맨스가 많은 인가요? 소설이니까 물론 로맨스가 많겠지요? 그이를 한 번 만나 보았으면 좋겠어요. 씽S 선생님이 한 번 그이하고 같이 우리 집으로 놀러 와주세요. 그럼 참말 감사하지요. 한 턱이라도 낼게요."

K 씨란 사람의 소설 어느 구석에 센티멘털한 구석이 있는지, 이 여자 센티멘털이란 말이 무슨 말인지도 모르면서 함부로 내젓는 모양이다. 그리고 이 여자가 그 소문거리라는 로맨스에 한 몫[221] 들어보기를 소원하고 있는 당치도 않은 허영객이니 참말 위험한 여자다. 이 여자가 나하고 결혼한 후에도 이 따위 심리를 버리지 못할는지 아닐는지 누가 보증해줄 사람이 있느냐.

임 양任孃: 24세. 이 여자 훌륭한 미인이요 훌륭한 학력을 가졌건마는 개성이 너무 **빳빳**하여서 결혼도 부지런히 구하면서 이제껏 해결을 못 얻은 모양이다. 개성이 없는 여자는 그야말로 구역이 나서 못 살 것이다. 그러나 이 여자처럼 너무 개성을 존중하고 자기 개성만 대단한 줄 아는 여자는 부부생활이라는 양인삼각兩人三脚 경주에는 부적합하다. 발이 맞지를 않아서 늘 쓰러지기 쉬우니 섭섭하여도 이렇듯 개성이 **빳빳**한 여자는 그 개성을 위하여 독신생활을 권할 밖에 없는 것이다.

유 양劉孃: 20세. 덕성스럽게 생긴 미인인데, 전에 소개한 차 양처럼 박애주의자인 것이 흠점이다. 예배당 한 곳을 지며리[222] 다니지 못하고 이곳저곳으로 옮기는 것만으로도 그 조졸치 못한 성질이 보인다.

장 양張孃: 24세. ○○예배당은 이 여자 때문에 끌어간다고 소문이 났을 만큼 이 여자를 찬미하는 사람이 많았고 이 여자 때문에 예배당에 다니는 독신자가 부쩍 많았었다. 그런데 그 많은 사람 중에서 이 여자를 독차지한 행복자가 불행히 작년에 죽었다. 성악도 능하지마는 피아노를

---

221 몫: 원문에는 '목' 으로 되어 있음.
222 지며리: 원문에는 '지멸히 로 되어 있음. 차분하고 꾸준히. 차분히 탐탁하게.

더 잘하는 고로 그는 지금 어느 유족한 집에 다니면서 피아노 개인교수를 하고 있다. 남편은 죽었건마는 그의 몸은 지금 한창 젊은 나이를 자랑할 때이라, 아직 풋내 나는 어린 아름다움 아니고 한참 익어서 무르녹은 아름다움 때문에 그를 전부터 찬미하던 청년들이 다시 더 정성스럽게 찬미하기를 시작하고, 그 위에 또 새로운 찬미자들이 생기어 실로 수없이 많은 사람의 희망의 과녁이 되어 있다. 그의 화장술, 옷맵시 등을 보아 결코 머리도 둔하지 않고, 아무데도 글을 발표하는 일이 없으나 편지 쓰는 것을 보면 상당한 지식과 글 솜씨 가진 여자다. 아무라도 연애할 때의 편지는 다 명문이라 하지만 이 여자의 편지는 글이 명문일 뿐 아니라 책 많이 읽은 힘이 어느 장에든지 나타나 있다.

　책을 많이 읽은 만큼 이 여자는 자기가 곧 좋은 인연을 기다려서 재혼해야 할 것을 당연하게 생각하고 있다. "나같이 박복한 것이 결혼을 또 해 무엇 하나" 한다든가 "개가하는 것이란 그리 자랑할 일이 아닌데" 하는 등의 약하고 어리석은 생각을 가지지 아니하는 만큼 새로운 사람이요 든든한 현대 여자다. 그리고 이 여자가 나의 신변을 눈치 빠르게 주의해준다. 내가 바빠서 넥타이를 바꾸어 매지 않으면 "그 넥타이가 인제는 철에 맞지 않는데요" 하거나 "새로 매신 것이 전번 것만큼 색이 좋지 못해 보이는 걸요" 해준다. "왜 이발하실 때가 되었는데 아니하셔요.[223]" 하는 등 자기 일같이 관심해주는 것을 나는 늘 감사한다. 그리고 내가 무심코 하는 말 중에서도 내가 좋아하는 것, 싫어하는 것을 잘 기억해주는 것으로 보아, 또는 내게 보내는 편지로 보아 내가 이 여자에게 결혼하자는 말을 하여도 결코 고개를 좌우로 흔들지 아니할 것이 믿어진다. 그러나 꼭 한 가지, 이 여자가 말할 때마다 무심코 죽은 남편의 말을 자주 하

| 223 하셔요: 원문에는 '하서요'로 되어 있음.

는 것이 마음에 꺼려진다. 여자는 좋게나 나쁘게나 최초의 남자를 한평생 잊지 못한다는 말이 참말일 것이다. 그러나 그것이 상대 되는 남자에게는 결코 고마운 일이 못 되는 것이다. 더욱 결혼한 후에도 매매사사를 전 남편과 비교를 하고 앉았다면 피차에 큰일이다.

신 양申孃: 21세. 일본말 잘하고 글씨 잘 쓰고 연설을 잘하고 학교에 다닐 때는 학생회 회장 일을 하였고 졸업한 후에는 동창회 총무 일을 보고 있다. 그의 얼굴에 광대뼈가 솟은 것으로 보든지 머리털이 부드럽지 않은 점으로 보든지, 의지가 견고하고 다소 고집성이 있는 것을 알 수 있다. 그다지 미인은 아니라 그렇다고 보기 싫은 얼굴은 아니요 용모보다도 그의 의지가 단단하고 활동성, 변통성이 많은, 거의 남자에 지지 아니할 성격을 가진 것이 용모의 부족한 점을 넉넉히 덮고도 남음이 있건마는, 이 여자의 코가 크고 성정이 남성적임에 가까운 것이 우스운 말 같으나 자기도 풍파 많이 겪을 사람이요 남편을 불행케 할 것 같다. 이 여자를 볼 때마다 가만히 생각하면 내가 아는 연령 많은 부인 중에 코가 크고 얼굴과 성격이 남성적인 사람은 흔히 과부가 되거나 과부 같은 생활을 하고 있다. 썅S 비록 대단한 사업을 하는 것은 없으나 아내를 과부를 만들 만큼 일찍 죽어버리기는 원통치 않을 수 없다.

손 양孫孃: 19세. 가정이 좋고 인물이 좋고 하건마는 아까 소개한 유치원 보모 박 양과 똑같은 조건이다. 다른 점이 있다면 그 아버지가 모아놓은 천량[224]이 있고 아들이 하나도 없다는 것뿐이다.

| 224 천량: 개인 살림살이의 재산.

고 양高孃: 23세. 일본 가서 치과의학을 마치고 나왔으나 아직 개업은 하지 않고 있으면서 개업보다 먼저 결혼을 하려고 신랑을 물색하고 있는 여자다. 그러노라니 갑자기 남자 교제가 빈번하고 얼굴맵시, 옷맵시에 굉장한 노력을 하여서 닦아놓은 체경같이 맑고 환한 여자다. 그런데 이 여자 머리가 곱슬머리요 이가 옥니요 함경도 태생이다. 모양 내는 모던 여자이면서 머리가 제물로[225] 곱슬머리이니 머리를 지지는 돈만은 경제가 될 것이지마는 거기다 옥니까지 겸한 것은 겁나는 일이다. 내가 친히 아는 함경도 친구 한 분이 장가든 여자를 이혼하고 신여자 한 분과 새 생활 하는데 그 신여자라는 이가 곱슬머리요 옥니의 소유자였다. 싹싹하고 교제 잘하고 아는 것이 많아서 친구들도 그 남자의 행복을 퍽 부러워하였 건마는, 그 여자가 악지[226]가 세고 싸움이 대단하다고 당자는 늘 아내 말만 하면 몸서리를 치는 터였다. 싸움도 부부싸움이란 가끔가다 맛이 있는 것이라 하지마는, 이 여자는 자다가도 이불 속에서도 히스테리가 일어나면 이불을 박차고 벌거벗은 알몸으로 일어나서 남편을 물고 뜯고 악을 악을 쓴다. 그래서 발가벗은 채로 남편을 방 밖으로 내쫓아 놓고야 마음이 풀리지, 남편을 발가벗은 채로 내쫓지 못하면 자기가 발가벗은 채로 대문을 열고 밖으로 뛰어나가는 통에 그만 아무런 경우에도 남편이 항복을 한단다. 그 남자가 감옥에 들어가 3년을 지내는 동안에 그 여자는 다른 벌거벗기기 쉬운 남자를 골라 가고 말았는 고로, 그 후에 감옥에서 그 남자를 보고 친구들이 "감옥 3년에 독수가 난 것은 그 벌거숭이 귀신이 도망을 간 것뿐일세" 하고 치하를 하였으니 얼마나 무서운 사람이었던지 독자도 짐작할 것이다. 곱슬머리 옥니라고 다 그럴 리가 없을 줄도 알건마는 그래도 그 생각만 하면 나도 몸서리가 쳐진다. 생각만이라

225 제물로: 그 자체가 스스로.
226 악지: 잘 안 될 일을 무리하게 해내려는 고집.

도 해보라. 아닌 밤중에 여자가 악을 악을 쓰면서 발가벗고 대문 밖으로 튀어나가면 어찌 될 것인가.

변 양邊孃: 22세. 작년 가을에 ○○ 대회 때에 청년회관에서 강연을 한 번 하고 갑자기 유명하여진 여자다. 토실토실한 현대적 미인 타입의 육체를 가졌고 훌륭한 매력 있는 용모를 가졌건마는 입는 옷이나 구두 같은 데에 무관심한 것도 요사이 여자치고는 남다른 특성이요, 아는 것이 많고 독창도 잘하고 아버지도 훌륭한 명사요 하건마는 조금도 건방지게 굴거나 자기 자랑을 하지 않는 것도 귀여운 특성이다. 그런데 이마적[227] 은 어디서 배워왔는지 입술에 향수를 바르기 시작하여 시크[228]한 맛을 보인다.

그리고 이 여자의 또 한 가지 특성은 기분이 좋은 때는 이야기를 잘하고 남의 흉내를 잘 내는 것이다. 몸짓, 손짓, 눈짓이며 목소리까지 한 번만 보거나 듣고도 여전하게 흉내를 낸다. 윤치호 씨의 얼굴 흔드는 연설, 유성준兪星濬[229] 씨의 앙징한 설교, 옥선진 씨의 간드러진 강연, 한 번 듣고 흉내 내지 못하는 것이 없는데, 요사이는 여러 사람 모인 데서마다 내 흉내를 내는 것이 버릇이 되었다. 좌우간 훌륭한 미인이요 구수한 귀염성 있는 여류 인물이다.

"나는 내가 이상理想하는 남자를 발견하기만 하면 자진하여서 그 남자의 노예가 될 터이야요. 돈이 없어도 좋아요, 고생을 하여도 좋아요" 한다. 그것은 훌륭한 말이다. 그러나 자기의 이상의 남자가 어떤 성질의 사람이라고는 결코 이야기하지 않는다. 그래서 그를 에워싸고 돌면서 찬미하는

---

227 이마적: 지나간 얼마 동안의 가까운 때.
228 시크: シック. chic(불어). 멋진 모양, 세련된 모양.
229 유성준: 1860~1935년. 조선 말기의 개화파 인물로 일제 강점기에 고위 관료를 역임했다.

남자들이나 여자 동무 사이에서 그것이 커다란 숙제가 되어 있는 것이다.

한 번 그가 나에게 놀러왔을 때 이상하게도 그날은 단둘이 만나 조용할 뿐 아니라 그의 기분이 폭 가라앉은 듯하기에 그 기회에 그것을 정중히 물어보았었다.

"무게가 있어서 개인에게나 여러 사람에게나 믿음성이 있는, 신뢰를 받는 사람, 자기 아내뿐 아니라 많은 사람을 지도할 만한 능이 있는 사람, 용이히[230] 낙심하지 않는 사람, 어떤 경우에든지 남의 앞에서 자기 포부와 의사를 충분히 발표하여 여러 사람을 설복시킬 수 있을 만큼 강연을 할 줄 알거나 그만큼 글을 쓰는 사람, 이렇게 일꾼이면서 취미 생활을 이해하는 사람"이라 한다. 퍽 튼튼한 생각이다.

그러나 나는 내가 그 조건에 합격이 되는지 못 되는지 이 여자의 의견을 알아보기 전에 불행히 정 떨어지는 말을 듣기 시작하였다.

이 여자가 최근에 와서 콜론타이의 소설을 읽었는지,

"남녀 간에 성에 주린 것은 밥에 주린 것과 꼭 마찬가지라지요. 그래서 배고픈 사람이 아무에게나 찬밥을 얻어먹은 것이 죄 될 것 없는 것과 같이, 성에 주린 사람이 다른 사람에게서 그 기갈을 채우는 것이 허물 될 것도 없고 정조를 더럽히는 것도 아니라고 한다는 말이 나는 옳은 말이라고 생각되어요. 그렇지 않습니까. 배고픈 사람이 남에게 찬밥을 얻어 먹었다고 어떻게 그것을 책망할 수 있겠습니까……."

이런 말은 자기 아내 아닌 사람이 할 때는 좋아도 직접 자기 아내가 그런 말을 하는 것을 좋아하고 기뻐할 사람은 없을 것이니까……. 나는 구식이라 그런지 그 말을 듣기 시작하면서부터 슬금슬금 퇴각하기 시작하였다.

| 230 용이히: 용이하게. 쉽게.

자아, 이것으로 진열을 끝막기로[231] 하자! 이외에 기십여其+餘 인이 있으나 대개 위에 소개해온 사람 중의 어느 사람과 공통하는 조건의 인물들인즉 따로 소개할 필요가 없을 것 같다.

이때까지 지리한 소개를 계속해 들어준 독자들께 감사하면서 한 가지 변명을 첨부해두겠으니, 그것은 이 글을 읽은 이가 자칫하면 "썽S가 자기 자랑을 굉장히 하는 사람이라"고 오해하기 쉬운 그것이다. 애초에 썽S에게 호의를 가진 사람만을 추려서 쓴 것이라 호의를 가지지 아니한 이는 수에 넣지를 않았고, 일일이 단점을 들어서 "한 사람도 좋다는 사람이 없으니 결국 장가갈 곳이 없지 않느냐" 하는 말이 나게 한 것은 처음 약속처럼 이편이 나을까 저편이 나을까, 일장일단이 다 달라서 선택이 곤란하니까 독자 여러분께 선택해보아 달라고 내어맡기자니 조그마한 흠이라도 숨기지 않고 솔직하게 쓴 것뿐이다.

이 웃음거리도 못 되는 붓장난이 삼복더위 중에 부대끼는 독자들께 단 한 번의 웃음이라도 이바지하였다면 다행한 일이요, 이 좋은 기사 되지 못하는 잡문도 혹 일부 미혼 남녀에게 다소의 참고라도 되는 점이 있었다면 더욱 다행할 일이겠다.

그러나 그런 수작은 이 잡문으로서는 아니해도 좋은 인사치레이고, 독자는 약속대로 이 중에서 어느 여자가 "그래도 그중에 나으리라"고 골라주어야 할 조건이 남았다. 인사人事에 관한 일이니 공공연히 투표하여 달라 할 수는 없는 일이고, 넌지시 투서를 하여주는 풍치객이 있다면 어느 때 할는지 몰라도 대접을 할 요량을 가지고 있다. 자, 평안히들 계시다가 혼인날 만나십세.

《별건곤》, 1930년 6월~9월

231 끝막기로: 끝마치기로.

『심沈봉사』

_ 채만식

서장

하늘[天上]도 아니요, 땅[地上]도 아니요 한, 회색의 허공이었다.

회색 옷을 입고, 회색 살빛을 하고 회색 표정을 지닌, 늙은이 양주 兩主[232]가 나란히 앉아 있다. 인간세계의 운명運命을 맡아보는 신神 양주 였다.

노구老嫗[233]가 커다랗게 하품을 한다. 영감이 따라 커다랗게 하품을 한다.

"에구 심심해!"

노구가 혼자말로 중얼거린다.[234]

"어이, 심심해!"

영감이 맞장구를 친다.

"무어 구경거리 좀 없수?"

노구가 영감더러 묻는다. 영감이 고개를 저으면서 대답한다.

---

232 양주: 바깥주인과 안주인이라는 뜻으로, '부부夫婦'를 이르는 말.

233 노구: 노파老婆.

234 중얼거린다: 원문에는 '중어런다'로 되어 있음.

"요새는 별로……."

"하나 좀 꾸며보시죠?"

"글쎄 온……."

"대체 그, 인간들이, 비극이라는 걸 얼마침이나 견디어내는 끈기가 있을꾸?"

"엔간합니다.[235]"

"그래두 한정이라는 게 있죠!"

"무한정한 것들이 있으니!"

"그럴까요?"

"구경해보실료?"

"어디?"

영감이 눈을 딱 감더니 앞에 놓인 연상硯床[236] 위의 한 권 낡은 문서책에 손을 얹는다. 운명록運命錄이라 희미하게 쓰인 문서책이다.

영감은 문서책에 손을 얹고 눈을 감은 채 이윽고 중간 한 군데를 활짝 펼친다.

"황주 도화동 심학규."

머리에 이렇게 쓰고, 장님인 것, 안해[237]는 누구, 자손은 몇, 신분은 무엇, 가산은 어떻고, 성행, 학문, 그밖에 여러 가지로 자상한 것이 쓰여 있다.

"하필 장님이 걸려들었어! 궁하고 자식도 없고 한……."

영감이 혼자말로 중얼거린다. 노구가 같이 들여다보면서 말한다.

"신세가 그만침 기구하니 차라리 부려 보기 마참지요.[238]"

---

235 엔간합니다: 원문에는 '엔간합녠다'로 되어 있음.
236 연상: 문방제구를 벌여 놓아두는 작은 책상. 벼룻집.
237 안해: '아내'의 옛말.

"딴은 그렇기도 하렷다."

영감이 그러면서 붓을 들어 넘엇장에다 심학규의 운명을 기록하기 시작한다.

노구가 옆에서 연해, 이래라, 저래라, 묘한 훈수질을 한다.

마침내 마지막 한 절이 기록되었다. 양주가 같이서 죽 한 번 읽는다. 그러고는 만족히 고개를 한 번 끄덕인다.

"이만하면……."

영감이 그런다.

"보암즉 하겠군요."

노구가 그렇게 화和한다.[239]

1. 운명의 탄생

때는 고려조高麗朝 중엽.

곳은 황해도 황주 고을, 도화동이라는 한적한 마을.

눈 먼 선비 심학규는, 사개 뒤틀린 방문을 삐그덕 밀치고, 허영게 백태 덮인 눈을 연방 껌벅거리면서, 발로 더듬더듬, 앞 툇마루로 나선다.

마루는 구월의 한낮 가차운[240] 맑은 햇볕이, 문턱 앞까지 가득히 드리워 덥혀놓은 듯 따사하였다.

"햇볕도 좋기도 하다! 진작 나와 앉았을걸."

혼잣말로 중얼거리면서[241] 심봉사는 마룻전[242]으로 더듬어 나와, 끄응

---

238 마참다: '마땅하다'의 방언.
239 화하다: 화답하다.
240 가참다: '가깝다'의 방언(강원, 경상, 전라, 제주, 충청, 평안).
241 중얼거리면서: 원문에는 '중어리면서'로 되어 있음.
242 마룻전: 마루의 가장자리.

하고, 한 발 개키고 한 발 걸터[243]앉는다. 눈은 멀어, 보지는 못하여도 기운으로 날이 흐렸는지, 맑았는지, 그늘이 졌는지, 볕이 들었는지 쯤은 알 수가 있던 것이다.

"이런 존 날씨하,[244] 앞 못 보는 인간도 졸 제, 눈 성한 사람들이야 조옴 상쾌할꼬!"

그러면서 한창 푸르러 있을 청명한 가을 하늘을 보기라도 하겠는 듯, 처마 너머로 얼굴을 든다. 그러나, 아무리 일기가 청명키로니, 먼눈에, 보이는 것이 있을 리 없는 것이었다.

어제오늘 비롯한[245] 바는 아니로되, 안타까움에 가벼운 한숨을 내어 쉬면서, 고개를 도로 내린다.

배냇병신[246]이었다면 미련이나 없을 것이었다.

스무 살까지도 멀쩡하였었다.

스물한 살 적 봄, 과거 보러 갈 날을 며칠 앞두고, 우연히 모진 열병을 앓았다. 그 끝에 두 눈이 흐리기 시작하더니 차차로 더하여가다, 마침내 아무것도 보이지 않고 말았다.

젊고, 희망과 포부 큰 심학규 당자를 비롯하여 부모 양친이며 부인 곽 씨의 실망과 낙담이란 이로 말할 수가 없었다.

그러나 그러면서도 일변, 눈을 도로 나수어[247]보겠다는 한 줄기의 희망과 정성스런 노력은 버리지 아니하였다.

눈은, 눈알이 상하였다거나 곯아 찌부러진 것이라면 도로 나수다니

---

243 걸터: 원문에는 '걸트려'로 되어 있음.
244 날씨하: 원문 그대로이나 의미가 불명확함. 창작과비평사의 『채만식전집 6권』에는 '날씨를'로 표기되어 있음. '하'는 감탄의 의미로 쓰인 듯함.
245 비롯한: 원문에는 '비롯은'으로 되어 있음.
246 배냇병신: '선천 기형'을 일상적으로 이르는 말.
247 나수다: 병 따위를 낫게 하다(방언).

생의生意[248]도 못할 노릇이었으나, 불행 중 다행인지 불행인지, 눈알만은 성하였다. 눈알이 아팠다거나, 농이라든지 구진[249] 물 같은 것이 흘렸다거나 한 일이 없었던 것으로 눈알이 상하지 아니한 것은 십분 분명하였고 겉으로 보기에도 정녕 성한 눈알이었다. 그런 성하고 아무렇지도 아니한 눈알 위에 가 무엇인지 엷고 희유끄름한[250] 거풀[251]이 한 거풀 덮이어 가지고 그것이 가리어 눈이 보이지 않던 것이었었다.

이 덮인 거풀만 벗겨지게 되면 눈은 도로 보이리라는 것이 당자 심학규나 가족들의 여망거리였다.

가사를 통히 폐하고 부모 양친과 부인 곽 씨가 당자를 데리고 눈 나술 경황에만 골몰하였다.

영하다[252]는 의원은 원근을 헤아리지 아니하고 청하여다, 혹은 찾아가서 약을 썼다.

상약上藥[253]으로도 남이 가르쳐주는 것이면, 아무리 귀하고 힘이 드는 것이라도 한 가지도 빼놓지 않고 지성으로 구하여 썼다.

뜸질도 무수히 하여보았다.

침도 여럿에게 많이 맞아보았다.

장님 대어 경도 한두 차례 읽은 바 아니었다.

무당 불러 큰굿 하고 푸닥거리 하기도 얼마던지 모른다.

절을 찾아다니며 수없이 불공도 드리고 시주도 하였다.

명산에다 치성도 많이 드렸다.

---

248 생의: 생심.
249 구질다: 구질구질하다. 상태나 하는 짓이 깨끗하지 못하고 구저분하다..
250 희유끄름하다: '희읍스름하다' 의 뜻. 썩 깨끗하지 못하고 조금 희다. 빛깔이 맑지 못하고 좀 흰 듯하다.
    원문에는 '히유꾸룸한' 으로 되어 있음.
251 거풀: 꺼풀.
252 영하다: 영검하다. 사람의 기원대로 되는 신기한 징험이 있다.
253 상약: 좋은 약.

무릇 사람의 힘으로 할 수 있는 것이면 아니한 것 없이 골고루 다 하여보았다.

그러나 그 어느 한 가지에서도 조그마한 효험도 효험은 보지를 못하였다.

재물을 허비하여가며 부질없는 노력과 정성을 드리기 오 년, 그러자 양친이 전후하여 세상을 떠났다. 한 가지로 사무치는 유한에, 차마 눈을 감지 못하고 세상을 떠났다.

심학규의 선대는 고려조의 개국 공신의 하나로 대대로²⁵⁴ 개경開京(송도松都)에서, 높은 벼슬하고 영화롭게 지나 내려오던 집안이었다. 그러다 우연히 영락이 되어 심학규의 고조부 때에 이곳 황주로 낙향을 하였었다.

낙향을 하여, 초토 속에서 명색 없이 살게 된 그들은 지난날의 영화에 미련과 향수를 저버릴 수가 없었다. 다시 한 번 영화의 고향으로 돌아가고 싶은 바람이 간절하였다.

그 대 그 대의 당주當主²⁵⁵ 된 이는 반드시 그 자제로 하여금 부지런히 학문을 닦고, 명문의 예법을 배우게 하며, 해마다 과거를 보게 하며, 하기를 게을리 하지 아니하였다. 그러나 그런 골똘한 욕망과 정성하고는 달리, 심학규의 증조부며 조부며 부친이란 사람 얌전키나 하였지 조금이나마 남게 솟을 만한 재질이 있는 것이 없어 과거는 보는 족족 낙방을 하고, 마침내 초시初試²⁵⁶ 한 번 하는 일이 없고 말았다. 그러나마 집안이라도 번족²⁵⁷하여 자질이 여럿이고 하였다면 그중에는 혹시 출중한 인물이 섞이어 났음직도 한 것을, 그 역시 가운이랄까, 고조부 대에서 시작하여 심학규에 이르기까지 내리 외톨의 독자들이었으며, 외톨의 독자가 생겨

---

254 대대로: 원문에는 '대대이'로 되어 있음.
255 당주: 지금의 주인.
256 초시: 과거의 첫 시험. 또는 그 시험에 급제한 사람. 서울과 지방에서 식년式年의 전해 가을에 보았다.
257 번족: 자손이 많아 번성한 집안. 또는 그렇게 됨.

나느니 한갓 범상한 인물이었고, 생겨나느니 범상한 인물이었고 하였으매, 번번이 꼼짝 변통수가 없는 노릇이었다.

심학규 역시 범상한 구석에 있어, 선대와 다를 바 없는 인물이었다. 여러 대의 간절한 입신양명의 욕망이 물리어 내려와 그 한 몸에 쌓인 만큼, 뜻이 골똘함이야 유난한 바가 없지 아니하였다. 겸하여 아직 한 번도 과거에 응한 일이 없었으니 등과登科²⁵⁸ 급제及第²⁵⁹가 단순히 학문과 재질에만 달린 것이 아니고 한 터에야 심학규 그만은 전도가 여망餘望²⁶⁰ 있는 편으로 기대를 둘 수가 없지 아니하였었다. 그런지라 양친의 심학규에 대한 촉망은 실로 곡진함이 있었던 것이었었다.

일신에 지워진 기대가 그만큼이나 큰 심학규였다. 그런 그가 바라던 과거를 보아, 급제를 하여, 벼슬을 하고, 영달이 되어 가문을 빛내며 누대의 여한을 풀고 하기는 고사요, 불의에 폐인이 되고 만 것이었었다.

남의 부모 된 애정으로 하든지, 그와 같은 기대의 빗나감으로 하든지, 지하로 돌아가는 양친의 슬픔과 절망은 진실로 뼛속에 사무치고도 남는 것이 있었다.

재앙은 홀로 오지 아니한다 이르거니와 양친의 굿김과 동시하여 가난이라는 어려움이 외로운 심학규에게 아울러 닥치어 왔다.

본시도 넉넉지 못한 살림이었다. 약간의 전답을 일부분은 자작을 하고 일부분은 병작倂作²⁶¹을 주어 그 추수로 겨우 일 년의 계량과 가계를 삼던 형편이었다. 그러던 것을 오 년 동안이나 눈 나수기에 빚을 얻어 대고 진 빚을 갚느라고 땅뙈기를 연방 팔고 하였으니 짙은 것 없는 가산이 남는 것이 있을 리가 없었다. 부친의(부친이 나중 굿기었는데) 초종범절初

---

258 등과: 과거에 급제하던 일.
259 급제: 시험이나 검사 따위에 합격함. 과거에 합격하던 일.
260 여망: 아직 남은 희망. 앞으로의 희망.
261 병작: 배메기. 지주가 소작인에게 소작료를 수확량의 절반으로 매기는 일.

終凡節[262]을 치르고 나니 전답은 말할 것도 없고 살던 집마저 팔아 상채喪債[263]를 갚아야 하였고, 인하여 시방의 이 일간초옥一間草屋[264]으로 옮아앉은 터이었었다.

이래 십오 년 눈을 못 본 지 이십 년.

심학규에게 만일 그 부인 곽 씨의 현철함이 없었더라면 그는 진작에 벌써 굶어 죽었거나 얼어 죽었거나 하였기 아니면 지팡막대 두드리며 거리로 헤매는 걸인이 되고 말았을 것이었었다.

곽 씨 부인의 현철함은 진실로 갸륵한 바가 있었다.

남편에 대한 애정 물론 도타웠다. 웬만한 선비 못지아니하게 학문이 도저하였다. 겸하여 침선針線[265]의 솜씨가 매우 좋았다. 그리고 부지런하였다.

곽 씨 부인은 마음을 굳게굳게 먹고 일어섰다.

삯바느질을 맡아 하였다. 삯빨래, 삯마전질을 맡아 하였다. 철철이 삯길쌈을 맡아 하였다.

혼인집, 환갑집, 초상집, 소대상小大祥[266]집, 두루 불려 다니며, 찬수饌需[267] 장만[268]이며 일 서두리[269]를 하여주었다.

미처 그런 일거리가 없을 때면, 밭김도 매러 다녔다.

일 년 삼백육십 일을 비가 오나 바람이 부나 추우나 더우나 밤이면 밤에 하는 일로, 낮이면 낮에 하는 일로, 한때도 쉬는 때가 없이, 부지런

---

262 초종범절: 초상이 난 뒤부터 졸곡까지 치르는 모든 절차.
263 상채: 상사를 치르면서 진 빚.
264 일간초옥: 한 칸밖에 안 되는 작은 초가집.
265 침선: 바늘과 실을 아울러 이르는 말. 바느질.
266 소대상: 소상小祥(사람이 죽은 지 1년 만에 지내는 제사. 늑기년제)과 대상大祥(사람이 죽은 지 두 돌 만에 지내는 제사. 늑대기大朞·상사祥事를 아울러 이르는 말.
267 찬수: 반찬거리가 되는 것. 또는 반찬의 종류.
268 장만: 필요한 것을 사거나 만들거나 하여 갖춤.
269 서두리: 일을 거들어주는 사람. 또는 그 일.

히 일을 하였다.

그렇게 버는 것으로, 앞 못 보는 가장 공경을 살뜰히 하였다. 그러면서 푼푼이 밀리는[270] 것은 모았다, 눈 나수는 약값이면 약값에, 치성 드리는 비발이면 치성 드리는 비발[271]에 보태어 쓰고 하였다.

몸이 고되고 매우 고생스런 노릇이었다. 하물며 젊으니 젊은 여인으로.

그러나 곽 씨 부인으로는, 몸 고된 것이나 고생 같은 것은 아무 상관이 아니었다. 아무리 몸은 고되더라도 아무리 고생은 되더라도 앞 못 보는 가장을 편안히 잘 공경하면 그만이었다. 하로[272] 세 차례 섬식瞻食[273]지 아니하고 과히 어설프지 아니한 끼니를 대접하여야 하였다. 여름이면 가볍고 시원한 것으로, 겨울이면 치워하지[274] 아니하도록 의복 분별을 하여야 하였다. 장님이란 자칫하면 궁해 보이는 것, 가뜩이나 궁해 보이라고 땟국 묻거나 살 비어지는 옷을 입혀 놓아서는 아니 되었다. 먹성과 입성에 그렇게 정성을 쓰는 한편, 약간씩이나마 밀리는 것이 있어 가지고 눈을 도로 뜨게 하는 데에 좋은 약이 있다면 구하여다 쓰기를 잊지 아니하며 영한 의원이 있다면 청하여다든 같이 가서든 기어이 보이곤 하며, 종종 치성 드리기를 게을리 하지 아니하며, 하기를 꾸준히 하여야 하였다. 이 감장[275]을 하자면 자연 그만큼이나 부지런히 납뛰지[276] 아니하고는 뒤를 잇대는 도리가 없었다.

오직 지어미 된 자 지아비 고이 받들며 편히 거느리자는 진정으로부터, 그리고 눈을 다시 뜨게 하겠다는 정성으로부터 우러나는 정성이었

270 밀리다: 문맥상 '모이다' 의 의미로 쓰이고 있음.
271 비발: 비용費用.
272 하로: '하루' 의 방언(경남, 전남).
273 섬식: '넉넉한 음식' 이라는 뜻인 듯함.
274 칩다: '춥다' 의 옛말.
275 감장: 제힘으로 일을 처리하여 나감.
276 납뛰다: 날뛰다.

다. 그런지라 곽 씨 부인은 몸 고됨이 고된 줄을 몰랐고 차라리 희망이요 하였다.

그리하기를 십오 년! 하루 같은 십오 년이었다.

덕에 심학규는 눈은 비록 멀어 앞은 보지 못할망정, 한 푼의 가산이 없어 집은 비록 가난할망정, 그런 병신의 몸이요 가난한 푼수하고는 지나친 호강살이를 하며 지내 내려왔다.

명색이 선비의 집 여인으로, 황차況且[277] 젊으나 젊은 몸으로, 혹시 집 안에 들어앉아 삯바느질쯤이야 상스럽지 아니하겠으되 늘 주야로 나다니며, 서인들과 뒤섞여 빨래품을 판다, 밭김을 맨다, 더욱이 온갖 잡배가 모여 들끓는 상갓집 혼인집에 가서 일을 하여준다 하는 것이, 심히 체모體貌[278] 아닌 일이요, 그렇게 하여서 벌어들이는 것으로 구복을 채우고 우두커니 앉아 있다는 것이 심학규로는 예나 지금이나 적지 아니한 마음의 고통이 아닐 수 없었다. 그러나 그렇다고 그 짓을 막자 하니 당장 그날부터 간 데 없을 터이매 막상 못할 노릇. 기한을 모르고 몸은 비록 편안타 하지만 마음은 늘 목에 가시가 걸린 것처럼, 편안하지가 못하였다.

그래저래, 하루 한시도 마음 가운데 떠나지 아니하고 간절한 원념 願念이,

'어서 제발 눈을 떴으면……'

하는 것이었었다.

눈을 뜨면, 눈을 뜨는 그것이, 다시 광명을 보는 것이, 우선 기쁨이야 술이었다. 눈을 뜨는 그 날부터 하다못해 동네 아이들을 모아 훈장질을 하더라도 아낙으로 하여금 그렇듯 체모 아닌 고생을 아니 시키겠으니 오죽이나 떳떳하며 좋은 일일 것인고.

---

277 황차: 하물며.
278 체모: 체면體面. 몸차림이나 몸가짐. 모양이나 갖춤새.

그리고 과거를 보아 급제를 해서 벼슬을 하고…….

눈을 떠 광명을 다시 보고 아낙을 내놓아 품을 팔아다 구복을 도모하던 구차함을 면하고 한다는 것만 하여도 크지 아니한바 아니나, 진정 심학규의 더 골똘한 욕망인즉은 과거를 본다는 데 있었다.

'눈을 떠. 과거를 보아 급제…….벼슬, 승차, 또 승차. 몸의 영달과 빛나는 가문. 다섯 대만에 비로소 풀리는 유한. 지하에서 비로소 안심코 미소할 선영 제위…….'

이것이 오로지 눈 하나 번쩍 뜨고 못 뜨는 데 성패가 달려 있는 것이었다. 사람은 어떠한 원념을 지나치게 그리고 오랫동안 골똘하였노라면 어느덧 그것이 신념화信念化 하는 수가 있는 법이었다. 심학규의 도로 눈떴으면 하는 간절한 원념도 그리하여 이십 년이나 두고

'눈을 제발 어서 떴으면……. 제발 어서 떴으면……'

하고 바라는 동안 언제부터인지 그것이,

'눈을 뜨느니라. 쉬이 눈을 뜨는 날이 오느니라'

하는 믿음信念으로 변하고 만 것이었었다.

스스로 따지어 생각하여본다면 아무 그럴 근거도 있을 것이 없었다. 그러나 어찌 된 신념이든 신념이 한 번 생긴 이상 그는 그 신념을 의심커나 버리려 하지는 아니하였다.

신념 그 다음에는 기다림과 마음 초조함이었다.

'왜 이다지 더딘고. 어서 하로 바삐 떠야지. 나이는 들어가고 세월은 늦은데. 이러다는 과거 볼 시절을 다 놓치고 말지. 내일이라도 아니 이따라도 번쩍 환히. 아아하, 어서 제발 번쩍 좀…….'

이렇게 기다리고 초조해하는[279] 것이었다.

| 279 초조해하는: 원문에는 '초조하는'으로 되어 있다.

2

심봉사는 툇마루에 앉아 한참이나 보이지 아니하는 눈을 연방 껌쩍거리면서[280] 무엇인지를 생각해내려고 애를 쓰다 마침내 혼자 탄식을 한다.

"허어! 늙었고나! 이렇게 잊어버리다가는 장차 눈을 뜨기로소니 무슨 소용이 되리!"

조백早白[281]이라고 할는지 모르나, 미상불 망건 밖으로 비어진 살짝이 희끗희끗한 머리가 섞이었다. 얼굴에는 굵고 잔주름도 잡히었다.

긴 한숨, 그러더니 먼눈으로 문득 눈물이 고인다.

"그러나마, 자식이라도 하나 있다면……! 쯧, 이것저것 다 잊고……."

위로는 제왕을 비롯하여 아래로는 서민에 이르기까지 잘난 사람이거나 못난 사람이거나 가멸한 사람이거나 곤궁한 사람이거나 성한 사람이거나 병신이거나 그 누구를 물론하고 슬하에 혈육이 없다는 것은 가장 불행이요 따라서 외롭고 슬픈 일인 것이었다.

심봉사 역시 그러한 인정의 테 안에서 벗어나는 사람이 아니었다.

먼눈을 떠서 다시 광명을 보고, 그리고 과거를 보아 벼슬을 하여 몸과 가문을 빛내며 선영의 뜻에 갚으며 이러고 싶은 원념과는 따로이 또 한 가지 핍절한 욕망이 슬하에 자녀간 혈육을 두어보고 싶은 그것이었다.

이미 사십이 넘었고 늙발에 들었으매 늙음이 시킴인지는 모르되, 그는 방금 자탄하듯이 작히나[282] 자식이라도 하나 슬하에 두었다면 눈을 뜨자는 원념도 무엇도 혹은 잊어버리고 자식에다가 낙을 붙여서 많이 남지

---

280 껌쩍거리다: 큰 눈을 세게 감았다 떴다 하다. 늑껌쩍대다.
281 조백: 늙기도 전에 머리가 셈. 흔히 마흔 살 안팎의 나이에 머리가 세는 것을 이른다.
282 작히나: '작히'를 강조하여 이르는 말. '어찌 조금만큼만', '얼마나'의 뜻으로 희망이나 추측을 나타내는 말. 주로 혼자 느끼거나 묻는 말에 쓰인다.

도 못한 여생을 보내겠거니 하는 바람이 무시로 간절히 일곤 하였다. 자탄에 앞서 어리는 눈물도 바로 그 설움 그 외롬의 눈물인 것이었다.

삽짝문[283] 밖에서 총총한 발자국 소리가 들렸다.

심봉사는 그것이 아낙 곽 씨임을 알아듣고 반기는 얼굴을 든다.

"마누라요?"

"네에!"

언제나 서로 정다이 부르고 화하고 하는 인사 겸의 문답이었다.

"잘 나와 앉으셨군요. 그러잖어두 전 시방, 여태 그 구중중헌 방 안에만 눠 기신가 허구서……."

"거 남의 일 보아주러 갔다 이렇게 빠져나와 허허!"

역시 언제나 말 삼아 하는 걱정이요 곽 씨는 또한 곽 씨대로 언제나 하는 대답으로,

"잠깐 다녀 오마구 허구 일 좀 너끔한[284] 틈 보아 나왔지요."

그러고는 댓돌로 좇아 부엌으로 들어가면서 ,

"당신 드리라구 고기서껀[285] 국서껀, 떡이랑 줘서 받아 가지구 왔으니 얼른 데워 드리께시니 조끔만 기다리시우."

건넌 마을 환갑집에 불리어 갔다, 오수때[286]를 맞추어 남편의 점심 분별을 하러 오던 참이었다. 보자기에 싸든 목판은 남편을 위해 받아 가지고 온 잔치음식이었다.

이윽고 부엌에서 불 지피는 기척, 그릇 딸그락거리는 소리, 그러다 구수한 고깃국 냄새가 풍기어 나온다.

심봉사는 어금니에서 신 침이 흥건히 고여 나오는 것을 무심코 꿀꺽

---

283 삽짝문: 사립문.
284 너끔하다: 느긋하다. 한가하다. 바쁘지 않아 여유가 있다.
285 서껀: '…이랑 함께'의 뜻을 나타내는 보조사.
286 오때: 낮때.

삼킨다. 그리고는 자조自嘲엣 말로,

"속없는 창자로다! 고기국물 냄새에 회가 동하니."

마침 그러자 삽짝문 밖에서,

"오셌수?"

하고 찾는 동네 부인의 음성이 들리고 곽 씨 부인이,

"누구요?"

하면서 대뜰[287]로 나서려 한다.

"한갑집[288]에 가셨대길래 글러루 갔더니 집으루 가신다구 그래서."

"잠깐 점심 분별 해드릴 령으루⋯⋯."

"저어, 낼허루 모래허구 손 나세요?"

"낼허구 모래허구? ⋯⋯무언데?"

"아따, 등[289] 넘어 우리 사둔집이 초상이 났다우. 우리 며눌아이네 친
정어머니가 돌아가셨는데⋯⋯."

"⋯⋯."

"그래, 낼허구 모래허구 오세서 수의 바누질두 좀 해주시구 음식 마
련두 해주시라구 기별이 왔군요."

"글쎄⋯⋯."

"어디 먼점 맞춘 데가 있는감?"

"맞춘 덴 없어두⋯⋯."

"그럼?"

"글쎄⋯⋯."

"무어, 기하는 일이 있던지."

---

287 대뜰: 댓돌에서 집채 쪽으로 있는 좁고 긴 벽 밖의 뜰.
288 한갑집: 환갑집.
289 등: '둔덕'의 방언(황해).

"글쎄……."

두 여인의 이야기를 처음은 무심코 듣고 있던 심봉사가, 끝엣 몇 마디부터는 바싹 귀를 기울인다.

초상집이고 어떤 집이고, 일하러 가기를 가리던 곽 씨 부인이 아니었다. 그야말로 소 갈 데 말 갈 데 다 다니던²⁹⁰ 곽 씨 부인이었다.

그러던 그가 오늘 졸지에 초상집이라서 저마를 한다는 것은 별안간 초상집이 꺼리어서가 아니요 분명 무슨 곡절이 있는 노릇이었다.

'어인 내력일꼬?'

심봉사는 혼자 속으로 그러면서 고개를 깨웃거리다가²⁹¹ 퍼뜩,

'혹시, 참……'

하면서 얼굴이 밝게 빛난다.

(작자 부기) 이 「심봉사」는 지나간 일정 말기日政末期에 잡지 《신시대》에 연재를 시작하였다. 제4회까지로 중단이 된 것을 이번에 본지의 지면을 빌어 그 첫 회부터 다시 한 번 발표할 기회를 가지게 된 것이다.

구소설 「심청전」에 대하여 나는 일찍부터 미흡감未洽感을 품고 있던 자이었다. 구소설 「심청전」이 효라고 하는 것의 훌륭한 전범이라는 점, 즉 그 테마에 있어서는 족히 취함직한 구석이 있다 하더라도, 그러나 한 개의 문학, 한 개의 예술로서는 가치가 자못 빈약하다 아니할 수 없는 것이었다. 구소설 「심청전」은 제법 문학이나 예술이기보다는 차라리 한낱 전설의 서투른 기록에 지나지 못하는 것이라고 보는 것이 옳을는지 모른다. 그 소재만은 넉넉 그리스 비극에 견줄 만한 것이 있으면서도 막상 온

---

290 소 갈 데 말 갈 데 다 다니다: 소 갈 데 말 갈 데 가리지 않는다. 어떤 목적을 위하여서는 그 어떤 궂은 데나 험한 데라도 가리지 아니하고 어디나 다 돌아다님을 비유적으로 이르는 말.

291 깨웃거리다: 고개나 몸 따위를 이쪽저쪽으로 매우 귀엽게 자꾸 조금씩 기울이다. 늑깨웃대다.

전한 비극문학이 되지를 못하고 만 것은 여간 섭섭한 노릇이 아닐 수 없는 일이다.

나는 구소설 「심청전」을 줄거리 삼아 「심봉사」라는 이름으로 주장 인간 심봉사를 한번 그려냄으로써 새로운 심청전 하나를 꾸며보겠다는 야심이 진작부터 있었고, 이번이 그 두 번째의 기회인 것이다.

물론 나는 나의 범상한 솜씨로써 야심野心하는 바의 성과를 반드시 거두리라고 자신하는 것은 아니다. 아마도 실패에 돌아가고 말기가 쉬울는지 모른다. 그러나 이러한 시험은 나 이외에도 다른 작가에 의하여 앞으로 많이 시험이 될 것이고, 그러는 동안에 어떤 한 사람의 천재적인 작가의 손에서 비로소 대 비극문학 심청전은 완성이 되는 말이 있게 될 것이다. 이 대 비극 심청전의 완성의 날을 위하여 토대에 한 줌의 흙을 보태는 의미 정도로 나는 실패를 자감自甘하면서 즐거이[292] 시험의 붓을 드는 것이다.

3

자녀를 바라기 그렇듯 간절하던 터라, 이 근년, 내외가 앉으면 가끔 그런 의논을 하고 하면서 두고 별러오던 노릇이라, 마침내 신명께 축원이나 하여보기로, 지나간 유월에 드디어 내외가 같이 묘향산妙香山에 들어가 며칠 동안 치성을 드린 일이 있었다.

그 뒤에 며칠 있다, 부인 곽 씨가 한 아름다운 구슬을 얻는 꿈을 꾸었다.

몽사夢事[293] 이야기를 듣고 심봉사는 태몽이라 하면서 기뻐하였고, 이

---

292 즐거이: 원문에는 '질겨히'로 되어 있음.
293 몽사: 꿈에 나타난 일.

래 은근히 기다리는 바가 있었다.

"여보 마누라? 마누라?"

동네 여인이 물러가기를 겨우 기다려, 심봉사는 어깨를 들썩거리면서 다뿍 달뜬 음성으로 다급히 부른다. 좀 침중한 편이 덜한 것이 이 사람 심학규의 타고난 천품이었다. 그러한 천성으로 인하여, 때로는 전후의 사리의 분별이 미처 따르지 아니하는 감정이 홀로 앞을 달리어, 대소의 실수를 무심중 저지르는 적이 종종 있고 하였다.

곽 씨 부인, 별안간 그렇게 급히 불러대는 설레에 하마 놀래어, 네에 하고, 같이 급한 대답을 하면서, 부엌문으로 내어다 보면서 한다.

내어다 보다 짜장 놀래어,

"에구머니, 저 으른이……"

하면서, 달려 나와 남편을 붙든다. 심봉사는 바싹 마룻전으로 나앉아서는, 우환 중에 턱과 상체를 잔뜩 앞으로 내밀어, 하마터면 마루 아래로 굴러 떨어질 뻔하였다. 곽 씨 부인은, 마음으로나 행동으로나, 남편 심봉사를 어린 애기 거천擧薦[294]하듯 하였다. 아내인 동시에, 어머니 같은 조심도 하던 것이었다.

"큰일 나시겠네……. 절루루 좀 들어앉으세요. 그러나 굴러 떨어지시면 어떡허실 령으루."

"그래, 마누라, 여보……?"

심봉사는 상관 않고, 연방 그 허연 백태 덮인 알량한 눈알로, 눈을 끔벅거려싸면서,

"정말이요?"

"무얼요?"

| 294 거천: 어떤 일이나 사람에 관계하기 시작함.

곽 씨 부인은 영문을 몰라 뚜렛뚜렛[295]한다.

"마누라가 가만히 본다치면, 사람이 무척 이뭉하단 말야! 흐흐흐."

"무얼 가지구 그러시까아?"

"아모렴, 그렇다면 상갓집일랑 가지 말아야 허구말구. 부정한 델랑은 가지 마라야 허구말구!"

"오오……."

곽 씨 부인은 비로소 알아듣는다.

문득 수삽한[296] 기운이 얼굴로 드러난다. 귓부리[297]가 완구히[298] 붉는다.

나이는 근 사십이라 하여도, 처음 일이요, 남편의 앞이라, 역시 소부 같은 아름다움이 없을 수가 없던 것이었다.

"확실한 가늠이 선 뒤에 여쭈려니 하구서, 하루 이틀 먼 것이, 고만……."

"허어허허허……!"

심봉사는 몸을 흔들면서, 유쾌히 한바탕 웃는다.

"정녕 인제는 틀림없겠다?"

"네에. 아마……."

"허어허허허……! 아무튼 내가 평생소원을 풀었소, 평생소원을……."

심봉사는 곽 씨 부인의 손을 어루만지다, 그다음, 등을 뚝뚝 두드리면서,

"평생 소원을 풀었어. 어허 기특한지고 우리 마누라!"

불우하고 외롭고, 겸하여 지지리 가난한 이 부부 이 가정에 모처럼

---

295 뚜렛뚜렛: 어리둥절하여 눈을 이리저리 굴리는 모양.
296 수삽하다: 몸을 어찌하여야 좋을지 모를 정도로 수줍고 부끄럽다.
297 귓부리: '귓불'의 방언.
298 완구하다: 완연하다. 분명하다. 확실하다. 아주 뚜렷하다.

모처럼 큰 기쁨이, 행복의 웃음이 가득 차 넘치었다.

햇빛도 이를 축복하는 듯 한결같이 명랑하였다.

이윽고 다시 부엌으로 들어갔던 곽 씨 부인이, 김 오르는 고깃국과 떡과 밥이며 고기며 나물이며 전붙이며를 놓아, 상을 차려 들고 나왔다.

"때가 고만 겨워서. ……퍽 시장허셨지요?"

곽 씨 부인은 상을 남편의 앞에 놓고, 올라와 상머리에 앉는다.

"시장야 무슨 그대지 시장허우마는, 아까버틈 마누라가 얼른 좀 돌아 왔으면 허구, 기대리기는 기대렸지."

"글 읽으시다 또 맥히셨던감……? 자, 어서 식기 전에 드시우. 국이 잘 고아져서, 고기도 연허구, 국물두 바특해²⁹⁹ 좋습디다."

"나이 사십이 넘었으니, 젊어서 총기만야 힐꼬마는 그 쉰 논어論語가 다 그렇게 맥히니, 허!"

그러면서 심봉사는, 더듬어, 수저를 집어 든다.

심봉사는 장차 눈을 떠, 과거를 보게 될 날을 위하여, 글 읽기를 게을 리 아니하였다. 겸하여, 눈이 먼 심봉사에게는 글 읽기가 유일한 심심파 적³⁰⁰이기도 하였다.

글을 읽는다고는 하여도, 물론 눈 성한 사람처럼 책을 펼쳐 놓고 읽는 것이 아니요, 보이지 않는 눈인지라 기억을 좇아 그저 외우기나 할 따름이 었다. 자연, 막히는 대목이 없을 수 없던 것이며, 막히는 때면, 곽 씨 부인 이 유식한 덕분에, 책을 들추어 가면서 그 대문을 뚱기어³⁰¹주고 하였다.

이, 글이 막히는 것은 심봉사로서는 커다란 위협이요 불안거리였다. 글을 그렇게 잊어서야, 가사假使 눈을 뜬다손 치더라도 어떻게 과거를 보

---

299 바특하다: 국물이 적어 묽지 아니하다.
300 심심파적: 심심풀이.
301 뚱기다: 눈치 채도록 슬며시 일깨워주다.

며 장원급제를 할 것인고 하는 염려도 말이었다.

　매양 그러므로 오늘 이 자리에서도 그는 여느 날 같았으면, 무수히 걱정을 하고, 슬퍼하고 하기에 한이 없을 것이었었다. 그러나 오늘은 막상, 큰 기쁨이 생기어 가슴이 벙벙한[302] 참이라, 그것을 근심 걱정하고 뇌사리고[303] 할 여념이 없었기 때문에, 그쯤 지날말로 한 마디 하여두고 있던 것이었었다.

　심봉사는 얼굴에 웃음이 가득하여 있는 채, 일변 고기 얼러 국물을 그득히 숟갈로 떠, 후 불다, 입에 넣고 우물우물 씹으면서,

　"거 참, 국이 맛이 좋군. ……마누라두 같이 먹읍시다, 응?"

　"전 많이 먹었으니, 어서 당신이나 잡수시우. 간이 어떻죠? 싱겁거들랑 간장을 쳐 드리리까?"

　"간두 내 입엔 꼬옥 맞소. ……거, 여자가 잉태를 한다치면, 홀몸 적과 달라, 잘 보를 해야 합더이다.[304] 그래야 태아게두 좋구, 또 해산할 때 산모가 힘두 더얼 들구, 그런대서……. 장차 약을 좀 지어다 약보藥補두 하련과, 보는 식보食補가 제일이라구 이르지 않소? 그러니, 아무리 우리가 살기가 다 참 옹색하더래두, 응? 마누라?"

　"네에."

　"더구나 마누라 나이, 설흔아홉이니 사십 아뇨? 사십이면 아주 노산老産인데, 우환 중에 초산初産이니, 힘이 들어두 조옴 들겠소?"

　"이 갈비를 좀 잡서보세요."

　곽 씨 부인이 상의 접시에서 군 갈비를 집어, 남편의 손에 들려주면서 권을 한다.

---

302 벙벙하다: 어리둥절하여 얼빠진 사람처럼 멍하다.
303 뇌사리다: 뇌까리다. 같은 말을 여러 번 되풀이하여 말하다.
304 합더이다: 원문에는 '합너인다' 로 되어 있음.

"갈비는 찜을 질겨 하시는데, 그런대루 국물을 두구서 쩌 드렸으면 좋았을걸, 급해서 미처……."

"나는 이 국물만 해두 넉넉하니, 갈빌랑은, 자 옛소, 마누라 좀 자시우."

"전 글쎄, 실컷 배불리 많이 먹었대두 그리시네."

"정말 자셨소?"

"네에에!"

"그렇거들랑, 갈비허구 고길라커든 됐다, 이따 저녁에 먹게 합시다. 곤쳐 찜을 하던지 해서, 우리 같이 먹읍시다그려."

"이딴 이따구, 어서 잡숫는 대루 잡수세요. 잡숫구 냉기시면……."

"참, 마누라 여보?"

"네?"

"몇 달이지?"

"석 달……, 석 달인가봐요."

"석 달……! 아따 그, 구실 얻는 꿈을 꾸던 그때버틈 쳐서렸다?"

"네에."

"참, 거 보구려. 내가 그때, 이건 무어, 영락없이 태몽이라구 아니헙디까? 마누라는 그래두 곧이를 아니 듣구, 꿈을 어떻게 다 믿느냐구 그랬겠다? 호호호호호!"

"……."

"허기야 마누라두, 혹여 허사가 될까바서 그랬지, 속으루야 정녕 태몽이거니 허구 믿기는 믿었지. 호호호."

"그런데, 가만있자……, 석 달이요, 지금이 구월이니깐……."

심봉사는 왼손을 들어 손가락을 꼽으면서,

"시월, 동지, 섣달, 정월, 이월, 삼월, 사월……사월이 산삭이구료?"

"그렇게 될까봐요."

"생일두 꼬옥 존 때로군? 일난풍화하구, 보리나마 새 곡식이 나구 하는 사월, 응?"

"네에."

"생일두 잘 타고 났어⋯⋯! 아무튼 묘향산 신령이 영하시긴 영하셔! 그렇잖소, 마누라?"

"묘향산 신령두 영하시구, 제일에 심 씨 댁 선영 음덕이시죠."

"그야 여부가 있소! ⋯⋯헌데 말이요, 마누라?"

"네에?"

"그러나, 인전 어쨌든, 떡두꺼비 같은 아들만 하나를 날 도리를 하란 말요, 응? 깨목불알에 고추자지가 대롱대롱 달린, 응?"

"욕심 같아서야 어렵할까만서두, 그것인들 인력으루나 뜻같이 되는 노릇이어야 말이죠."

"아따 이왕이면 당장으루, 이왕 생기는 바이면 딸자식보담은 아들자식을⋯⋯, 그 말 아뇨?"

"당신이 복택이 있으시면, 이왕 아들자식이 생기는 것이구, 제가 죄가 중하면 쓰지 못할 자식이 생기는 것이구, 헐테죠!"

"허어! 건 공연한 소리! ⋯⋯딸자식이라구 쓰지 못할 자식이랄 법이야 있나? 우리가 지지리 그, 눈 먼 딸자식이라두 제발 하나만⋯⋯, 눈 먼 딸자식이라두 제발 하나만⋯⋯, 이래 싸면서 바라던[305] 일을 생각하면, 딸자식 아냐, 그보다 더 못한 거라두 생기는 것만 감지덕지할 것이지. 그렇잖소, 마누라?"

"감지덕지허구 말구요."

"그라구 참, 아들을 낳는다면, 이름을 무어라구 짓는다?"

| 305 바라던: 원문에는 '바래던'으로 되어 있음.

"온, 급허시기두 허시지."

"아냐! 며칠 남었다구! 명년 사월이라지만 잠깐 아뇨?"

"국에 진지를 말어 잡수시까요?"

"응, 좀 말어주시오."

"국물이 식었는데, 잠깐 데워다 드릴까요?[306]"

"아아니……."

"기름이 엉기는데!"

"과히 식지 않었으니, 그런대루 조금만 말어주구료. ……그런데 말이요, 마누라?"

"네에."

"마누라가 그런 건 다 참, 알어서, 부정한 상가집에두 다니기를 피하구 하니깐, 그런 신칙申飭[307]이야 내가 아니해두 그만이지만, 그래두 각별히, 응?"

"또오, 집안에구 남의 집에 가서구, 애야 힘에 너무 겨운 일은 하려 들지 말구. ……무거운 걸 함부루 든다던지, 응?"

"네에."

"그러구, 부디 그, 먹는 걸 몸 보하는 걸루다……."

"네에."

"몸 보하기야 고기에서 덮을 게 있소? 그러나 아무리 옹색은 하더라두, 가끔 고기를 좀 자시두룩 합시다."

"네에."

"약은 지끔 쓸 것두 쓸 것이려니와, 거, 용을 불가불 얼마간 좀 구해두어야 할까보군."

<hr>

306 드릴까요: 원문에는 '드리께요'로 되어 있음.
307 신칙: 단단히 타일러서 경계함.

"용은 무얼 하시게요?"

"마악 비시를[308] 때, 용을 대려서 쓴다 치면, 힘 벼랑 아니드래두 순산을 한다구 합더이다.[309]"

식보를 해라, 약보를 해야 한다, 힘에 부치는 일을 하지를 마라, 녹용을 구해주겠노라……, 이건 바로 부자 장자長者[310] 부럽지 않게 서두른다.

아낙이 바느질품, 일품 팔아, 겨우 연명을 하고 지나는 사세를 생각할진대, 감히 입 밖에 내지도 못할 노릇이었다. 그렇건만(노상이 형편과 물정을 모른 바 아니건만) 미처 전후를 헤아리지 못하고서, 곧잘 그런 터무니없는 경륜과, 분수에 벗는 생각을 하려 드는 것이, 본시 이 심학규라는 사람의 사람 됨됨이의 딱한 일면인 것이었다.

'야속히 속도 없지!'

'어떡허자고 저리 덤비는고?'

'희떱기[311]란 바로 까치 뱃바닥야!'

남이라면, 이러면서 입을 삐죽거렸을 것이었다.

또, 부부간이라고 하더라도 웬만한 아낙이었다면, 단박에 핀잔이 나오고 말았을 것이었다. 그러나 곽 씨 부인에게는 남편의 그러저러한 숭이, 숭이 아니었다. 숭을 숭으로 여기지 아니하는 곳에, 극진한 애정의 극진한 소치가 있는 법이었다.

"꿈결 같구료!"

이윽고 심봉사가 상을 물리면서, 푸뜩 하는 말이었다.

"영영 혈육이 없고 마는가 했더니……. 꿈결 같구료! 응 마누라? 그렇지 않소?"

---

308 비시르다: 비롯다. 임부가 진통을 하면서 아이를 낳으려는 기미를 보이다.
309 합더이다: 원문에는 '합너인다'로 되어 있음.
310 장자: 큰 부자를 점잖게 이르는 말.
311 희떱다: 실속은 없어도 마음이 넓고 손이 크다. 말이나 행동이 분에 넘치며 버릇이 없다.

"네에."

"우리가 시방 이것이 적실히 꿈은 아니겠다?"

"네에."

"허어허허허. 신기한 노릇이야! 기특한 일이야! 허어허허허. 글쎄, 마누라 여보? 세상에 이런 기쁠 데가 또 있소? 막 일러 내가 눈을 떴기로소니, 참말이지 이대도록이야 기쁠 수가 있소? 이 먼눈을 시방 번쩍 떴다기로소니, 말이요. 허어허허허!"

여전히 높은 웃음은 웃음이었다. 그러나 그러면서도 그

'이 먼눈을, 시방 번쩍 떴다기로소니……!'

하는 말이며, 마지막 웃음소리에는 그새까지와 달라, 이상히 허전한 여운이 섞여 있었다.

말과 웃음소리에 허전한 여운이 섞일 뿐만 아니라, 얼굴에도 한 줄기의 적막한 그늘이 선연히 퍼져 올랐다.

그것을 알아보고, 그러는 속을 짐작하는 곽 씨 부인의 얼굴에도 불시로 수심이 가득히 퍼져 올랐다.

심봉사는 평생소원을 풀었노라고 하였다. 또 먼눈을 떴다기로소니 이다지야 기쁠까보냐고 하였다.

사실이었다. 노상 빈 말이 아니었다.

한 가지의 욕망―슬하에 자녀를 두고자 하는 욕망은 이에 이루어진 바나 다름이 없었다. 아낙이 무사히 십 삭을 채워, 자녀간 아무튼 낳으면 그만인 것이었다.

그럼, 눈은……?

눈도, 자녀를 두고자 하던 소원이 이루어진 것처럼, 눈도 떠져야 할 것이었다.

자녀를 두는 것이나, 눈을 뜨는 것이나가 다 같이 사람의 힘으로 어찌하지 못하는 노릇이었다. 그러나 신명의 돌아보심과, 선영의 음덕으로, 그 사람의 힘으로 어찌하지 못하는 한 가지 것이 이루어지는 바이면 다른 한 가지 것도 이루어지지 말라는 법은 없는 것이었었다.

자녀는 하여커나 인제 두게 되었으니, 눈도 어서 바삐 번쩍 떠야만 하는 것이었었다.

'이 먼눈을 번쩍 시방 떴다기로소니……!'

하면서 생각하니, 눈이 있었다.

'눈은? 눈은 언제나? 만약에 영영 뜨지 못하고 만다면? 영영 뜨지 못하고 만다면?'

이러면서, 순간, 어둔 마음이, 가슴으로 스며듦을 억제하지 못하였고, 그것이 말과 웃음소리나 얼굴에 그처럼 그린 듯 드러난 것이었다.

미루어, 심학규라는 사람의 눈뜨고 싶은 원념이, 또는 욕망이, 얼마나 골똘함을 짐작키에 족한 것이 있었다. 어쩌면 자녀를 두고 싶던 욕망보다도, 이편이 차라리 더 강렬하다 할 수가 있을는지도 모르는 노릇이었다.

4

하루하루를 손꼽듯 하면서 십 삭을 채우고, 달 짚은 사월이 되었다.

곽 씨 부인의 배는 부를 대로 불렀고, 해산이 오늘이냐 내일이냐 하기까지에 이르렀다.

곽 씨 부인은 밖으로 나다니면서 일하기를 그치고, 집 안에 앉아서 할 수 있는 바느질가지나 맡아다 하고 일변 해산과 그 뒤에 쓰일 범백을 갖추 마련하여 놓고 마침 기다렸다.

그러던 차에 어느 날 밤……

잠이 들었던 심봉사는, 잠결에 옆에서,

"에구우!"

하는 나차우나[312] 심히 다급한 신음소리에 퍼뜩 놀라 깨었다.

"마누라, 왜 그러우?"

"불 좀 켜시구…… 에구우!"

"오오!"

물을 것도 없이 해산을 비스르던 것이었었다.

"온, 일 어떻거나? ……어서 힘을 쓰구려. 불꾼 힘을……. 온, 이거 온. 허어 이거 온!"

어쩔 줄을 모르고 황망해하면서, 심봉사는 일어나 앉은 자리에서 뭉개기만 한다.

"그렇게 당황해하실라 마시구 에구우 배야……! 등잔에 불을 위선 좀 켜세요!"

"아무렴, 불 먼점 켜야지. ……내가 부수쌈지[313]를 얻다 놓았더라……? 내 불 켜께시니, 마누랄랑은 어서 힘을 써요. ……어뿔싸, 불수산佛手散[314]을 지어다 둔다던 게 고만!"

불수산도 지어다 두지 못하였으니, 녹용이야 말할 나위도 없었다.

부시쌈지를 찾아서, 부시를 쳐서, 황개피[315]에 불을 일궈서 등잔을 찾아서, 불을 켜고 하기까지에, 눈 먼 사람 심봉사의 노력은 대단한 것이 있었다.

"이거 온, 눈 먼 내가 애기를 받는 재주야 없구……. 그려, 누구를 좀

---

312 나찹다: '낮다' 의 방언(전남).
313 부수쌈지: '부수' 란 '부싯돌을 쳐서 불이 일어나게 하는 쇳조각'인 '부시'의 방언이며, '쌈지'란 '담배, 돈, 부시 따위를 싸서 가지고 다니는 작은 주머니(가죽, 종이, 헝겊 따위로 만듦)'를 말함.
314 불수산: 해산 전후에 쓰는 처방. 늑궁귀탕.
315 황개피: 황개비. 끝에 황을 바른 가는 나뭇조각.

청해 와야 아니허우?"

겨우 정신을 수습하여, 아낙더러 그렇게 묻는다.

"옆집 귀덕 어멈을 좀……. 에구우……. 혹시 기운이 지쳐 까라지드래두, 막상 몰라 부탁은 해두었으니, 좀 불러주세요. 에구우 배야!"

"내 그럼 불러 오리다!"

"천천히 나가세요, 넘어지시리다."

울타리 너머로 고함 쳐 부르는 소리에, 귀덕 어멈은 기다렸던 것처럼 냉큼 대답을 하더니, 이내 달려 왔다.

염려하였던 대로, 곽 씨 부인은 초산인데다 겹치어 노산이 되어서 대단히 난산이었다.

비스르기 시작하기는 실상 초저녁이었는데, 첫닭이 울도록 물도 잡히지 아니하였다.

부엌으로 나와, 불도 지피고, 물도 데우고 하면서 심봉사는 연해 토방과 부엌을 들락날락, 애를 태웠다. 그러면서 생각하였다. 배기만 하면 낳는 것이야 다 저절로 되는 것이거니 하였더니, 이대도록[316] 낳기가 힘이 들래서야 자녀를 바란다는 것도 막상 졸연한 일이 아닐까 보다고.

닭이 세 홰째 울어서야 겨우 해산을 하였다.

산모는 해산을 하고 나서 지쳐 그만 정신을 잃었다.

이리하여 아무려나 운명의 생명은 세상을 나온 것이었다.

얼마 후에야 곽 씨 부인은 도로 깨어났다.

"정신이 좀 들었소?"

옆에 지켜 앉았다 기척으로 알아차리고 심봉사가 하는 말에 곽 씨 부인은,

| 316 이대도록: 이다지.

"무어지요?"

하고 먼저 묻는다.

"허어, 마누라가 나물국이 먹구팠던가바!"

"……."

곽 씨 부인은 얼굴에 낙망의 빛이 어리면서 눈을 감는다.

"그러나 저러나, 딸이면 대수요? 걸 가지구 애야 마음 언짢아 할란 마시오."

"조옴이나 섭섭하세요! 지가 죄가 많아서……."

"글쎄 그러지 말래두, 마누라는 그래쌓는구려? 딸자식이라두 하나 생긴 것만 기특허구 고맙지."

"그래두, 다 늦게야 모초롬 자식이라구 생긴 것이 딸자식이니……."

"하여튼 그런 소리 하기두 안직 좀 일루. 기운이나 미처 채린 뒤에 온……."

"선영께 무슨 면목이며!"

"아냐. 아들자식두 잘못 두면 패가망신이요, 선영先塋[317]께 욕을 끼치는 것이구, 딸자식이라두 잘만 두면 효도 받을 대루 받구, 가문 빛낼 대루 빛낸다구 자고로 이르지 아니하우? 선영 향화香火[318]야 외손봉사外孫奉祀[319]는 못 시키우?"

"아 그렇구 말구요……!"

귀덕 어멈이 첫 국밥을 지어가지고 방으로 들어서면서 마침 그렇게 대꾸를 하던 것이다.

"그리구 또, 늦게나마 시작을 하셨으니 연달아 더 나시면, 그때는 아

---

317 선영: 조상의 무덤.
318 향화: 향을 피운다는 뜻으로, '제사'를 이르는 말.
319 외손봉사: 직계 비속이 없어 외손이 대신 제사를 받듦.

들애기를 나시게 될 것이구요."

"그렇지만 여보게, 나는 영영 아들은 못 두어두, 다시는 우리 마누라 더러 해산일랑 하지 말랄 작정일세."

"망녕으 말씀두……! 애기 나시기 힘 좀 드셨다구요?"

"제일에 내가 옆에서 십년감수는 했나보이!"

"흐흐흐흐……! 자, 애기 어머니 어서 국밥 좀 잡수세요. ……애기 낳기 힘 드는 거야, 무슨 병인가요? 사람마다 다 애기는 낳기루 마련인 걸로……. 그리구, 이번이 초산이시니깐 그렇게 힘이 드셋지, 두 번째버 틈은 훨씬 힘이 덜 든답니다. 샌님320은 몰라 그리시지."

"혹시 그렇다면 모르거니와……."

응애 하고, 울음소리가 났다.

"어이구 내 새끼!"

그러면서 심봉사는 애기한테로 돌아앉는다.

입이 흐물흐물, 그 알량한 허연 눈알의 눈을 끔벅 끔벅, 곧 끌어안고 일어서서, 둥기둥기라도 하겠는 모양이었다.

2. 업원業冤

5

심청의 첫 이렛날 아침이었다. 내외 상의하여, 맑은 청 자를 써서 심 청이라 이름 지었었다.

| 320 샌님: 얌전하고 고루한 사람을 놀림조로 이르는 말.

곽 씨 부인은 부엌에서, 첫 이레의 삼신三神[321] 떡을 찐다, 미역국에 삼신 밥을 짓는다 하기에 혼자 바빴다.

가세는 간구하여도 귀한 애기를 점하여 주셨대서 팥 두어 할떡[322]을 찌고, 흰밥에 미역국을 끓이고 하여 삼신 밥을 대접하던 것이었다.

곽 씨 부인은 얼굴이 부석부석하고 수족도 부었다. 얼굴과 수족만이 아니라 온 전신이 부었다.

몸에 찬물을 끼얹는 듯 오한이 나고 아찔아찔 어지럼이 났다.

곧 쓰러지겠는 것을 그래도 뉘게 밀고 들어가 누웠을 손대[323]가 없으니, 하릴없는 노릇이었다.

해산을 하고, 겨우 하루를 누웠다. 그 다음 날부터는 벌써 부엌에 내려와, 조석을 분별하고, 해산빨래를 빨고 하였다. 사람들 대어서 할 형편도 못 되거니와, 일변 그런 것을 남에게 맡겨 하기를 개운해하지 못하는 곽 씨 부인 자신의 결벽의 시킴이기도 하였다.

남편도 걱정을 하였고, 옆집의 귀덕 어멈 같은 사람은 질색을 하면서, 제발 내가 며칠 더 수발을 들어줄 테니 누워 몸조섭[324]을 하라고 누누이 말을 하였으나 곽 씨 부인은 고집을 쓰고 듣지 아니하였다.

아니나 다를까, 그날 밤부터 곽 씨 부인은 몸에 열이 나고 얼굴과 수족이 붓기 시작하였다. 그러나 그러면서도 눌러 그대로 부엌에를 내려오고 하였다.

병은 그리하여, 이 너무 일찍 몸을 쓰느라고 실섭失攝[325]을 한 데서 생긴 것이었다.

---

321 삼신: 아기를 점지하고 산모와 산아産兒를 돌보는 세 신령.
322 할떡: 의미 조사가 필요한 말임.
323 손대: 전라도 방언 '손데'와 같은 말로 보임. 일손.
324 몸조섭: 몸조리.
325 실섭: 몸조리를 잘하지 못함.

밖에서는 심봉사가 재워 뉜 첫 이레박이 심청의 옆에 앉아 혼자 구시 렁거리다가 애기를 어르다 하면서 온갖 재미를 보고 있다. 형용도 제대 로 드러나지 않고 먹으면 잘 줄밖에 모르는 아직 첫 이레박이의 핏덩이 였으나 심봉사는 그런 것은 상관이 아니었다.

"금자동아, 옥자동아,
금을 주면 너를 사며
옥을 주면 너를 사랴.
금자동아, 옥자동아,
나라님께 충신동이
부모님께 효자동이."

청을 내어 한참 그러다, 껄꺼얼 한바탕 웃고 나더니,

"거 이 사람, 이왕이니 고추자지를 죄에꼼만 달구 나왔드라면 더욱 좋았을 거 아닌가? 허어허허허허……. 그렇지만 상관없으이. 거저, 잔병 없이 잘 자라, 복이나 많고, 명이나 길고 하면 그만이지. ……두고 길르 기는 딸자식이 더 재롱스럽다지 않나……. 그런데 참, 우리 딸이, 대체 누구를 닮았을까? 나를 닮았을까? 저이 어머니를 닮았을까?"

그러면서 심봉사는 손끝으로 애기의 얼굴을 살살 더듬는다.

"응, 얼굴이 갸름해. 하관이 좀 빨구. 너이 어머니 모습이로구나……! 코가 콧날이 서구, 오뚝허구, 응, 코가 너이 어머니를 탁허구……. 그래 정녕 어머니 얼굴을 빼다 박은 게야. 아무렴, 계집아이니깐 어머니를 닮 어야지. 자라면 인물두 남의 축에 아니 빠지겠다. 너이 어머니야 젊었을 적에 참 이뻤지."

눈먼 사람의 손끝은 놀랍게 예민한 것이 있었다.

심청의 얼굴은 심봉사가 손끝으로 만져 알아맞힌 대로 정히 저의 모 친 곽 씨 부인을 그대로 닮았었다.

딸자식이나마 하나를 나 놓고 보자니, 있기를 바라던 때에 생각턴 기쁨보다도 몇 갑절 더 아기자기한 기쁨이, 샘물 솟듯이 곤곤히 솟아 넘치었다. 세상에, 자식 없던 사람이, 비로소 자식을 둔 기쁨이란 과연 이러한 것이로구나 하고 새삼스런 느낌이 일 지경이었다.

그러나⋯⋯.

곽 씨 부인은 가까스로 삼신상三神床[326]을 올리고는 그대로 자리에 누워, 다시는 일지 못하고 앓았다.

국밥은 고사요 미음 한 모금 마시지 않고 앓기만 하였다.

몸이 불덩이같이 펄펄 끓고, 간간이 헛소리를 하면서 앓았다.

사흘 낮 사흘 밤을 그렇게 앓고 나흘째 되는 날이었다.

기운은 까라질[327] 대로 까라지고, 숨까지 가빴다.

눈 성한 사람이 본다면, 전혀 소성蘇醒[328]이 될 가망이 없을 지경으로 병이 기운 것을 알 수가 있었다.

심봉사는 아낙이 먹지도 않고 앓기만 하는 것을 걱정을 하였으나, 눈이 먼 사람이라, 병세가 이대로록 침중한 줄을 모르고 있었다.

곽 씨 부인은 스스로 죽음이 가까웠음을 알았다.

죽느니라 생각하니, 비로소, 몸을 함부로 한 것이 후회스러웠다.

'지금 내가 죽고 보면⋯⋯?'

범연한[329] 노릇이었다.

---

326 삼신상: 아기를 낳은 뒤에 삼신에게 올리는 상. 쌀밥과 미역국을 차려 놓고 아기의 무병장수를 빈 뒤 산모가 먹는다.
327 까라지다: 기운이 빠져 축 늘어지다.
328 소성: 까무러쳤다가 다시 깨어남. 중병을 치르고 난 뒤에 다시 회복함.
329 범연하다: '어찌할 도리가 없다'라는 뜻으로 쓰이고 있음.

서 발 막대 휘저어야 검불 하나 거칠 것 없는 사세였다.

그러나마 달리 의탁이라도 할 원근간의 친척이라도 있는 바 아니었다.

못 먹고, 못 입어, 거지가 되어 가지고, 강보襁褓[330]의 어린것을 품에 안고, 지팡막대 두드리면서, 문전 문전이 밥과 젖을 비는 신세를 면할 도리가 없을 터이었다. 그러다가 눈 오고 바람 부는 날, 눈 구렁에 미끄러져 부녀 함께 길녘 죽음을 하고 말 것이었다.

광경이 눈앞에 서언히[331] 보였다.

제발 죽지 말고 싶었다.

죽음 그것이, 노상 나를 위하여 안타까운 것이 아니었다.

내 한 몸이 결단코 내 한 몸에 그치는 것이 아니요, 앞 못 보는 남편과, 난 지 겨우 첫 이레가 지난 강보의 유아를 위하여, 세 사람의 인간 몫을 하여야 할 몸인 것이었다. 따라서 나의 죽음은, 지중한 두 목숨을 함께 죽음으로 이끎이나 다름이 없는 길이었다.

눈을 떠 보니, 어린것은 옆에서 잠이 들었고, 남편은 뒷벽으로 기대어 앉아 꾸벅꾸벅 졸고 있었다.

여러 날 병 수발을 하느라고 밤잠을 못 자, 고단하여 그러나보다고, 그런 중에도 민망히 생각하면서 혼자말로

"편안히 누어 주무시지!"

하는 소리에, 심봉사는 퍼뜩 놀라 깬다.

"인전 정신이 좀 들었소?"

"일러루 가차이 좀 오세요."

곽 씨 부인의 힘없고, 숨이 차, 겨우 하는 말이었다.

심봉사는 두 손으로 더듬고, 무릎으로 뭉개어, 아낙의 옆으로 다가와

---

330 강보: 포대기.
331 서언하다: 선하다. 잊히지 않고 눈앞에 생생하게 보이는 듯하다.

178

앉으면서,

"정신이 들었거들랑, 무얼 좀 자서야 아니하우? 그새 며칠을 벌서 곡기라고는 통히 하지를 아녔으니 제일의 기운이 지쳐, 사람이 어떡헌단 말이요?"

"……."

곽 씨 부인은 남편의 손을 잡고, 이윽히 얼굴을 올려다본다. 그러는 동안, 눈에 눈물이 고여, 두 볼로 흘러내린다.

"제가 아마, 저승길을 가나봐요!"

"무어……? 괜한 객쩍은[332] 소리를! 그게 다아, 먹지를 아니해, 기운이 허해 그런 생각이 들군 하는 거요. 그제두 줄곧 헛소리를 해쌓군 합디다."

"딸자식이나마 자식두 하나 생겨 나구 했으니, 그걸 길러가면서 당신 모시구, 그 자미 보아가면서, 오래오래 살구 싶은 생각이야 전들 없으리까마는……, 휘유……."

"사람이 병 좀 앓는다구, 다 죽으란 법이 있습디까? ……가만 있수, 내 나가서, 아까 귀덕 어멈이 와 미음을 쑤어 둔 게 있으니, 잠깐 데워 가지구 들어오리다."

그러면서 일어서려고 하는 것을, 곽 씨 부인은 손을 놓지 않고 주저앉힌다.

"먹는 거야 차차루 먹겠지만 언제 숨이 질는지 모르니 게 앉으셔서 제 말씀이나 들어주셔요."

"허어, 이 자꾸만 이래 어떡헌담? ……글쎄 생각을 해보구려, 의지가지 없구 마누라가 아니면 앉어 굶어 죽거나 거지가 되었지, 꼼짝할 수 없는 눈 먼 나를 두구……. 그다 그뿐이요? 저 겨우 이레밖에 아니 간 핏덩

| 332 객쩍다: 행동이나 말, 생각이 쓸데없고 싱겁다.

이를 내게다 내맡기구 마누라가 죽다니, 나는 어떡허란 말이요? 차라리 죽으면 내가 죽구, 마누라가 사는 게 옳게."

"죽구 살기를 인력으루 할 수 있는 노릇이라면 조옴 좋으리까만서두……."

"세상 없어두, 마누라는 못 죽우."

미상불 심봉사는 아낙이 죽는다는 것은 도저히 생각조차도 할 수 없는 일이었다. 그는 시방 당장 아낙이 숨이 져서, 싸늘한 시체로 누워 있다고 하더라도, 그는 사실을 수월히 믿으려고 아니할 것이었다.

"전들 죽구 싶어 죽으며, 저 핏덩이를 앞 못 보는 당신께다 떠맡기구 아니 내키는 저승길을 차마 가구 싶어 가리까마는, 신명이 아닌 다음에야 죽음을 막는 재주가 있어야 말이지요."

곽 씨 부인은 숨이 차, 길게 한숨을 내쉬고 나서 다시 말을 잇는다.

"건넌 마을 김 동지 댁에 돈 열 냥 맡겼으니, 그걸 찾아다, 저 죽은 초상 비발에 쓰게 하시구. 항아리에 쌀이 한 서너 말은 되리다. 서 말 열 곱 서른 말이기로니, 평생 두구 사실까만서두, 두구 잡숫는 대루 잡수시오. 남한테 빚은 진 것이 없구……. 뒷말 진어사댁 관대冠帶[333]를 맡아다 학鶴 수를 놓다 다 못 마친 것을 농 속에 그대루 두었는데, 남의 댁 중한 의복이니 초상나기 전에 이따라두 귀덕 어멈 시켜 보내 드리시오, 부디."

"사람이 당장 죽구 사는 이 판에, 그런 걱정을 다 하는구려!"

"그리구, 옆집 귀덕 어멈이, 맘씨가 끔직 착한 사람이니 저 죽은 뒤라두 혼자서 각다분하신[334] 때, 무어든지 부탁을 하시면, 괴론 것 마다 않구, 서둘러 드리리다. 어린것두 배가 고파 울거든, 안구 가, 젖 한 모금 빨려 달라시면 괄시는 안헐 거시구……."

---

333 관대: 옛날 벼슬아치들의 공복公服. 지금은 전통 혼례 때에 신랑이 입는다.
334 각다분하다 : 일을 해 나가기가 힘들고 고되다.

"그러잖어두, 요새 며칠, 마누라 앓어 누었는 동안, 그 사람 신세를 태산만치 지구 있수. 마누라가 어서 소생해 일어나서, 다만 저고리 할 것이라두 구해 그 치하를 해야 할까보우."

"그리구, 저 어린것이 천행으루 죽지 않구 살아나서, 자라, 제 발로 걷거들랑, 지팽이 붙잽혀 앞세우고, 길 물어가면서, 제 무덤 찾아와서, 아가 청아, 이 무덤이 너의 어머니 무덤이란다 허구, 가르쳐주시오."

곽 씨 부인은 목이 메어 흐느끼며 운다. 울면서, 다시 부탁이다.

"저 죽구 없다구 너무 설어 마시구 낙망하실라 마시구, 부디 몸 보중하셨다, 백 세 후에 저생에서 다시 만나게 하세요."

"……"

심봉사도 눈물이 흐르고, 입이 실록실록한다.

주먹으로 눈물을 닦으면서,

"아무래두 마누라가 병이 심상치가 아니허우. 내 약방에 가서, 병론病論하구, 약 지어 가지구 오리다."

심봉사는 일어서서, 더듬거리고 밖으로 나간다.

곽 씨 부인은 어린것을 끌어다 안고, 눈물에 젖은 얼굴을 비비면서,

"네가 진작 생겨나거나, 내가 조금만 더 살거나 했드라면 오죽이나 좋았으랴마는……. 너를 두구, 앞 못 보는 너의 아버지께 너를 떠안기구 죽는 내가 눈을 어째 감으며, 눈물이 앞을 가려 저승길은 어째 갈 거냐!"

잠에 취하여 마다는 입에다, 젖꼭지를 밀어 넣어준다.

"에미 젖, 마주막 배불리 많이 먹어라. 내가 죽구 나면, 천하를 두루 찾아다닌들, 에미 젖이 다시 있을까보냐. 부디, 배불리 많이 먹어라……. 병 없이 자라거라. 보채지 말구 자라거라. 네가 잔병이나 앓구, 보채쌓구 하거드면 가뜩이나 너의 아버지는 고생이 조옴 더 하시겠느냐. 그리구 수이 수이 자라 너를 기르시느라구 고생하신 너의 아버지, 극진

봉양해드려라……. 제 돌만 잡혔어두, 에미 얼굴이나 알아볼걸. ……죽는 나는 명이 없어 죽는다지만, 에미 얼굴도 모르고, 네가 이것이 무슨 죄란 말이냐 원통한지고! 원통하고 애처런지고!"

뜰에는 늦은 봄비가 부슬부슬 내리기 시작하였다. 낙화를 재촉하는 비였다.

한 식경은 있다 약 두 첩을 지어 들고, 심봉사는 비를 후줄근히 맞으면서 지팡막대 뚜덕거리고 돌아왔다.

"에이 거, 비는 무슨 객쩍은 비가 오는고!"

심봉사는 혼자말로 두런두런 댓돌로 올라서면서,

"마누라, 나 약 지어 가지고 왔소. 최 주부 말이, 산후병증인데, 이 약 두 첩 연거푸 쓰면 내일버틈은 일어나 앉게 되리라구 그럽디다. ……내 이왕 아주 숯불 일위서, 약 앉혀놓구 들어가리다."

"……."

방에서는 아무 대답이 없었다.

"그동안 잠이 또 든 게로군……. 가만 있자 그런데 약 탕건이 어디 있더라? 약 탕건이……."

심봉사는 부엌으로 들어가 한동안 더듬으면서 돌아다니다 도로 나온다.

"암만 찾어두 못 찾겠는걸! 이 원수의 눈을 어서 떠야 할 텐데! ……여보 마누라? 약 탕건이 어디 있소?"

"……."

"마누라?"

"……."

"여니 때는 잠귀가 무척 밝었는데……."

그러다 심봉사는 아낙이 유언하던 생각이 나,

'혹시……?'

하면서, 허겁지겁 방으로 들어선다.

"마누라?"

"……."

"마누라?"

"……!"

심봉사는 더듬어 들어가 아낙의 몸을 흔든다.

흔드는 대로 흔들릴 따름이다.

엎드려 코에다 볼을 대어본다.

찬바람이 돌고 숨결은 이미 끊기었다.

"어……?"

외마디 소리를 지르고 나서,

"정말 죽었구려어!"

하고 울음 섞어 부르짖는다.

"마누라, 이것이 웬일이요오? 마누라가 죽다니, 이게 웬일이요오."

방바닥을 치고, 들이 몸부림을 하면서 통곡을 한다.

"기운이 허해서 무단히 하는 말로만 알았더니, 정말 그것이 유언인 줄이야 생각인들 했소, 마누라 여보 마누라, 차라리 내가 죽고 마누라가 살았어야 할 말이지 어떡허자고 앞 못 보는 내게다 저 핏덩이를 두고, 죽엄 길을 가더란 말이오. 이 야속한 사람아! 이 야속한 사람아!"

심청이라는 생명의 탄생은, 결국 어머니의 생명을 빼앗은 생명이기도 하였다.

동중洞中[335]이 공론을 하여, 돈 낼 사람 돈 내고, 양식 낼 사람 양식 내고, 몸으로 와서 일할 사람 몸으로 와서 일하고 하여, 심봉사의 간구한[336] 사세치고는 오히려 과분하달 수 있는 건 출상을, 아무려나 치렀다.

아무리 백여대촌百餘大村이라고는 하지만, 몇몇 집만 빼고는 가난하기 다시없는 도화동에서, 그만한 동중 설도[337]가 나기도, 한갓 곽 씨 부인 당자가 생전 시에 남에게 실인심 아니하고, 두루 어여삐 보인 덕택이었다.

날이 저뭇하여, 심봉사는 회장 갔던 몇몇 손님에게 부축과 위로를 받으면서 집으로 돌아왔다.

심봉사는 아주 허탈이 되었다.

먹지도 않고 자지도 않고 하면서, 사흘 동안을 주야로 울부짖고 몸부림치고 하였었다.

오늘은 더구나 그 경황을 하면서, 십 리 길 상여 뒤를 따라 갔다가 돌아왔다. 심신이 다 같이 극도로 지치지 아니할 수가 없던 것이었었다.

큰 비탄과 절망이 그새 벌써 조금치라도 가셨을 바는 없던 것이나, 피로한 소치로 마음은 마치 언 살을 마지기처럼 어리덤덤하였다. 노상이 아픈지 달픈지 분간을 모르겠었다.

또, 몸은 몸대로, 수족 한 번 올리고 내리고 하기조차 대견하도록 기운이 시진하였고.

그러고서, 오직 졸리기만 할 뿐이었다.

가까스로 집까지 당도하여, 몸은 내던지듯, 마룻전에 가 털썩 주저앉았다.

손님들이라야 언제까지고 옆에서 위로를 하여주고 붙어 앉았을 리 없는 노릇. 한 사람 돌아가고, 두 사람 돌아가고 하다가, 마지막 한 사람

335 동중: 동내洞內. 한 동네 전부.
336 간구하다: 가난하고 구차하다.
337 설도: 설두設頭의 변한 말. 먼저 앞서서 주선함.

마저 없어지고 말았다.

하릴없이, 남은 것은 주인 심봉사 혼자였다.

황혼은 각각으로 짚어오고……. 심봉사는 넋을 놓고 우두커니 앉아만 있다.

매양 출상한 날의 상가란, 가솔이 번다한 집이라도 이상히 혜적적[338] 찬바람이 돌고 쓸쓸한 법이어든, 하물며 사람의 그림자는커녕, 소리치며 내닫는 개짐승 한 마리 볼 수 없고, 휑뎅그레 빈, 인기척 없는 집이리요.

이, 흡사 여러 대代나 불 꺼진 집과도 같이, 사람의 기척이 없고 혜쓸쓸한 폐옥廢屋에 다름없는 마룻전에 가, 굴건제복屈巾祭服[339]을 차린 채, 눈먼 장님이 호올로, 넋을 놓고 우두커니 만들어 앉힌 듯 꼼지락도 아니하면서, 언제까지고 앉았는 모양은, 완연, 어떤 유계幽界[340]를 방불케 하는 것이 있었다.

얼마만인지……, 날씨는 어느덧 어둑어둑하였고……, 옆집 귀덕 어멈이 어린것 심청을 안고 마당으로 들어섰다. 심청은 초상이 나면서 이내, 귀덕 어멈이 안아다 젖을 먹이고 하면서 데리고 있었다.

"무얼 곡기를 좀 허세예지요! ……미음 쑤어 둔 걸 데워다 드리께시니, 애기 받으세요." 귀덕 어멈이 그러는 것을, 애기란 말에 심봉사는 비로소 조금 마음이 내키었다. 그래도 한참이나는 보이지도 않는 허공으로, 먼눈을 올려 뜨고, 말없이 앉아 있다가,

"여보게, 귀덕 어멈?"

하고, 공허한 음성으로 부른다.

---

338 혜적적: '적적(조용하고 쓸쓸한 모양)'을 강조하여 하는 말. 바로 다음 단락에도 '혜쓸쓸한' 이라는 말이
   나온다. 당시의 방언이거나 채만식 특유의 조어법으로 만든 말이라 생각된다.
339 굴건제복: '상주가 상복을 입을 때에 두건 위에 덧쓰는 건'과 '제향 때에 입는 예복'을 아울러 이르는 말.
340 유계: 저승.

185

"네에."

"적실히 내가 시방 이것이 꿈은 아니겠다?"

"시상으! ……꿈이기나 했으면 오죽 천행이겠어요."

"허어! 그래두 나는 꼬옥 꿈만 같으이그려."

귀덕 어멈은 그동안 심봉사가 날마다 밤마다 울고 넋두리하고 하면서 하던 어떤 애통보다도, 이 꿈결 같다는 이 한마디가 가장 더 곡진한 슬픔이 맺힌 말이어서, 문득 눈물이 핑 돌지 아니치 못하였다.

"꿈결 같으시구 말구요, 시상으!"

"꿈이 아니구서야 이대지 허망할 도리가 있더란 말인가."

"허망허시구 말구요, 시상으. ……그 정정하시던 으런이……. 쯔쯔, 그 어질구 얌전하시던 으런이……."

"허어! 그런데 꿈이 아니라! 정녕 꿈속 같은데, 꿈이 아니요 생시라. 분명한 생시라? ……허망한지고 허망한지고!"

"그렇지만 인제는 생각을 하세두 속절없구……, 고생이야 되시나따나, 그런 대루 애기나 길르시면서, 거기다 낙을 붙이시구……. 그리구 후분後分[341]이나 바래시구 허세야지, 어떡허십니까?"

"허망한지고! 허망한지고!"

"자, 애기 받으세요. 부엌에 들어가, 미음 쑤어 둔 걸 데워다 드리께요. ……젤에 곡기 허세야 인전 기운을 차리구 허시죠."

"안직 생각이 없으이……. 먹구 싶으면 이따라두 내가 차려다 먹지."

"그럼 그럭 허세요……. 애기는 그러구, 지금 마악 젖을 먹구서 잠이 들었은깐, 오늘밤은 어쩌면 새벽꺼정 내처 잘 거예요. ……참 신통해요! 젖만 배불리 먹는다치면 제풀에 삭삭 자구. 밤엔 더군다나 잘 깨질 아니

| 341 후분: 사람의 평생을 셋으로 나눈 것의 마지막 부분. 늙은 뒤의 운수나 처지를 이른다.

해요. ……쯔쯔, 어머니 없이 자라기루, 다아 타구난 팔짠지, 가엾어라……! 그래두 절래 그렇게, 보채지 아니허구 순히 자란다면 얼마나 다행입니까? 앞 못 보시는 아버니[342] 혼자 손에……. 자아, 애기 받으세요."

"……."

귀덕 어멈이 심상히 하는 소리였으나, 심봉사는 심중에 문득 어떤 격동이 일면서, 백태 덮인 눈동자가 확 벌어지고 얼굴은 살이 함부로 씰룩거린다.

"그놈것, 인 주게!"

심봉사는 버럭 그렇게 소리를 지르면서, 귀덕 어멈이 무심코 안기어주는 어린것을 채이듯 와락 움키더니 그대로 땅바닥에 태질을 치려고 번쩍 치켜든다.

"어미 잡아먹은 원수! 이걸 살려두어 무엇에 쓴담?"

곽 씨 부인의 죽음은 산후별증이요, 그 산후별증인즉은 결국 심청의 탄생에 원인이 있으니, 그를 어머니를 죽게 한 자식이라 생각하는 것도 일변 그럴듯한 심정일는지는 모른다.

그러나 아무리 그렇기로니, 실상은 아무 죄도 없는 그 생명을 저주하고, 사뭇 태질을 치려고 덤비다니, 이것이 곧, 사리분별에 앞서, 격정대로만 행동을 하는 심봉사 그 사람의, 사람 우악스럽기도 한 성질의 일면인 것이었다.

| 342 아버니: '아버지'를 뜻하는 전라남도 지역 사투리.

3. 성장

6

　귀덕 어멈이 질겁을 하고 달려들어, 도로 빼앗아 안지 아니하였더라면, 난 지 열흘 된 생명 심청은, 어머니를 죽게 한 죄 아닌 죄를 쓰고, 격정에 사려를 잃은 아버지 심봉사의 손으로, 땅바닥에 태질을 친 바 되어, 이내 그대로 어머니의 뒤를 따랐을지도 몰랐다.

　놀라, 잠이 깨어서, 자지러져 우는 것을 귀덕 어멈은 젖을 물린다.

　"오오야, 오야. 가엾어라, 가엾어라! ……건 무슨 짓이세요, 샌님두온! 하마터면 큰일 날 뻔했잖아요? ……어쩌믄 그렇게두 우충[343]하셔!"

　"……."

　심봉사는 고개를 떨어뜨리고 말이 없다. 생각하면 부질없는 노염인 것이었다.

　"글쎄, 애기가 무슨 죄에요? 역정두 내실 일이 따루 있지."

　"……."

　심봉사는 먼눈에서 눈물이 흐른다. 이윽고 목 민 소리로 힘없이,

　"인 주게!"

　태도에 안심을 하고, 귀덕 어멈은 심봉사의 품에 심청을 안기어준다.

　아이를 안아주지 못하던 사나이가, 더구나 장님이 아이를 안자 하니, 안음안음이 심히 어색하였다.

　편안치가 않아 그랬던지, 어린것은 연방 몸을 꼼틀거린다.

　그 꼼틀거리는 것에서 심봉사는, 안은 팔을 통하여 오는 가만한 촉감

| 343 우충: 문맥상 '어리석음'이라는 의미로 쓰이고 있으나 조사가 필요한 말임.

188

으로, 어린것의 하염없는 생명의 사실을 저릿이 느끼겠었다.

땅이 꺼지도록 한숨, 그러면서 혼자말로 중얼중얼,

"야속한 죽엄! 악착스런 죽엄……! 이걸 날더러 어떡허라구! 눈 먼 날더러 이 한심한 걸 어떡허라구……. 아마 귀신두 천하에 어디서 모질구 독한 귀신이던가 보다. 그렇잖으면 나처럼, 눈이 먼 귀신이던가 보다. 그렇길래, 하필 우리 셋 중에서 너의 어머니를 붙잡아 갔지, 하필……! 차라리, 아모 쓰잘 디 없는 나를 붙잡아 갈 것이 아니더냐? 차라리 나를……. 내가 죽구, 너의 어머니가 살았으면, 네게 좋구, 너의 어머니게 좋구, 그리구 죽은 나두 좋구, 두루 그렇게 졸 노릇을, 그만……."

"자꾸만 그러시면 소용이 있어요? 어서 방으루 들어가, 애기두 뉘구 허세요."

"……."

"그리구, 미음일랑 이따가라두 좀 데워서 잡숫구 지무시게 허세요……. 혹시 밤에 애기가 잠이 깨서 울거들랑, 애야 어려워 하실라 마시구, 울타리 너머루 절 부르세요. 우리 귀덕이 놈은 세 살이나 돼서 밥두 많이씩 먹구 해, 젖은 늘 남으니깐요."

"신세가 태산 같으이! 갚을 길도 없는 신세가……."

"온 범연한 말씀두!…… 신세가 다 무슨 신셉니까?"

"겸사의 말이지, 신세허구두 이런 신세가 있을랴던가?"

"그런 생각일랑 하실라 마세요……. 아시다시피, 지가 참, 까다라운 시어머니만 아니더라면, 애기를 아주 맡다, 수깔 쥐구 밥 먹을 때꺼정만이라두 길러드렸으면 하겠지만서두, 다 참, 제 뜻대루 못 하는 노릇이 되어서……. 이건 그리구, 손 닫는 데 놔 두셨다……."

귀덕 어멈은 어린것의 기저귀를 빨아 말려 차곡차곡 개킨 것을 심봉사의 손에 쥐어 주면서 돌아갔다.

이윽고 심봉사는 어린것을 안고, 방으로 들어갔다.

종시 구미도 나지 않거니와, 지벅지벅 부엌에 내려가 불을 지핀다 데 운다 하여다 먹고 할 경황은 종시 나지 아니하였다.

그보다는 역시 잠이 그리웠다. 흥분으로 잠시 물러갔던 졸음이 덮치듯 쏟아져, 아무것도 다 성가시고, 그저 졸리기만 하였다. 아닐 말로, 죽은 곽 씨 부인이 거기에 도로 살아 왔더라도, 반가움은 우선 한잠 자고 나서로 미루고 싶도록 못 견디게 아쉰 것이 오직 잠이었다.

입은 것을 벗고, 자리를 펴고 할 여부도 없이, 방으로 들어가면서 그대로 어린것을 안고 쓰러져 잠이 들어버렸다.

어린것이 우는 소리에 잠이 깨었다.

눈두겁[344]이 천근으로 무거운 요량하면, 잠이 미흡은 하였으나, 어린것이 바리작거리면서 울어 보채는 데야 저절로 정신이 들지 아니할 수가 없었다.

용히 그 생각이 나 살을 만져보니, 기저귀가 처근하고,[345] 한 옆으로 물큰한 것이 비어지고 하였다.

"온, 이걸 어떡거나!"

걱정을 하다 생각하니, 어린것이 대소변을 가리는 날까지는 하루도 몇 차례씩 당해야 할 노릇……, 걱정조차 부질없는 짓이었다.

마루에다 잊고 들어 온 기저귀를 더듬거리고 나가 찾다 서투른 솜씨에 갈아 채워주고 하기에 한 수고와 굼뜬[346] 시간을 허비하였다.

기저귀를 갈아 채우면 그치려니 하였으나 어린것은 더욱 울었다.

안고 일어서서 자장 자장하고 다독거려주어 보았다. 역시 그치지를

---

344 눈두겁: 눈두덩. '두겁'이란 가늘고 긴 물건의 끝에 씌우는 물건.
345 처근하다: 처근처근하다. 척척하다.
346 굼뜬: 원문에는 '굼띤'으로 되어 있다.

않는다. 젖을 찾는 모양이었다.

도로 앉아서 손가락을 물려주어보았다. 뚝 그치고 담쏙 받아 물더니 쪽쪽 빤다. 그러나 맨 손가락 끝에서 나는 것이 있을 리 없는 것, 기를 쓰고 한동안 빨다가 그만 도로 밀어내면서 다시 또 운다.

암만 달래도 소용이 없다.

달래다 달래다 아주 팡져[347] 떨어졌다.

내려논 것도 아니요, 그러안은 것도 아닌 채, 두 다리를 쭉 뻗고 퍼근히[348] 주저앉았다. 절로 입에서 흘러져 나오는 탄식이었다.

"죽구 없는 어미를 젖만 찾으니, 어떡허란 말이냐?"

말을 미처 못다 하고, 목이 미면서 눈물이 볼로 흘러내린다.

밤은 얼마나 깊었는지.

사위四圍[349]가 죽은 듯 괴괴하고 새벽의 지저귀는 새 소리도 없고 한 걸로 미루어, 초저녁도 날샐 무렵도 아니요, 정밤중이 분명하였다.

이 깊은 밤중에 어린것을 부여안고, 남들이 잠든 동네를 젖동냥을 나가다니 망녕엣 짓이요, 그렇다고 저 우는 것을 보고 앉아 어찌하자는 도리가 없었다.

진작부터 옆집 귀덕 어멈이 생각이 나지 아니하던 바는 아니었다. 그러나 아무리 자청해서 한 말도 있고 노상 싫은 내색이야 아니한다 할 값이라도, 이 밤중에, 더욱이 유난스런 시어미 밑에서 사는 남의 젊은 댁네를 깨워 일으켜 젖을 구한다는 것은 도무지 염치에 벗는 일이었다.

그것도 오늘밤 한 번이고 만다면이거니와, 실상 매일 밤 그짓을 하게 될지 모르는 것을 사람마다 제가 난 제 자식도, 밤중 곤한 잠이 깨어

---

347 팡져: 다리를 뻗어 느긋하고 편안하게.
348 퍼근하다: (힘, 기운이나 살 따위가)없어지거나 줄어지다.
349 사위: 사방의 둘레. '넷 에움'으로 순화.

젖을 먹이기란 성가신 노릇이라 이르는데, 항차 내 자식 보채는 것 못 보아 남께 못할 일 시키기도 분수가 있지 아니한가. 그러니, 생각하면 귀덕 어멈의 밤 젖을 얻어 먹인다는 것은 비단 오늘밤뿐만이 아니라, 장차 앞으로도 생각지 마는 것이 마땅하였다.

어린것은 까무라칠 듯 울기만 하고……, 그대로 두어 두면 곧 죽는 상만 싶었다.

'물이라도……?'

그러다 생각하니, 귀덕 어멈이 쑤어 두었다던 미음이 있었다.

지벅거리고 부엌으로 내려가, 여기 저기, 이 그릇 저 그릇 손가락으로 찍어 맛보아보면서 헤매고 다니다 겨우 미음을 찾아내었다.

미처 데우고 할 여부도 없이 허둥지둥 가지고 들어 와 손가락 끝에다 찍어서 빨려주어보았다. 빈 손가락 때처럼 꿀꺽 울음을 그치고 쪽쪽쪽 빤다. 얼른 손가락에다 찍어서 갈아 물린다. 흠뻑씩 넘어가지 않는 것이 안타까운 듯 입이 따라 오르면서 들이빤다. 똑 찍어서 물려준다. 잘 빤다. 희한스럽다.

그렇게 부지런히 손가락 미음을 빨리는 동안, 양이야 우나게[350] 찬 것이 있을까마는, 잠이 왔던지 얼마 후에는 살며시 빨기를 그치고 색색 잠이 든다.

얼마나 다행스런지!

후우, 저절로 한숨이 내쉬어졌다.

눈먼 홀아비와, 두 이레도 채 가지 못한 강보의 유아와, 막막하고도 궁상스런 첫 하룻밤은 이렇게 해서 지났다.

| 350 우나다: 유별나다. 두드러지게 다르다.

저물자 샌다는 봄밤이 어쩌면 그다지도 긴지. 다시 깨어 보채는 어린 것을 안고 날 새기를 기다리는 자리 답답하기라더니.

겨우 겨우 뜰에서 참새가 지저귀기 시작하였다. 그러더니 조금 있다, 집 앞길로 기침을 하면서 사람 지나는 기척이 들렸다.

심봉사는 우는 어린것을 한 팔에 안고 한 손으로 지팡막대를 두드리면서 집을 나섰다. 향하고 가는 곳은 동네 우물.

우물에는 동네 여인이, 노소 섞여 너덧이나 모였다. 그중 하나가 먼저 알아보고는,

"아이, 저 심봉사 아냐?"

하면서 반색을 한다.

그 말에 모두들 바다라 보면서, 주거니 받거니 지껄임이 나온다.

"이 새벽에 어딜 저렇거구 가는구?"

"보나마나, 어린것 젖 얻어 먹이러 나왔을 테지, 머."

"그러니, 하루 이틀 아니구, 육장六場³⁵¹ 저 짓을 어떻게……."

"남에 일 같잖더라!"

"가난해 탈이지, 넉넉하다면야."

"아이, 저, 울어싸요?"

"배가 고파 그러는 게지!"

"남이나 주구 말지."

"그리게 말이지."

"욕심이 어디 그런가."

마침내, 심봉사가 우물 두던³⁵² 가까이 당도하였다.

---

351 육장: 한 달에 여섯 번을 서는 장. 한 번도 빼지 않고 늘.
352 두던: '언덕' 또는 '둔덕'의 방언. 우묵하게 빠진 땅의, 가장자리의 약간 두두룩한 곳.

"앞 못 보는 심학규올시다. 염치없는 동냥을 나왔습니다. 이것이 그렇게 에미를 잃구, 배가 고파 보채는 걸, 안구 나왔습니다. 어느 부인이 시든지, 댁의 애기 먹구 남는 젖이 있으시거들랑, 한 모금 빨려 주시면, 은혜가 하늘보다 높겠습니다."

심상히³⁵³ 하노라고 하는 말이요 음성이요 하였으나, 듣는 여인들의 얼굴은 한 가지로 처연한 빛이 떠돌았다. 그중 늙수그레한 여인 하나는 치맛자락으로 눈물을 닦는다.

여인들은 그러면서 서로 면면상고面面相顧³⁵⁴하다, 총중叢中³⁵⁵에서 나이 어린 소부小婦³⁵⁶에게로 눈이 모인다.

소부는 고개를 소곳³⁵⁷하고 있더니, 옆엣 여인을 돌려다 보면서, 가만히 묻는다.

"갠찮으까요?"

"그럼, 어떤가, 머."

"난, 시어머님이 혹시……."

"아무리 막막헌 시집이기루, 남는 젖, 에미 없는 남의 불쌍한 좀 멕였다구, 몽둥이질 해 내 쫓을까?"

"적선이면 그런 적선이 또 있으리. 어서 한 모금 주지? 저 울어쌓는 걸."

눈물 씻던 그 늙수그레한 여인이 마지막 그렇게 권을 한다.

소부는 더 주저치 아니하고 앞으로 나와 어린것을 받아 젖을 물린다.

여럿은 그를 둘러싸고 드려다 보면서, 입입이 들지껄인다.

---

353 심상하다: 대수롭지 않고 예사롭다.
354 면면상고: 아무 말도 없이 서로 얼굴만 물끄러미 바라봄.
355 총중: 한 떼의 가운데. 떼를 지은 뭇사람.
356 소부: 젊은 부녀.
357 소곳: 원문에는 '소긋'으로 되어 있음.

"여승[358] 즈이 어머니야."

"얼굴이 갸름한 것이랑, 눈이 크고 콧날이 선 것이랑."

"자라면 아무턴지 인물 축에 빠지던 않겠다."

"온, 영검스럽기두 하지![359] 아, 어린것이 자라는 동안 몇 번 변을 한 다구."

"그래두 제 바탕 게 있지, 어디 간답니까?"

"이것이 시방, 즈이 어머니를 잃구, 이 모양이 된 줄을 안다면, 제 맘 이 어떨꾸?"

"그러니까 울구 보채는 거 아냐?"

"호호호."

"기가 멕히지, 머."

"어린 자식 두구 상처하란 욕이, 욕 중엔 상 욕이란다더니, 그 말이 옳아."

"그런 걸 보면, 세상에 사내처럼 쓰잘 디 없는 건 없어."

"그렇거들랑 이녁, 그 쓰잘 디 없는 아이아버지 좀 쫓어 내버리구섬, 혼자 살아보겠지."

"제에바알."

"아무턴지, 홀애비 살림엔 이가 서 말이요, 홀에미 살림엔 쌀이 서 말 이라구 아녀우?"

"흥! 뒷말 뺑덕 어멈은, 십 년 과부에, 쌀 서 말은커녕, 세 톨두 없드라!"

마지막 이 말에, 모두들 재그르르 하고 웃는다.

그대지 많이 부른 젖은 아니었으나, 원체 아직 적은 양이라, 어린것

---

358 여승: 아주 흡사히. 사실과 똑같게.

359 영검스럽기두 하지: 원문에는 '영결스럽기두 들 하지'로 되어 있음. '영검스럽다(靈—)'란 '보기에 사 람의 기원대로 되는 신기한 징험이 있는 듯하다'는 뜻.

은 배가 불끈 일어나도록 먹었다.

배가 부르니 그것으로 만족인지라, 아무 소리 않고, 눈을 뜨고 아릿 아릿 논다.

"그만하면 천하가 태평인걸, 밤새두룩 울구 보챘나보구나, 쯔쯔!"

눈물 씻던 여인이, 안아보고가 싶었던지 받아서 안고 들여다보면서 그러다가, 심봉사한테 내어준다.

"고맙습니다! 고맙습니다! 적선허구두 이런 적선이 또 있겠습니까? ……젖 멕여주신 부인 부디 복 많이 받으소서."

심봉사는 몇 번이고 허리를 굽히면서 치하가 곡진하다.

소부는 수줍어하면서 잠자코 있고, 눈물 씻던 여인이,

"그만 것이 그리 대단하다구 그리세요? 예사지……. 내일두 안구 나와, 한 모금 얻어 멕이세요. 새벽 우물에, 젖 있는 사람이 하나나 둘이야 노오³⁶⁰ 없을랍디까."

"에, 네. 그저 감축感祝³⁶¹합니다."

"그리구 낮이랑 석양 때랑은, 동네루 나가 돌아댕기면서, 얻어 멕이시구. 좀 그러세예지, 아직 어디, 암죽³⁶²만 가지구서야, 진기가 있어야 어린것이 살루 가구 허지요."

"암죽은, 쌀을 이루다 씹어서 쑤어 멕이는 게 제일이랍디다? 배탈두 아니 나구……."

다른 여인이 그렇게 거드는 것을, 또 한 여인이,

"좋기야 좋다지만, 암죽은 아직 좀 일르지!"

한다.

---

360 노오: 노. '노'는 '노상'의 준말.
361 감축: 경사스러운 일을 함께 감사하고 축하함. 또는 받은 은혜에 대하여 축복하고 싶을 만큼 매우 고맙게 여김.
362 암죽: 곡식이나 밤의 가루로 묽게 쑨 죽. 어린아이에게 젖 대신 먹인다.

이어서 제마다 한 마디씩,

"일곱 이레 다 갈 동안은, 미음이나 밥물이 좋다는데?"

"좋기루 말하면야, 유모를 정하는 게 제일 좋지만서두."

"즈이 어머니가 아니 죽구 살았으면 더 좋지."

"벙어리가 아니드라면 조옴 말을 잘했으리."

"쓰잘 디 없는 소리들!"

듣다못해, 눈물 맺던 여인이 여럿을 나무란다.

심봉사는 다시금 치하를 한 후에, 우물 두던을 떠나 집으로 향하였다.

아침은 그렇게 해서 때웠고, 새때³⁶³는 미음을 먹였다.

간밤처럼 손가락으로 찍어 먹이지 않고, 숟갈로 떠 흘려 넣어주었다.

먹이는 이는 눈이 아니 보이고, 어린것에게는 젖꼭지가 아니고 하여 어색하고 힘이 들었으나, 그런 대로 양을 채우는 시늉을 하였다.

낮에는 마악 안고 젖동냥을 나가려는 참인데, 귀덕 어멈이 마침 와서 배가 불끈 일어서도록 먹여주었다. 그리고 심봉사를 위하여 밥까지 지어주었다. 심봉사도 모처럼 요기를 하였다.

점심과 저녁 새참은 미음을 먹이고, 저녁은 젖동냥을 나섰다.

새벽처럼, 한 팔에 어린것을 안고, 한 손으로 지팡막대를 두드리면서 동네로 나갔다.

부인 곽 씨가 고이 앉혀두고 벌어다 먹여 살린 덕분에, 동네 출입을 많이 하여보지 않아서, 도무지 지향을 잡기가 어려웠다. 그것도 행길³⁶⁴이나 큰 고샅길은 눈 멀기 전에 댕겨본 가늠으로 아무려나 찾아간다지만, 좁은 고샅이나 남의 집 문전은 전혀 먼눈처럼 깜깜하였다.

얼마를 행길에서만 헤매다, 요행 아른 체하여주는 사람을 만났다.

363 새때: 끼니와 끼니의 중간 되는 때.
364 행길: 한길.

"심 생원, 어디를 가십니까?"

"거 누구?"

"저올시다."

"오오! ……아 이 애를 젖을 좀 얻어 멕이려구[365] 나서기는 나섰는데, 온 향방을 못 정하겠군그래! ……이 근처에 거 애기 있는 집 없나?"

"없긴요. ……일러루 오십시오."

손목을 이끌고 얼마 아니 가서, 한 집의 문전을 대어준다.

"이 댁이 바루 달포 전에 해산을 했는데, 젖두 퍽 흔쿠 하답디다."

"고마우이! 자네를 아니 만났드라면, 생고생만 허구 다녔을걸."

심봉사는 사립문 가까이 다가서서, 밭은기침을 두어 번 하고는,

"이 댁 아낙에 여쭙니다.[366] 동네 사는 심봉사 심학규올시다. 어린것이 에미를 잃구 배가 고파 우는 걸, 보다 못해 안구 나왔습니다. 혹시 댁의 애기, 먹구 남은 젖이 있거들랑 한 모금만 빨려주시면, 이것이 보채지 않구 오늘밤을 지나겠습니다."

세상에 가난이라고 하는 것이 없어지지 아니하는 이상, 남의 집 문전에 밥이나 돈을 비는 걸인은 언제고, 또 어디고 있을 노릇이었다.

그렇지만, 눈 먼 장님이, 강보에 어린것을 싸안고 와서, 젖 한 모금 먹여주오 하는 젖동냥은, 전고에 드문 일이요 보기 어려운 기구한 풍경이라 할 것이었다.

동냥젖으로, 저녁 배를 불린 어린것은, 아침처럼 조금 놀다가, 역시 칭얼거리지[367] 않고 잠이 들었다.

심봉사는 비로소 부엌에 내려가 밥을 지었다.

---

365 멕이려구: 원문에는 '하이려구'로 되어 있음.
366 여쭙니다: 원문에는 '이쭙니다'로 되어 있음.
367 칭얼거리지: 원문에는 '칭으리지'로 되어 있음.

쌀과 나무는 한동안 걱정을 아니 하여도 지낼 것이 있었다.

저녁을 지으면서, 밥물을 떠 두었다. 그러나 오늘밤은, 밤새도록 깨지 않고 새벽까지 내처 자서, 떠둔 밥물이 소용이 되지 않아도 좋았다.

밝는 새벽에는 어제처럼 우물로 나갔다. 젖 있는 여인이 둘이나 나와 있어서, 서로들 안아다 먹여주었다.

새때는 어제처럼 밥물을 먹였다.

점심때는 안고 동네로 나와, 젖 있는 집을 물어 가서 동냥젖을 먹였다. 이 집에서는 젖뿐이 아니라, 심봉사를 청해 들여 다순 점심까지 대접을 하였다. 그러나 그것은 좋았으나, 돌아오다 돌부리에 걸어채어 앞으로 넘어지는 바람에, 하마터면 어린것을 으깨어버릴 뻔하였다. 요행 팔을 짚어, 손바닥만 다치고 어린것은 무사하였다.

저녁은, 귀덕 어멈이 낮에 오지 못한 대신, 와서 잘 먹여주었다.

이튿날도, 또 이튿날도 그렇게 하였다. 하는 동안, 쉬운 것은 역시 세월이어서, 이럭저럭 한 달이 지났다. 그동안, 새벽에는 으레 우물에 나가서 젖을 얻어 먹이고, 아침 새때와 저녁 새때는 밥물을 먹이고, 점심때와 저녁은 동네로 나가서 동냥젖을 먹이고 하였다.

하로 걸러큼씩, 혹은 매일, 점심때가 아니면 저녁때에 귀덕 어멈이 와서, 한 차례씩 젖을 먹여주고 하여 동네로 젖동냥을 나가기는 하로 한 번쯤이면 족하였다.

밤에는 대개 새벽까지 내처 잤다. 간혹 깨어서 울더라도, 밥물을 받아 둔 걸 먹이면 이내 그치고 하였다.

가장 어려운 것이, 낮때나 석양에 동네로 젖동냥을 나가서였다.

가, 문 앞에서 젖동냥을 청하면, 선뜻 안아 들여다 배불리 먹여주는 집도 없는 바 아니었으나, 그러면서 내일도 또 오라고까지 하는 집도 있었으나, 어떤 집에서는,

"우리 아이 멕일 젖도 모자라요."

라든가, 혹은,

"젖이 무슨 젖이야?"

하고, 거절을 하는 집도 간혹 있었다.

서투른 장님이라, 돌부리에 걸어 채이거나, 패인 곳을 딛다가 넘어지기도 한두 번이 아니었다.

사나운 개가 짖고 내달아 비명을 지르고 나가동그라진 일도 있었다.

날새[368]를 모르고 나갔다 비가 와서 부녀가 함빡 젖어가지고 떨기도 하였다.

이런 말 못할 신고를 겪으면서도 다만 한 가지 부녀가 다 같이, 병은 나지 않고 몸 성히 지나와서 여간한 다행이 아니었다.

젖을 양에 과하게 얻어먹을 때도 있고, 그러면서 하루 두세 차례는 그 알량한 밥물로 배를 채우고 하였으니, 응당히 배탈도 남직은 한 노릇이었다.

또 입히는 것도 고르지가 못하고, 가다 오다 찬비도 맞고 하니, 고뿔도 앓음직한 노릇이었다.

그러나 과시果是[369], 어머니 없이 그렇게 함부로 자라란, 타고난 팔자였던지, 도무지 탈이라는 것을 모르고 무병하게 자라갔다.

하여튼 그러기를 한 달.

368 날새: '날씨'의 방언. 원문에는 '날세'로 되어 있음.
369 과시: 과연.
370 4회가 끝난 시점에 잡지사 측의 다음과 같은 공지가 있다.
"편자 부기編者 附記: 4회째 연재해오는 이 소설은 과반過般 작가로부터 신병으로 인하여 당분간 연재를 계속치 못하겠다는 통지가 있었으므로 부득이 이번으로 일단 끝을 막게 되었사오니 그리 양해해주시길 바랍니다."
결국 이 작품은 더 이상 연재가 계속되지 못했으며, 이로써 채만식이 최후로 발표한 이 소설은 미완으로 끝났다. 이 4회가 발표된 지 채 1년이 못 된 시점인 1950년 6월, 채만식은 세상을 떠났다.

그러자, 오월도 반이나 간 어느 날, 뜻 아니한 귀객이, 심봉사 부녀를 찾아왔다.[370]

《협동》, 1949년 3 · 5 · 7 · 9월

제2부 가상좌담회 ·
짧은 소설

난센스 · 가공 대좌담架空大座談
—시집살이 좌담회 : 시어머니 숭[371], 남편 숭, 시누이 숭 총 출동

_ 씽S 주최[372]

출석자 : 이소작李小雀 여사

　　　　김모래金母來 여사

　　　　안이욱安伊郁 여사

　　　　정중해鄭中海 여사

　　　　박심술朴心術 여사

사회 :　　김태판金泰判

사 : 일천만 조선 여성을 대표하야 모이신 만장의 여러분! 귀중하고 바쁘신 시간을 내어 한 분도 빠지지 않고 왕림하셔서 무한 감사합니다. 불과 4매의 초대장을 발하였음에도 불구하고 개회 정작 두 시간 전에 무려 수백 명의 숙녀 제씨가 본 요정 문 앞에 쇄도한 대성황은 역사상

---

371 숭: 앞서 단 주석대로 이것은 방언이지만 채만식 특유의 맛을 살리기 위해 그대로 두었다. 이하 마찬가지임.

372 씽S: 목차에만 있음. 본문에는 사회 김태판으로 되어 있음.

에도 일찍이 그 기록이 없을 것입니다. 대소 유아는 물론 안잠재기[373], 반빗아치[374], 행랑어멈[375], 침모針母[376], 유모를 거느리고 오신 분도 많았고, 또 어떤 분은 원근의 일가친척들을 인솔하고 오신 분도 계신 듯했습니다. 그중에서도 가장 처량한 분은 임신 중에 계신 분들입니다. 아마 악조증惡阻症[377]의 일 증상인 입덧으로 몹시 고통을 당하시는 게지요? 그러나 말씀이에요, 여러분이 보시는 바와 같이 이 회장은 이같이 협착합니다. 더구나 이 좌담회는 미지의 신혼 남녀가 한턱을 내는 식후 피로연과 달라서 도저히 그 많은 분들을 모시고 지극히 비참한 만찬이나마 같이 할 아량을 가질 형편이 못 됩니다. 그래서 부득이 본회의 유권자 되시는 세 분 이외에 그 많은 분 가운데서 한 분만 엑스트라로 뽑기로 하고 200명−1명=199명—나머지 불과 얼마 안 되시는 분은 보이스카우트의 힘을 빌려 선선히 귀로를 취하시도록 하였습니다.

　엑스트라로 당선의 영광을 가진 분! 저분을 소개합니다. (일동 박을 노리고 봄.) 찬란한 황장미의 안색과 구순口脣[378]의 예각을 보셔도 아시겠지만 레코드 번호 1로부터 1933까지의 가지가지 신세타령을 가슴에 품고 계신 잡지 기자 겸업 시인의 부인이십니다.

　박 : 비록 엑스트라지만 일시동인一視同仁[379]하시고 '오늘밤 사랑해주셔요今晩愛して預戴ね.'ㅂ니다.[380]

---

373 안잠재기: 안잠자기. 안잠. 여자가 남의 집에서 먹고 자며 그 집의 일을 도와주는 일. 또는 그런 여자.
374 반빗아치: 원문에는 '반비다치'로 되어 있음. 예전에, 반찬을 만드는 일을 맡아 하던 여자 하인. 늑반빗
　　·찬비饌婢.
375 행랑어멈: 행랑살이를 하는 나이 든 여자 하인.
376 침모: 남의 집에 매여 바느질을 맡아 하고 일정한 품삯을 받는 여자.
377 악조증: 오조증. 입덧. morning sickness.
378 구순口脣: 입과 입술을 아울러 이르는 말.
379 일시동인: 멀고 가까운 사람을 친함에 관계없이 똑같이 대하여준다는 뜻으로, 성인이 누구나 평등하게
　　똑같이 사랑함을 이르는 말. 한유의 「원인原人」에 나오는 말이다.
380 ㅂ니다: 원문 그대로임.

이 : 세상에 뭐, 뭐 해도 나 같은 시집살이…….

사 : 스톱! STOP! 잠깐만 참으십시오. 아무리 가슴속이 울화가 압착 공기처럼 꽉 차 있더라도 폐활량을 좀 더 크게 가지시고 제 말이 끝날 때까지 참고 계십시오.

그럼 이제부터 좌담회를 진행시키겠습니다. 미리 초대장에도 적어드렸거니와 여러분께서 시집살이 하시는 가운데 나쁜 일, 억울한 일, 가슴 아픈 일, 분통이 터질 일, 그다뿐이겠습니까. 기쁜 일, 좋은 일, 좋고도 또 좋아서 못 견딜 뻔한 일까지 솔직하게 이야기해주십시오. 억울하고 분통이 터지는 이야기를 하시는 도중에는 이 사회자의 머리를 끄잡으시거나[381] 꼬집어 뜯으시거나 경우에 따라 물어 뜯으셔도 무방합니다. 다행히 본인은 십여 년간 아내에게 단련 받은 몸이라 맷집이 좋아서 몹시 아프거나 출혈 정도에 이르게만 않아주신다면 도리어 광영으로 생각할 수도 있습니다. 그러나, 그러나, 어린애들은 울리지 않게 해주십시오. 어린애란 천사와 같은 매력을 가지고 있습니다. 그러나 울 때에는 방약무인! 악마의 규성叫聲[382]과 같은 잡음을 토하여 사람으로 하여금 단장斷腸의 염세증을 일으키게 하는 것입니다. 생각해보십시오. 한 아이가 울면 딴 아이들이 군계群鷄와 같이 일제히 아우성칠 것 아닙니까. 이 좌담회 대신에 유아읍성경기회幼兒泣聲競技會는 이 주최자 측에서 할 사업이 못 됩니다. 그러니까 미리 주의하시고 이 좌담회가 끝날 때까지 젖꼭지를 물려주시기를 간절히 바랍니다. 그럼 지금부터 시작하겠습니다. 사회자의 말이 너무 길어서 미안합니다. 요령은 뻔한 겝니다마는 잡아 늘인 탓이니 차마 늘인 양말대님[383]을 다시 오그리듯 들으시고. 그럼 지금

381 끄잡으시거나: 원문에는 '쓰드시거나'로 되어 있음.
382 규성: 부르짖는 소리.
383 대님: 본래는 한복에서, 남자들이 바지를 입은 뒤에 그 가랑이의 끝 쪽을 접어서 발목을 졸라매는 끈.

부터 시이작.

이 : 아까 나오려다가 쏙 기어들어간 말씀 되끌어냅니다마는, 세상에 뭐니 뭐니 해도 나 같은 시집살이가 어데 있겠어요. 명색이 연애결혼이 랍시고 하고 보니 시집이 왜 그 모냥입니까. 단둘이 서로 만나 부모 몰래 쫓아다닐 때는 애인이란 그이가 멀끔하게 차린 것이 외양도 똑똑하고 돈 푼도 있어 보이더니 정작 가서 보니까 아주 빈털터리예요. 신방 생활 일 주일에 안방을 방 주인에게 내어주고 시부모 두 분과 시아주범이 거처하 는 건넌방으로 우리 두 내외가 합가를 하게 됐으니 어찌 됐습니까. 합가 면 좋게요, 합방이지요. 지금은 다 지난 일이니까 그렇지 웃을 일이 아니 드라니까요. 그러니 단칸방에 다섯 식구가 배겨내자니 견디겠어요.

안 : 잘 때는 더 큰일이겠군요?

이 : 장관이지요. 아랫목은 떼어 놓은 당상으로 육순이 가차운 시부 모님의 차지, 그다음에 손아래 시아주범, 그다음에 남편, 그다음에 어 린애들, 그다음에 나, 그다음에는 벽이랍니다. 그러니 윗목 맨 끝 차지 는 갈 데 없이 며느리 된 죄인이 차지할밖에 없지 않어요. 그런데다 늙 은이들은 번갈아가며 기침을 하지요. 탑골공원 동상같이 무지한 체구를 가진 시아주범은 밤마다 권투하는 꿈만 꾸는지 네 활갯짓을 해가며 무 서운 몸부림이 대단하지요. 남편인들 가만있나요. 못된 버릇으로 이를 북북 갈지요. 애들은 안 우나요. 이 통에 무슨 재주로 잠을 자봅니까. 정 말이지 라디오 잡음 소리는 들어도 잠꼬대 소리 듣고는 정말 화나서 못 살겠어요.

김 : 아이구, 그 난리 통에서도 아드님을 어느 틈에 둘씩이나 맨들었 어?(일동 웃음.)

이 : 그러게, 별일이에요. 결혼한 지 꼭 3년 됐는데 3개년 계획이나 한 듯이 둘이나 낳아놓고 지금 임신 5개월이니 하늘이 무심치 않어요?

안 : 아이참, 큰일이시겠군요. 그럼 세간은 얻다 두십니까?

이 : 세간이래야 별것 있나요. 석유 궤짝으로 맨든 의농[384]이 두 개 있는데, 선반에다 올려 모셔두었지요. 그 알뜰한 의농을 시아주범이 밤낮 방구석에 들어앉어 헌 잡지에서 여배우 화상만 떼다 오려붙였기 때문에 그 안에 헌 속곳 하나 안 들었건만 여간 에로틱하게 안 뵈어요. 그리고 남편 전용의 책상은 놀 데가 없어서 마루 한 구석에 두고 원고 쓸 때면 개다리밥상을 임시로 들여다 놓고 쓴답니다.

김 : 그럼 잡수시는 건?

이 : 물으실 것이 뭣 있어요. 어쩌다가 원고료나 좀 생겨야지, 그렇지 않으면 밤낮 전당질이지요.

사 : 빈궁에 쪼들리는 비애를 가히 알겠습니다. 그 같은 처지에 계시면서도 꾸준히 가정을 지탱하시는 한편 3개년 계획을 착착 진행하시고 계신 것을 보면 두 분의 애정이 실로 경탄할 만한 위력을 발휘하고 있는 것을 알겠습니다. 두 분의 사이는 그렇다 하고 천식병 환자이신 시부모에 대한 불만은 없습니까?

이 : 별 불만이랄 것은 없습니다.

정 : 그럼 참 행복이시군요!

이 : 가끔가다가 머퉁적고[385] 열없는[386] 꾸지람 하시는 수가 있지만 그리 심한 편은 아니에요. 그리고 몹시 쇠약한 분들이라 앞으로 사신대야 얼마나 더 사시겠어요. 한 분에게 2백 원짜리씩 간이생명보험[387]에 들어

---

384 의농: 의롱, 옷농.

385 머퉁적다: 의미가 불명확하나 '머퉁이'가 '꾸지람'이라는 뜻이어서 이 말과 관련된 의미로 쓰이고 있는 듯함.

386 열없는: 원문에는 '여럽슨'으로 되어 있음. 좀 겸연쩍고 부끄럽다. 담이 작고 겁이 많다. 성질이 다부지지 못하고 묽다. 어설프고 짜임새가 없다.

387 간이생명보험: 『태평천하』를 보면 윤직원 영감이 생명보험제도에 대해 맹렬히 비난하는 대목이 나온다.

굶어도 보험료만은 꼭꼭 부어가니까 전도낙관이지요. 장례비 백 원을 예산 치더래도 3백 원은 남으니까 전세방 하나쯤은 예약제豫約濟가 되어 있는 셈이 아닙니까?

정 : 어쩌나! 당신같이 그런 시부모가 계시면 나는 삼순구식을 하더라도 정말 살이 찌겠어요. 나는 시어머니만 모시고 있는데 어쩌면 그렇게 말썽이 많습니까.

안 : 말 마서요.

정 : 그럼요. 자기 난 자식도 자식이겠지만 며느리도 일테면 같은 자식 아니겠어요. 그런데 잘하는 일 못하는 일 간에 덮어놓고 쩡쩡거립니다그려. 조석 때가 되어 반찬이 좀 없거나 해서 비위가 틀려보세요. 짜다거니 싱겁다거니 맵다거니 쓰다거니 어느 한 가지 꼭 탈을 잡고야 말지요. 장아찌 무치는 데 생선 졸이는 데 왜간장을 써보지요. 학교 다니던 애라 음식 솜씨도 고약하다거니 음식에 일본 분粉내가 난다거니 이루 말할 수 없지요. 숭늉 맛이 싱겁다 하고 간장에 소금을 쳐왔다고 야단하는 분이니 더 말할 수 있어요.

안 : 그런 이야기를 하자면 한정이 없지요. 여북하면 시어머니가 며느리 트집하는 데 발뒤꿈치가 달걀 같다는 말이 났겠어요. 적어도 조선 안에서 시어머니의 주책없는 학대로 희생당한 여자가 부지기술 겝니다. 우리들은 그래도 시어머니 구경을 하기 전에 글자나 배우고 꿋꿋하게 정신적 단련을 받았으니까 망정이지 촌구석에서 족두리 쓰고 시집을 갔어보세요. 우리들은 생명에 별 이상이 없었다 하더라도 타박상, 낙상烙傷, 자상刺傷, 어느 곳이고 우리들 몸뚱이 한 군데에 혈루血淚의 사적史蹟을 남기고야 말았을 것이에요. 그러나 다행히 우리는 강한 자로 태어났습……

사 : 네네, 안 선생이 대단 강하신 줄은 알고 있습니다. 내외분 체중

을 비교하더래도 3관은 안 선생이 우세 아닙니까. 그러면 시어머니께서 전횡을 부리실 때는,

　안 : 그때는 단연 데모!

　정 : 오옳지, 그것두 알아둘 일이야.

　사 : 그럼 무슨 방법으로?

　안 : 가정 안에 있는 모든 공장을 일시에 작업 중지하면 됩니다. 즉 밥 짓는 공장에서 밥 짓는 것을 중지하고, 빨래하는 공장에서 빨래하는 것을 중지하고, 옷 짓는 공장에서 옷 짓는 것을 중지하고……

　김 : 몹시도 수우다[388]하시우.

　안 : 이를테면요. 그럼 시어머니 손수 우선에 밥을 지으실 수야 있겠지만 의기가 질려 그러실 수 있나요. 그런데다가 며느리가 안방, 마루, 마당으로 이것저것 부딪고 다니면 훌륭한 데모가 되지 않겠어요.

　사 : 싸다니지 말고 방구석에서 이불만 쓰고 누우면 헝거 스트라이크도 될 수 있지 않어요?

　안 : 누가 그러나요. 슬쩍 나가서 백화점 식당에서 런치 한 그릇을 먹고 오거든요.

　정 : 그 방법으로도 시어머니가 항복 안 하는 때는 어쩌나요?

　안 : 그때는 쿠데타예요. 남편을 들쑤시면 용이하지요. 만약 그도 남편이 안 듣는 때 비장한 결의를 보일 것입니다. 즉 이혼!

　박 : 나에게도 발언권이 있을 테니까 한 마디 하지요. 안 선생의 말씀은 의좋은 내외분이 하실 말씀입니다. 내 처지 같애서는 비장한 결의를 보이기도 전에 남편 쪽에서 평소에 비장한 결의를 보이려고 드니 되겠어요?

---

388 수우다: 원문에는 '수―다'로 되어 있음. 수다數多.

안 : 그러시면 두 분이 어떻게 지내셔요, 온?

박 : 그러게, 썩어 자빠질 인연이지요. 내가 용모에 십 분의 자신도 없거니와 자식들을 봐서 그럭저럭 지내지요. 어떤 귀염 받는 며느리는 시어머니 앞에 고춧가루를 고초칼Cochocal! 소갈비를 캘비스Calbies! 해도 집안 중 유식하다고 시어머니가 동네방네 다니며 자랑을 해도 시집살이를 못하겠다고 친정으로 갔대나요. 우리도 한 번 그런 귀염을 받아봤으면!

정 : 글쎄 다 늙은이가 화장이 다 뭡니까. 분세수하는 것쯤은 오히려 괜찮지요. 내가 밖에서 일하는 새에 슬며시 안방으로 건너가서 구리무[389], 구치베니[390], 호오베니[391], 마유즈미[392] 할 것 없이 마구 훔쳐 바르시는군요. 제격대로 바르시기나 했으면야 좋지요. 마유즈미로 머리 흰 털에다 쓱쓱 문대기, 구치베니로 얼굴에다 문대서 어린애들이 도화지에 장난한 크레용 칠 같군요.

이 : 금년에 몇이신데 그래요?

정 : 작년에 진갑 지나셨지요.

박 : 노망이시군요.

김 : 시어머니 하는 일 쳐놓고 고운 일이 어데 있어요. 샘은 왜 그리 많습니까. 고오자질은 왜 그리 심합니까. 변소에 가서 좀 오래만 있다가 나오면 아들 보고 오늘 그 애가 밖에 나갔었단다, 무슨 일이냐 하고 속닥속닥. 짠지쪽 하나만 집어서 맛만 보아도, 애, 쌀을 며칠이나 먹겠나 좀 봐라, 동무들이 와서 뒤떠들고 놀다 가면 애, 그 애 동무들하고 웬 너의 숭을 그렇게 보는지! 꼭 이런 툽니다그려.

---

389 구리무: 크림cream.
390 구치베니: くちべに, 口紅. 입술연지. 루주. 립스틱.
391 호오베니: ほおべに, 頰紅. 볼연지.
392 마유즈미: まゆずみ, 眉墨. 눈썹을 그리는 먹.

정 : 샘도 굉장하지요. 옷감을 끊어오면 꼭 두 벌을 끊어서 시어머니, 나, 각기 이렇게 해야지, 그러지 않으면 금방 돌아가실 듯이 비관이시지요.

김 : 샘, 샘, 해도 제일 고약한 샘은 밤중에 두 내외 자는데 방문 여는 게요. 초저녁부터 장수연長壽煙[393] 한 봉을 다 없앨 듯이 긴 장죽을 뻑뻑 피우기를 밤중까지 하는군요. 긴 한숨, 짧은 한숨, 가끔가다 가래침을 마당 가운데 뱉어가면서 있다가, 밤이 으슥해지면 어느 틈에 문을 바시시 열고, 문을 활짝 열 때도 있지만, "애야, 아까 쓰든 다리밋불 단속 잘했니?" 화로에 묻은 지가 언제게요 하면 건넌방으로 도로 건너갑니다. 그러다가 5분도 못돼서 또 건너와 문을 열고 "애야, 밖에 널은 어린애 기저귀 걷어딜였니?" 저녁 먹기 전에 걷어들였어요. 그러면 또 건너갑니다. 그러다가 또 한참 있다가 건너와서 "애야 아비가 올 듯한데 장독 뚜껑은 덮었니?" 하고 묻지요. 시침을 딱 떼지요. 그리고 코를 골지요. 그러면 한참 두리번두리번하다가 건너가버립니다. 그렇게 샘 많은 이는 처음 보았어요.

안 : 그러다가 혹시 더러,

김 : 어림없지요. 시어머니보다 며느리가 더 영리하니까요. (일동 크게 웃음.)

박 : 그걸 보면 이 선생은 더 용해. (일동 크게 웃음.)

이 : 온, 별소리를 다 하시는군! 나는 그런 일을 못 당하는 처지니까 시어머니 숭볼 나위를 없지만, 시아버지가 가끔 기침 끝에 바지에 똥을 싸놓는 데는 딱 질색이야. 시집올 때 위생소 인부의 직책을 맡아오지는 않았건만 똥 처리하는 데는 원고 쓰는 남편보다 빨래질하는 내가 적역인 것같이 돼서 속절없이 그 똥을 내가 주무르게 된단 말이에요. (일동 크

| 393 장수연: 일제시대에 조선총독부 전매국에서 제조한 정가 28전의 담배.

게 웃음.)

사 : 너무 연거푸 웃으니까 저 역[394] 뱃속에 이상이 생기는 것 같습니다. 화제를 슬쩍 돌려보실까요. 그런데 잠깐! 시장하실 듯하니까 변변치는 못하나마 저녁을 잡숴가면서 이야기하십시오. 여러분께는 못 잡수실 테니까 술은 뺍니다. 그러나 완강히 요구하시는 분에게는 차한此限[395]에 부재不在하고 주로 스키야키[396]를 많이 잡숫고 그 외 기호에 따라 몇 가지 다른 것을 임의로 잡수셔도 주최자 측에서 조금도 억울할 일 없습니다.

(미남 보이가 스키야키 냄비, 화로, 양요리 접시 등등을 들고 한참 왔다 갔다. 펑! 물경勿驚[397] 기념 촬영.)

사 : 이 선생, 3개년 계획을 진행 중이시면 산미증식産米增殖[398]도 듭니까?

이 : 네. 산미증식酸味增殖은 벌써 끝나게 됐습니다. 미캉[399]을 벌써 네 개째 먹고 있으니까요.

박 : 고기가 퍽 연하군요. 내일 아침 우거지찌개에 좀 넣어 먹었으면 좋겠네!

사 : 따로 좀 싸드리지요. 바깥양반 계신 잡지사에서도 더러 좌담회를 하는 모양인데 싸 가져가는 일은 없어요?

박 : 싸 가져오는 게 뭡니까. 날 먹으라고 싸올 듯싶습니까? 모르지요. 가지고 온다고 여편네 미운 생각을 하구 중간에서 날로 다 먹어버리는지.

---

394 역: 역시.
395 차한: 이 한계. 또는 이 한정.
396 스키야키: すきやき, 鋤燒. 쇠고기나 닭고기 등을 두부·파 등과 함께, 국물을 조금 부어 끓이면서 먹는, 전골 비슷한 냄비 요리.
397 물경: '놀라지 마라' 또는 '놀랍게도'의 뜻으로 엄청난 것을 말할 때에 미리 내세우는 말.
398 산미증식: 일제가 조선을 일본의 식량공급지로 만들기 위해 1920~1934년 실시한 농업정책.
399 미캉: みかん, 蜜柑. 귤나무. 귤. 감귤류의 총칭.

이 : 남자들은 참 횡폭하고 잔인한 짓을 잘하니까요. 집안은 그 꼴을 해두고 여편네는 거지꼴을 해 들어두고 밖에 나오면 이런 데서 별 좋은 것을 다 먹겠지요. 밖에 나와 10원, 20원 쓰는 것은 우리네 10전, 20전 쓰는 듯하면서 집에서 찌개거리 사게 돈 10전만 내놓으라면 차압당하고 세금 물러 가는 사람처럼 오만상을 찌푸리고 목줄띠에 핏대를 내세우니 그런 못된 버릇이 어데 있어요. 여편네 혼자 먹을랴고 하는 것도 아니고 온 집안 식구가 다 먹자는 것 아니겠어요. 그렇드래도 시부모는 늙은이 들이라 그 상에 국물만 떠놓고 시아범에게 고기를 왜 주겠어요. 우거지 건데기[400] 차지 어린애들이래야 못 먹고 미우니 고우니 해도 남편이라고 그 상에 고기 한 매[401] 턱은 다 놓아줍니다. 그러면 결국은 자기 입으로 다 들어가고 마는 것이 아니겠어요. 그런데 그것을 남 좋은 일 하는 것처럼 여기니 고약한 짓 아니에요.

정 : 이런 데 와서 떳떳이 배나 불리고 온다면야 좋게요. 카페니 지랄 이니 하는 데 가서 계집 데리고 생돈 쓰는 건 어떻게 하구요.

이 : 10원, 20원이고 그런 돈 나를 주고서 술 사달라면 학교 가사과에 서 배운 양요리 솜씨로 집안에서 무엇이고 훌륭히 해놓겠어요. 나는 결 혼해서 오늘날까지 찬가로 10전 이상 만져본 적이 없어서 해놓는 이외의 숨은 여기餘技로 자신 있는 할팽割烹[402] 수완手腕[403]을 한 번도 발휘해본 적 이 없어요.

박 : 돈푼 있을 적 이야기지요. 돈만 다 없애보십시오. 몽둥이 맞은 개처럼.

사 : 주우잇〔注意〕!

---

400 건데기: 건더기.
401 매: 맷고기나 살담배를 작게 갈라 동여매어 놓고 팔 때, 그 덩어리나 매어 놓은 묶음을 세는 단위.
402 할팽: (고기를 썰어서 삶는다는 뜻으로)음식을 요리함, 또는 그 음식.
403 수완: 일을 꾸리거나 치러나가는 재간.

박 : 왜 당신도 같은 남성이니까 그래요?

사 : 같은 잡지사 기자니까 말이지요.

박 : ……어슬렁어슬렁 풀기 없이 들어와서는 금광에 실패한 상투쟁이처럼 다 해진 양말 뒤꿈치만 어루만지며 한숨을 내쉰답니다. 환멸의 비애란 누구든지 다 있지요. 돈 아까운 줄을 자긴들 모르겠어요. 그러나 다 지난 일을 어찌합니까.

김 : 사실 그래요. 가면인지는 몰라도 수중의 돈이 다 떨어져야만 여편네가 가엾다는 듯이 고분고분해지지요.

정 : 그게 다 트릭이지 뭐예요.

이 : 그럼요. 그렇게 어물쩍 어물쩍 하면 급한 때 담뱃값도 나오고 하니까 반찬거리 값에서 한 푼 두 푼 떼어 저금이나 해둔 줄 아는가 봐요. 그 마음보부터 고약하지 않아요.

김 : 그러다가 몹시 다급한 때는 이웃집에 가서 쌀을 꿔 오너라, 돈을 꿔 오너라 하고 젊은 아내를 화장품 장수처럼 내세우지 않아요. 그래도 그때는 조금 의기意氣가 남아 있는 때지요. 당장 급한 일이 생기면 딴 계집 앞에서 체하고 버티는 단벌 양복을 벗어주며 잡혀 오래지요.

이 : 사실 우리 집에서 제일 값나가는 것은 남편이 입고 다니는 단벌 양복이에요. 전당포에 갖다 주면 1년이 넘도록 입었는데도 두 말 없이 5, 6원은 주니까 그렇지요. 그것을 걸치고 나가면 밖에서는 그의 집구석이 그렇게 참혹한 줄은 모르겠지요. 약혼반지, 결혼반지 두 개를 지니고 있을 때는 나도 2, 30원어치 값이 나가는구나 했더니 되빼서[404] 다 잡혀먹은 후로는 아궁이 속을 드는 부지깽이만큼도 가치가 없어져버린 셈이지요.

안 : 우리 남편은 술은 그다지 안 먹는 모양인데 밤출입이 몹시 잦어

| 404 되빼서: 다시 빼서.

요. 그걸 보면 분명히 계집질을 하는가 봐요. 이 핑계, 저 핑계 대고 밤새고 오는 수가 많은데 밤샐 만한 일이 별로 없을 테구, 친구 집엘 가서 자기에 만만찮을 테니 꼭 계집의 집에밖에 더 있겠어요. 그래도 능청스러워서 그런 내색은 조금도 안 뵈고 나한테 하느라고 하니까요.

김 : 두꺼비 파리 잡아먹는 것을 못 보신 모양이군요. 말씀 마셔요. 개가 똥 먹는 버릇 여간 해놓겠습니까. 아내에게 코끝에 달란 밥풀처럼 얼찐얼찐하는 사람일수록 더 위험한 줄 아는데요.

박 : 남자들은 능구렝이니까요.

이 : 자기네들은 그렇게 방종하게 놀면서 아내가, 아이, 심심한데 오입 좀 해야지 한다면 펄쩍 뛸 것이에요.

사 : 네네, 하이점프에는 명선수가 되겠지요.

이 : 당신도 같은 남성이라고 귀 거슬리는 소리를 하니까 시퉁궂은[405] 소리만 이죽이죽 하고 있습니다그려.

사 : 그렇게 격앙하신 나머지 분통이 터지게 되는 비상시에는 소생을 소방종消防鐘으로 알고 치셔도 무방은 합니다마는, 대단 죄송하온 말씀이나 한 가지 여쭈어보겠는데 희세稀世[406]의 현부인賢夫人을 가지신 선생의 남편 되신 분은 소설가로서 한 달 수입이 평균 얼마나 되십니까?

이 : 어, 솔직하게 말씀하면 평균 20원은 될 것 같습니다. 장편소설 쓸 때 하루 2원 수입 되는 것은 예외로 하고.

사 : 네, 그렇겠습니다. 양말 뒤꿈치가 상해 있는 날이 한 달에 며칠 되는가를 계산하시고, 비록 좋은 양복은 입으셨다 치더래도, 속 사루마다[407] 궁둥이며 속 윗저고리 팔꿈치에 보선 깁다 남긴 왜목倭木[408]쪽으로

---

405 시퉁궂다: '시퉁스럽다'라는 뜻으로 쓰인 듯함. 보기에 하는 짓이 주제넘고 건방진 데가 있다.
406 희세: (주로 '희세의' 꼴로 쓰여)세상에 드묾. 늑희대稀代.
407 사루마다: さるまだ, 猿股. (남자용)팬티.
408 왜목: 광목.

꿰맨 자리가 몇 군데나 되나를 계산하시고, 또 20원에서 한 달 생활비를 제하면 제로가 남는지 마이너스 얼마가 남는지를 상세히 계산하시고, 또 입에서 악취, 겨드랑에서 완취腕臭, 발에서,

이 : 알겠어요, 알겠어요. 그런 추저분한 것은 말씀할 필요가 없어요. 물론 말씀하신 암시는 알겠어요. 그 주제에 돈도 없이 무슨 오입을 하겠느냐 말씀이지요? 돈 있어도 제 하고 싶은 짓을 못하는 사나이가 있겠지만, 돈 없이 제 하고 싶은 짓을 능히 하고 돌아다니는 사나이들이 얼마나 많습니까. 속잠뱅이[409]가 다 뚫어진 줄도 알고 양말 뒤꿈치가 해져서 거상巨象의 피부처럼 된 발뒤꿈치가 요연瞭然[410]하게 내다보이는 것도 압니다마는, 열 계집 중의 한 계집이 그의 태서泰西[411] 연애소설의 장강담長講談[412]과 서정시 낭독에 눈이 안 멀리라고 누가 보장하겠습니까. 제일에 나부터 피해를 당했으니까 말씀입니다.

정 : 사실은 노는 계집과 상관하는 것보다 더 위험한 짓이지요.

사 : 누구에게 말입니까?

정 : 누구에게라 하실 게 아니라 아내로서 경계할 짓 아닙니까.

안 : 정말 오입만 그만두었으면 좋겠어요. 술은 암만 먹어도.

박 : 술도 먹어서 안 되지요. 술도 어느 정도 문제지. 정도 넘으면 미친 사람 이상이니까요. 유일한 동산動産인 양복을 찢지요. 몸에 상채기를 내지요. 그 아까운 자양분을 다 토해버리지요, 그 이튿날 일 못하지요. 위신 떨어지지요. 무엇 하나 유조有助한 일이 있습니까.

김 : 친구들이 끌고 다니지 말고 집안 사정을 잘 아는 터이니 궁한 때

---

409 잠뱅이: 잠방이. 가랑이가 무릎까지 내려오도록 짧게 만든 홑바지.
410 요연: 똑똑하고 분명함.
411 태서: '서양'을 예스럽게 이르는 말.
412 장강담: 길게 늘어놓은 이야기나 담화.

쌀말을 좀 대어준다든지 돈을 좀 꿔주었으면 좀 좋겠어요.

　이 : 될 말입니까. 친구는 많아도 그런 친구는 한 사람도 없는 모양입니다.

　사 : 인제 남편 숭은 그만치 해두십시오. 여러분 남편을 대표하여 본인의 특청입니다. 그렇게 남편 숭이 나오면 기를 쓰고들 욕만 하셨지 남편이 아내에게 대하여 진심갈력盡心竭力[413]하야 끼친바 미거美擧[414]에 대해서는 한 마디도 없으니 웬일입니까. 나쁜 것을 좋다고 우기라는 것은 아닙니다. 현명하신 여러분 앞에 억설臆說[415]이 진리로 성립될 리 만무하니까요. 그러나 잘못은 잘못, 잘한 것은 잘한 것으로 남아 있어야 하지 않겠어요.

　이 : 아홉 가지 잘한 일이 있더래도 한 가지 잘못이 있으면 잘한 일이 잘못하는 일에 눌려버리고 마는 겝니다. 황차 열 가지 중에 아홉 가지 반이 잘못인데야 더 할 말이 있습니까.

　사 : 그 아홉 가지 반이 술 먹고 계집질하는 전부군요? 그러나 가정에 있어서 여러분에게 가장 아름다운 존재는 그 몹쓸 놈의 사나이 행세가 개차반 같은 남편입니다. 여자가 비록 약하다 하나 남자보다 강한 데가 두 군데 있습니다. 즉 유방과 엉덩판입니다. 여러분도 확실히 여성일진댄 이 두 가지를 가지고 계실 겝니다. 에체체! 지금 새삼스럽게 그런 데를 만져보십니까? 그런데 말씀예요. 어린애가 발악을 할 때에는 유방으로 항복을 받으시고 남편의 못된 버릇이 머리를 들 때는 위대하신 순력脣力[416]으로 압착을 해버리십시오.

---

413 진심갈력: 마음과 힘을 있는 대로 다함. 늑진심력 · 진심탈력.
414 미거: 훌륭하게 잘한 일. 또는 장하고 갸륵한 행동.
415 억설: 근거도 없이 억지로 고집을 세워서 우겨냄. 또는 그런 말.
416 순력: 입술 힘. 즉 여기서는 '입맞춤'을 말함.

김 : 그만두시지요. 누가 설교 들으러 왔습니까.

사 : 음!

안 : 어쨌든 시집살이하는 이에게 가장 말썽인 것은 시어머니, 시누이지요.

사 : 시누이? 그렇겠습니다.

안 : 한 살만 위래도 어른 행세 하느라고 거드름이 대단하고 아주 완만하지요. 손아래 것은 저에게 조금만 못마땅하게 하면 갖은 험담, 갖은 고자질을 다하니까 밉지요.

정 : 아직 시집 안 간 것은 정말 눈꼴이 틀려 못 보겠습니다. 옷 모양 내고 극장 갑네, 동무 집에 갑네 하고 해롱거리는 것을 보면 정말 딱합니다. 그래서 제 전정을 생각하고 몇 마디 타이르고 싶어도 불쑥 나오는 소리가 "참 아니꼬워!" 하고 새파랗게 질릴 테니 말해보겠어요? 참다못해 남편에게 슬쩍 일러주면 남편은 좀 꾀 있게 나무래지 않고 금방 뛰어나가서 머퉁적은 소리로 몇 마디 지껄이다 마니 내가 고자질한 것밖에 더 되겠어요. 그러면 그날 그 시각부터 약 한 달 이상 뽀루퉁해가지고 지내다가 내게 아쉰 일이 있어 손톱만한 은혜라도 입게 돼야 겨우 앙심이 풀어지지요.

이 : 그저 결혼해서는 며느리 노릇도 하지 말고 올케 노릇도 하지 말고 그저 아내 노릇만 했으면 제일 좋겠더라, 온!

사 : 장시간 동안 좋은 말씀, 기실은 나쁜 말씀을 많이 해주셔서 감사합니다. 좀 더 모시고 진진珍珍[417]한 이야기를 많이 들었으면 좋겠으나, 남편을 경계하실 시각도 되었고 혹은 한 자리에서 독가경론讀家經論[418]을 사근사근히 하실 시각도 되고 해서 좌담회는 이로 끝을 막겠습니다. 말씀

---

417 진진: 매우 진귀함.
418 독가경론: 자기 집안을 욕하며 지난 일을 이야기함.

하기에 바빠서 잡술 것을 다 못 잡순 분은 물실차기勿失此期[419]하십시오.
어, 뿌이! (폐회.)

《신여성》, 1933년 6월

| 419 물실차기: 이 기회를 놓치지 아니함.

각계 남녀 봉변逢變 지상좌담회[420]

_ 씽S 사회

출석자 : 변영로

　　　　설의식薛義植[421]

　　　　허영숙許英肅[422]

　　　　강姜 아근녀女

　　　　염상섭廉想涉

　　　　윤익선尹益善[423]

　　　　이태운李泰運

---

420 '지상좌담회' 라 이름 붙여 실제로 좌담이 이루어진 것처럼 꾸미고 있으나, 이 역시 실제 벌어진 사건들을 가지고 채만식이 우스꽝스럽게 꾸며낸 가상좌담회임을 알 수 있다. 여기에 나와 있는 에피소드 중 몇몇이 뒤에 나오는 「난센스 본위 무제목 좌담회─본사 사원끼리의」이라는 잡문에 다시 소개되고 있다.
421 설의식(1900~1954년): 한국의 평론가 겸 언론인. 선명한 논조와 재치 넘치는 논설과 시평 등으로 유명했다. 1922년 《동아일보》 사회부기자를 거쳐 주일 특파원 · 편집국장을 지냈다. 1947년 순간旬刊 《새한민보》를 창간하여 그 사장에 취임하였다.
422 허영숙: 춘원 이광수의 두 번째 부인. 산부인과 의사.
423 윤익선(1871~1946년): 한국의 독립운동가이자 교육가. 천도교도로 보성전문학교 교장을 지냈고 지하신문 《조선독립신문》 제1호를 발행하였다. 중국 망명 후, 북간도 용정촌龍井村 동흥학교東興學校 교장을 지내며 많은 혁명지사들을 배출하였다.

　　　　　윤성상尹聖相
　　　　　서춘徐春[424]
　　　　　차상찬車相瓚[425]
　사회 :　　씽S

씽S : 에에, 여러분, 바쁘실 텐데 이렇게 많이 출석해주셔서 대단히 고맙습니다. 담배는 다 각기 가지고 오신 것이 있거든 내놓고 피우십시오. 실상은 명월관 같은 데로 모시려고 했으나 이 좌담회가 봉변 망신한 좌담회요 또 오신 여러분이 대개 술을 즐겨 하시는데, 그렇게 대접을 하였다가 또 술을 많이 취해서 봉변이나 망신을 하신다면 미안한 일이겠고 해서 이렇게 원고지 위에다 초대를 한 것입니다.

인제는 잔말은 그만두고 제목대로 다 각기 망신이나 봉변하든 이야기를 하나 이상씩 해주십시오. 혹 그중에 잘하시는 분이 계시면 있다가 돌아갈 때 살짝 따가지고 선술이나 하나 잔 대접할지 모르겠습니다.

변 : 에구, 술이라면 나는 싫여.

서 : 그러면, 내가 하지……. 세상에 술 못 먹는 것도 사내자식이람!

염 · 차 · 이 : (일시에) 옳소.

윤(성) · 허 · 강 : 그런 법은 없어요, 없어요.

설 : 나는 술 먹는 사람을 보면 사람 같지가 아니해…….

씽S : 아아니, 왜들 이러시오? 술 이야기를 자꾸만 하면 막걸리 잔이

---

424 서춘(1894~1944년): 일제강점기 때 활동한 언론인. 2·8독립선언 조선유학생 대표 11인 중의 한 사람으로 독립선언서에 서명하였으나, 친일파로 변절하였다. 동아일보사 경제부장, 조선일보사 편집국장 등을 역임했다. 초기에는 일본의 경제정책을 비판하였으나 이후 친일잡지 《태양》 등을 발간하는 등 변화를 보였다.
425 차상찬(1887~1946년): 문필가. 호 청오靑吾. 춘천春川 출생. 보성전문普成專門 졸업 후 모교 교수를 지내고, 개벽사開闢社의 주간으로 《개벽》 《별건곤》 《신여성》 《농민》 《학생》 등의 잡지를 발간했다. 저서로 『조선 4천년비사朝鮮四千年秘史』 『해동염사海東艶史』 등이 있다.

라도 내올 줄 알고 그러지만 천만에! 이게 어느 판이라고……. 자아, 서춘 씨부터 어서 이야기를 하시오.

　서 : 네, 하지요. 그러나 이따가 선물로 주는 상을 내가 받아야 하오……. 그런데, 자아, 들으시오. 그게 어느 때던지 아마 한 삼 년 되었으리다. 술을 담뿍 먹었지요. 취했지요. 지금은 없어졌지만 인사동 있는 아세아 카페에서 그랬습니다. 그래, 거기 있는 계집애더러 택시를 불러 달래서 타고 집으로 가지 아니했겠소.

　허 : 원, 싱거워!

　서 : 잔말 말고 그 담을 들어봐요. 그래 집으로 가서 찻삯을 줄랴고 하니 돈이 없겠지……. 할 수 없이 명함을 주었더니 아니 받는단 말이야.

　설 : 서춘이 명함이 그리 장해서?

　서 : 그래도 들어봐요……. 이 운전수 군이 기어이 명함을 받지 아니하고는 나를 도루 실어가지고 파출소로 갔단 말이지. 파출소에 가서 옥신각신 시비를 하나 소용이 있나……. 나는 그런 중에 파출소 안에다 소변을 보았지요……. 그런 망신이라니!

　일동 : (크게 웃는다. '아이, 망칙해라' 소리도 들린다.)

　서 : 그런데 말이지……. 순사가 왜 자동차를 타고 찻삯을 아니 주느냐길래 돈이 없다고 지갑을 털어 보이는데 도장이 떨어지니까 순사가 그것을 집어보더니 갑자기 태도가 변해가지고 운전수더러 하는 말이 이 양반은 동아일보사 편집국장이신데 그까짓 돈 일 원 잘러먹을 어른이 아니시니까 어서 댁으로 모셔다 드리라고 호령 호령을 하겠지.

　일동 : (크게 웃는다.)

　변 : 나도 술 먹고 망신한 이야기나 하지. 지금은 술은 양주회사 연돌煙突[426]만 보아도 달어나지만 연전이야 술 많이 먹고 주사 있기로 유명한 이 변영로 아닙니까? 한데 어느 날 어느 친구를 찾어가서 권커니 작커니

밤이 깊도록 코가 비틀어지도록 먹은 것까지는 괜찮았는데, 글쎄, 술이 어떻게 취했던지 친구 부인이 자고 있는 모기장 속에를 기어들어갔구려!

서 : 에끼, 천하에!

변 : 아니야, 아니야……. 잠을 자다가 모기가 물고 하니까 정신없이 기어들어갔던 모양이야……. 나는 그 뒤로 술을 끊었어.

서 : 졸장부다. 그것쯤 가지고 호걸을 내쫓은 셈이니!

쌍S : 설의식 씨, 이야기 좀 하시지요.

설 : 내야 뭐 재미있는 이야기가 있나요. 술을 아니 먹으니까……. 있다면 영도사永導寺[427]에 나갔다가 봉변한 이야기나 할까요……. 그게 그러니까 이 왕께서 돌아가시고 성복成服[428]이 지난 그 이튿날입니다. 여러 날 호외 준비로 줄곧 밤을 새우고 해서,

서 : 사회부장 시절이로구면?

설 : 네……. 그런데 지금은 없지만 한인봉, 채만식, 박만서 외에 몇 사람과 영도사로 절밥을 먹으러 갔지요. 기생도, 응, 둘 데리고 그래 가서 술을 먹고 소리를 하고—소리는 같이 간 친구들이 취해가지고 불렀는데 아무리 말려야 들어 먹어야지요—그래 한참 노는 판인데, 웬 사람 하나가 장히 뇌꼴스런[429] 눈살을 해가지고 그 집에 와서 냉수 한 그릇을 얻어먹고 갑디다. 그저 그런가부다고 했는데, 어두컴컴해서 돌아오느라고 영도사 암송림을 지나노라니까 앞에서 기생을 끼고 가든 한인봉이가 쌈패에 걸렸지요. 보니까 저편은 한 이십 명 되는데, 우리는 오륙 명이니 돼 말이오. 내가 쌈을 말리려고 나서니까 어느 놈이 다짜고짜로 뺨을 한 대 보기 좋게 붙인단 말이지, 허허……. 분해서 꼭 죽겠어요. 뒷일을 아

426 연돌: 굴뚝.
427 영도사: 서울 성북구 안암동에 있는 개운사開運寺의 옛 이름.
428 성복: 초상이 나서 처음으로 상복을 입음. 보통 초상난 지 나흘 되는 날부터 입는다.
429 뇌꼴스럽다: 보기에 아니꼽고 얄미우며 못마땅한 데가 있다.

니 생각하면 어느 놈 하나를 반 주검을 시켜놓겠지만 체면에 그럴 수도 없고, 그래 혼자 분해서 울었지요.

서 : 도대체 울기를 좋아하는구먼!

이 : 그런 경우에는 저 차상찬 씨 뿐을 따요.

서 : 어떻게?

이 : 한 번 관철동 길에서 술이 취해가지고—차상찬 씨가—지나가는 사람을 일부러 툭 쳤더라나요. 그러니까 그 사람이 골이 나가지고 떡 버티고 서서 그야말로 테러를 할 눈치가 보이니까, 차 씨는 얼른 모자를 벗어 들고 하는 말이 이 사람은 약질이올시다, 메다꽂지는 마십시오……, 하더라고. 그러니까 그 사람은 하도 어이가 없어서 픽 웃고 가버리더래요.

윤(성) : 과연 차천자車天子[430] 식이로군……. 그렇게 살살 아른거리니까 어데 가 매도 아니 맞을 거야. 아이그, 참!

차 : 임시응변이 다 무엇입니까. 사람이 별안간 뜻밖에 봉변을 하랴면 별 수 없지요. 나는 그것보다도 《별건곤》에 기사 쓴 것 때문에 모 전문학교 학생들한테 참 톡톡히 욕을 보았지요.

이 : 먹살 잡히고 매 맞은 일 말이지요?

차 : 매야 아니 맞았지만 그 여러 사람들이 그저 말 세 마디 하고는 불문곡직하고 함부로 욕을 하면서 윽박까지 할 듯이 덤비는데 그런 망신이라니!

---

430 차천자: 차경석車京石(1880~1936년)을 말하는 듯함. 호는 월곡月谷이다. 차천자라고도 한다. 전라북도 고창高敞에서 태어났다. 1907년 증산교甑山敎에 입교하여 교주 강일순姜一淳의 수제자가 되었다. 1909년 강일순이 죽어 증산교의 교세가 약화되자, 1911년 강일순의 부인 고판례高判禮가 흩어진 교인들을 다시 모아 일명 태을교太乙敎를 창시하였다. 그는 고판례를 도와 교세를 넓히다가 태을교의 실권을 장악하였다. 1921년 교명을 보화교普化敎로 선포하고, 이듬해 다시 보천교普天敎로 개칭하였다. 이어 본부는 전라북도 정읍의 대흥리에 두었고, 서울에 포교당인 보천교 진정원眞正院을 세웠으며, 각 지방에 지부를 두었다. 교세가 커지자 일제는 회유책을 폈으며, 1926년에는 당시의 총독 사이토 마코토齋藤實가 직접 정읍 본부로 찾아와 면담을 할 정도였다. 1928년 이후 교단 유지를 위해 친일행각을 벌임으로써 많은 간부가 보천교를 탈퇴하고 교세도 기울었다.

서 : 그때 그저 매나 듬씬[431] 좀 맞었으면 시원했을 텐데.

차 : 그렇지 않아도 옆에서 달려들어서 말리지 아니했으면 매도 맞었을는지 모르지요. 법원권근法遠拳近[432]에 누구는 어찌하겠소.

허 : 동대문 경찰서 사건이나 이야기하시오.

윤(성) : 세상이 다 아는 것이지만……. 글쎄, 말쑥하게[433] 차린 젊은 녀석이 백주에 길에서 나허구 혼인하자고 덤빈단 말이에요. 망신이니 봉변이니 해도 그런 망신 그런 봉변이 어데 있어요……. 그래 할 수 없이 데리고 동대문 경찰서로 들어갔지요. 나중에 들으니까 일본 가서 대학까지 졸업한 녀석이래요.

허 : 신문에도 났지요.

윤(성) : 글쎄, 신문에 나되, 그때 내가 있는 《조건일보》에 나되, 어느 패한敗漢[434]이 어느 귀부인을 노상에서 힐난했다고 났어요.

차 : 성상이시니 귀부인이기도 쉽지요.

윤(성) : 말씀마다 남을 왜 꾀집으시오?

차 : 꾀집기는 왜 꾀집어요. 손도 아니 댔습니다.

허 : 나는 글쎄, 그걸 원 봉변이랄까 뭐랄까 모르지만 참 혼이 났어요……. 요즘 이사한 당주동 집에서 개업을 하고 있을 때니까 벌써 오래 되었지요. 그런데 그때만 해도 조선에 여의라는 게 어데 있습니까?

서 : 말록총 중 일점홍이지요.

허 : 아이, 나는 서 선생이 자꾸만 그러시면 말 아니할 테야.

서 : 아니 아니, 가만있지요.

---

431 듬씬: 정도에 넘치게 많거나 심한 모양.
432 법원권근: 법은 멀고 주먹은 가깝다는 뜻으로, 일이 급박할 때는 이치보다 완력에 호소하기 쉬움을 비유적으로 이르는 말.
433 말쑥하게: '말쑥하게'의 작은 말.
434 패한: 패덕한悖德漢. 올바른 도리나 도덕, 의리 따위에서 어긋나는 행동을 하는 사람.

허 : 그런데 하루는 어떤 사람이 와서, 아주 밤중이에요. 급한 환자가 있으니 와달라겠지요. 그래 그런 생각 저런 생각이 없이 왕진 준비를 해가지고 그 사람이 인도하는 대로 인력거를 타고 따라가니까 아주 큰 부잣집이에요. 그래 안내하는 대로 사랑방으로 들어가니까 환자는 없고 젊은 주인인 듯싶은 사내가 응접을 하겠지요. 아마 환자가 여자이니까 안에 있고 그리고 안내하려니 하고 잠깐 앉았는데 그 주인이 무어라고 수작을 붙여요. 그래 누가 편찮으시냐고 물으니까 자기가 아프다고 하겠지요, 멀쩡한 녀석이! ……그러고는 달려들어 손목을 잡으랴고 한단 말이에요! 아이구, 그때 어떻게 해서 빠져나왔는지 아마 십년감수는 한 것 같애요.

서 : 그러니까 앞으로 아흔 살까지밖에 못 사시겠단 말이지?

허 : 누가 백 살 산대나요?

서 : 그런데 처음 나오셨을 때 시인 ×××가 종로에서 뒤로 쫓아오면서…….

허 : 네, ×××요. 그 말은 창피하니 그만둡시다.

염 : 나는 술이 취해가지고 국제적 망신을 했지요.

변 : 망신하고는 괴상허이.

염 : 술이 담뿍 취해가지고 영국 영사관에로 갔구려……. 가서 잠긴 문을 두드리면서 소리 소리 치니까 심부름하는 사람이 나왔어요. 그래 냉수를 한 그릇 달라고 그랬지요. 그러니까 그 친구가 하도 어이가 없는 듯이 여기가 어덴 줄 알고 그러느냐고 그래요. 그래 나는 여기가 영국 영사관이 아니냐고 했지요.

일동 : (크게 웃는다.)

윤(익) : 나는 벌써 오랜 일이오마는 마누라를 데리고 청량리로 산보를 하러 나갔다가 큰 봉변을 했지요. 지금은 동부인을 하고 다니는 것이 그리 신기하지 아니하지만 그때만 해도 남녀가 같이 다니면 그게 꼭 그야말로 야합野合435한 남녀로 알고 으레 조롱을 할 것으로 알던 시절이니까요……. 그런 영문도 모르고 최솔 숲 사이로 거니니까 웬 범광장다리436 같은 놈들이 수십 명 달려와서 사뭇 더러운 욕질을 하고 이편에서 말을 한 마디만 잘못해도 매질을 할 기세란 말이지요. 단단히 욕을 보았지요.

이 : 나는 똥싼 이야기나 하지요.

차 : 퓌이, 구린내야.

이 : 아아니, 지금은 다 씻었어요, 염려마세요.

서 : 초면에 실례올시다마는, 그래 사람이 오죽하면 똥을 싸고 다닌 단 말이요?

이 : 그나마 가뜩 빠에 가서.

서 : 원! 저어런!

이 : 비너스를 갔는데 오줌이 마려워요. 그래 변소에 가서 오줌을 누니까 이놈 적은 놈을 따라서 큰놈(대변)이 슬며시 나오니 어떻게 합니까.

일동 : (크게 웃는다.)

이 : 그래 그걸 어떻게 해요! 다시 나와서 보니 손님들이 있지요. 또요, 김명순金明淳437이가 연해 옆으로 와서 앉으라고 자리를 권하지요. 그가 옆으로 오는 것을 감수를 하겠어요. 냄새가 푹 그 코로 들어가면 어떻게 합니까? 그 좌석이 또 공교로이 나 먼저 물러나올 수도 없이 되었지요. 어떻게 어물어물해서 발각을 아니 당했지만 참 혼이 났습니다.

---

435 야합: 부부가 아닌 남녀가 서로 정을 통함.
436 범광장다리: 한설야의 「이녕」에도 나오는 말인데 의미가 불명확하여 조사가 필요한 말임.
437 김명순(1896년 1월 20일~1951년 6월 22일): 호 탄실彈實. 평안남도 평양 출생. 1911년 진명進明여학교 졸업. 1917년 《청춘》지의 현상문예에 단편 「의문疑問의 소녀」가 당선되어 문단에 데뷔하였다. 그 후에 단편 「칠면조七面鳥」(1921년), 「돌아볼 때」(1924년), 「탄실이와 주영이」(1924년), 「꿈 묻는 날 밤」(1925년) 등을 발표하고, 한편 시 「동경憧憬」「옛날의 노래어」「창궁蒼穹」「거룩한 노래」 등을 발표했다. 1925년에 시집 『생명의 과실果實』을 출간하는 등 활발한 활동을 보였으나, 그 후 도쿄로 가서 작품도 쓰지 못하고 가난에 시달리다 복잡한 연애사건으로 정신병에 걸려 죽었다. 김동인金東仁의 소설 「김연실전」(1939년)의 모델로 알려진 개화기의 신여성이다.

차 : 그 이야기가 났으니 말이지. 지금은 죽고 없지만 이두성李斗星이
라고 하는 우리 《개벽》 발행인으로 있던 친구는 여름에 설사를 하던 끝
에 한강에 나가 뱃놀이를 하고 돌아오다가 전차 속에서 똥을 쌌지요. 그
런데 이 친구가 경성 역 앞에서 내려가지고는 정거장 일이등 변소에 들
어가서 똥 묻은 고의438를 빨어 입은 것까지는 걸작인데, 다시 전차를 타
고 앉았다가 일어나니까 차 안에 사람들이 모두 웃으며 수군거리더라나.
그래 돌아보니까 모시 두루맥이 위로 시뻘건 피가 묻었더라고⋯⋯. 하
도 놀라워서 허둥지둥하다가 생각하니까 빨어 입은 바지에서 물이 스며
가지고는 전차의 붉은 우단에서 물이 그렇게 들었더라나.

강 : 나는 망신했다는 이보다 남을 망신 준 이야기나 하지요.

서 : 그것도 좋지요.

강 : 어느 전문학교 학생 하나가 편지질을 하고 추근추근하게 따러다
녀요. 그런데 하루는 길에서 딱 마주치니까 반갑게 인사를 하고 수작을
붙이겠지요. 그래 좋은 낯으로 대답을 하고 데리고 가서 들창 밑에 돌려
세웠지요⋯⋯. 새님439이 등 뒤에서 들창을 열어도 그대로 얌전한 체하고
돌아보지도 아니해요. 아마 연애에 성공한 행복감에 취했든 모양이지요.
그래 살그머니 자숫물440을 한 바가지 대가리서부터 좍 부어주었지요.

일동 : (크게 웃는다.)

쌍S : 자아, 그러면 내가 바빠서 여러분의 허튼 수작을 더 듣고 있을
수가 없습니다. 이만 두겠으니 목마른 분은 가다가 각기 자기 돈으로 막
걸리나 한 잔씩 사 자시오.

《별건곤》, 1933년 6월

---

438 고의: 남자의 여름 홑바지. 한자를 빌려 '袴衣' 라 적기도 한다. 늑중의中衣. 속곳.
439 새님: 의미가 불명확하여 조사가 필요한 말임.
440 자숫물: '개숫물' 의 방언. 음식 그릇을 씻을 때 쓰는 물.

잡아먹고 싶은 이야기 · 1 — 나는 몰라요

_ 단單S[441]

인물 : 궐씨厥氏[442]

　　연인

　　부인

제1경景

연인 : 어떻게 해요!

궐씨 : 어떻게 하면 좋을까!

연인 : 나는 차라리 죽고 싶어…….

궐씨 : 나를 두고 어떻게 죽으려우? 나도 죽고는 싶지만…….

연인 : 그래서 죽고 싶어도 못 죽어요……. 당신도 죽지는 말어요.

궐씨 : 암, 아니 죽고말고……. 그런데 집에 가서 어머니, 아버지께

---

441 단S: 채만식의 필명 중 하나.

442 궐씨: 궐자厥者. '그'를 낮잡아 이르는 말.

한 번 더 졸라보시오.

연인 : 안 돼요……. 절대로……. 이혼 수속이 되기 전에는 천하에 없어도 안 된대요……. 인제는 당신이 이혼 수속이 된 민적民籍[443]등본을 가지고 오기 전에는 만나지도 말라고 해요. 오늘도 겨우 **빠져나온걸요.**

궐씨 : 그럴 것 없이 우리 둘이서 어데로 달아나버립시다.

연인 : 나는 그건 못해요. 죽으면 죽었지.

궐씨 : 그러면 우선 비합법적으로 결혼을 했다가 나중에 수속이 되거든 당신을 민적에 넣읍시다.

연인 : 싫어요. 아무리 형식상으로나마라도 남의 첩이란 말은 듣기 싫어요. 싫어요, 싫어요. 어서 가서 이혼 수속을 해 와요. 그렇잖으면[444] 나는 카페 웨이트리스가 되어버릴 테야…….

궐씨 : 천만에! 천만에……. 가만있어요. 내 또 한 번 시골 가서 이번은 당자와 직접 담판을 하고 올게.

연인 : 그래요, 그래요, 응. 나 기다리고 있을게, 응.

궐씨 : 응, 기다리고 있어요. 내 꼭 성공해가지고 올게.

연인 : 응. 꼭 성공해가지고 와요. 실패하면 나는 나는, 죽어 죽어 죽어.

제2경

궐씨 : 여보!

부인 : 네.

궐씨 : 내 청 좀 들어주구려.

부인 : 청이라니요?

---

443 민적: 예전에, '호적戶籍'을 달리 이르던 말.
444 그렇잖으면: 원문에는 '그러잖으면'으로 되어 있음.

궐씨 : 꼭 들어주겠소?

부인 : 말씀해보세요.

궐씨 : 꼭 들어주어요.

부인 : 글쎄 말씀해보셔요.

궐씨 : 나, 이혼해주.

부인 : 나는 몰라요.

궐씨 : 제발.

부인 : 나는 몰라요.

궐씨 : 이혼만 해주고 나서 그대로 우리 집에 있어도 좋아요.

부인 : 나는 몰라요.

궐씨 : 그저 민적만 가르는 것이니까 당신은 그냥 우리 집 며느리로
있어도 좋아요.

부인 : 나는 몰라요.

궐씨 : 친가에 가서 어머니, 아버지더러 그렇게 상의를 해보아요.

부인 : 나는 몰라요.

궐씨 : 생활비는 대어줄 테니.

부인 : 나는 몰라요.

궐씨 : 내게 돌아오는 상속 재산을 다 당신한테 줄게.

부인 : 나는 몰라요.

궐씨 : 내가 이렇게 꿇어앉아서 간청을 하오.

부인 : 나는 몰라요.

궐씨 : 이렇게 울면서 간청이요.

부인 : 나는 몰라요.

궐씨 : 정말이요?

부인 : 나는 몰라요.

궐씨 : 내가 당신 앞에서 양잿물을 집어먹고 죽어버려도?

부인 : 나는 몰라요.

궐씨 : 정말?

부인 : 나는 몰라요.

궐씨 : 내가 자살을 해서 당신이 과부가 되어도?

부인 : 나는 몰라요.

궐씨 : 그러지 말고 맘을 돌리구려.

부인 : 나는 몰라요.

궐씨 : 민적만 가르고 그대로 우리 집에 있어요.

부인 : 나는 몰라요.

궐씨 : 정 그렇게 말을 아니 듣겠소?

부인 : 나는 몰라요.

궐씨 : 그러면 누가 아누?

부인 : 나는 몰라요.

궐씨 : 아이구……. 그저 그저, 응 응, 그저…… 잡아먹었으면!

《별건곤》, 1933년 6월

잡아먹고 싶은 이야기 · 2─일금 一金 일 원─圓 각수야也

_ 호연당인浩然堂人[445]

인물 : 아내
　　　남편
　　　갓난애기

아내 : 여보.

남편 : 응.

아내 : 그만 좀 일어나요.

남편 : 응, 응.

아내 : 글쎄 그만 좀 일어나요. 퓌이, 술내가 사뭇 입때까지 나누만.

남편 : 물, 물.

아내 : 원, 어데 가서 어쨌길래 양복이 이 지경이람……. 벗지도 아
니하고 그대로 잤으니 이걸 손질해놀 틈이나 있었어야지……. 여보.

| 445 호연당인: 채만식의 필명 중 하나.

남편 : 물, 물.

아내 : 글쎄, 여보.

남편 : 응, 응.

아내 : 그만 좀 일어나요.

남편 : 응, 좀, 좀 더 자고…….

갓난애기 : 응애, 응애, 응애.

아내 : …….

남편 : 응, 응.

갓난애기 : 응애, 응애, 응애.

남편 : 왜 식전부터 어린애는 울리고 남 단잠도 못 자게 굴어?

아내 : 식전이 무어요?

남편 : 잔말 말고 가서 할 일이나 해. 걸쭉하게 국이나 좀 끓이구…….

아내 : 참! 국은커녕 아침 양식도 없다우……. 어제 월급 받은 것 어쨌수?

남편 : 양식이 없으면 왜 진작 그런 소리를 아니해?

아내 : 안 한 게 무어유? 어제 아침에 나가실 때 저녁 양식이 없다구 아니합디까?

남편 : 나는 그런 소리 못 들은걸…….

아내 : 아이구, 원 어쩌면……. 당신은 나가서 이렇게 잘 먹고 다니지만 나는 어제 저녁도 굶었다우……. 젖이 나와야지! 어린 것이 배가 고파 보채는 것 보지두 못하우?

갓난애기 : 응애, 응애, 응애.

남편 : 엣.

아내 : 글쎄 이 꼴을 해가지고 오늘 회사에 어떻게 갈랴우?

남편 : 걱정 말어.

아내 : 걱정 아니할 테니 월급 받은 것이나 내놓아요……. 괜히 이러다가 어린 것하고 굶어죽지…….

남편 : 옜다, 다 가져가거라.

아내 : 이게 얼마유?

남편 : 얼만지 내가 아나!

아내 : 돈 육십 원 다 어데 쓰고 겨우 요거란 말이우?

남편 : 쓴 데가 있으니까 그렇겠지.

아내 : 글쎄 돈 일 원하고 몇 십 전을 남겨다주니 한 달 살림을 어떻게 하란 말이요? 나무 값은 어쩌라우?

남편 : 좀 미루지.

아내 : 석 달 밀린 전등 값은 얼마?!

남편 : 메칠 미루지.

아내 : 쌀가가446도 두 달이 밀렸지.

남편 : 날새447 해주마고 하지.

아내 : 앞 가가에는 십팔 원이나 되는데 인제는 푸성귀도 못 대주겠대요.

남편 : 먹지 말지.

아내 : 전당 이자도 주어야지.

남편 : 한 달 동안은 유질流質448 아니 시켜.

아내 : 양복집에서도 인제는 집으로 받으러 와요.

---

446 가가: '가게'의 원말.
447 날새: '날사이'의 준말.
448 유질: 돈을 빌린 사람이 빚을 갚지 아니하는 경우에, 빌려준 사람이 담보로 맡긴 물건의 소유권을 취득하거나 물건을 팔아서 그 돈을 가지는 일. 민법에서는 금지되어 있으나, 상사商事의 질권 및 전당포의 질권에서는 예외적으로 인정한다. 늑유전流典.

남편 : 회사로 보내구려.

아내 : 당신 내의가 하나도 없는데 어찌해요?

남편 : 걱정 없어요.

아내 : 나는 입을 것이 인제는 하나도 없는데 어찌해요?

남편 : 그놈 가지구 끊어다 해 입구려.

아내 : 오늘 아침 양식은 무엇으로 사오란 말이요?!

남편 : 설렁탕 사다가 먹지.

아내 : 설렁탕은 돈 아니 주면 누가 그저 준답디까?

남편 : 그러면 할 수 없이 굶는 게지.

아내 : 당신은 배도 아니 고푸?

남편 : 아니 먹어서 아니 고픈 사람이 있나!

아내 : 글쎄 이걸 무엇 하라고 남겨 왔소? 마저 다 쓰잖구?

남편 : 이리 주어…… 가서 해장하게.

아내 : 아이구! 참!

남편 : 어서 그놈으로 쌀 사다가 밥이나 지어요.

아내 : 몰라요, 몰라요……. 아이구! ……그저 ……그저 ……잡아 먹었으면!

《별건곤》, 1933년 6월

제3부 수필·잡문

독설록毒舌錄에서

_ 화서

1. 아편쟁이와 부르주아

아편쟁이는 이 세상에서 아편 하나만이 유일한 욕망의 대상이다. 그들은 아편을 얻기 위하여서는 도적질이나[449] 비력질[450]은 예사요 계집이나 딸자식을 팔기에도 주저를 하지 아니한다. 그 동기는 고통을 피하여 쾌락을 얻으려는 데 있다. 철저한 개인주의이다.

부르주아와 기업가들은 돈과 돈의 축적만이 유일한 욕망의 대상이다. 그들이 돈을 모으기 위하여서는 아편쟁이가 아편을 얻기 위하여 취하는 수단보다도 몇 곱이나 더 심각하고 악랄한 것은 말할 것도 없이 명확한 사실이다. 그 동기는 노동과 고통을 피하고 게으름과 쾌락을 얻으려는 데 있다.

여기서 나는 부르주아와 기업가들에게 아주 친절하게 권할 말이 있다. 모두 다 아편쟁이가 되라……고.

그 이유는 이렇다. 아편쟁이와 부르주아와 기업가는 동일한 목적인

---

449 원문에는 이곳에 '비력질이나' 라는 말이 들어 있으나 빼는 게 문맥상 자연스러움.
450 비력질: 남에게 구걸하는 짓을 낮잡아 이르는 말.

개인적 쾌락의 추구하에서, 하나는 도적질, 비럭질과 계집이나 딸자식을 팔아먹는 것으로 그 수단을 삼고, 하나는 생사람의 피를 짜내는 그 수단을 삼는데, 실상 그 수단이 아편쟁이의 수단보다 비능률적이요 악랄하면서 결과인 쾌락은 아편쟁이의 쾌락보다 몇 분지 1도 되지 못한다.

어느 아편쟁이가 아주 솔직하게 자유로이 하는[451] 말을 나는 들었다. 세상에 생겨났다가 아편의 맛을 모르고 산다는 것은 사람값에 가지 아니한다……고. 담뿍 인에 몰렸다가 한 대를 꾹 지르고 혹 뻐끔뻐끔 빨고 펼쳐 드러누웠노라면, 밥 생각도 없고 명예나 그 근심에 대한 걱정도 모두 다 잊어버리고 도연陶然히[452] 취하여 황홀한 그 심경이 과연 지상선地上仙이 된 이상이라고 한다. 세상에 개인 쾌락으로써 이 이상 더 덮을 것이 어디 있으랴.

부르주아와 기업가가 아무리 돈을 많이 모아가지고 향락의 극을 이룬다 한들 어떻게 아편쟁이가 아편에 취한 그 쾌락에 미칠 수가 있으랴.

그러면 이미 남은 죽건 살건 나 혼자만 잘 살아보겠다……는 부르주아와 또 기업가가 되었을 바이면 아주 단순하고 유리한 아편쟁이가 되는 것이 개인주의, 부르주아 자유주의의 이상적 이상일 것이다.

2. 수전노의 변태적 미의식

부자들은 돈이 있는 만큼 그것을 가지고 잘 먹고 잘 입고 큰 집도 짓고 계집질도 하고 그중에 얼마―대개는 대부분―는 자식을 생각하고 남겨둔다. 즉 부르주아나 기업가 돈을 긁어모으는 목적이 여기에 있고 또 대개는 그렇게 실행한다. 이것이 부자 그 자체로서도 필연일 것이다.

---

451 자유로이 하는: 원문에는 '自由하는'으로 되어 있음.
452 도연하다: 술이 취하여 거나하다. 감흥 따위가 북받쳐 누를 길이 없다.

그러나 간혹 얄궂은 예외가 있다. 수전노가 그것이다.

뒤에 남겨줄 자식도 없고, 물론 다른 곳에는 더구나 돈을 쓸 데도 없으려니와 또한 쓰려고 하지도 않고, 젊어서 돈을 모을 때에는 설사 악의악식惡衣惡食을 하여가며 모았다고 하지만, 늙어서 오늘 내일 귀적鬼籍에다 출생신고를 하게 생긴 송장이, □수만금數萬金을 죽어라고 훑으려줘고[453] 앉아서는, 고기 한 칼, 인조견 옷 한 벌 사 입지 않고 그저 한 푼이라도 더 긁어들이지 못하여서 아등바등 야몽야몽[454] 한다. 제가 죽은 뒤에는 어느 놈의 것이 될지 모를 것을 모를 리도 없고, 또 죽어버리면 저금통장이나 전답을 황천으로 짊어지고 가지 못할 것을 모를 리도 또한 없고, 그저 기껏해야 입에다 쌀 한 숟갈을 떠서 넣고 천 석이요, 호당전戶當錢 한 푼 집어넣으면서 만 냥이요 하고, 염殮[455]꾼이 주는 그 쌀 한 숟갈과 호당전 한 푼밖에는 사후에 더는 차지가 없을 줄 번연히 알면서, 그래도 아등바등하고 치를 떠는 그 심리는 한가한 때면 한 번 생각하여 봄직한 일이다.

설사 대굴대굴 굴러다니는 무 동강 밑이[456] 아니고 눈 먼 자식이 한두 개 있다고 하자. 그런데 이상하게도 자수성가한 수전노의 자식은 대개 보면 난봉이 많다. 그 난봉자식—난봉이 아니라도— 돈을 좀 쓰려고 하면 저승에서 온 사자나 만난 듯이 질겁하여 돈궤를 훑으려만 하고 바들바들 떤다. 기껏해야 1년, 그렇지 아니하면 얼마 후에는 일곱 배를 먹게[457] 되고, 그러노라면 할 수 없이 그 돈이 자식의 손으로 가고 들어가

---

453 훑으려줘다: 이것저것 가리지 않고 닥치는 대로 마구 쥐다.
454 야몽야몽: 전라도 방언으로 본래는 '천천히 할 이야기를 다 하는 모양'이라는 뜻이나, 여기서는 그 뜻이 확대되어 '자기가 하고자 할 일을 끈질기게 끝까지 다 하는 모양'이라는 의미로 쓰이고 있음.
455 염: 시신을 수의로 갈아입힌 다음, 베나 이불 따위로 쌈.
456 무 동강 밑이: 원문에는 '무우동가밋이'라고 되어 있음.
457 먹게: 원문에는 '묵게'로 되어 있음.

면 쓰고……할 줄을 번연히 알면서도 그러하다.

　그것은 아마 우리가 좋은 예술품을 놓고 볼 때에 아름답다는 생각으로 그것을 좋아 굴듯이, 수전노는 저금통장을 펴놓고 바라보고 있노라면 그러한 심미의 의식이 우러나기 때문에, 또 한 푼이라고 그 액수가 더 많을수록 그 의식이 농후하여지기 때문에 그러한 듯하다. 물론 부자라는 것이 사회에 모순된 존재물이요 부자가 돈을 아니 쓰는 것이 부자 그 자체의 사명에 모순된 짓이지만, 그중에도 금고 복판이 빠지도록 돈이 실린 저금통장을 놓고 한 푼어치 못 먹으면서 좋다고 싱글벙글 웃는 송장의 변태적 미의식은 간질간질한 희극의 일 장면이다.

《중외일보》, 1929년 9월 16일 · 24일

누구든지 당하는 스리[458] 도적 비화盜賊秘話
ㅡ '스리' 맞지 않는 방법

_ 씽S

서울 명물이 무어 무어냐 하고 치려면 몇 가지를 꼽든지 그중에 '스리'를 빼어서는 안 된다. 스리 도적은 참말 서울의 유특唯特한 명물 중의 하나다.

*

서울 사정 모르는 공진회共進會[459] 보따리 아니라도, 야뢰夜雷 이돈화李敦化[460] 씨는 순회 강연회 떠나는 여비 60여 원을 어디서 잃어버린 줄도 모르게 빼앗기고 정거장에서 도로 돌아왔고, 어느 고등보통학교 교장 장모 씨는 미술전람회에서 모르는 결에 1백 50여 원을 빼앗기고 스리의 재주에 오래 두고 감탄하고 지냈다.

10년 동안 저금해 모은 돈을 은행에서 찾아가지고 전차 타고 집에 와

---

458 스리: すり, 소매치기.

보니 감쪽같이 천여 원 지폐 알맹이만 빼어가고 없더라는 이야기, 집 팔아가지고 새 집 값 치르러 가는 길에 어디서 없어졌는지 모르게 없어졌더라는 이야기들을 어떻게 일일이 기억이나 할까보냐.

그중에 대부분이 시골서 혼수 흥정하러 서울 왔다가 여관에 묵어보기도 전에 돈 보통이를 빼앗겼다는 것인 것만은 말해두지 않을 수 없는 것이다.

일본의 의학박사 모 씨는 기차 속에서 어떤 시골 촌장 같아 보이는 사람하고 이웃해 앉게 되어 주거니 받거니 이야기를 하였더니, 그 촌장 같은 인물이 손가락질을 하면서 "여보십시오, 저기 저 건너편에 앉아 있는 저 여자하고 그 옆에 앉아서 지껄이는 양복 입은 젊은 녀석하고를 좀 보십시오" 하는 고로, "응, 조금 이상해 보이는군. 남매나 부부간이면 이상할 것 없지마는요, 저 여자로 말하면 어느 마을 여자인지 나하고 한 정거장에서 탔는데요. 탈 때는 혼자 탔는데요, 중로中路[461]에서 저 여자의 옆

459 공진회: 대한제국 때 부보상(등짐장수와 봇짐장수)들로 조직된 사회운동단체. 1904년(광무 8년)에 부보상負褓商들을 조직원으로 하여 설립하였으며, 상민회商民會의 후신인 진명회進明會의 새 명칭이다. 처음 부보상들은 황국협회皇國協會에 소속되어 권력을 등에 업고 대중에 피해를 주었으며, 정치적으로 이용되어 독립협회를 분쇄하는 일에 협력하다 이를 뉘우치고 혁신운동을 전개하였다. 한때 부보상이던 윤효정尹孝定·이원직李𥝡稷·나유석羅裕錫 등은 상민회원商民會員 중에서 친일·보수적 경향의 회원을 배제한 후 1904년 11월 진명회進明會를 발족시키고, 회장에 나유석을 추대하였다. 같은 해 12월 이를 다시 공진회로 이름을 바꾸고 이준李儁을 회장으로 추대하였다. 공진회는 황실의 위신 존중, 정부명령 복종, 인민의 권리 신장 등의 강령을 내세우고 친일단체 일진회一進會에 대항해 주로 황제권 옹호와 국권 수호를 위해 활동하였다. 1904년 12월 25일 일진회를 비난하는 공개 연설회를 열고 정부에 대하여 황실의 권위를 지킬 것과 정부의 명령과 국민의 권리·의무 등에 관하여 건의하는 등 적극적인 활동을 전개하여 이준·윤효정·나유석이 경무청에 구속되기도 하였다. 결국 일본 헌병·경찰의 대대적인 탄압을 받아 사무실이 폐쇄되고, 회장 이준이 체포됨으로써 활동력을 상실하고 1905년 2월 12일 자진해산했다.
460 이돈화(1884년~?): 천도교인. 잡지 《개벽》을 창간하여 편집을 주재하면서 1926년 폐간될 때까지 거의 매회 천도교 교리의 근대적 전개와 민족자주사상을 고취했다. 1923년 김기전金起田·박내홍朴來弘 등과 천도교청년당을 창당하고, 후에 천도교의 지도관장知道觀長·대(大領·상주선도사常住宣道師·장로長老) 등을 지냈다. 6·25전쟁 때 평남 양덕陽德 천도교 수도원에서 공산군에 납치되었다. 저서에 『인내천요의의人乃天要義』『수운심법강의水雲心法講義』『천도교창건사』『신인철학新人哲學』『동학지인생관東學之人生觀』 등이 있다.
461 중로: (주로 '중로에' '중로에서' 꼴로 쓰여) 오가는 길의 중간. 늑중도中途·중도中道.

에 앉아서 말을 걸기 시작하더니 무슨 말로 어떻게 꿀을 담아 부었는지 아주 부부간이나 남매간처럼 저 촌 여자는 저 남자의 궁둥이만 꼭 붙들고 따라다닙니다그려. 내가 벌써 그 동안에 차를 두 번이나 바꿔 탔는데 바꿔 탈 적마다 꼭 저렇게 둘이 붙어 앉아서 쑤군거립니다" 하는 소리에 박사는 "하하, 아, 아마 혼자서 서울 길을 나섰다가 생면부지 아지도 못하는 저놈에게 속아 떨어지는 모양이로군" 하고 긴치 않은 흥미를 내어 그들이 어느 정거장에서 내려서 어디로 가는가 쫓아가보기로 하고 그 촌장 같은 인물과 수군거리면서 건너편 수상한 남녀에게만 눈을 쏘고 있었다. 그러다가 남의 일에 공연한 걱정이라는 생각이 나서 박사는 자기가 내릴 정거장에서 촌장 같은 이 보고 "혼자 쫓아가보시오. 나는 먼저 내리겠소이다" 하고 기차에서 내렸다. 내려서 복작복작한[462] 틈에 끼여 정거장 구름다리를 올라갈 때 "옳지, 이렇게 복잡한 틈에서 스리를 맞기 쉽다더라" 하고 언뜻 생각이 나서 양복 속주머니에 있는 돈지갑을 내어 보니 지갑 속에 넣어 두었던 백 원짜리 지폐 20매가 간 곳이 없더란다. 물론 기차 속에서 처음 만나 친절히 이야기를 걸던 시골 촌장 같아 보이던 그가 스리 도적이요, 그가 건너편 남녀를 가리켜 수상한 남녀라 한 것은 박사의 주의를 그리로 쏠리게 하기 위하여 꾸며낸 거짓말이었다.

중국 상해에는 이름난 여배우가 있었는데, 그의 잘생긴 얼굴에는 입모습 옆 백옥 같은 볼 위에 까만 무사마귀 하나가 붓끝으로 그린 것처럼 있는 것이 더욱 요염하게 보이게 하여 그 무사마귀 하나가 그의 보물이었다. 그런데 그 여배우에게 마음을 두었다가 핀잔을 받은 '스리'가 있어서 그 분풀이로 어느 병원에서 사마귀 떼는 약을 훔쳐가지고 어느 틈에 했는지 여배우 자기도 모르는 동안에 그 얼굴의 사마귀를 훔쳐 가

| 462 복작복작한: 원문에는 '복잡복잡한'으로 되어 있음.

버렸다는 이야기가 있다. 사마귀를 스리 도적해간 것이다. 약을 훔쳐내기는 그들에게는 과히 어려운 일이 아니라 하고, 남의 얼굴에 있는 사마귀를 당자가 모르게 어떻게 떼어 가는가……. 이런 것은 스리 이야기 중에도 신기한 이야기의 하나이다.

스리란 어떤 것?

대체 '스리'란 어떤 술법이기에 남의 옷 속에, 주머니 속에, 지갑 속에 있는 돈을 살짝 꺼내고, 지갑을 도로 닫아서 도로 제자리에 넣어놓도록 그 당자가 모르게 하는 것일까…….

스리는 서양보다 동양이 본터요 동양에서도 일본이 종가라고 하는 말이 옳을 것이다. 스리는 '요술'의 사촌 격이라 할 것이요, 달리 말하면 요술 그것이 나쁘게 쓰이는 것이라고 하여도 틀릴 것이 없는 것이다.

그러면 요술이란 무엇이냐? 무슨 별다른 조화술법이 있는 것이 아니요 오직 손끝을 요리조리 빠르게 놀려서 구경꾼이 자세 보지 못하는 틈에 물건을 움직여 놓고, 움직여 논 것만 보게 하는 것인 고로, 들어가는 것은 보지 못하고 나오는 것만 보는 구경꾼은 신기해하는 것이다.

그와 마찬가지로 스리도 남의 주머니 속에 들어 있는 돈을 그냥 손도 대지 않고 꺼내는 조화가 있느냐 하면 결코 그런 것이 아니라, 손을 곱게 속하게 놀려서 끄집어내는 것을 모르는 틈에 하고 없어진 후에만 알게 하는 고로, 당하는 사람 이야기 듣는 사람이 신기하게 여기게 되는 것이다.

일본 사람은 손끝에 재주가 좋아서 손끝 세공을 잘하는 까닭으로 이 재주가 곧 스리에도 남다른 발달을 하게 된 것이다. 요술도 서양 요술은 기구를 복잡하게 만들어서 대개 기구로 눈을 속이지마는, 일본의 기술奇術[463]은 손끝만 가지고 속이는 것이라 이것과 스리는 함께 발달해온 것이다.

일본에서도 동경을 중심으로 한 관동關東과 대판大阪⁴⁶⁴을 중심으로 한 관서關西 지방은 전혀 다른 것이 있으니, 관서에서는 칼이나 가위 같은 연장을 사용하는데, 관동 지방에서는 연장을 쓰는 것을 아주 천하게 알아서 맨손으로만 하는 것이다.

경성이나 평양에서도 스리가 연장을 사용한다는 말은 별로 듣지 못하였으니 아마 스리 치고는 고급 스리에 속하는 패 같다.

스리의 유일 비방秘方

고급 스리거나 하급 스리거나 그들이 맨손만 가지고 아무 술법이 없이 어떻게 그런 신기한 장난을 하는가······. 그것은 전혀 남의 부주의, 다시 말하면 남이 한눈파는 그 동안을 이용하여 손끝을 잘 놀리는 것뿐이다.

욕심 많은 여자가 패물 상점 진열장 앞에 서서 유리창 속에 늘여 놓인 보석 반지, 금비녀에 정신이 팔려 들여다보고 섰을 때는 자기 옆으로 어떤 사람이 스치고 지나가는지 알 길이 없는 것이다. 그런 때 그의 뒤에서 누가 그의 머리에 꽂은 금붙이를 빼어도 얼른 알지 못하는 것이다.

욕심 많은 여자가 아니고라도 우리가 길거리로 걸어갈 때에 속으로 무슨 궁리를 하거나 생각하는 일이 있어서 열심으로 그 일만 생각하면서 걸어갈 때는 아는 사람이 옆에 서서 모자를 벗고 인사를 하여도 그냥 모르고 지나가는 일이 종종 있다. 이런 때 누가 아무 소리 없이 모자를 사뿐 벗겨 가도 정말 열심으로 생각하면서 걸을 때는 모르고 그냥 있기 쉬운 것이다.

463 기술: 기묘한 솜씨나 재주. 교묘한 눈속임으로 재미있게 부리는 재주.
464 대판: 오사카.

더구나 전문적으로 세련한 손끝으로 해내는 데야.

스리 도적은 돈 가진 사람의 정신이 돈주머니나 자기 몸을 떠나서 다른 데로 눈이 쏠리고 정신이 팔리기를 바라는 것이요, 돈 가진 사람은 다른 데 정신이 팔리지 않도록 주의하면 그만인 것이다.

그러니 결국 스리를 맞고 안 맞는 것은 자기의 정성 여하에 달렸다고 할 것이다. 아무리 복잡한 데서라도 아무리 유명한 스리의 옆에서라도 돈지갑을 두 손에 꼭 쥐고 두 눈으로 그것만 지키고 있으면 잃어버리고 싶어도 잃어버릴 수가 없는 것이다.

그러나 사람의 정성이란 그렇게 꾸준하게 한 곳에만 쏟기 어려운 까닭에 귀에 들리는 것, 눈에 보이는 것을 따라서 눈 깜짝할 동안이라도 정신이 그리 옮겨지는 그 동안에 스리로 하여금 활동을 하게 하는 것이다.

연극장, 강연회, 씨름터, 구경터 같은 곳이 스리들에게는 제일 고마운 자유천지이니, 백 사람, 천 사람이 모두 구경에만 정신이 팔려서 두루마기 속, 조끼 주머니 속에 무슨 손이 드나드는지 전혀 모르고 있는 까닭이다.

더욱이 기차 정거장과 전차 속에서 스리들은 활동을 마음껏 하나니, 정거장에는 표 파는 구멍 앞에서, 전차 속에서는 차장에게 차표를 살 때 돈지갑을 벌리는 것을 옆에서 들여다보고 돈이 많고 적은 것을 짐작해두고, 또 어느 편 주머니에 넣는지를 보아둔 후에 정거장이면 개찰구로 차표 찍으러 나란히 서서 들어갈 때 슬쩍 스치는 체하면서 꺼내는 것이요, 전차 속이면 차가 몹시 흔들려서 몸과 몸이 접근할 때 쓰러질 뻔하는 체하면서 번개같이 꺼내는 것이다.

서울 길거리에서 약 파는 사람이 요술을 한다고 떠들고 섰는 것을 구경하고 섰는 때, 또는 경매소에서 물건 파는 자의 입만 쳐다보고 있을 때, 또는 길거리에서 꺼졌다 켜졌다 하는 전기 광고 같은 것을 넋 잃고 처다볼 때, 공진회나 박람회 때 구경에 팔려서 두리번두리번할 때, 이런 때는 모두 주머니와 돈을 잃어버릴 때이니 스리가 손을 집어넣을 때다.

그러나 이렇게 돈 가진 사람들이 저마다 한눈을 안 팔고 돈주머니를 지키고 있으면 스리 편에서 딴 꾀를 낸다.

스리는 혼자 다니는 법이 없이 반드시 짝이 있어서 패를 지어 다니다가 사람 많이 모인 곳에서 한 놈이 공연히 "에, 그, 저기서 젊은 여학생이 아기를 낳았단다" 하고 허무한 거짓말을 해놓는다. 그러면 "응? 이 사람 많은 틈에서 어떤 여학생이 아일[465] 낳았다지, 어딘가, 어디야?" 하고 이때까지 지갑을 지키고 있던 사람들이 갑자기 "어딘가, 어디야?" 하고 아이[466] 난 곳을 찾느라고 덤빈다. 그때에 벌써 스리의 손은 온종일 노리고 있던 그 지갑을 꺼내서 돈만 꺼내고 지갑은 도로 넣어놓는다. 흔히 시민운동회나 비행회, 경마대회 같은 몇 만 명 구경꾼이 모인 데서 어떤 여자가 아기를 낳았다고 얼토당토않은 소문이 많이 나는 그것들이 모두 스리들의 장난인 것이다.

전람회 같은 데에는 더러 주머니가 든든한 양복장이 신사가 모여드는 곳이라 스리 중의 한 놈이 여자 그림 앞에 서서 "이 그림은 너무 노골적으로 벌거벗은 것을 그려서 당국에서 출품 금지를 하려는 것을 간신히 양해 얻어서 출품한 것이랍디다. 참말 이 궁둥이 근처와 이 겨드랑이 같은 데는 좀 충동적으로 되지 않았습니까?" 하고 아는 체하고 없는 말을 입에서 나오는 대로 지껄인다. 원래 소설을 애독하는 사람이 소설 작가의 생활에 대한 소식을 알고 싶어 하는 것처럼, 그림 구경을 하는 사람은 그 화가의 생활 소식이나 그 그림에 관한 이야깃거리를 듣고 싶어 하는 것이라, 스리인 줄은 모르고 그 말에 귀가 끌리어 그 그림 앞에 모여 서

465 아일: 원문에는 '아햌'로 되어 있음.
466 아이: 원문에는 '아해'로 되어 있음.

서 그림만 쳐다보고 있다. 그러면 문간에서 입장권을 살 때부터 주머니 속을 들여다보고 쫓아온 딴 스리가 그동안에 마음 놓고 천천히 주머니를 꺼내고 있는 것이다.

그래도 모르고 당자는 설명에 팔려서 그림만 쳐다보고 있는 것이 보통이다.

아까 소개한 일본 의학박사 모 씨가 기차 속에서 당하였다는 것도 이 투다. 박사의 주의를 다른 데로 쏠리게 하기 위하여 공연히 모르는 여자를 가리켜 수상한 남녀라고 꾸며대고 그의 주목을 그리로 옮기게 한 후에 천천히 2천 원을 빼어간 것이다.

스리 예방법

남을 꼬여서 한눈을 팔게 하고 그 동안에 꺼낸다 하지만 어떻게 감쪽같이 꺼내는지 그 재주가 용치 아니한가……. 더러 경찰서 유치장에 들어가본 일이 있는 사람은 알겠지만 스리는 대개 열네 살, 열다섯 살 때 손이 작고 손끝이 뾰족하고 손목이 부드러울 그때부터 공부를 시작하는 것이다. 유치장 속에 갇혀 앉아서 "저는 공연히 까닭 없이 잡혀 왔어요" 하고 태연히 앉아 있는 15, 6세 소년은 대개 그것이니 놀라운 일이 아닌가.

스리 이야기도 너무 지루해지면 못쓰겠으니 대강 이만큼으로 거둘 밖에 없다.

스리를 예방하는 방법은, 첫째 돈이나 값나가는 물건을 가진 눈치를 보이지 말 것이요, 둘째는 사람 많은 데일수록, 재미있는 구경거리가 생길수록 돈지갑을 더욱 단단히 수비할 것이다.

정거장 같은 데서 굽실하면서 "혹시 시계 가지셨습니까? 지금 몇 시나 되었습니까?" 하고 묻는 사람이 있다거나, "잔돈 가지신 것이 있으면 이것 1원짜리 한 장만 잔돈으로 바꿔 주십시오" 하는 사람이 있다고 섣불리 시계를 꺼내 보이거나 돈지갑을 펴 보이면 안 된다. 그가 만일 스리란 놈이면 "옳지, 이놈 시계는 금시계로구나, 조끼 속주머니에 넣는구나" 하고 기억해두고 기회를 기다리는 까닭이다.

아무데서나 돈지갑이나 시계를 잃어버린 것을 발견하고 수상해 보인다 하여 함부로 그 사람을 도적 대접을 해서는 큰 코를 다친다. 설혹 그놈이 집었더라도 집자마자 다른 짝패의 손에 넘기어 보내는 까닭이니 붙잡은 사람의 몸을 아무리 뒤져도 나올 까닭이 없는 것이다.

스리가 물건 훔치는 것을 발견하고 그 당장에 붙잡아 쥐고 있다가 "내가 형사이니 나에게 맡기시오. 경찰서로 데리고 가겠소" 하는 사람이 있다고 얼른 내어맡겨도 낭패 본다. 형사인 체하고 나서는 놈은 그놈의 짝패 스리가 임시응변으로 그래가지고 경찰서로 데리고 간다는 핑계로 그냥 같이 도망해버리는 까닭이다.

보이지 말 것, 한눈팔지 말 것.

신신, 또 신신히 주의할 일이다.

《별건곤》, 1929년 9월

유락동서流落東西 칠전팔기七顚八起 위인偉人 분전기奮戰記
—혁명 전후 레닌의 생활

_ 북웅생[467]

오늘날 세계의 유일한 사회주의 국가 소비에트 로서아를 모르는 사람이 없고, 마르크스를 모를 사람이 없는 것과 같이, 전 세계 무산계급의 동지, 볼셰비키의 선도자, 제3 인터내셔널의 보배로운 지도자였던 레닌을 모를 사람이 없을 것이다. 그리고 그 레닌이란 이름이 당시 제정시대의 학정과 박해를 표징表徵하는 별명이요, 본명이 블라디미르 일리치 울리아노프인 것과, 그가 1870년 4월 10일 러시아 사람들에게 가장 인연이 깊고 정다운 느낌을 주는 볼가의 강변 심비르스크 촌에서 났으며, 그의 부친이 심비르스크 정청政廳의 참의관參議官이었던 것과, 1897년 1월 29일 알렉산드르 3세의 칙령으로 동부 시베리아에 추방을 당한 이후 17년 혁명에 이르기까지 근 20년 동안 서서瑞西[468]로, 불란서로, 분란芬蘭[469]으로 신산辛酸한 망명의 생활을 계속한 것까지도 잘 알고 있을 것이다. 그러므

---

467 북웅생: 채만식의 필명 중 하나.
468 서서: 스위스.
469 분란: 핀란드.

로 여기서는 오직 그가 남기고 간 일화에 가까운 몇 가지를 들어 그의 인품이며 생활의 한 자취나마 더듬어보기로 하자.

그는 계급적 적은 가졌으나 개인적 적은 한 사람도 없었다 하리만치 도덕적으로 희유한 순결과 겸손과 극기심이 강한 사람으로, 남의 약점과 죄과를 알더라도 무슨 암시를 가지고 도덕화道德化하여 충고하는 일까지도 없이, 오직 때때로 눈을 가늘게 뜨고 미소를 띠울 뿐이었다. 그러면 책임자들은 중앙 집행위원회의 결의보다도 이 미소를 더 무섭게 생각했었다 한다. 그리고 동지들과 중대한 회의를 할 때라도 처음에는 눈을 지그시 감고 아무 말이 없이 듣고만 있다가, 의론議論이 백출하여 밤새도록 결의를 하지 못하고 있을 때 나서서 한 마디로 원만히 직결적直決的 단안을 내리고 명석하고 면밀한 두뇌에는 누구나 경복하는 바이었다 한다. 그리고 또 그가 전제 군주의 추방 아래 망명생활을 하고 있으면서도 모든 망망忙忙한[470] 일을 제쳐놓고 일부러 서전瑞典[471]까지 가서 그 모친을 방문하고 만년晩年을 위로한 것을 보면 다정하고 순박한 일면을 엿볼 수가 있다. 그러나 어쩐 일인지 어린애들은 좋아하지 않았던 모양이다. 콧물 흘리는 어린애보다는 털이 고운 고양이를 귀애했다 한다.

레닌이 제네바에 머물러 있을 때였다.

동지 레페신스키가 다섯 살 먹은 자기 아들을 혼자 집을 지키게 된 레닌에게 갖다 맡기고, 레닌의 부인 콘스탄티노브나를 데리고 다른 일단一團에 참가하여 야외 원족遠足[472]을 나간 일이 있었다. 이때 레닌은 어린 손님 옆에서 이마에 내 천川 자를 그리고 신문을 보고 앉았다가, 아무래도 불안하여 부엌에 내려가서 물 한 통을 떠다가 그 위에 호두 껍데기를

---

470 망망하다: 매우 바쁘다.
471 서전: 스웨덴.
472 원족: 소풍.

띄워주고는 안심하고 다시 신문을 읽고 있었다.

어린 손은 처음 이 군함을 보고 손뼉을 치고 기뻐했으나 그것도 오래 안 가고 흥미가 식고, 인제는 의자 위에 올라앉아서 레닌의 외모를 연구하기 시작하였다.

한참이나 물끄러미 들여다보다가 이 어린 손님이 긴 침묵을 깨뜨렸다.

"레닌, 레닌, 왜 머리에 얼굴이 두 낯이나 붙었져?"

"뭐? 얼굴이 둘이야?" 이번에는 질문을 받은 편이 반문을 하였다.

"응, 하나는 앞에 있구, 또 하나는 뒤에 있져."

문제가 논쟁에 들어가서 정곡正鵠한 답변을 요하게 될 때 한 번도 말을 생각하느라고 주저한 일이 없던 레닌도 그때 처음으로 대답에 궁했다. 한참이나 주저한 끝에 어쩔 수 없이,

"내가 생각을 많이 해서 그렇게 되었단다."

이 말에 잔뜩 호기심을 가진 어린 손은 "그으래?" 하고 고개를 갸우뚱하였다 한다.

*

알렉산드르 3세가 그의 형 알렉산드르 울리아노프의 사형 집행대에 비준의 날인을 하던 크렘린 궁 한 방에서, 야채 스프와 흑면포黑麵麭,[473] 사탕 안 든 차, 죽 같은 음식을 먹으면서 하루 18시간 이상의 노동을 한 것은 누구나 다 아는 바이며, 또 그가 처음 반대파의 총에 맞아 위독한 상태에 빠졌다가 조금 회복한 뒤에 요양할 필요가 있음에도 불구하고 의

| 473 흑면포: 흑빵.

사와 동지들의 간절한 권고도 다 물리치고 소정 이상의 빵 이외에는 않
는 고로, 그의 처와 누이가 레닌 몰래 가만히 그의 책상 서랍 속에 소정
이상의 빵을 갖다 넣어두어서 사무에 열중한 레닌이 그것을 모르고 다
먹게 하던 것도 많이 들은 이야기다(그는 빵을 책상 속에 넣어 두었다가
꺼내 먹었다). 그리고 1918년 8월 30일 미헬린 공장에서 연설을 마치고
돌아오는 길에 사회혁명당원인 도라 카플란이란 계집이 쏜 총을 어깨와
왼편 가슴에 두 방이나 맞고 혼도昏倒[474]하여 자동차로 크렘린 궁에 이르
렀을 때 겨우 정신을 차린 레닌은 좌우에 부축하는 동지들의 손을 뿌리
치고 혼자서 층계를 뛰어올라 3층까지 가서 엎어졌다. 이 때문에 왼편
폐가 충혈이 되고 3일 간이나 몹시 출혈을 하였다. 이것은 낙심하는 동
지들을 안심시키려는 충고한 마음이었으나 그것이 그의 죽음을 빨리한
직접 원인도 되었다. 이리하여 1924년 정월 21일 고리키 촌에서 평일 요
양 시에 타고 다니던 와상거臥床車[475] 한 개를 유일한 유산으로 남기고 레
닌을 세상을 떠났다. 그리고 그의 처요 동지인 크루프스카야 여사는 이
와상거까지 고아원에 기부해버렸다 한다. 그러나 레닌의 유산이 결코 이
런 것이 아닌 것은 다시 말할 필요도 없다.

《별건곤》, 1930년 1월

---

474 혼도: 정신이 어지러워 쓰러짐.
475 와상거: 휠체어wheel chair.

숨은 일꾼 기其 일一

_ 북웅생

세상에는 허장성세로 부질없이 성명聲名[476]만 높고 실제에 있어서 그 인격이나 재예才藝[477]가 한심하여 사회적으로 아무런 실적을 나타내지 못하는 위인, 걸사가 수두룩하게 많은 반면에, 세속의 공명과 영예를 부운浮雲에 부치고 남모르는 가운데 사회와 민족의 복리와 비익裨益[478]을 위하여 비록 적은 일이나마 진지한 태도로 헌신적 노력을 하고 있는 숨은 일꾼도 적지 않은 것이다. 이제 그 몇 사람을 소개하여 그들의 고심과 공적을 아울러 살펴보려 한다. (일 기자—記者)

무산아동의 은사 : 대동학교장大東學校長 김만수金萬壽 씨

경성에 있는 천여 명 인력거 거부車夫들의 피와 같은 돈으로 경영해

---

476 성명: 명성名聲.
477 재예: 재능과 기예를 아울러 이르는 말.
478 비익: 보익補益. 보태고 늘려 도움이 되게 함.

나가는 보통학교에도 못 가는 빈한한 아동들의 유일한 교육 기관인 대동학교를 아는 사람은, 또한 이 학교의 초창기부터 생사존망의 운명을 같이하고 천신만고를 겪어 내려온 교장 김만수 씨를 잊지 못할 것이다.

작년 4월 가회동에 목조 2층 양옥을 짓고 대동학교의 문패를 붙이고 사백여 명 아동을 수용하게 되기까지에는 오로지 씨의[479] 약한 두 어깨 위에 힘에 넘치는 중하重荷[480]를 짊어지고, 실로 우리들이 상상할 수 없는 고심참담한 경로를 밟아온 것이다.

대정大正 13년[481] 씨는 보성전문학교를 졸업하자 고향인 북청에서 고등보통학교 기성회期成會가 된다는 소문을 듣고, 원래 교육 방면에 많은 흥미를 가지고 연구를 불태不怠[482]하던 바이라 즉시 달려갔었으나, 그것이 뜻과 같이 되지 않음에 그 이듬해 봄에는 단단한 결심을 하고 얼마 안 되는 전지田地를 전부 매도하여 얻은 돈 천여 원을 손에 쥐고 김희金熙 씨(현재도 교원이다)와 함께 다시 서울로 올라왔다 한다.

당초의 목적이 어찌하면 보통학교에도 갈 수 없는 빈한한 아동들을 모아서 교육을 시켜볼까 하는 의분과 열성에서 나온 바이라, 가지고 온 돈 천 원을 기본금으로 수송동에 세가貰家를 얻어서 우선 몇 십 명 무산 아동들을 수용하는 일면, 북촌 인력거부 이백여 명과 악수를 하게 되었다 한다.

그리하여 이백여 명 거부들을 단합하여 유지회維持會를 조직하고 매월 월손금月損金 이십 전씩을 거두어 학교 유지비에 보충하기로 하고, 그들의 자제는 물론이요 일반 무산아동들을 사정이 허하는 한도까지 수용을 하게 되니 이것이 실로 대동학교의 초창이었다.

---

479 씨의: 김만수 씨의.
480 중하: 무거운 짐. 어렵고 무거운 부담.
481 대정 13년: 대정大正 원년이 1912년이므로, 1924년도를 말함.
482 불태: 게으르지 아니함.

이리하여 이듬해 소화 2년[483]에 봉익동鳳翼洞으로 옮긴 뒤까지 주소晝
宵[484]로 몸을 돌보지 않고 전심전력 학교를 위하여 노심초사하는 씨의 열
성에 감동되어 남촌 인력거부 칠백여 명까지 가맹을 하게 되니 회원이
근 천 명에 달하고, 일시 교운校運은 화목과 단란 가운데 적잖이 융성하
였었다 한다. 이 기회를 타서 씨는 다시 각 회원에게 호상비護喪費라는
명목으로 십오 전씩을 더 수합하게 하여, "과혹過酷한 노동으로 노상에서
횡사를 하더라도 돌아볼 사람이 없으며 하루하루 입에 풀칠하기가 바쁜
중에 일 분의 소저所儲[485]가 없는 거부들의 신세로서 언제 어떠한 불의의
변이 생길는지도 모르는 터이다"[486]라며, 그 돈으로 호상互相 상비喪費에
충당하게 하였다.

이런 가운데는 물론 허다한 경제적 고통이 없는 바 아니었으나, 그래
도 소망대로 사업을 진행해나가게 되었었는데, 호사다마로 거부들 사이
에 무슨 재미없는 일로 분규가 생기게 되어 드디어 회원들이 뒤를 이어
탈퇴하고 보니 뒤에 남은 회원이 겨우 이백 명에 불과하였다 한다.

이와 같은 형편에 있어 학교 유지금의 출처가 막연하게 되고 보니 할
수 없이 각 사회단체에 진정을 하여 다소의 동정금을 얻기도 하고, 혹은
그때 씨가 수상水商 조합장을 겸임하고 있었던 관계로 심지어 물장수들
의 동정까지도 입어서 간신히 족화지급足火至急을 모면하려 갖은 노력을
다해보았으나, 일인日人의 집세는 육 개월이나 적체되고 학교 경비를 감
당할 수 없어 그 사정이 폐교할 수밖에는 타도他道가 없게까지 절박하게
되었었다. 그런 중에 하루는 일인日人 가주家主가 육 개월이나 세금貰金을

---

483 소화 2년: 소화 원년이 1926년이므로, 1927년도를 말함.
484 주소: 밤낮.
485 소저: 쌓은 바.
486 원문은 다음과 같다. "수합收合하게 하야 과혹過酷한 노동勞動으로 노상路上에서 횡사橫死를 하드라
도 돌아볼 사람이 업스며 하로하로 입에 풀칠하기가 밧분 중에 일분一分의 소저所儲가 업는 거부車
夫들의 신세身勢로서 언제 엇더한 불의不意의 변變이 생길런지도 몰으는 터이다."

불결不結한다는 이유로 앞뒤 대문을 굳게 폐쇄하고 아무리 간청하여보았으나 들지 않으니 사실에 있어서 할 수 없이 폐교하게 된 것이었다.

그러나 어찌 이만한 지장으로 말미암아 초지를 굽히며 낙심하여 물러앉을 수가 있었으리요. 씨는 다시 필사의 노력으로 자금을 구변區辨[487]하여서 칠백여 원을 주고 신당리에 있는 전 비료회사 헌 집과 대지[488]를 매수하여가지고 대강 수축修築하여 그곳으로 다시 생도들을 수용하였었다.

원래 이곳은 분뇨 등 비료 저장소가 되어 하절夏節에는 더구나 악취가 심하여 아동 위생상 도저히 오래 감내할 수 없는 불결한 곳이었으나, 우선 당장에 갈 곳이 없었던 것과 이것을 구실로 나중 부청府廳에 진정을 하면 다른 적당한 장소와 교환할 수 있으리라는 일종 정책으로 단행한 것이라 한다.

그리고 회원 중에서 가장 성의 있는 회원 백 명을 선발하여 이사회를 조직하고 매 명이 백 원씩 일 년 동안 월부로 바치게 하여 이것을 가지고 학교 유지비에 충당하자니 저간의 고통과 그 참상은 가히 짐작할 수 없을 것이다. 그러자 씨의 이와 같은 성력誠力과 군은 의지에 감복된 칠백여 명의 거부들은 전과前過를 회오悔悟하고 다시 유지회원이 되니 여기서 힘을 얻은 씨는 더욱 공고鞏固[489]한 결심과 배가의 열성으로 그들을 효유曉諭[490]하며 아동을 교육하는 한편에, 학교의 기초를 세우기에 전력을 다하였었다. 그리하여 유지 고창한高昌漢 씨가 전부터 이 방면에 뜻이 있다는 말을 듣고 수개 월 동안 왕래하며 누누이 씨의 포부를 설파하여, 드디어 그의 승낙을 얻어 많은 기부를 받아서 고 씨의 주택지에 교사校舍를 신설하고 현재에는 칠팔 명의 교원과 사백 명 생도 외에 야학생까지 백

487 구변: 일을 나누어 분별함.
488 대지: 원문에는 '지대地垈'로 되어 있음.
489 공고: 굳고 튼튼함.
490 효유: 깨달아 알아듣도록 타이름.

명이 넘는다 한다.

씨는 금년 삼십삼 세의 소장 청년으로 어떤 날 기자가 왕방往訪하였을 때 겸손한 태도로 자기의 공로를 부인하면서 희망에 빛나는 명민한 눈으로 장래의 계획을 말하였다.

"공로라니요. 이만치라도 된 것은 모두가 다 인력거부 동무들의 힘이지요. 그러나 아직도 미비한 점이 여간 많지가 않습니다. 그래서 금춘今春부터는 교사를 증축해가지고 실업과實業科와 고등과를 둘까 합니다.

그리하여 실업과에서는 상업과 공업에 대한 간단한 전문 지식이나마 알리게 하는 의미에서 학교 안에 조그마한 공장도 하나 만들고 상당한 기사技師를 초빙하여 그들이 실사회에 나아가서 활동할 만한 실력과 기술을 양성해주고 싶습니다.

마침 로서아에서 다년 군함 만드는 큰 공장에서 기사로 계시던 분이 우리 학교에 조력해주시기로 하였고, 고창한 씨도 곤란한 중이나마 이 일에 많이 찬동하시느니만치 만 원 하나는 내놓으실 작정이니까요……."

이리하여 사오 년간 심혈을 경주한 씨의 고심과 노력은 헛되지 않아, 도로에서 방황하던 사백여 명 무산아동들은 기쁜 얼굴로 배움의 길 위에 뛰면서 가회동 대동학교 문전으로 몰려들게 되었다.

불쌍한 노인을 식구로 모으는 양로원 원장 김신원金信媛 씨

환과고독鰥寡孤獨[491]이라 하여, 세상에는 불행한 사람이 허다히 많지만

---

491 환과고독: 늙어서 아내 없는 사람, 젊어서 남편 없는 사람, 어려서 어버이 없는 사람, 늙어서 자식 없는 사람을 아울러 이르는 말.

늙고 외롭고 의탁할 곳이 없어서 굽은 허리를 오직 마른 지팡이에 의지하여 동서로 지향 없는 나그네 걸음을 걸어 전전轉轉히 떠돌아다니는 가운데 언제 어느 땅에서 길가 주검이 될지 알 수 없는 신세처럼 가엾고 불쌍한 것은 없을 것이다.

그들의 흩어진 백발에도 지나간 옛날에는 운발雲髮을 자랑하고 청춘의 기개를 뽐내는 모습이 남아 있을 것이며, 기한飢寒에 떨리는 그 입술에는 어머니로서 자녀를 두호斗護[492]하는 따뜻한 미소와 거룩한 자애로 떠들렸을 것이며, 뼈만 남은 파리한 그의 얼굴에 아버지의 위엄과 자랑을 갖추어 벙글거린[493] 때도 없지 않았을 것이다. 그러나 염량세태에 시달려 갖은 고한苦寒과 온갖 화액禍厄을 겪어 나오는 동안에 처자를 잃고 재산을 없애고 친척에게까지 내쫓김을 받아, 이제야 한회寒灰와 같은 들 데 없는 노구를 끌고 도로에서 헤매게 된 영락한 행색을 보고 누가 가엾다고나 하랴. 호주머니를 더듬어 쓰다 남은 동전 한 푼인들 찾아보려는 사람이 있으랴. 세상인심은 야박하고 저 살기에만 바쁘지 않느냐!

그러나 우리들 사는 세상이 빙세계氷世界가 아닌 바에야 어찌 같은 사람으로서 더구나 변전變轉이 많은 인생의 오십 행로에서 어느 때 자기 앞에도 닥쳐오는지 모르는 이 불행과 눈물을 보고 못 본 체, 알고도 모르는 체 내버려둘 수가 있으랴. 사람의 가슴 속에 따뜻한 피가 뛰고 있는 동안에는 날 때 타고난 사람다운 온정미溫情味도 몰래 흐르고 있을 것이다. 오직 세욕世慾에 눈이 어두워서 그것을 누르고 깊이 감추는 까닭에 여러 가지 부도덕과 추행이 생기는 것이다[494]. 고아원과 양로원은 이러한 온정에서 생겨난 것이다. 그것이 자선사업이니만치 다른 나라에서는 대개가

---

492 두호: 남을 두둔하여 보호함.
493 벙글거린: 원문에는 '벙글인'으로 되어 있음.
494 것이다: 원문에는 '것일다'로 되어 있음.

종교단체에서 경영해나가게 되며, 이 사업을 돕는 사람들의 동기도 각각 달라서, 혹은 어떠한 수단으로 혹은 자기의 죄과를 덜고자, 또는 한 조각의 명예심으로 하여 순결한 인정미人情美를 흐리게 하는 경우도 없지는 않으나, 한 사람이라도 그러한 불행한 노인을 구원하여 부양해 나아간다면 그보다 더 감격한 사업은 없을 것이다.

그러나 우리 조선에 양로원이 있다는 것은 아직도 널리 알리지 못한 듯하다. 더구나 오십 전후의 연약한 여자의 몸으로, 벌써 햇수로 삼 년째 다른 사람의 원조가 조금도 없이 그리 유족裕足하지도 못한 재산을 전부 기울여서, 어디까지 이 사업의 기초를 닦고 초지를 관철해보고자 남자가 따르지 못할 만치 굳센 의지와 결심을 가지고 만난萬難을 헤치고 꾸준히 나아가는 줄이야 꿈에도 모를 사람이 많을 것이다. 우리의 불우한 아버지와 어머니를 모아서 친부모와 같이 혼자 힘으로 부양해나가는 이 고결한 여성을 어찌 모르고 지내랴. 그 무거운 짐을 어찌 약한 여자의 어깨 위에만 지워두고도 모르는 체하랴!

이런 생각을 함에 기자는 추운 것도 잊어버리고 눈보라 몹시 치던 어떤 겨울날 석양에 청운동 꼭대기를 찾아 올라갔다.

북악의 연봉과 근접한 인왕산 중허리에 아담하게 자리 잡아 앉은 양로원 본관 이층집을 바라보면서 석벽을 깎아서 닦은 양장羊腸의 산로山路를 뿌드득뿌드득 눈을 밟고 올라가니, 아래 동리에서는 벌써 저녁연기가 떠오르면서 산록山麓[495]을 달아 내 뒤를 쫓아온다.

재단법인 경성양로원이라 써 붙인 문패를 얼른 바라보면서, 뽐내지 아니한 시비柴扉를 거쳐 본관 앞에 이르러 명함을 통通하고 씨가 나오기를 기다리는 동안, 집 뒤에다 달아 둘러선 석벽을 바라보니 이곳저곳 나

| 495 산록: 산기슭.

264

무아미타불을 새기고, 그 아래는 괴석怪石을 쌓았고, 돌 홈 속에서는 새파란 물이 얼지 않고 새어나온다. '도심심사산장옥 시비청어수양어道心深似山藏玉 詩味淸於水養魚'라고 기둥에 써 붙인 시구가 이 정경을 말하고 있는 듯, 우묵하게 총생叢生[496]한 교송喬松[497]이며 굽이쳐 내려간 계류溪流의 자취를 살필 때, 송황松篁 교취交翠요 계류가 잔원屠湲[498]이라고 흥청거리고도 싶었으나, 때가 겨울이라 상록수의 푸른 침엽에도 백운白雲의 자취가 새롭고 유수流水는 얼어붙어 죽은 백사白蛇와 같이 뻣뻣하니 흥은 두었다 여름에 찾으려니와 우선 방에 들어가기가 바쁘다. 방석이야 숯불이야, 커피차를 올려라, 담배를 붙여드려라, 극진한 대접을 받으면서 얼른 보아서는 삼십오륙 세밖에 되어 뵈지 않는 주름살 하나 없고 두 볼에 도화색桃花色까지 떠오르는 씨와 대좌하였을 때, 나는 다시 한 번 경탄하지 않을 수 없었다. '아직 젊으신 여자인데!' 하는 염치없는 생각이 얼른 머리를 스치고 지나간 까닭이다.

씨는 기자의 묻는 말과 치사에 대하여 극히 겸손한 태도를 가지고 굳이 사양하면서 분명한 어조로 말하였다.

"이 같은 설한심동雪寒深冬에 눈길을 밟고 일부러 우리 빈원貧阮을 찾아주신 것은 무어라 말할 수 없이 감사하오나 아직은 별로 큰 사업도 되지 못하고 또 내 마음먹은 데까지 이르지도 못한 것을 가지고 남에게 알릴 처지가 못 됩니다. 그저 집안 어른 모시듯 불쌍한 노인 분을 모시고 있는 걸 뭐 그리 대단한 사업이어야지요. 전에도 신문사, 잡지사에서 여러분들이 찾아와서 신문에 내겠다, 잡지에 올리겠다고 말을 해달라는 것을 아직은 덮어주십사고 다 그냥 돌려보냈어요" 하고 미안하다는 듯이

---

496 총생: 뭉쳐나기.
497 교송: 원문에는 '矯松'으로 되어 있으나 오식으로 보임. 높이 솟은 소나무.
498 송황 교취요 계류가 잔원: 소나무와 대숲이 서로 어울려 푸르고, 골짜기 시내가 졸졸 흐르네.

약간 빙긋해 보이는 얼굴이 다정한 것 같기도 하고 사업가의 군센 의지와 침착한 자취도 엿보이는 것 같았으나 기자의 처지가 몹시 궁하게 되었다. 그러나 씨의 움직이지 않는 표정을 살펴 그 말이 겸사로 하는 말이 아니고 참뜻인 것을 알았으므로 할 수 없이 몸을 피하여 지름길[499]로 나섰다.

"네, 그렇습니까. 정 그러시다면야 할 수 있나요. 말씀하실 때까지 잠자코 기다리지요, 허허……. 이 뒷산이 인왕산이지요. 전부터 여기 집이 있었던가요?" 슬쩍 말머리를 돌려서 이같이 물으매 그런 말이면 못할 게 없다는 듯이,

"네, 인왕산이야요. 집이 뭡니까, 산을 깎아내고 우리가 집을 세웠지요. 올라오는 길까지 죄다 우리가 돌을 깎아 닦은 거랍니다" 하고 나의 무지無智에 흥미를 느끼는 기미를 타서 한 걸음, 한 걸음 지름길[500]에서 큰길로 기어 나오기 시작하였다.

"본댁이 서울이시던가요?"

"네, 서울에 있어요. 우리 내외만 이리로 나와서 노인들을 모시고 있지요. 뭐, 보시는 바와 같이 빈원이니까요. 크게 떠벌일 수도 없고 그저 내 조카가 나무도 패고 군불도 때고 물도 길고 한답니다. 어데 몇 분 되어야지요."

"모두 몇 분이나 계신가요, 노인들이?"

"한 십여 명 되지요."

"그중에 남자는 몇 분이나 되나요?"

"전부 여자 분들뿐이야요. 아직은 남자를 둘 수가 없어요. 남자 분을 모시게 되면 첫째, 방을 따로 해야 되고 여러 가지 불편한 점이 많고 비

499 지름길: 원문에는 '기름길'로 되어 있음.
500 지름길: 원문에는 '기름길'로 되어 있음.

용 관계도 있고 해서요. 요전에 두어 분 계시다가 두 달이 못 가서 갑갑하다고 나가버렸어요."

"한 달에 한 사람 생활비는 얼마나 드는지요?"

하고 인제는 세를 얻었다고 이런 말까지 물어보았다. 씨는 그제야 눈치를 알아챘는지 표정이 좀 삽삽해[501]지면서,

"돈 십 환이나 들지요. 원체 빈원이니까요" 하고 팔짱을 낀다.

"그동안에 여기서 돌아가신 분은 없었나요?" 하고 재우쳐 묻는 말에,

"삼 년 동안에 두 분이 돌아가셨지요. 그래 여기서 그리 섭섭지 않게 장사를 지냈답니다. 재단법인이요? 금년 봄에 되었지요. 그 뒤로 부청의 보조를 조금씩 받습니다. 남자요? 물론이지요. 앞으로 자리가 잡혀서 살림이 좀 더 벌어지면은 남자뿐이겠습니까. 조선 안에 흩어져 있는 무의무락無依無樂한 불쌍한 늙은이들을 다 한 곳에 모아다가 모셔보구 싶습니다." 말을 맺고 다시 "그러나 아직은 덮어두세요" 하고 거듭 당부를 하는 씨는 동전 한 푼을 던져주고도 적선을 했다고 자랑삼아 떠벌이는 서울 여자와는 천양의 차[502]가 있었다. 찬 방에서 기침까지 하는 여사를 더 오래 붙들고 앉았을 염치도 없어 하직을 하고 나오는 길에 노인들 거처하는 방문을 잠깐 열어보았다. 돋보기안경 쓴 하얀 할머니들이 삼사 인 둘러앉아서 버선짝 같은 것을 호고 있다. 그들의 얼굴은 안방에 앉아서 심심풀이로 손녀들을 데리고 바느질 가르치고 있는 한 어머니와 같이 평화롭고 부드러워 보였다. 이 노인들은 여름이면 뒷산에 나가서 염불을 하며 새 소리를 듣고, 겨울이면 이 여사와 그 조카들이 읽어주는 구소설을 듣기도 하고, 심심할 때 바느질도 하면서 아무 근심 걱정 없이 한가한 여생을 이 양로원 안에서 보내고 있는 것이다.

---

501 삽삽하다: 매끄럽지 아니하고 껄껄하다.
502 천양의 차: 천양지차天壤之差. 하늘과 땅 사이와 같이 엄청난 차이.

그리 넉넉지 못한 재산을 온통 기울여 남 하지 않는 양로원을 경영하고자 나섰을 때 씨는 얼마나 집안사람들과 친척들의 비난 공격을 당하였겠으며, 고심인들 얼마나 하였으랴. 더구나 불쌍한 노인들을 친어머니, 친할머니나 다름없이 대접하며 원阮 안에 파묻혀서 고락을 한가지 하는 고결한 덕의와 굳센 의지에 감격한 나는, 마음속으로 씨의 건강과 여경餘慶[503]을 빌면서 가물가물 어두워가는 산길을 더듬어 다시 야박한 세상으로 내려왔다.

《별건곤》, 1930년 2월

| 503 여경: 남에게 좋은 일을 많이 한 보답으로 뒷날 그 자손이 받는 경사.

알 수 없는 일—기괴한《기괴》

_ 백릉白菱[504]

알 수 없는 일……이라니 이런 비현대적 말이 있을 수가 있나?

뢴트겐(엑스 광선)을 발명하여가지고 남의 뱃속까지 굽어다 보고 있는 지가 벌써 묵은 세상이 된 20세기의 30년—모더니즘의 첨단—에 앉아서 '알 수 없는 일'이라니, 이런 케케묵은 소리도 또 있을까?

1+1=2라는 수학 공식을 볼 때에 하나에 하나를 가하면 둘이 된다는 것은 유치원의 원아도 잘 알고 있을 것이다.

그러나 하나에 하나를 가하면 '왜?' 둘이 되는지 그 '왜?'는 모른다.

이것은 아마 소크라테스의 할애비가 와도 '알 수 없는 일'일 것이다.

그러나 설마 이러한 기사를 쓰란 말은 아니겠지.

가령 예를 들면 이러한 것이겠지.

---

504 백릉白菱: 가장 잘 알려져 있는 채만식의 호. 흰마름꽃. '마름'이란 마름과의 한해살이풀. 진흙 속에 뿌리를 박고, 줄기는 물속에서 가늘고 길게 자라 물 위로 나오며 깃털 모양의 물뿌리가 있다. 잎은 줄기 꼭대기에 뭉쳐나고 삼각형이며, 잎자루에 공기가 들어 있는 불룩한 부낭浮囊이 있어서 물 위에 뜬다. 여름에 흰 꽃이 피고 열매는 핵과核果로 식용한다. 연못이나 늪에서 나는데 한국, 일본, 중국 등지에 분포한다. 자신의 대표적인 호로 쓴 이 말로써 채만식은 민초들의 생명력을 상징적으로 나타내고자 한 것으로 생각된다.

육당 최남선 선생님이 《기괴奇怪》라는 개인잡지를 발간하는 것…….

이거야말로 참 알 수 없는 일이다.

지금의 조선 사람이 그러한 야릇한 자극을 요구하는 바도 아니겠고, 또 설마하니 선생님이 그런 야릇한 취미를 가질 변태 심리는 아니겠는 데…….

참 알 수 없는 일이다.

그러한 종류의 서적이나 잡지가 가까운 일본만 가도 많이 발간이 되는 것은 그만큼 일반의 요구가 있기 때문이겠지만, 조건에서 '그로테스크' 류의 《기괴》는 그 존재의 이유를 아무리 하여도 알 수가 없어!

그게 또 나오는 게 야릇하겠다.

월간이라면서 1년에 한 호씩 그야말로 《기괴》가 망측하게 나오니 선생님! 참 알 수가 없습니다.

전같이 선생님이 가까이나 계셨으면 물어나 보겠지만 지금은 그럴 수도 없고.

참 알 수 없습니다.

《별건곤》, 1930년 3월

김기전金起田 씨

_ 채만식

전에 개벽사라는 이름과 한 가지로 연상하는 몇 분의 이름 가운데 지금 생각하면 제일 엉터리없는 연상을 한 것은 김기전 씨다.

키가 후리후리하게 크고 모던 식으로(미장부美丈夫가 아니라) 생겼고, 사람이 몽니[505]가 사납고, 술을 좋아할 것이고, 걸걸하니 놀기를 좋아하는 사람이리라고 생각하고 있었다.

내가 김기전 씨를 만나 첫인사를 한 것은 겨우 작년 10월이었었다.

그때까지도 씨가 개벽사의 실무를 보고 있는 줄만 여기고 있었다.

인사를 소개하는 이가,

"전에는 우리 개벽사에서 오랫동안 신고를 같이 하셨고, 지금은 청년당(천도교)에서 일을 보시는 김기전 씨"라고 하는데, 나는 두 번 다시 씨를 쳐다보지 아니할 수가 없었다.

지금은 개벽사의 실무를 아니 본다는 것도 나의 생각 밖의 일이요,

| 505 몽니: 정당한 대우를 받지 못할 때 권리를 주장하기 위하여 심술을 부리는 성질.

또 외관도 아주 내가 생각하던 바와는 딴판이었었다.

작은 키라고 할 수는 없으나 몸이 넓고 얼굴도 넙죽하고 입도 넙죽하고 눈이 두리두리 뺑하니 어찌 보면 겁이 많은 것 같기도 하고…….

그리고 마주 앉아서 이야기를 하는 데는 아주 종교 신앙에 폭신 젖은 사람같이 말이 상냥하디 상냥하고, 표정과 조그만씩한 동작이 철학자와 같은 고요함이 보였다.

나는 아직 씨와 깊은 사귐이 없으므로 내면에 감겨 있는 다른 일면은 알 수가 없으니 첫 번 만난 인상만은 그러하였다.

《별건곤》, 1930년 3월

청춘남녀들의 결혼 준비

_ 북웅생

1. 배우자 선택의 실패

결혼이 남녀를 물론하고 생애를 통하여 중대한 의의를 가진 것은 누구이 말해 내려오는 바이니 다시 갱론更論할 필요도 없다. 결혼으로 말미암아 이성二性이 배합된 뒤에야 사회상 완전한 인격을 형성한다고까지 말하여 결혼 전의 남녀는 아직 한 개의 미성품未成品과 같이 생각하는 사람까지도 있는 바이다. 그러나 이 결혼을 현실적 견지에서 살펴볼 때에 간과치 못할 한 가지 중대한 문제가 있으니 그것은 허다한 사람들이 결혼 전에 기대하던 바 참말 행복을 정작 결혼 생활에서 찾지 못하고 있다는 것이니, 결혼에 관한 모든 문제는 이 점에 귀결된다 하여도 과언이 아닐 것이다.

이 문제에 대해서는 결혼 전에 있어서—더구나 대개가 청춘기이니만치—결혼에 대하여 너무나 사상적 로맨틱한 기대를 가지는 것과, 또한 너무나 현실주의적이요 공리주의적으로 결혼을 과중히 예상하는 데서 생기는 것이라고 볼 수도 있으니, 그 근본 원인을 □□본다면 대부분 배우자를 잘못 선택한 데서 일어나는 실패라 하겠다. 비록 결혼에 대한 성공과 실패의 확연한 원인을 찾아내지 못한다 하더라도 당사자로서 좀 더 신중한 태도로 배우자 선택에 용의用意하지 못한 것을 회한하는 때가 흔히 있는 모양이다. 이것은 비단 중매결혼뿐 아니라 연애결혼에 있어서도 없지 못한 현상이다.

2. 인생에 대한 이해가 필요

그러면 그 실패의 원인은 어디 있는가. 여기서 인간의 노력으로 어느 정도까지 회피할 수 있는 점을 말한다면 첫째, 경우境遇를 들 수 있고, 다음은 선택자의 총명이 부족한 탓이라 하겠다.

결혼하고자 하는 사람이 배우자를 선택하는 데 충분한 자유를 허여하지 않는 경우, 즉 그러한 사회에 있어서는 결혼에 실패할 가능성이 많은 것은 다시 말할 것도 없다. 우리나라와 같이 청춘남녀들의 접근을 무조건으로 위험시하여 행동을 감시 구속하며 널리 교제할 기회를 주지 않는 완미頑迷하고[506] 부자유한 사회에 있어서는 더구나 그러하니, 이 점에 있어 요사이 남녀 교제가 필요한 것을 깨닫는 사람이 다소 생기기는 하였으나 아직도 진부한 구도덕의 미몽에서 깨어나지 못한 사람이 적지 않은 모양이니, 실로 한심한 일이라 하겠다. 이와 같이 전습傳襲의 지배를 받고 있는 부자유한 사회에 있어서, 더구나 부형父兄이 그 자녀를 위하여 배우자를 선택해주며, 또는 한낱 탐리貪利에 팔린 중매인의 선정選定에 맡기는 유풍폐속遺風弊俗이 소멸하기 전에는 우리 청년남녀들의 대담하고 자유로운 교제를 바랄 수 없을 것이요, 결혼의 실패를 거듭하게 될 것이다. 둘째로, 선택자의 총명이 부족한 탓으로 생기는 실패는 경우 이상

| 506 완미하다: 융통성이 없이 올곧고 고집이 세어 사리에 어둡다.

으로 큰 원인[507]이 되는 것이다. 사상 감정의 상위相違라든가 성격과 취미의 차이 또는 상대자의 인격에 대한 불철저한 관찰에서 배우자에 대한 새로운 실망이 생기는 때가 적지 않은 것이다. 다시 말하면 인생에 대한 관찰과 이해력이 부족한 데서 기인하는 것이다.

한 사람의 정신적 성향을 추찰推察[508]하고 그 내부 생활을 규지窺知[509]한다는 것은 어떠한 정신적 사업보다도[510] 더 곤란한 일이다. 이것을 능히 할 수 있는 사람이면 그는 벌써 훌륭한 예술가라 하여도 마땅할 것이다. 그러나 그렇다고 자기의 장래 행불행을 좌우할 결혼을 앞두고 그 점을 등한시할 수는 없을 것이다. 그리고 그러한 관찰과 통견洞見[511]의 능력은 보통사람으로도 어느 정도까지 가지고 있는 것이다. 오직 그 능력이 단련되고 발달되지 못한 것뿐이다. 그런데 외국은 여하간에 우리나라 현상을 들어본다면 일반사람들이 보통으로 이 방면에 주의가 소홀하며 결여한 것이다. 물론 배우자를 선택하려고 하는 청년남녀들에게 선택 의식이 움직이고 있기는 하나, 그 선택에 있어 가장 긴요한 관찰력이 너무나 유치하며 훈련이 부족하다. 상대자의 학식 정도에 대해서도 중학교나 전문학교의 교육을 받았다는 형식적 교육 정도를 조사하며, 더 나아가서는 두뇌의 명민 여하를 막연히 상상할 뿐이요, 참말 상대자가 얼마만치나 사회와 인생에 대한 본질적 이해력을 가지고 있는가, 또는 얼마나 사회에 처해나가는 총명한 방침과 역량을 가지고 있는가 하는 진실한 의미의 현명한 관찰력과 주도周到한 용의를 가지고 있는 사람이 현대의 청년남녀 가운데 몇 사람이나 될 것인가.

---

507 원인: 원문에는 '因'으로 되어 있음.
508 추찰: 미루어 생각하여 살핌.
509 규지: 엿보아 앎.
510 보다도: 원문에는 '보다는'으로 되어 있음.
511 통견: 앞일을 환히 내다봄. 또는 속까지 꿰뚫어 봄.

사회적 경우가 그와 같은 충분한 관찰을 하리만치 청년남녀들의 접근할 기회를 주지 않은 것이 그 능력을 발휘하는 데 장애를 끼친 바도 없지 않겠으나, 만일 그러한 기회가 충분히 허여되었다 하면 그들은 과연 그 능력을 원만히 발휘할 수가 있을 것인가 하면 그도 그렇지 않다. 그들을 첫째, 일반적으로 그러한 통찰의 능력을 가질 만한 교양을 받지 못하여왔다.

상대자가 어떠한 개성을 가졌으며 그것이 결혼 후의 생활에 어떠한 변화를 주며 영향을 미칠 것인가, 또는 그 외 여러 가지 문제에 대하여 우리 청년남녀들은 어느 정도까지의 관찰력과 비판력을 가졌는지 실로 의문이라 하겠다. 더구나 여자들은 이 능력에서 큰 결함을 가진 것은 아닐까.

3. 당사자의 의사 존중

그러면 어찌하여 이와 같은 결함을 아무도 주의하지 않고 등한시하여 왔는가. 왜 그러한 능력이 발달과 단련을 조장하는 데 노력함이 없어왔는가. 그 원인을 간단히 말한다면, 우리들의 사회적 사정과 인습에 돌릴 수 있는 것이니, 즉 첫째는 우리들의 가족제도에 있는 것이요, 둘째는 중매결혼의 관습에 있다 하겠다. 첫째, 우리들의 가족제도의 일면을 살펴본다면, 가주家主의 권리가 너무나 전제적專制的이어서 자녀子女 질제姪弟의 결혼에까지 간섭할 뿐 아니라 배우자의 선택에 대해서는 절대의 권리를 보지保持하고 왔다. 그리하여 아들은 어버이가 정해준 곳에 두말 못하고 장가를 들었고, 딸은 또한 어버이가 택해준 남자에게로 시집을 갔었다. 이와 같이 우리 자여질子與姪[512]은 자기의 미래 행복과 불행을 좌우

| 512 자여질: 아들과 조카를 통틀어 이르는 말.

할 중대한 결혼에 있어서 한 마디 의견조차 말해보지 못하고 부여형父與兄513의 독단적 엄명에 맹목적으로 복종해왔었다.

만일 남의 자녀가 되어 자의自意대로 배우자를 선정한다면 그것은 크나큰 불의요 망행妄行이라 하여 배척과 모멸을 받아왔고, 세상 경험을 많이 쌓은 부형들의 판단이 아직 경험이 적은 젊은 남녀들의 판단보다 명확하다는 것이 그들의 변명이다. 물론 그런 점도 없지 않을 것이다. 그러나 그와 같은 자기변호의 뒤에 숨어서 혼악魂惡한 공리주의적, 타산적 또는 형식주의적 결혼을 강행하는 부형들이 결코 적지 않은 것이다. 여사如斯514히 결혼 당사자의 선택 의사를 존중하기는커녕 전연 무시하는 가족제도에 있어서, 어찌 전기前記의 상대자에 대한 관찰이나 이해력의 조성을 바랄 수 있으랴.

다음으로 중매결혼이란 가족제도와 서로 제휴하여 과거 우리들의 결혼을 지배해온 관습으로서, 결혼하고자 하는 상대자에 대한 조사 관찰들을 중매인에게 일임하여 직접 결혼 당사자의 관여를 허치 않을 뿐 아니라, 책임을 지고 권리를 대행한다는 부형들까지 무성의하게 중매인의 직업적 감언이설을 믿고 귀한 딸과 아들을 놓기 때문에 왕왕히 불행한 비극을 연출하는 일이 많았었다. 이것이 얼마나 무서운 죄악이랴. 이러한 일면에는 가족제도가 낳은 구도덕에 엄연히 뿌리를 박고 있어 청년남녀의 접근을 준거峻拒515하는 터인즉, 결혼 당사자들의 상대자 선택에 대한 비판안批判眼이 더욱 어두워질 것이 사실이다.

그러나 오늘날 와서는 이와 같은 가족제도도 점점 그 권위를 잃게 되고, 결혼 당사자의 의사를 참작할 뿐 아니라 일보 나아가서 자유연애, 자

513 부여형: 아버지와 형을 통틀어 이르는 말.
514 여사 : 이렇게.
515 준거: 엄정한 태도로 거절함.

유결혼까지 성행되어가는 형편이다. 그러나 이러한 경향은 도회지에서 보는 것이요, 일반적으로 말하면 아직도 가족제도의 철벽鐵壁과 중매결혼의 유풍이 의연히 존속되고 있는 터이다. 그러나 그 풍습이 점점 쇠퇴해가는 것은 사실이니, 그 유멸遺滅[516]은 오직 시기 문제이다. 그리고 오늘날 우리가 예상하고 있는 사회적 변화가 멀지 않은 장래에 온다면, 따라 그 유멸의 기期가 닥칠 것은 물론이다.

4. 문예교육으로

그러면 우리는 어찌하여 청년남녀들로서 배우자를 총명하게 선택하는 능력을 교양할 것인가.

즉 사람의 본질이란 어떠한 것인가, 남자와 여자의 성향은 어떠한 특질을 가지고 있는가, 사람의 인격이나 개성은 여하히 관찰할 것인가, 또한 어떠한 개성과 인격이 사람으로서 가장 가치가 있는 것인가, 처세에 총명한 방침과 역량을 가진 사람은 어떠한 사람인가, 어찌하면 갑의 개성과 을의 개성을 융합할 수 있을까…… 등의 별별 델리케이트한 점에 대한 관찰력과 비판안을 가지게 할 것인가. 이러한 능력이 없이 덮어놓고 자유연애만을 실행한다면, 그 결과에 있어 어떠한 불행과 비운을 초치할는지 모르는 것이다. 그리고 그것은 중매결혼 대신에 야합野合이 생긴 것밖에는 더 의미가 없을 것이다.

그러므로 이러한 능력의 양성에 대해서는 부형들도 노력할 것은 당연한 일이지만, 남의 자녀들을 맡아서 교육하는 학교에 있어서는 더구나 이 방면에 대한 충분한 용의와 관심이 있어야 할 것이다.

| 516 유멸: 잃어버려 없어짐.

중등학교 생도들에게는 가장 적당할 것이니, 학교란 결코 지리, 수학, 물리, 화학 같은 것을 주입식으로 가르치는 것만이 능사가 아니다(요사이 성교육 문제가 교육자 간에 논의되는 것은 당연히 밟아야 할 경로라 하겠다). 여기서 전기前記의 목적을 달하는 의미에 있어 문예—더구나 소설을 교묘하게 이용할 것을 주창하는 바이다. 그 수단에 도움이 될 만한 작품은 자연주의 이후의 외국 작품에서 수없이 선택해낼 수 있을 것이다. 생도들로 하여금 그러한 작품을 감상케 하며, 교사가 적당히 해설을 해준다면 적지 않은 효과를 얻을 줄 믿는다. 그러나 이러함에는 교사가 첫째, 문예에 대한 깊은 감상안과 인생의 본질에 대한 이해력이 없어서는 도리어 반대의 결과를 초래할 염려가 또한 없지 않다. 그런데 오늘날 교육가들 가운데 불행히도 이러한 위험에 빠지기 쉬운 사람이 많은 모양이다. 그들은 이러한 조건이 결핍한 제도 또는 태도로써 교육을 받아온 까닭이다. 오늘날 사범학교의 성질을 살펴본다면 그 당연한 것을 넉넉히 짐작할 것이다.

5. 결혼 준비에 대한 교육

결혼이 생사의 간에 잇는 중대한 것임에도 불구하고 지금까지의 교육이 거기에[517] 대한 아무런 준비와 교육이 없이 무관심하게 여겨온 것을 보면 실로 놀라지 않을 수 없는 일이다. 그것은 어느 정도까지 교육이 우리들 가족제도의 지배를 받아온 결과라고 하겠다. 그리하여 가족제도가 지켜온 구 도덕의 덕목을 주입하는 것으로 교육의 목표를 삼아왔다.

그러나 그 가족제도가 쇠퇴해가는 오늘날 우리 교육가들로서는 당연

| 517 거기에: 원문에는 '거기'로 되어 있음.

히 결혼 당사자의 개인적 선택의 준비로서 위에 말한 바 인간의 평가, 관찰 등에 관한 능력의 양성에 노력하여야 할 줄 안다. 그 외에 새로운 결혼, 도덕의 해설, 가정의 의의에 대한 새로운 견해, 가정과 경제의 정당한 관계 등, 여러 가지 결혼생활에 대한 준비 교육을 시켜주는 것이 오늘날 교육가의 한 가지 의무라 하여도 과언이 아닐 것이다. 이러한 모든 교화를 일괄해서 나는 결혼교육이라 부르고 싶다. 이 소위 결혼교육을 등한히 하는 교육은 인생의 중대한 의무를 망각한 교육이라 하겠다. 물론 이와 같은 결혼교육으로써 자子이면 자, 업業이면 업의 청년남녀들이 한 가지로 아무튼 과오가 없이 배우자를 선택하며 행복된 결혼을 할 수 있다고 단언하는 것이 아니며, 그 수단 방법에 있어서도 결코 한두 가지가 아닐 것이다. 그러나 여사히 함으로써 오늘날 결혼생활의 불행과 실패의 원인을 어느 정도까지 구원할 수가 있을 줄 믿는 바이다. 그리고 여기 대해서는 새로운 사상을 이해하며 문예와 인생문제에 대하여 깊은 감상안과 비판력을 가진 교육가들에게 많은 기대를 가질 수밖에는 타도他道가 없을 것이다.

《별건곤》, 1930년 5월

지상誌上 이동좌담회移動座談會: 해학 속에 실정實情
—《동아일보》를 중심으로, 송진우·이광수 씨를 붙잡고

편집자는 가끔가다 이런 야릇한 고찰을 해놓고 사람을 애를 태우게 하는 데는 견뎌내는 장사가 없다.

이런 변덕만 부리지 아니하면 사람은 꽤 좋은데…….

기자를 죽 모아놓고는 너는 그것 하는 사람, 또 너는 저것 하는 사람, 또 너는 이것 하는 사람, 또 너는, 하고 내게로 돌아온 제비가 신문사 사람이다.

속으로는 지금 지상 이동좌담회(독자 제군, 이런 좌담회도 구경했소?)를 해보자는 것인데, 그것도 그렇거니와 대관절 어느 신문사의 무엇 하는 사람에게 무슨 말을 어떻게 들어오란 말이야?

남대문입납南大門入納도 분수가 있지, 어쨌든 선생님, 죽어서 지옥에는 못 갈걸…….

그러나 못한다고 하면 말한 사람의 대접도 아니요, 점잖은 나의 체면도 아니 되고, 할 수 없이 사社를 나서기는 하였으나, 어디로 대가리를 두르고 갈까? 탑골공원에 가서 어디로 가야 신통스러운 이야기라도 하고 올까 점이나 쳐볼까?

에라, 비교적 낯이 많이 익은 《동아일보》로 가놓고 보자.

《동아일보》는 집이 꽤 모던이야. 그리고 자리도 신문사로는 아까워. 나더러 이용하라고 하였으면 그 자리에다 데파트depart[518]를 하나 벌여놓겠구만.

*

2층 편집국으로 쑥 들어서니까 한참들 바빠서 정신이 없는 모양이다.

누구를 붙잡을까? 또 무슨 이야기를 할까? 에라, 기왕이니 큼직한 국장한테 붙어보자. 그러나 마침 편집국장 이광수 씨가 자리에 보이지 아니한다.

덮어놓고 사장실로 뛰어 들어가니, 아 이거 웬 땡이냐, 더 큰 사장 송진우 씨가 씨의 독특한 좌수座睡[519]를 하고 계시다가 눈을 번쩍 뜬다.

송진우 씨의 좌수야말로 일화가 많다. 씨가 전전前前 중앙학교의 교장으로 계실 때에 나도 그 문하에서 배우던 한 사람이다.

그런데 시험 때면(특히 겨울) 문제를 내어놓고 뜨뜻한 난로 옆에서 선생님 으레 꾸벅질을 한바탕씩 늘어지게 하곤 하였다. 그 덕에 우리의 수신修身[520] 점수는 전부 만점이었고.

여급사를 시켜서 이광수 씨를 청하여 두고 송 사장의 앞자리에 앉으니까,

"바쁘지나 않은가?" 하고 그 넙죽한 입으로 말을 건넨다.

518 데파트: department. 백화점.
519 좌수: 坐睡. 앉아서 졺.
520 수신: 일제시대 소·중학교 교과목의 하나. 충성심이나 효도 등을 가르치던 도덕 교육.

"네, 과히 바쁘지는 않습니다."

"저어 참, 개벽사에서 10주년 기념사업을 굉장하게 한다지? 무엇 무엇인가?"

이거야말로 을축갑자乙丑甲子[521]다. 이야기를 물으러 간 내가 되려 질문을 당한 격이다. 그러나 대답은 아니할 수야 있나.

"네, 오는 8월이 기념달이니까요."

"그러구…… 참…… 그, 그 여기자 그대로 있나?"

"네에, 허허허허."

"허허허허."

여기에 대하여는 좀 설명이 있어야 한다.

우리 사의 김원주金源珠 씨가 처음 입사하였을 때에 구직 부인求職婦人으로 가장하고 3대 신문사 사장 멘탈테스트를 한 일이 있었다. 그 기사는 어떠한 사정으로 발표치는 못하였으나 그때에 송진우 씨도 깜빡 속아 가지고 톡톡히 당한 것만은 사실이다. 그래서 언제나 개벽사의 사람을 만나면 그 일이 문득문득 생각나는 모양이다.

"깜빡 속았거든…… 깜빡 속았어. 허허허허. 그래, 그 기사는 왜 발표허잖았나?"

"네, 무슨 사정이 있어서 발표를 못했고…… 이번에 김원주 씨가 선생님 인상기만 썼습니다."

"인상기? 또, 또, 욕 썼구만?"

"천만에요……. 그러나 선생님이 이야기를 허시면서 눈을 꿈쩍꿈쩍 허시는 것이 어찌나 우스웠던지 몰랐다고 썼습니다."

"허허허허……. 그게 내가 풍이 있어서 그런 건데……. 그래, 눈짓으

---

521 을축갑자: 육십갑자에서 갑자甲子 다음에 을축乙丑이 오게 되어 있는데 을축이 먼저 왔다는 뜻으로, 무슨 일이 제대로 되지 아니하고 순서가 뒤바뀜을 이르는 말.

로 알었단 말이지?"

"네."

"허허허허."

이때 마침 이광수 씨가 사장실 옆 응접실에서 손에 만년필과 원고지를 들고 나온다. 아마 사설을 쓰다가 손님에게 붙잡혀 갔다가 또 나에게 붙잡힌 셈이 되었다.

편집자의 기대와 독자의 흥미를 배반치 아니할 이야기를 해야 할 터인데 대관절 무슨 말을 묻나?

에라, 애초부터 되는 대로 해왔으니까 그저 되는 대로 물어라.

"《동아일보》독자가 얼마나 됩니까?" 이렇게 묻기는 하였지만 나도 꽤 어리석은 질문이다.

"거, 모릅니다. 나는 《동아일보》 부수를 알어 두지를 않았으니까요. 알어 두었다가 누가 묻는 데 대답을 아니할 수도 없고, 그래서 애초부터 알어 두지를 아니 했습니다."

과연 편집국장의 외교적 사령詞令[522]이요, 이광수 씨다운 뚜렷한 사절謝絶이다. 그러면 송 사장은 무어라고 대답하나 물어보자……

"송 선생님은 아시겠지요."

"이천만 명" 하고 눈을 한 번 꿈쩍, 입을 한 번 움쭉 한다.

하하, 이것은 또 사장식 외교 사령이요 송진우 씨다운 대답이다. 그것도 그럴 것이야.

"그러면 구독자의 수는 얼마나 됩니까?"

이렇게 물으니까는 송 사장도 좀 대답에 어색한지 싱긋이 웃는다.

"가만있자, 조선 사람을 이천만 명 잡고 그 백분지 이면 이십만이지?

| 522 사령: 말 씀씀이.

이십만 명은 되겠지……."

"하하, 이십만 명이면 이십만 부라……. 그러면 신문대금만도 한 달에 이십만 원입니다그려……. 꽤 많이 되는걸요!"

"하하하하."

"하하하하."

이렇게 송진우 씨는 크게 웃는다. 그러고 나서 다시 송 사장이 에누리를 한다.

"그렇지만 지국의 비용도 있으니까…… 그저 한 달에 십만 원은 되겠지."

십만 원! 십만 원! 글자는 석 자지만 결코 적은 돈이 아니다. 그런데 《동아일보》의 대금으로만 십만 원이 매월 수입된다면, 그리고 광고 요금도 그만큼은 될 터이니까 《동아일보》가 곧 부자가 될 터인데……? 그래도 배당이 없다니……? 그것 참 모를 일이다. 독자 제군 중에 누구 아는 사람이 없소?

지금부터는 송 사장은 잠시 권외에 서고, 이광수 씨와 나 사이에 이야기가 벌어진다.

조선의 저널리즘과 저작자의 관계가 어떻습니까?

이 : 글쎄요. 아직 조선에서는 그 관계가 그다지 분명치 않은걸요…….

그렇지만 가령 《동아일보》에서 소설을 실을 터인데, 거기 대한 선택이 있을 것이고, 따라서 작자에 대해서 그러한 표준의 주문이 있을 것이 아닙니까?

이 : 그거야 있지요. 그러나 조선에서는 그렇게 원고로 생활을 유지하여가는 사람이 불과 몇이 아니 되니까 큰 문제도 되지 않겠지만, 여하간 작가로서 신문사의 요구에 응치 아니할 수 없겠지요. 신문사에서 요구하는 조건에 합당치 아니하면 그 작품이 실리지를 않고 따라서 고료도

받지 못하게 될 것이고…….

그러면 《동아일보》에서는 작자에게 어떠한 작품을 요구하십니까?

이 : 글쎄올시다. 지금까지는 내가 직접 그런 것에 대한 취급을 하지는 아니하였습니다마는, 앞으로 취급을 하게 된다면 프로파의 작품은 실리지 못하겠습니다. 그것은 그 파의 작품이 □□□[523]라기보다, 현재 조선의 프로파의 작품은 의식이 극히 첨예한 극소수의 사람에게만 읽힐 것이니까요.

그러면 가령 요전에 실린 박태원泊太苑[524]이라는 사람의 「적멸寂滅」[525] 같이…… 백 프로의 부르[526] 심경소설心境小說 같더군요?[527]

이 : 네. 예술파 문예로 썩 잘 썼습니다.

그런 작품을 요구하십니까?

이 : 아아니요. 그것도 역시 안 됩니다. 일반 민중은 그런 것을 요구하지 아니하니까요.

그러면 그저 아무 사상 내용도 없는 순 취미 본위의 것입니까? 대중 문예 같은 것…….

이 : 그렇지요.

그러나 《동아일보》의 주의와 주장……?

이 : 네, 물론 《동아일보》의 창간사를 보더래도 조선 민족의 표현 기관이라고 하였으니까…….

그러면 소설 같은 것도 그러한 의식 내용을 가진 것으로 선택해야 아니하겠습니까?

---

523 □□□: 원문에는 '?버서'라고 되어 있으나 의미가 불명확함.
524 박태원: 소설가 박태원朴泰遠의 필명 중 하나.
525 「적멸」: 박태원의 중편소설로 동아일보에 1930년 2월5일부터 3월 1일까지 실림.
526 부르: 부르주아.
527 백 프로의 부르 심경소설心境小說 같더군요?: 채만식 스스로가 자신의 문학세계를 박태원 류와는 분명히 구별 짓고 있음을 간접적으로 시사하는 발언이다.

이 : 물론 그렇습니다. 다른 것은 그렇잖더래도 장편의 계속소설[528]은 그동안 대부분 내 것을 실어왔는데…….

그러면 저널리즘이 저작자를 지배하는 것만은 어쨌거나 사실이지요?

이 : 그렇습니다. 그러나 일본 같은 데를 보면 신문이나 신잡지新雜誌가 전부 상업화하였기 때문에 저작자의 작품도 완전히 상품화하였고, 그러하기 때문에 작품이 철저하게 저널리즘의 지배를 받고 있지만, 조선에 있어서는 신문은 아직도 사회의 목탁이니까요. 목탁의 사명을 다하기 위하여 저작을 지배한다고 하겠지요……. 조선의 신문들이 이익 배당 같은 것은 전연 생각지도 못하고 있습니다.

여기까지 이야기는 끝이 났는데……가만있자, 또 한 가지 물어볼 것이 있다.

이 선생이 가령 지금 연애를 하신다면?

이 : 연애요? 허허, 내가 이렇게 연애를 헐 수가 있나요? 연애라는 것을 나는 일종의 병으로 생각하는데, 병이라는 것이 물론 하룻밤 사이에 갑자기 생기는 수도 있기는 하지만, 그래도 무슨 원인이 있어야 아니하겠습니까? 그리고 나는 사랑이라는 것이 지금은 전부 자식에게로 쏠려 있으니까요. 그래서 내 마음에서 누구 다른 여자를 사랑하고 싶은 생각이 나지 아니할 것 같고, 또 어느 여자가 지금 와서 나를 사랑하려고 할 여자도 없을 것이니까요…….

| 528 계속소설: 연재소설.

*

　이밖에 약간 다른 이야기는 한 것이 있으나 그것은 다른 방면의 것이요. 나의 송진우 씨 및 이광수 씨와의, 이동보다도[529] 출장 좌담회는 이것으로 끝이다.

《별건곤》, 1930년 5월

막사과莫斯科[530] 야화夜話

_ 북웅생

백야 · 공원

겨울의 나라, 눈나라의 서울이고 보니 온갖 환락은 기나긴 겨울밤을 맞아 벌어지는 것이 많아, 모래도 아득한 지평선을 한계로 시원히 퍼진 광야에 두 어깨를 누르는 무거운 슈바[531]를 벗어버리고 마음 놓고 뛰어나와서 자연의 품에 안길 수 있는 때라야 생기도 나고 생의 기쁨도 느끼게된다. 봄이 양념처럼 지나가고 뒤를 바짝 따라 여름이 머리를 내밀 때는 남국에서 아직도 꽃 소식이 한창인 4월 말, 5월 초다.

전차를 타면 하이칼라에 성性 빠른 부녀들이 소매 없는 하늘하늘한 여름옷을 걸치고 백설같이 흰 투실투실한 팔뚝을 조금도 거리낌 없이 겨드랑이에서부터 내놓고 노리숭한 호취狐臭[532]를 기탄없이 방산放散하는 것이다. 처음에는 그 특이한 액취腋臭[533]가 서투른 동양인의 코를 찔러 비위를 뒤흔들어놓더니, 차차 맡아 버릇을 하니 구이불문기향久而不

---

530 막사과: 모스크바.
531 슈바: 러시아인들이 입는 외투.
532 호취: 암내. 체질적으로 겨드랑이에서 나는 고약한 냄새.
533 액취: 암내.

聞其香[534] 격으로 그 이쁜 양녀洋女의 노오란 겨드랑이 털이 차창으로 흘러
드는 부드러운 바람결에 한들거리면서 날려 보내는 노린내가, 나중에는
가냘픈 육욕과 수기睡氣[535]를 잡아 이끄는 마취제와 같이 취각을 자극하게
된다. 모스크바의 여름은 이 아름다운 여자들의 겨드랑이가 발산하는 호
취에서 비롯하는 것이다. 전차 안에 공원에 포도鋪道[536] 위에 이 노린내가
흩어질 때는 벌써 여름이 온 게다. 그리고 여름이 오면 반드시 벨라야 노
치[白夜]가 따라온다. 이 백야야말로 짧은 북국의 여름 한철 청년남녀들
의 끝이 없는 정화情話[537]를 담아 사랑을 섭리攝理해주는 애愛의 권화요 애
끓는 낙원이라 할까!

사랑의 속삭임이 아직도 끝나기 전에 활딱 깨어버리는 소갈찌[538] 없이
짧은 여름밤이 서늘한 밤중 두세 시간 동안 잠간 어둠침침해질 뿐인, 더
구나 짧은 이 나라의 여름밤 백야가 신통할 게 없다고 하느냐. 아니다,
모르는 말이다!

졸음 가득한 별들의 잔광에 훤하니 떠올라오는 첫새벽과 같이 애꿎
은 밤의 계선界線을 거두어 없애고, 깬 듯 잠든 듯 꿈속 같이 감미甘美한
피로를 살짝 잡아 이끄는 황홀경을 잠 못 이루는 젊은 사람들 앞에 펼쳐
주는 것이 백야다. 공원에를 나가보라! 모스크바의 뒷골목을 슬쩍 둘러
알렉산드르스카야 브리발(공원)이나 푸틴코프스카야 브리발에 발을 들
여놓으면 우선 오나가나 짝 없는 홀아비 동양인의 비애를 통절히 느낄
것이다.

이것을 들으라는 듯이 쪽쪽쪽! 그 리드미컬한 키스 소리, 키스의

534 구이불문기향 : 오래지 않아 그 향기가 무엇인지 묻지 않음.
535 수기 : 졸음.
536 포도 : 포장도로. '鋪'는 '鋪'의 속자俗字.
537 정화 : 정담情談. 남녀가 정답게 이야기를 주고받음. 또는 그 이야기.
538 소갈찌 : 마음이나 속생각을 낮잡아 이르는 말. 늑소갈딱지. '마음보'를 낮잡아 이르는 말.

폭음!

이 잔디, 저 수풀 사이 꿈결같이 아득한 미광微光에 싸여 쌍쌍이 진치고 앉은 남녀의 그림자가 엷은 망사를 통해서 보는 것같이 눈에 뜬다.

그러는 한편에는 짝 잃은 잔나비 같이 무엇을 찾는 듯 탐구貪求[539]의 시선을 흘려 지으며[540] 구석구석을 몰려다니는 농장濃粧[541]의 부녀들이 있다. 애련한 콧노래에 맞춰 사뿐사뿐 떼어놓는 무용적 보조步調, 유혹적 교태, 뒤를 따르며 시시덕거리는 젊은 노동청년들의 희언戲言[542]은 들은 척 만 척, 미소로 받으며 남자들의 타오르는 육정肉情의 도수度數를 가만히 헤아리는 듯이 멀리 떠나지 않고 연련戀戀[543]히도 근처를 맴돌아[544]다닌다. 객회의 무료함을 이기지 못하여 멋모르고 그 서클 속에 들어서보았다. 눈 속에 장화가 푹푹 묻히는 엄동설한에도 일없이 거리를 걸어 다니며 굴랴찌(산보)하기 좋아하는 로서아 젊은이들이라 안개 속 같은 하룻밤 백야를 에로틱한 소요逍遙에 낭비하는 것쯤이야 오히려 당연한 여름날의 일과이었었다.

"끼따이츠!"

나를 중국인이라고 호기심이 가득한 눈에다 호의의 미소를 담아 지적하는 여자가 있다.

"호자! 촐트워즈미!"(호자는 중국인을 경멸하는 칭호. '호자胡子! 귀신이나 잡아가라'는 욕설) 새빨갛다는 입술이 샐룩 하고 경멸을 표하였으나 역시 눈을 호기好奇의 웃음을 웃고 추파를 던지는 것이다. 홍이 반

---

539 탐구: 욕심을 내어 가지려 함.
540 흘려 지으며: 원문에는 '흘여 저으며'로 되어 있음.
541 농장: 짙게 화장을 함. 또는 그 화장.
542 희언: 희담戲談. 웃음거리로 하는 실없는 말.
543 연련: 사무치게 그리워함.
544 맴돌아: 원문에는 '곰돌아'로 되어 있음.

이나 깨어지고 얼굴이 화끈하였으나, 굳이 비겁한 것을 면하기나 하려고 앞에서 고개를 돌려 따라오라는 눈짓을 하는 그것들을 따라선다.

"당신네들하고 좀 친합시다그려!"

그들의 풍속을 배운 동양인은 대담해졌다.

"좋지요. 당신 지나 사람?"

"응! 왜 지나 사람은 싫어?"

"아니에요. 그저 알고 싶어서 그러지."

"얼굴이 달라서 그래 물어봤어요." 또 하나의 변명이다.

"당신들은 따따라까(달단녀韃靼女⁵⁴⁵)이지요?"

"아니에요, 아니에요! 로서아 여자예요."

달단인韃靼人이라면 질색을 하는 그들의 성미를 잘 알기 때문에 한번 역습을 해보았더니 효과가 즉시로 나타났다. 그들은 달단인이라면 아직 도 시베리아 야만으로 여기고 있다. 한 나라 사람이면서도…….

"그래도 내 눈에는 그렇게 보이는구만! 당신들 눈에 내가 중국 사람 으로 보이는 것같이…….."

"거짓말! 그럼 당신 지나 사람 아니야? 저어, 손…… 약…… 센孫逸仙⁵⁴⁶ 몰라요?"

"왜 몰라. 그러나 그런 건 아무래도 좋아. 자아, 나하고 팔 끼고 산보 나 좀 합시다그려!"

처음 나를 보고 끼따이츠라 지적하던 여인이 내 옆으로 썩 나선다. 나는 그의 팔을 맨살 위로 잡고 여전히 공원 소슬길⁵⁴⁷을 거닌다.

---

545 달단녀: 몽골족의 한 갈래인 '타타르Tatar'.
546 손…… 약…… 센: 중국 혁명의 지도자 쑨원孫文(1866년 11월 12일~1925년 3월 12일)의 자가 일선逸仙 이다. 호는 중산中山.
547 소슬길: 으스스하고 쓸쓸한 길.

"홍, 촐트 호자가 로서아 계집을 끼고 걷네그려, 망했다!"

내 옆을 스치고 지나는 텁석부리 로서아 중늙은이가 아니꼽다는 듯이 침을 탁 뱉고 간다. 침을 뱉는 것과 촐트(귀신이란 말)란 입버릇과 두 어깨를 추스르는 것은 로서아인 독특한 표정이요 행습行習이다.

"노하셨소, 당신?"

여인은 애수愛愁가 가득한 눈을 내 코 밑에 가져와서 내 얼굴을 주시하는 것이었다.

"아아니, 그까짓 것쯤이야! 본 바가 없어서 그런 걸……."

"그래요. 사람들이 무식해서 그렇지요. 외국 사람을 모욕하는 게 수치인 줄을 몰라요. 인테루나쵸날 정신이 있다면야 어데 그래요……. 노여워 마세요, 응?"

인간으로서 적막한 동양인의 가슴에는 감격의 혈조血潮가 뛰었다. 천만군軍의 응원을 얻은 듯 마음이 든든하였던 게다.

그 이쁜, 상냥한 금발 미인을 누이라 할까, 연인이라 할까, 포도알같이 구르는 푸른 눈알만을 위해서라도 천금을 아끼지 않았을걸……. 만일 천금이 있었던들……. 그리하여 이 공원에 수없이 배회한다는 매음녀의 하나로 오인한 불찰을 스스로 뉘우치고 자책하였던 게다.

"허허허, 노한대서야 내가 더 못난이지……. 그러나 당신 말씀은 훌륭하외다. 어느 학교에 다니슈?"

하고 쑥스럽게 물어보았다. 그러나 어쩐 일인지 머뭇거리면서 대답을 잘 하지 않는다. 땅을 바라보고 걸으면서 대답을 기다리다가 문득 고개를 돌리니 수기羞氣[548]를 머금은 여자의 얼굴이 내 얼굴의 동정動靜을 물끄러미 살피고 있는 것이었다.

| 548 수기: 부끄러워하는 기색.

"괜히 남 놀리지 말아요. 난 학교에 다니지 않아요……."

"그럼?"

"뭘 그래, 사람두……. 그러지 말구 우리 집엘 가요 나하구……. 마차를 불러요……. 뭐 멀지두 않아. 십 환 가졌어, 응, 가요, 가지 응?!"

"?!"

"그럼 오 환은 있어요? 오 환 말이야!"

나는 아무 말도 못하고 고개를 옆으로 저으면서,

"다시 만납시다. 오늘은 학교에서 학생회의가 있어서 안 돼……."

여인—그도 결국은 그러한 여자였다—은 무미無味한 듯이 자기 팔에서 나는 놓아주었다.

나는 달아나듯이 황망히 공원 밖으로 달려 나왔다. 동무의 영업을 방해하지 않으려고 저만치 떨어져 있었던 그 여인의 동무들이 나의 뒷골다 노오란 웃음을 던졌다.

"촐트! 가난뱅이 끼따이츠!"

'보드카' · '삐브나야'

로서아 사람들의 호주벽好酒癖이란 말할 수가 없다. 한대지방의 혹독한 냉한이 어쩔 수 없이 알콜의 열과 흥을 찾게 한 데서 기인한 것이 아닌지. 이렇듯 술을 좋아하는 로서아 사람들이 혁명 이후 한동안 금주시기를 지내오느라고 생 몸부림을 치다가 신경제정책이 실시된 뒤로 비로소 국가에서 주류를 양조하여 시장에 내어놓게 되자 노후주당老朽酒黨들의 기쁨이란 젊은 사람들의 혁명에 대한 열광보다도 더 컸었다. 정부는 주류 판매소를 내어 거기서 나는 잔돈푼으로 용돈에 보태어 쓰는 것이다. 제정시대에도 술만은 국영이었고 거기서 나오는 소득은 차르의 유일

최대의 용돈이었었다. 그리하여 1905년 혁명 당시에 로서아 민중은 제일 먼저 차르의 주류 창고를 파괴하여 차르에 대한 복수를 하였다 한다.

그러나 국영 주류 판매소는 그리 많지 못할 뿐만 아니라 하루 판매하는 양이 한도가 있으므로 이 판매소 문전에는 꼭두새벽부터 사람들이 모여들어 행렬을 정제整齊[549]하고 문 열기를 기다린다. 그 열이 도로에까지 삐어져 나와 가지고 네가 먼저 왔느니 내가 먼저 왔느니 하여 실랑이가 생길 때도 있어 경관까지 나와 행렬을 감시하는 것이다. 한기가 영하 20도를 내려와 입김이 외투 깃에 허옇게 얼어붙는 이른 아침에도 나는 트웰스카야 가에 있는 판매소 앞에서 여러 번 이런 행렬을 보았다. 여러 시간을 남녀노소들이 찬 공기 가운데서 겨우 보드카(화주火酒—알코올 분 40%) 한 병을 사려고 기다리고 섰다가 그만 행렬 중간에서 술이 끊어지고 보면 나머지 후반 열은 헛되이 빈 손 치고 돌아서게 되는 때가 많다. 한껏해야 침을 탁 뱉고 쫄트 욕토요마치(제밀 붙을……)나 한바탕 늘어놀 뿐이다. 그중에도 우스운 것은 노인 하나가 앞에서 간신히 보드카 한 병을 사들고 나와 그 자리에서 벌컥벌컥[550] 해버리고는 입을 싹 씻고 다시 끄덕끄덕 걸어가서 열 꽁무니에 대어서는 것이다.

이와 같이 얻기 어려운 화주 대신에 도처에 '삐브나야'라 하여 맥주만을 파는 비어홀이 있다. 주당들의 미흡한 주량을 여기서 채운다. 맥주 외에도 간단한 정식定食은 먹을 수 있는 곳이다. 시험 삼아 한번 들어서서 우선 방 모양을 살펴보면 천정은 얕고 매연에 그을렸으나 방이 꽤 넓다. 둘이 마주 앉을 수 있는 자그마한 테이블이 3, 40개는 벌여져 있다. 테이블 위에는 얄팍한[551] 대리석을 깔기도 하여 호기豪氣로운 맛이 있으나

---

549 정제: 정돈하여 가지런히 함.
550 벌컥벌컥: 원문에는 '벌떡벌떡'으로 되어 있음.
551 얄팍한: 원문에는 '알편한'으로 되어 있음.

의자는 형편이 없다. 손때기름이 올라 미끈하여 앉을까 말까 주저하게 된다.

이곳저곳 테이블을 점령하고 있는 손들은 대개가 노동자들로, 허름한[552] 양복 주머니에 한 손을 쑤셔 박고 다른 팔꿈치로 테이블을 짚고 맥주를 들이키는 사람, 집수제[553]같이 된 컵을 아무렇게나 엎어 쓰고 취안이 몽롱하여 빈 컵을 들여다보고 앉았는 사람, 한 손으로 빈 병을 어루만지면서 다른 손으로 마홀카(썬 담배)를 꺼내며 신문지 쪽을 뜯어서 권연卷煙[554]을 말기 시작하는 늙은이들, 이러한 사람들이 눈에 띤다.

방 안은 이러한 사람들의 잡담으로 하여 소연騷然하기[555] 짝이 없다. 로서아 사람들은 대체 큰 소리로 잘 떠들고 사소한 일에도 이론을 끌고 나가 구론口論[556]하기를 좋아하는 성미가 있다. 그러나 담배 연기에 파묻혀 이러한 잡음도 조금 있으면 삐브나야의 특별 향응饗[557]應[558]인 음악의 기막힌 멜로디에 눌리어 쥐 죽은 듯이 정숙해진다.

방 한구석에 마루보다 2, 3척 높이 무대를 만들어놓고 무희들의 간단한 무용을 섞어 노래와 음악이 연출되는 것이다. 이것이 넌지시 50분 동안 계속된다. 음악을 좋아하고 춤을 즐기는 로서아 사람에게는 그 호부好否를 가릴 여가가 없다. 춤이라면 미소하고 노래라면 귀를 기울이다. 이러한 공기 가운데서 보이가 날라다 주는 씁쓸한 로서아 '삐뽀'를 마시고 물에 담근[水潰] 비린 콩을 씹는 게 무슨 맛이 있으랴만, 아무 흥허물

---

552 허름한: 원문에는 '헐물이한'으로 되어 있음.
553 집수제: 의미가 불명확하여 조사가 필요한 말임.
554 권연: '궐련'의 원말. 얇은 종이로 가늘고 길게 말아 놓은 담배. 늑권연초·궐련초, 지궐련과 엽궐련을 통틀어 이르는 말.
555 소연하다: 떠들썩하게 야단법석이다.
556 구론: 구두로 논쟁함.
557 향: 원문에는 '嚮'으로 되어 있음.
558 향응: 특별히 융숭하게 대접함. 또는 그런 대접.

없이 "여보, 젊은 친구!" 하고 말을 건네는 머리가 허연 늙은이들하고 사귀어 이야기하는 유장悠長하고[559] 다정한 맛이란 한량이 없다.

걸인

로서아에는 아직도 걸인이 많다. 옛날 제정시대에는 더구나 걸인이 많았었다 한다. 남로南露 우크라이나 고가소高架素[560] 지방에 흉년이 들어 먹을 것이 없으면, 빈민들이 떼를 지어 도회지로 걸인 순례를 나섰고 여자들은 매음의 길을 밟았었다 한다. 그리고 아직까지도 그러한 습관이 다소 남아 있는 모양이다.

걸인도 많지만 걸인에게 돈을 던져주는 사람도 많다. 로서아 사람들은 서로 돕기를 잘 한다. 상호부조의 정신이 남달리 발달된 것 같다. 그것은 혁명 당시의 물자 결핍한 때를 지내오는 동안에 생긴 습관인 듯도 하나, 그 근원을 캐본다면 과거 로서아에 전반적으로 자본주의가 발달되지 못하니만치 개인주의가 철저히 로서아 백성들을 지배하지 못하였던 것을 입증하는 것으로 볼 수도 있으며, 또한 그들의 마음속에 깊이 뿌리박은 종교심이 그들을 인도적으로 만들어주었던 것이다.

그런데 이 거지들은 대개 사원의 문전—막사과만 해도 사원이 30여 개소나 된다—레스토랑, 뻬브나야, 번화한 시가지에다 진을 치는데, 그들은 필요에 따라 전차 안에까지 뛰어 들어온다. 그래도 차장은 못 본 체하거나 빨리 내리라고 순한 말로 이르기는 하나 폭력적으로 끌어내리는 일은 없다.

그들은 대전에 참가해서 불구자가 된 폐병廢兵들이며, 그 외의 불구

---

559 유장하다: 길고 오래다. 급하지 않고 느릿하다.
560 고가소: 코카서스.

자도 있으나 노동하기 싫어서 걸인 영업을 하는 놈팽이[561]도 많아서 정부로서도 구조책을 내릴 수 없다 한다. 모스크바 가로에서 걸인에게 붙들려보지 않은 사람은 없을 것이다. 그 고양이 썩는 듯한 악취를 피우면서 60이나 되어 보이는 노걸老乞이 손을 내밀고 따라서면서, 나이로 치면 손자뻘이나 되는 나에게 "아저씨! 여보, 지나인 아저씨! 1전 한 푼만 주시우, 응. 여보, 1전 한 푼만……" 하고 죽는 소리를 하다가 주지 않고 달아나면, 그 자리에서 더럽다는 듯이 침을 탁 뱉고 "에익! 호자, 귀신 잡어 갈 녀석!" 하고 돌아서는 것이다.

모스크바

제3 인터내셔널이 있고, 코민테른이 있고, 크렘린 궁전이 있고, 레닌의 무덤이 있는 모스크바는 결코 환락의 도시가 아니다. 세계 무산계급의 서울이요 인터내셔널 도시인[562] 것이다. 호시탐탐한 제국주의 자본 국가의 중위重圍[563]에 싸여 꾸준히 싸워나가는 노농 소비에트의 정력과 모략謀略[564]이 넘쳐흐르며 결응結凝[565]되어 있는 성곽인 것이다.

여기서 음일淫逸[566]한 환락을 찾는 자 있다면 그는 큰 오산이다. 그러한 시설을 용허하지는 않는다.

시방 그곳에서는 젊은 당원이나 콤소몰츠[567]들의 정력을 허비하며 폐해를 일으킨다 하여 특별한 때 외에는 춤까지 금하였다.

---

561 놈팽이: 놈팡이.
562 도시인: 원문에는 '도시일'로 되어 있음.
563 중위: 여러 겹으로 에워쌈.
564 모략: 계책이나 책략. 사실을 왜곡하거나 속임수를 써 남을 해롭게 함. 또는 그런 일.
565 결응: 응결. 한데 엉기어 뭉침.
566 음일: 마음껏 음란하고 방탕하게 놂.
567 콤소몰츠: 콤소몰Komsomol을 가리키는 듯함. 1918년에 조직된 소련의 청년 정치조직.

춤을 빼고 미녀의 육향肉香[568]을 뺀 레스토랑이나 삐브나야에서 어찌 난잡한 환락을 찾으랴! 그러려면 차라리 세기말적 무정부 상태에 있는 환락의 도시 하얼빈을 찾아가라! 모스크바의 면모는 바뀌었다. 그러나 모스크바에는 꽃 같은 미인이 많다. 혼잡한 부르주아적 향락욕을 건실한 ○○주의로 씻어버리고 모스크바 시중에 널려 있는 미인을 사귀어 모스크바 예술좌나 대극장 같은 데로 발을 옮겨 로서아의 자랑인 극예술에 하룻밤 심취해보라!(그러나 여름 한 철은 특별한 업무를 가진 사람이 아니면 대개 별장지로 여행을 가버리고 모스크바는 빈 도시가 된다. 따라 이름 있는 극장은 문을 닫는 곳이 많다.) 여 당원이나 여자 공산청년들을 더불어 사상을 토론해보라! 인종적 차별 대우를 조금도 받지 않고 오히려 약소민족으로서 관대款待[569]를 받는 가운데(국가나 개인이나) 속 시원한 환희와 감격을 맛볼 것이다.

《별건곤》, 1930년 7월

---

568 육향: 주로 여자에게서 나는 살 냄새.
569 관대: 친절히 대하거나 정성껏 대접함. 또는 그런 대접.

문예가(?)가 본 조선 사람과 여름

_ 호연당인

제목부터 진찰하여보자.

'문예가' 라는 말이 무엇보다도 나에게는 과분한 칭함稱啣[570]이다.

철을 모르는 시절에 붕어사탕[571] 같은 소설 몇 편을 써본 일이 있고, 한동안 동면을 하다가 작년 가을부터 다시 새로운 이데올로기에 의하여(그것도 어느 정도까지 정확, 그리고 철저하게 파지하였는지가 의문) 몇 개의 단편을 써서 발표한 것은 사실이다.[572] 이만 것을 가지고 문예가의 축에 낄 영광을 가진다는 것을 생각하면 시절은 좋은 시절이요 조선은

---

570 칭함: 부르는 직함.

571 붕어사탕: 붕어과자. 붕어 모양으로 만든 과자. 곡식 가루로 만드는데 속이 텅 비고 가볍다. 가진 것이 없거나 또는 속이 텅 빈 사람을 비유적으로 이르는 말.

572 철을 모르는 시절에 붕어사탕 같은 소설 몇 편을 써본 일이 있고, 한동안 동면을 하다가 작년 가을부터 다시 새로운 이데올로기에 의하여(그것도 어느 정도까지 정확, 그리고 철저하게 파지하였는지가 의문) 몇 개의 단편을 써서 발표한 것은 사실이다.: 이 글이 1930년 7월에 실린 글임을 감안할 때, 채만식의 창작 이력과 정확하게 일치하는 진술로서 '호연당인' 이 채만식임을 확증할 수 있는 뚜렷한 증거 가운데 하나이다. 채만식은 1924년에 「세 길로」라는 단편소설로 등단하여, 그 후 1925년에서 1928년까지 「불효자식」「박명」「순녀의 시집살이」「봉투에 든 돈」「수돌이」등을 발표했고(처녀작인 「과도기」, 그리고 「생명의 유희」 등도 이 당시에 쓰였으나 당시에는 발표되지 못했음), 1929년 말 이후 사회주의 이념을 지향하는 작품들이라 할 수 있는 「산적」「그 뒤로」「병조와 영복이」「앙탈」「산동이」등의 소설을 발표한 바 있다.

좋은 곳이다. 타국 사람아, 이때의 조선에 태어나지 못한 것을 발 구르며 안타까워하지 아니하는가?

그러나 나는 부끄럽다.

양이 부족한 것은 그다지 문제도 되지 아니하지만, 질에 있어서 내가 나의 작품과 조선의 객관적 정세를 볼 때에 부끄러움과 한심함이 비길 데가 없다.

프롤레타리아 소설은 프롤레타리아를 읽히기 위한 것이다. 프롤레타리아 소설을 프롤레타리아가 읽지 못한다면, 그것은 프롤레타리아 소설의 자살이다. 그런데 조선의 프롤레타리아로서 프롤레타리아 소설을 읽는 사람이 몇이나 되는가?

이러한 상태에 있음에도 불구하고 빈약한 나의 소설 한 편을 인쇄해 내기 위하여 사회적으로 소비되는 노동은 얼마나 큰가!

이 '자살'적 '소설업'을 버리지 못하는 '창백한 인텔리겐차!'의 얄미운 비애여!

그러나 한 가지 믿을성은 있다. 앞으로 문인업을 계속하건 아니하건 그것은 나중 형편에 따라 할 것이고, 머지아니하여 직접 ××의 ××에 뛰어 나서겠다는 굳은 결심이 있는 것이다.

이것은 결코 목전의 현실 도피나 일시적 자아기만이 아니다. 지금 당장에 뛰어 나서지 못하는 것은 나의 파악한 바 이론에 대하여 굳은 자신이 없기 때문이다. 섣부른 산파가 조산助産을 하다가는 도리어 아이를 죽이거나 병신을 만들기 쉬운 것이다.

물론 우리에게는 투쟁 문예가 필요치 아니한 것은 아니다. 문예도 상당한 일역—役을 하지 아니하는 것은 아니다. 그러나 문예로써 전체는 하지 못한다. 일본의 어느 동지는 "문예에 품기어 있는 아지·프로의 가치는 30%밖에는 아니 된다"고 하였다. 아지·프로의 가치가 30%이니 실제의 효과는 10%밖에 아니 될 것이다.

다음에 조선 사람과 여름이라고 하였지만 돈 많은 조선 사람은 나에게 알 바가 없다.

돈이 있으면 별장에도 가고 얼음 기둥도 세우고 피서도 가고 하겠지.

내가 말하게 되는 것은 가난한 조선 사람이다. 가난한 조선 사람……은 그러면 무슨 특별한 것이 있을까?

역시 별다른 것이 없을 것 같다. 서양의 가난한 사람이 사철 검은 빵을 먹는 대신, 조선의 가난한 사람이 대부분 조밥이나 보리밥을 먹는 것이나 다르다고 할까?

피와 땀으로 기생충을 먹여 살리기는 누구하고도 다를 것이 없다.

물론 조선의 자연만은 외국의 그것과 많이 다르다. 그러나 자연이 다르다고 생활이 그다지 크게 외국 사람의 그것에 비하여서 달라질 것은 없다.

그러면 이 제목은 결국 나로서는 쓰지 못할 것이 되어버리고 만다. 편집자가 실망할지도 모르나 하는 수 없이 다음의 몇 마디로 책임을 면하려 한다. 꿩 대신 닭이라도 아쉰 대로 쓰시오.

쇳덩이라도 녹여낼 듯한 불볕이 내려쬔다. 거름과 흙이 발표된 논바닥에서는 고약한 냄새가 호미 끝을 두르는 대로 물큰물큰 솟아오른다.

등과 사타구니만 가린 삼베 등거리와 잠방이는 땀에 젖어 몸과 한 살이 된다. 땀방울은 사정없이 눈으로 고여든다.

두 손과 두 발과 호미에서는 진흙의 벌커덕거리는[573] 소리만 징그럽게 들린다. 허리가 아프고 뱃가죽은 등에 가 착 들러붙었다. 하마 새참이 나

| 573 벌커덕거리는: 원문에는 '벌크덕거리는'으로 되어 있음.

올 때가 되었는데 웬일일까!

주인마누라가 광주리에 새참을 담아 이고 아장아장 논두덕[574]으로 해서 온다. 논두덕에 내려놓고 부른다.

막걸리와 고추장에 마늘이다.

주발에 넘실넘실 부은 틉틉한 막걸리가 손에서 손으로 넘어 다시 목구멍으로 벌컥벌컥 넘어간다. 그 한 방울 한 방울이 피가 되고 살이 된다.

시크름한 보치 고추장과 노자근한[575] 마늘이 달기가 꿀 한 가지다.

한 사발씩 돌아오고 다음에 반 사발씩이다. 두어 사발 더 먹었으면 꼭 좋겠으나 더는 없다. 다시 한참 허부적거리는[576] 때에 납덩이 같은 구름이 덮이기 시작하며 숨이 턱턱 막히게 무덥다.

한참 동안 두고 삶으며 벼르다가 저편 산모퉁이로부터 빗발이 몰려온다.

한꺼번에 살이 닷 근은 오르는 듯한 산뜻한 바람이 휙 지나가며 빗낱이[577] 똑똑 듣는다. 조금 조금 하다가 와시르르 쏟아진다.

시원스럽고 정말 시원하게 쏟아진다. 잠간 멎었다가 또 한 번 쏟아지고 다시 멎었다가 또 쏟아지고는 아주 멎어버린다.

구름이 이리저리 패진장졸敗陣將卒[578]같이 흩어지며 구름장 사이로 맑은 햇발이 조금[579] 벋어 나온다. 동쪽으로 무지개가 곱게 쌍으로 선다.

냇두덕에서 소낙비에 정신이 나간 송아지가 매애 하고 소리를 지른다.

---

574 두덕: '두둑' 또는 '둔덕' 의 방언.
575 노자근하다: '노작지근하다' 의 준말. 몸에 힘이 없고 맥이 풀려 나른하다.
576 허부적거리는: 원문에는 '허부덤거리는' 으로 되어 있음. '허우적거리는' 의 전라도 방언.
577 빗낱이: 원문에는 '빗낫치' 로 되어 있음.
578 패진장졸: 싸움에 진 장수와 병졸.
579 조금: 원문에는 '족혹' 으로 되어 있음.

더위를 물리친 뱃속에서는 "어여어, 어여어루, 상상뒤이여어" 한 마디 상사소리가 저절로 우러나온다.

마누라가 어린놈과 싸워가면서 지어놓은 시꺼먼 곱삶이[580] 보리밥이 꾸역꾸역 목구멍으로 해서 다 넘어갔다.

마당에 모깃불을 지르고 거적자리에 누워 모자라진 부채로 모기를 날리며 눕자마자 코가 드르렁거린다.

이리하여 로봇[581]의 하루 일은 마치어졌다.

다만 마누라만이 아침 보리쌀을 찧느라고 절구통에 붙어 서서 꽁꽁 방아를 찧는다.

《별건곤》, 1930년 7월

---

580 곱삶이: 두 번 삶아 짓는 밥. 늑보리곱삶이. 꽁보리밥. 어떤 일을 되풀이하는 일.
581 로봇: 원문에는 '로포트'로 되어 있음.

지상 특별 공개 : 폭리대취체大暴利取締[582]

_ 호연당인

제1회 : 약가藥價와 치료비

제군!

경제제도가 그러하니 상품이 없을 수 없고 상품이 있으니 그 유통과
정에 있어서 이윤의 현실이 없을 수가 없습니다.

이 방면의 이윤의 현실, 즉 장사를 하여서 이문을 남겨먹는 것을 절
대 방지하자면…… 응…… 그것은…… 그러니까…… 그렇다고 하
고…….

그런데 그 이문을 남겨먹는데도 너무 지독하게 남겨먹는 일이 많이
있으니 한바탕 취체를 아니할 수가 없습니다. 자아, 무엇부터 시작을
할까?

우리의 생활에 하루라도 떠나지 못할 쌀? 이것은 폭리를 남겨 먹을
수가 없도록 값이 빤하게 알려진 것이고…….

옷감? 이것 역시 그렇고.

| 582 취체: 규칙, 법령, 명령 따위를 지키도록 통제함. '단속團束'으로 순화.

집? 집세? 옳지, 집세가 그것이 꽤 폭리지요. 또 집도 요즈음 어느 회사에서 아주 다량 다산을 하는데, 보릿대로 장인 묶듯이 얽어놓은 것이 곳곳에 보이는데, 그 회사는 연 6할의 배당이 돌아온다 하니 아! 놀라지 말지어다.

그러나 이러한 것보다도 좀 더 톱톱한[583] 것을 좀 더 톱톱히 시작해봅시다.

문득 생각나는 것은 병원의 약값인데, 자래로[584] 의醫는 인술仁術이라 하여 의사라 하면 세상에서는 매우 존경을 하여줍니다. 이렇게 존경을 받는 어른들이 설마하니 폭리는 남겨 먹지는 아니하겠지만, 다른 것을 하자 하니 불가불 어떠한지는 알아보아야 아니하겠습니까.

자아, 시작합시다.

• 우선 독자 제군이 불행하여 부모나 동기간이 병으로 앓다가 위급하게 되어 기절이 되었다고 합시다. 그러면 제군은 두말 아니하고 의사를 청하여다가 흔한 캠플 주사를 한 대 놓아드려야 아니하겠습니까. 그러고 나서 그 효과의 유무는 고사하고 제군은 그 주사료를 내어야 하겠는데, 얼마냐 하면 일금 1원야也라입니다. 돈푼이나 있는 이야 1원쯤은 돈 같지도 아니하겠지만, 가난한 사람에게 1원이면 적지 아니한 돈입니다. 대체 그러면 캠플 주사 한 대의 원가는 얼마나 되는지? 제군도 궁금하지요? 궁금하거든 개인에게는 잘 주지 아니하지만, 큰 매약점賣藥店에서 발행하는 약보藥報라는 약의 정가표를 얻어 보십시오. 거기에는 캠플 주사액 '오 관五管' '18'이라고 쓰여 있습니다. 그 뜻은 캠플 주사 다섯 개들이 한 갑에 18전이라는 말입니다. 한 개에는 3전錢 6리

583 톱톱하다: 국물이 묽지 아니하고 바특하다. 알속이 있다.
584 자래로: 자고이래自古以來로. 예로부터 내려오면서.

厘[585]입니다. 3전 6리 짜리 한 대를 놓아주고 일금 1원야라!

* 또 속칭에 606이라고 하고 약명은 살바르산[586]—이것을 모르는 이는 별로 없을 것입니다. 그런데 이 606주사는 병의 경중을 따라 1호부터 6호까지 분별하여 맞습니다. 원가는 42전부터 2원까지입니다. 이것을 놓아주고 병원에서 받기는 5원부터 30원까지 받습니다. 이것도 요즈음 내려서 그렇지, 처음 시절에는 한 대에 6, 70도 받았다나요.

* 제군이 혹 낮잠을 자다가 학질에 걸렸다고 합시다. 직날[587]이 돌아오면 으쓱으쓱 춥고 하는 품이 병하고는 아주 깍쟁이 병이지요. 그러나 병원에 가서 바그농 주사 한 대만 잘 맞으면 그만입니다. 주사료는 보통 1원인데, 원가는 약보에 보면 1시시 즉 1그램들이 여섯 개가 들어 있는 놈 한 갑에 83전, 2그램들이 열 개가 들어 있는 놈 한 갑에 1원 20전 등입니다. 그런즉 한 대에는 14전부터 24전짜리까지 있는 셈입니다. 그러한 것을 한 대에 1원을 받습니다. 10배도 다 못 받고 밑지지 아니하는지 모르지요.

* 지난 여름참에 어느 여학교에서 여학생 하나가 졸도를 했더라나요. 그래 교의校醫로 계신 어느 의사선생님을 청해다가 판도롱 주사 한 대 놓게 했는데, 이 주사는 진통강심제입니다. 일금 5원야라를 받더라나요. 그런데 이 주사는 보통이면 병원에서 1원을 받습니다. 원가는 한 대

---

585 리: 1천분의 1원.
586 살바르산: サルバルサン, salvarsan. 세계 최초의 화학요법제이며 아르스페나민·아르스노벤졸이라고도 하고, P. 에를리히가 606번째에 합성하였다 하여 606호라고도 불린다. 매독·서교증鼠咬症·바일병Well病·회귀열回歸熱 등의 특효약으로 쓰였으나 부작용이 커서 지금은 사용되지 않는다.
587 직날: 말라리아의 증세가 발작하는 날.

에 56전쯤 먹고요.

• 강장제로 □□[588]주사라는 것이 있습니다. 진맥에 맞는 주사인데, 맞고 있노라면 발바닥부터 화끈하여가지고 전신이 일시에 똑 끊어지는 게 기분이 썩 좋습니다. 돈이 있는 분은 많이 맞으십시오. 그러나 약값이 1원 내지 2원이요, 원가는 18전부터 20전입니다. 비교적 헐치 않습니까.

• 안티칼로린이라는 주사가 있습니다. 제군이 그 고약한 류머티스에 걸려 참다못하여 병원에를 가면 선생님께서는 이 주사를 놓아주십니다. 원가는 33전인데, 받기는 1원부터 2원까지 받습니다. 3배인 1원은 웬만하지만 2원은 너무 비싸잖아요?

• 불행하여 제군이 국부 수술을 하게 되었으면, 그대로는 아파서 째지 못하고 염산코카인 주사를 미리 맞아야 합니다. 약이 퍽 신통하지요. 그것을 맞고 나면 생살을 칼로 찢어도 아픈 줄을 모르니까요. 그래서 치료를 하고 나면 주사료라고 해서 치료비 이외에 50전의 주사료를 더 받습니다. 원가는 6전 4리고요.

이상의 것은 주사 이야기입니다. 그 일부분만 보인 것이요 여개방차餘皆倣此[589]입니다.

• 다음에 제군이 체증으로 병원에 가서 약을 사왔다고 합시다. 그러면 그 처방은 어떠한 것인가 하면 대개는,

---

588 □□: '펙톨'로 쓰여 있는 듯하나 분명하게 판독되지 않음.
589 여개방차: 이미 알고 있는 사실로 미루어 보아 다른 나머지도 다 이와 같음.

중조重曹	3.0g[590]
차초산창연次硝酸蒼鉛	1.0g
호미까분말	0.06g

인데, 이것을 세 봉지로 만들어 1일 분으로 합니다. 약값은 대개 30전이요, 원가는 얼마나 먹느냐 하면 중조가 45,800그램에 7원이니까, 3그램이면 5모毛[591]밖에는 아니 되니 거의 무가無價입니다. 차초산창연이 500그램에 5원 50전이니까, 1그램이면 1전 1리입니다. 그리고 호미까분말이 500그램에 80전이니까 0.06그램이면 역시 1리도 다 못됩니다. 합계가 1전 2리쯤 되겠지요. 그런데 매가賣價는 30전입니다.

• 또 이러한 처방도 있습니다. 명칭은 거해제祛咳劑라던가요.

브로징액	3.0g
행인수杏仁水	4.0g
단사單舍	5.0g
수水	100.0g

입니다. 이것을 병에다 넣어주며 하루 세 차례에 나누어 먹으라고 합니다. 약값은 역시 50전이지요. 그리고 원가는 브로징이 450그램에 2원 2전이니까 3그램이면 1전 3리쯤 되고, 행인수가 500그램에 50전이니까 4그램이면 4리, 단사가 500그램에 26전이니까 5그램이면 3쯤 되어서 합이 2전입니다. 그러니까 30전의 15배!—40배보다는 헐쿤요.

---

590 g: 원문에는 이하 모두 대문자로 되어 있음.
591 모: 1만분의 1원.

• 해열제라 하여서,

피라미돈[592]   0.6

유당乳糖   1.0

이라고 처방을 하는 것이 있습니다. 1일 3회분 복服인데, 30전을 받지만 원가는 피라미돈이 500그램에 8원 85전(이것은 제법 고가 약이군), 0.6그램이면 1전 1리쯤 되고, 유당이 500그램에 52전이니까 1그램이면 1리쯤 됩니다. 그래서 합이 1전 2리이니까 이것은 30배 장사가 가까이 되는군요.

• 배가 몹시 아프다고 하면 위장진통제라고 해서,

중조   1.5

차초산창연   0.6

로드엑시스 말末   0.03

이라는 처방을 내립니다. 한 50전 받지요. 원가는 위에서 본 바와 같이 중조는 1모도 못 되고, 차초산창연은 1전 1리, 로드엑기스 말은 500그램에 2원 20전이니까, 0.06그램이면 1모도 다 못 됩니다. 합이 1전 2리는 못되는데, 50전을 받으니 장사하고는 큰 장사지요.

• 제군이 장난을 하다가 몸을 좀 상하였다고 합시다. 병원에를 가면

| 592 피라미돈: ピラミドン, pyramidon. 아미노피린aminopyrine, 안티피린에서 유도한 진통·해열제.

기분 좋은 붕산칼륨[593]로 우선 씻어내고 옥도포름이나 살살 뿌리고는 거즈 쪽을 대고 반창고로 덮어주고는 한 40전 받습니다. 원료를 세세하게 치면 한 2전어치나 먹었을까요.

• 왕진 주사라는 것이 퍽 엄청납니다. 돈이 있는 사람이 편히 앉아 치료하려고 불러 가는 것이야 말도 할 필요가 없거니와, 가난한 사람이 급한 또는 움직이지 못할 병이 들어, 누워 청하게 되어도 역시 같은 값을 받습니다. 인력거를 자가용이 아니라 하더라도 왕복 6, 70전이면 될 것인데 2원이나 3원을 받으니까요.

이밖에도 쓰고 싶은 것이야 많이 있습니다마는 다음 호에 기회가 있으니까 이번은 이만 해두겠습니다. 이러한 것을 써놓으면 당하는 이들은 분개도 하시겠고, 또 그것은 약값으로 받는 것이 아니라 기술 값으로 받는 것이라고 하시기도 하겠지요. 그러나 다른 변명은 통과가 되는지 모르나 그것만은 아니 될 것입니다.

이유는 기술이라 하는 것은 하필 의술만이 기술이 아니라 전문으로 무엇이든지 하는 것은 모두 다 기술이 아닙니까? 말 마부가 마차를 끈다든가 전차 운전수가 운전을 하는 것이라든가 농부가 고식을 기르고 가꾸는 것이 모두 가 기술이 아니고 무엇이겠습니까.

제2회 : 전당포 · 셋집 · 양복점

• 능청맞은 전당포
서울 집은 벽에 빈대 피와 전당표가 없으면 흉가라는 말이 있습니다.

---

593 붕산칼륨: 원문에는 '硼酸시레'로 되어 있음.

이만큼 전당표는 민중과 떼려야 뗄 수 없는[594] 지겹게도 고맙지 않지 아니한 존재입니다.

이와 같이 민중의 생활과 밀접한 관계를 가진 전당표 그 물건이 어떠한 모습으로서 거리에 벌이고 앉았는가?

제군이 우선 불행하여 집안에 급한 병자가 생겼다고 합시다. 그런데 수중에는 눈 먼 돈 한 푼이 없지요! 의사를 보이기는 하여야 하겠는데, 의사가 웬걸 돈 없는 사람의 병을 보아주어야지요. 또 저녁 쌀거리가 불행히 없다고 합시다. 제군이 아무리 저녁거리가 없다고 하기로서니[595] 쌀가가에서 외상 쌀을 줄 리가 있습니까? 또 어디 가서 만지어보고만 도로 주마고 한들 어느 누가 단돈 10전인들 빌려주겠습니까?

병자의 병은 점점 짙어가고 철모르는 어린애는 어머니의 치마에 매어달려 밥을 조르고……. 제군은 할 수 없이 아무거나 찾아들고 애교라고는 약에 쓸래야[596] 찾아볼 수 없는 그 지겨운 전당포에 찾아가야 합니다.

그러나 제군에게 전당감인들 그다지 톡톡히 있을 리가 없지 않습니까? 이것저것 뒤지다가 밥을 담아 먹는 식기가 되었거나 철이 지난 옷이 되거나 하여간 아무거나 좀 뒤지어가지고 집 문을 나갑니다.

나서서 일상 다니는 곳이건만 들어가기가 불쾌하기 짝이 없는 전당국에 세 가랑이로 째어진 북포北布[597] 발을 떠들고 들어섭니다.

그곳에는 주인쟁이가 혹은 서사가 척 버티고 앉아 이편이 청을 하기를 기다립니다. 이것부터가 불쾌하지 아니합니까? 저희는 장사요 이편은 손님인데……. 세상이 을축갑자로 되었다는 것은 이것만으로도 증명

---

594 원문에는 '써나라나 써날수업는'으로 되어 있음.
595 하기로서니: 원문에는 '하기로니'로 되어 있음.
596 쓸래야: 원문에는 '쓰려나'로 되어 있음.
597 북포: 조선 시대에, 함경북도에서 생산하던 올 가늘고 고운 삼베.

할 수가 있습니다.

그것은 여하간 제군이 머뭇머뭇하면서 꾸러미를 풀어놓으면, 주인 측에서는 그것을 마치 배부른 강아지가 시래기를 물어들이듯이 뒤적거리다가 슬쩍 밀어놓으며,

"얼마나 쓰려우?" 하고 묻습니다.

제군의 생각에는 한 3, 4원의 전당 가격은 되리라는 자신이 있는 것이라고 하면 물론,

"3원만 주십시오" 할 것입니다. 그러면 작자는,

"다른 데로 가지고 가보십시오" 합니다.

"왜요?"

"그 값이 못 나갑니다."

"그러면 얼마나……."

작자는 다시 그 물건을 뒤적거리다가,

"글쎄…… 1원 쓰십시오."

"1원이요?" 하고 제군은 놀라,

"1원 값은 더 되지 않아요?" 할 것입니다.

"그밖에 아니 됩니다" 하고 작자는 이 흠 저 흠을 잡아내며 장작개비 같이 버팁니다.

1원이라도 없는 것보다는 나으니까 제군은 그곳에서 한 조각의 '마이너스 증권'과 그 물건을 교환하여 해진 1원짜리 한 장을 들고 나오게 됩니다.

그리하여 그 1원 돈은 물론 유효하게 쓰지 아니한 것은 아니겠으나 일단 그것을 찾으려면 어떻습니까. 그 전당표를 내어놓고 보면 다음과 같은 잔 주註가 쓰여 있습니다.

1원까지 1개월 이자 원금의 100분지 7

10원까지 1개월 이자 원금의 100분지 5

50원까지 1개월 이자 원금의 100분지 4

100원까지 1개월 이자 원금의 100분지 2.5

등입니다.

제군! 제군은 다 같이 가난한 사람입니다. 전당을 잡힌대야 10원 이
상어치는 잡힐 것이 없습니다. 대개는 1원 이내의 것이요 그렇지 아니하
면 10원 이내의 것입니다.

1원 이내의 것이면 한 달 이자가 원금의 100분지 7이라고 하였으니
까 7전입니다그려. 한 달에 7전이니까 기한까지 넉 달이면 28전이요 연
리로 계산한다 하면 1년에 84전…… 즉 연리 8할 4푼의 이식利息[598]입니
다. 연리 8할 4푼의 이식! 아! 얼마나 무서운 폭리냐!

가령 그것이 10원짜리라고 하더라도 한 달이면 50전이니까 넉 달이
면 2원이요 1년이면 6원이니까 10원에 대하여 연 6할의 이식입니다.

그러면서 천 원에 대하여는 한 달에 20원밖에 아니 받으니까 넉 달이
면 80원이요 1년이면 240원이니까 연 2할 4푼밖에는 아니 됩니다.

그런데 전당을 천 원어치나 잡히는 사람은 그래도 천 원어치의 전당
거리를 가진 사람이니까 넉넉한 처지라고 볼 수가 있는데, 그처럼 넉넉
한 사람에게는 2할 4푼 9—이것도 헐한 것은 아니나—를 받으면서 가난
한 사람에게는 6할 내지 8할 4푼을 받아먹습니다.

또 전당포에서는 이러한 이식에서뿐이 아니라 잡은 물건이 유질流質
이 되면 고물상에게 아주 비싼 값으로 넘기는 데서 또한 이문을 먹습니다.

---

598 이식: 이자.

이러한 이문을 미리 짐작하고 잡을 때에는 물건 자체의 상당한 값보다도 훨씬 깎아서 줍니다.

그리고 또 한 가지는 다라운[599] 예가 있으니, 가령 제군이 가지고 간물건이 1원 50전어치는 뭐 장님더러 더듬어보라고 하여도 틀림없는 것이로되, 기어코 1원밖에는 더 주지 아니합니다.

그 이유는 위에 말한 유질된 때에 이문을 남겨 먹으려는 것과 유질이 아니 된 경우에 이식을 많이 받아먹으려는 것이니, 1원까지면 1개월 이자가 100분지 7이요, 1원 이상 10원까지는 1개월 이자가 100분지 5이니까 그곳에 100분지 2라는 차가 있습니다.

아! 얼마나 더럽고도 무서운 일입니까?!

• 뱃심 좋은 셋집 주인

세상에 뱃심이 누가 좋으니 누가 좋으니 하여도 셋집 주인같이 뱃심 좋은 인종은 없을 것입니다.

제군이야 어디 집을 지니고 살 수가 없고 할 수 없이 셋방이나 잘해야 셋집을 얻어 살게 되지 아니합니까.

며칠을 두고 돌아다니다가 겨우 어찌해서 방 두 개 마루 반 칸 부엌 반 칸 해서 네 칸짜리 집 한 채(?)를 빌리게 됩니다. 이것이 명색 딴 채로 있으면(딴 채라 하더라도 대개는 사랑채입니다) 20원은 주어야 합니다.

20원이면 매달 20원씩 내게 되는 것이 아니라 적어야 석 달 치의 선금 60원을 미리 내어야 합니다.

이와 같은 게딱지 같은 집을 20원에 빌려준 집주인은 어떠하냐 하면, 집 한 번 와서 수선하여주는 일도 없이 매달 그믐날이면 새벽부터 쫓아

| 599 다랍다: 때나 찌꺼기 따위가 있어 조금 지저분하다. 언행이 순수하지 못하거나 조금 인색하다.

와서 딱지 떼듯이 집세만 받아 갑니다.

그러면 대관절 20원을 받는 그 집의 가격은 얼마나 되겠습니까?

제군이 더 잘 알겠지만 네 칸짜리라 하면 비싸야 600원, 그렇지 아니하면 400원짜리입니다.

600원짜리라고 하더라도 1년이면 240원이니까 4할의 이식입니다.

4할의 이식!

*

위에 말한 것은 그래도 명색이 딴채집의 이야기이지만, 단칸방을 얻은 사람은 더 지독한 일을 당합니다.

행랑방 쉼직한 단칸방 하나면 대개는 5원, 그렇지 아니하면 6, 7원을 받습니다.

그 방 한 칸에 대한 집값을 비례로 따진다 하면 100원도 다 못 될 것입니다. 100원이라고 하더라도 1년 집세가 7, 80원이 되니, 자아, 그러면 7할 내지 8할의 이식이 아닙니까?

이와 같이 이식을 받아먹으면서 만일 이자를 받기로 든다 하면 셋집을 든 사람이 선금으로 낸 60원이나, 또는 20원에 대하여서도 집주인 측에서 다 같은 4할 내지 7, 8할의 이자를 쳐서 돌려주어야 할 터인데, 그런 것은 전연 없습니다.

과연[600] 돈 없는 놈은 만만해서 그대로 살아가지는 못할 세상입니다.

| 600 과연: 원문에는 '果無'로 되어 있으나 이는 '果然'의 오식이라 판단됨.

• 엉터리없는 양복점

엉터리없는 것은 양복 장사입니다.

제군이 지금 춘추복 한 벌을 지으려고 양복점에를 갔다고 합시다.

척 들어서면 말쑥한[601] 주인이나 점원이 첫 나서서 연해 "선생님" 혹은 "상"을 찾으며 아주 애교 있게 맞아들입니다.

그러고는 이것저것 견본을 산더미같이 내어놓고 이게 좋습니다 저건 그렇습니다……고 이야기를 내어놓습니다.

제군은 이것저것 고르다가 요즈음 많이 입는 플란넬을 하나 붙잡고 얼마냐고 값을 물으면, 주인 측에서는 주판을 척 집어 들고 무엇인지 딸그락딸그락 놓습니다.

그때에 제군이 주의를 하여 견본의 밑에 쓰인 숫자를 자세히 보면 1,860이라든가 2,950이라든가 9.575 등의 것을 볼 수가 있습니다. 그것은 즉 콤마[602] 이하가 그 양복천의 값이라는 것을 의미하는 것입니다.

만일 제군이 골라잡은 천 밑에 2.950이라고 쓰여 있다면, 그것은 1야드에 9원 50전짜리라는 것을 알아야 합니다.

1야드에 9원 50전이라고 했으니까 양복 한 벌에 몇 십 야드씩 드는 줄 알기 쉬우나 실상 2야드 7푼이면 저고리, 조끼, 바지의 소위 미츠조로이ミ三ッ揃ヒ[603]가 넉넉히 됩니다.

그러니까 제군이 맞추려는 그 양복천의 원가는 25원 65전입니다.

다음에 속감과 단추, 실 값 같은 것을 합해서 상상질上上質 양복 한 벌이면 8원쯤 듭니다.

또 직공의 공전工錢[604]이 저고리 한 벌에 5원, 바지가 1원 50전, 조끼

601 말쑥한: 원문에는 '말ㅅ속한' 으로 되어 있음.
602 콤마: 여기서는 '반점半點' 이 아니라 '소수점小數點' 의 의미로 쓰이고 있음.
603 미츠조로이: 셋으로 한 벌이 되는 것. 특히, 양복의 아래 · 위와 조끼의 한 벌.
604 공전: 물건을 만들거나 어떤 일을 하는 데 드는 품삯.

가 2원, 합해서 8원 50전입니다. 이 시세는 1원 가량의 차이가 있는 곳도 없는 것은 아니나 그것이 평균 가격입니다.

그러면 원가가 25원 65전과 8원과 8원 50전을 합하면 42원 15전입니다.

이 42원 15전짜리에 대하여서 주판을 놓고 있던 주인쟁이는 주판을 톡톡 튕기면서 시치미를 뚝 떼고 "65원은 주셔야 합니다……" 합니다.

그래서 제군이(속은 몰라도),

"비싸지 않습니까?" 하면,

"천만에 겨우 원가에 빠듯합니다"고 엄살을 합니다.

"좀 낮춰서[605] 아니 될까요?"

이렇게 제군이 말을 하면, 주인쟁이는 주판을 들고 다시 무엇인지 또 드락또드락하며 머리를 갸웃거리다가 아주 난처한 듯이,

"63원만 주시지요. 선생님은 자주 거래를 해주시니까 아주 특별히 공전만 받고 해드립니다"고 합니다.

이리하여 "자주 거래해주시는 선생님"이니까 40원의 원료를 들이어 그 5할인 20원을 남기어 먹습니다.

대단 고마운 일이 아닙니까?

• 응석받이의 요릿집

요릿집…… 하면 누구나 비싸려니! 하고 가기는 가지만 그것을 세세히 따지고 보면 입니 떡 벌어집니다.

좀 입맛을 차리는 사람은 위스키를 먹는데 백마White Horse면 8원을 받고, 왕중왕King of King이면 15원을 받습니다.

| 605 낮춰서: 원문에는 '낙귀서' 라고 되어 있음.

그런데 그것을 보통 소매점에서는 '백마'는 55전을 받고 도매면 4원 50전입니다. 그리고 '왕중왕'은 소매가 9원 50전이요 도매는 8원입니다. 또 정종이라는 일본 술은 소위 도쿠리ㅏクッ라는 것에 일 홉一슴을 넣어가지고 어디 가든지 30전을 받습니다. 만일 그것을 통으로 해서 도매금으로 사온다 하면, 한 병에 비싼 것이라야 13, 4전밖에는 더 아니 먹습니다.

또 제군이 술을 먹다가 생율生栗 같은 것을 한 접시 가져오라고 했다고 합시다. 그것이 1원.

육포 한 접시에도 1원.

바나나 두어 개, 배 두어 개, 포도 한 송이, 복숭아 두어 개를 놓은 과실 한 접시에도 1원.

이 따위들을 원가로 따진다 하면 50전이나 먹는가요?

요릿집에 대한 것은 여러 가지로 많이 말을 하고 싶으나, 그것은 원래 돈 많은 사람이 돈을 없애느라고 하는 것이니까 저이끼리 빼앗아 먹건 훔쳐 먹건 그다지 상관할 것이 없이 이만 둡니다. 제군은 다만 그런 줄이나 알아두시오.

마지막으로 한 가지 이상한 소문이 있으니, 요릿집에서 그와 같이 비싸게 파는 것은 원래 요리 값이라 하는 것은 많이 잘리게 되는 것이니까, 그 손해를 미리 따지어 얼마간 잘리더라도 이문이 있을 만큼 받는다고 그런다던가요!

그러니까 결국 요리 값은 아니 잘라먹는 놈이 어리석은 셈이지요?

제3회 : 전기회사 · 사진관 · 정미소매상

이번에는 큼직한 고기를 한 덩이 도마 위에 올려놓았습니다. 전기회사…… 요즈음 말썽 많은 경성전기회사[606]입니다.

전기는 현대문명의 원동력이요 동시에 꽃입니다. 어느 곳을 물론하고 한 번 전기의 시설이 있는 곳에 일단 그것이 고장이 생긴다든가 하여 못 쓰게 된다 해봅시다.

전 시가는 일시에 암흑한 천지로 변하지요. 여러분이 가끔 경험하는 정전…… 그것이 얼마나 사람을 답답게 합니까?

그뿐 아니라 모든 동력은 일시에 얼어붙은 듯이 정지가 되지요. 전차가 발이 꽉 들러붙어버리지요.

이렇게 필요하고 또 필요한 전기의 모든 시설을 한 개 경성전기회사라는 영리회사가 손아귀에 쥐고 있다는 것부터가 해괴합니다.

어느 곳을 보든지 전기회사 같은 것은 공영으로 하든지, 그렇지 아니하면 경쟁을 하여서 폭리를 남기지 못하도록 하느라고 여러 개의 회사를 두는데, 경성만은 오로지 경전京電이 혼자서 이익을…… 이익 중에도 폭리를 남기어 먹습니다그려.

연전에 금강산수력전기회사가 새로 되지 아니하였습니까?

물론 수력전기이니까 화력전기 같은 것보다는 몇 곱이나 값이 헐한 것입니다.

만일 이 금강산수전金剛山水電이 서울로 들어오게 된다 하면 경전은 쫄딱 망했을 것입니다. 이 눈치를 미리 알아챈 경전에서는 살그머니 뒷손을 내밀어가지고 미리 계약을 맺어 금강산수전을 헐값으로 사다가 그 놈을 경성시민에게 되거리[607]로 팔아먹습니다.

606 경성전기회사: 경성전기주식회사京城電氣株式會社. 1898년 1월에 미국인 H. 콜브란, H. B. 보스윅 두 사람이 서울에 세운 회사. 창립 당시에는 한성전기회사漢城電氣會社라 하였으며, 1899년 4월 처음 서대문과 청량리 사이에 전차를 개통, 운행하였다. 1904년 7월 한미전기주식회사로 개칭하였고, 1915년 9월 다시 회사 이름을 경성전기주식회사로 개칭하였다. 그 후 1961년 7월 1일, 한국전력주식회사(지금의 한국전력공사)에 흡수, 통합되었다.
607 되거리: 되넘기. 물건을 사서 곧바로 다른 곳으로 팔아넘기는 일.

자세한 숫자는 몰라도 아마 갑절은 남겨먹는다지요. 이거야말로 경성시민이 직접 사서 쓸 전기를 중간에 들어서(청치도 아니하였는데) 거간을 붙이고 이문을 남겨먹으니 '횡포한 이득'이라는 의미로서 정말 '폭리'입니다.

　　그리고 그렇다고 경성전기회사가 해마다 얼마나 큰 이익을 남겨먹는지, 자아 보십시오.

　　작년도의 영업 광고를 보면 다음과 같은 명목의 거대한 금액이 쓰여 있습니다.

• 20만 원: 별도적립금

　　이 20만 원이라는 돈을 별도적립금이라는 속 모를 명목으로 해마다 은행에 저금을 하여둡니다. 무엇에 쓰려는 돈인지 모르지요. 물론 이익금 중에서 떼어다가 적립시키는 것입니다.

• 38만 원: 작년도 조월금繰越金[608]

　　이것은 그 전년에 쓰다가 남아서 다음 해로 밀리어 넘어온 돈입니다.

• 40만 원: 매년 흥업비 상각금興業費償却金

　　이것은 해마다 새로이 착수하는 사업에 쓰느라고 빌려 쓴 돈을 갚는 돈입니다. 그러나 저금만 하여둘 뿐이지 쓰는 눈치는 없습니다.

• 10만 원: 매년 준비적립금

　　준비적립금이라는 명목으로 해서는 놓았지만 무엇에 쓰려고 준비하

| 608 조월금: 일정 기간 안에 끝맺지 않고 다음 기간으로 순차적으로 넘어가거나 넘기는 돈.

는지 모르지요.

• 10만 원: 매년 사용인 퇴직수당기금

이것은 사용인이 나갈 때에 수당으로 주어 없어지는 돈이 아니라 인제 앞으로 주려고 모아두는 돈입니다.

이상만 합쳐보아도 180만 원이 아닙니까?

이 180만 원이라는 돈이 전 이익 중에서 쓰다 쓰다 그래도 다 못 써서 남는 돈입니다.

이익을 남겨 쓰다 쓰다 다 못 써서 이상야릇한 이름을 지어가지고 딴 구멍에다 모아두면서 그래도 전기 값은 아니 내리려고 합니다.

얼마 전부터 운동이 일어난 경성전기회사 요금감하 기성회라는 것이 조직되어 어수룩하게 남겨먹는 요금감하 운동을 일으키었습니다.

그리하여 여러 가지로 조사를 한 결과 현재 요금의 3할을 내리더라도 결코 이익이 적지 아니하리라는 것을 주장하였습니다.

이에 대하여 경성 측에서는 3할을 내리면 회사에 손해가 미칠 터이니까 1할 5푼만 내리겠다고 버티고 있습니다.

그런데 경전이 주장하는 1할 5푼을 내린다 하면 매년 수입이 약 60만 원이 줄어든다고 합니다. 그러니까 3할을 내리면 120만 원이 줄 것입니다.

이 120만원의 주는 돈은 위에 말한 명목 없이 적립 혹은 저축하는 것을 없애면 될 것입니다.

그리고 그동안까지 쓰던 경비를 줄이고, 또 요즈음 물가가 저락이 되었으니까 경영비를 줄이지 아니한다더라도 자연히 줄어들 것입니다.

그렇건만도 3할을 다 내리지 아니하고 그 반인 1할 5푼만 내리려고 앙버티는[609] 심사가 가증하지 아니합니까?

전기회사에 관하여서는 좀 더 숫자적으로 자세히 할 필요가 있으나 그것이 용이치 아니할 것입니다. 아니, 거의 불가능한 일일 것입니다. 그러니까 이번은 이만만 해두고 만일 기회가 있으면 철저히 한번 다루어보겠습니다.

사진…… 이것이 굉장하게 이문이 많은 장사입니다. 여러분이 가령 사진을 한 장 찍을 생각으로 사진관에를 갔다고 합시다.

가서 물으면 값은 다음과 같이 대답합니다.

소판小判 3매 1조	1원 50전
간판間判 3매 1조	2원 50전
중판中判 3매 1조	3원 50전
8절 1매(중판의 2배)	7원
4절 1매(중판의 4배)	12원
전지 1매(중판의 16배)	15원 50전

이상과 같습니다.

그런데 지금 중판 하나를 놓고 그 값이 얼마나 먹겠나 따지어봅시다.

현상에 쓰는 전지 한 장의 시가는 80전 가량입니다. 그러니까 중판 석 장 1조의 현상지의 원가는 12전쯤 됩니다.

그리고 중판의 원판 한 장에는 25전입니다. 또 현상과 야키츠케ゃ き つけ[610]하는 약품은 처음에 한 3원어치만 장만하여 놓으면 1년가량은 씁니다.

---

609 앙버티다: 끝까지 저항하여 버티다.
610 야키츠케: 인화.

그리고 사진 기계는 500원만 주면 썩 좋은 것을 살 수가 있고, 암실과 채광실 같은 설비는 상당한 자본이 들기는 합니다.

이러한 고정되는 자본을 우선 제외하고 따지어본다 하면, 사진 중판 한 벌에는 묵지墨紙까지 붙이어서 40전이 다 못 먹는다고 할 수가 있습니다.

40전의 원료를 들여서 3원 50전을 받으니까 10배에 가까운 이익입니다.

여기에 대하여 영업자들은 항의가 있겠지요.

"물론 3원 50전 받는 것은 원가 40전 이외에 기술의 모수와 고정자본에 대한 손료損料의 보충이라고……."

물론 그렇습니다.

기술을 요하는 것이니까 기술 값도 받아야하겠고, 고정자본이 들었으니까 그에 대한 기계 등의 손료도 받아야 할 것입니다.

그러나 40전 미만의 중판 1조에 대하여 3원 50전을 붙이어 받으며 그것을 기술 값이요 고정자본의 손료라 하기에는 너무도 정도에 어그러지지 아니한 것일까요?

장사라 하는 것은 이익을 남기어먹자는 것이니까 어느 정도 이내의 것을 가지고 말하는 것이 아닙니다.

정도에 벗어난 이익을 남기어먹는 게 안 되었다는 말이지요.

*

쌀값이라는 것은 벼 값에 따라 오르고 내리고 하는 것입니다. 그러므로 벼 값이 오르면 쌀값은 그 비례를 따라 올라갑니다.

그러나 한 가지 해괴한 것은 벼 값이 오르면 당장 쌀값을 올리는 쌀가가에서 벼 값이 내리면 추근추근[611]하면서 곧잘 내리지 아니합니다.

금년 가을에 들어서 벼 값이 엄청나게 떨어지고, 그를 따라 쌀값도 내려야 할 것인데, 쌀값이 내린 것은 벼 값이 내려가지고 훨씬 있은 뒤의 일입니다.

이렇게 말을 하면 쌀장사 양반들은 다음과 같이 변명하겠지요.

쌀이라는 것은 벼를 사서 그것을 백미로 만들어가지고 파는 것이다. 그리 하노라면 자연 그동안에 시간이라는 것이 있고, 그 시간 동안에 벼 값이 내리었다 하더라도 기왕 사둔 벼에 한하여서는 밑지고 팔 수가 없는 것이니까 벼 값과 쌀값이 동시에 내리지 아니하는 것이라……고.

듣기에 그럴 듯한 변명이다. 그러나 안 될 말이다.

왜 그러냐 하면 쌀장수가 사둔 벼 값이 그 당장의 벼 값보다 비싸다고 해서 쌀값을 내리지 아니한다는 것은 결국 세상을 저 혼자 살아가려는 수작이요, 또 한 가지는 만일 그렇다고 하면 왜 벼 값이 오늘 올라가면 오늘 당장에 쌀값을 올리느냐 그 말이다.

위에 한 말대로 따진다 하면 벼를 전에 헐하게 사두었으니까 지금 벼 값이 올라간다 하더라도 그 쌀은 헐한 값—그 전 값—으로 팔아야 할 것이 아닌가?

이거야말로 제 돈 7푼만 알지 남의 돈 7천 냥은 모른다는 벽창호의 수작입니다.

*

조선의 모든 물가는 벼 값에 따라 오르고 내리고 해야 할 것입니다.

| 611 추근추근: '천천히'의 방언(전남).

그런데 금년같이 벼 값이 헐한 때에도 어느 특수한 상품은 까아맣게 높이 있는 채 내려올 줄을 모르는 것이 헬 수 없이 많습니다.

그 일례로는 담배 값 같은 것도 그것입니다. 다음 회에는 담배 값을 한번 해보려 합니다. 기다리십시오.[612]

《별건곤》, 1930년 9월~11월

| 612 그러나 어떤 이유에서인지 연재는 이것으로 중단되었음.

속임 없는 고백, 나의 참회―잡지 기자 참회[613]

_ 호연당인

이것은 잡지 기자의 참회라는 것보다도 당치 아니한 환경에 오식誤植[614]된 한 젊은 콤××××[615]의 과거 청산의 고민이라 함이 가하겠다.

*

여학교 방문을 가게 된 일이 있었다.

형식으로 보나 기사 취급의 내용으로 보나 여학교 방문이란 여자에

---

613 앞선 「문예가(?)가 본 조선 사람과 여름」과 마찬가지로, 채만식의 이력과 정확하게 일치하는 내용을 담고 있으며, 짧은 분량이지만 20대 후반 시절 그의 실제 생활과 내면을 깊이 들여다볼 수 있게 해주는 귀중한 자료이다. '신문기자 생활 2년' 이란 《동아일보》 기자 시절인 1925년 7월에서 1926년 10월까지의 기간을 말하며, 3년간의 낙향 생활 역시 1926년 10월에서 1929년 11월까지의 실제 기간과 정확히 일치한다. 이 글에서 밝히고 있듯이 채만식은 1929년 11월 개벽사에 입사하여 잡지 기자 일을 하게 된다. 이 글 역시 개벽사에서 발간하는 《별건곤》 지면을 빌려 쓰고 있다. 사회주의 이념을 지향하면서도 나약함을 벗지 못하는 지식인의 내면 고백이 매우 진솔하고도 인상적으로 펼쳐지고 있다.

614 오식: 사전적인 의미는 '잘못된 글자나 틀린 글자를 인쇄함. 또는 그런 것'이나 여기서는 '잘못 심어짐'이라는 뜻으로 쓰임.

615 콤××××: 코뮤니스트. 공산주의자.

게 마땅한 일이다.

마땅히 여자가 할 일을 사내놈이 끄덕끄덕하고 가는 나의 우스꽝스러운 그림자에서 나는 어릿광대를 발견하였다.

어릿광대! 피에로…… 우스꽝스럽게 차림을[616] 하고 남을 웃기며 제가 웃는 어릿광대…… 피에로!

그러나 어릿광대의 웃음 속에는 눈물이 있나니.

어릿광대 아닌 어릿광대의 우스꽝스러운 그림자 속에서는 더욱 한恨겹고 분憤겨운 눈물이 있나니.

*

마땅히 해야 할 일을 제쳐놓고 하기 싫은 일이나 하지 못할 일을 하게 되는 것이 오식된 인생의 비애요, 마땅히 써야 할 글을 제쳐두고 쓰기 싫은 글이나 쓰지 못할 글을 쓰게 되는 것이 궤도에서 미끄러진 저널리스트의 고통이다.

사람이 세상에 생겨나 지닌바 포부에 절節을 지키지 못할지면 그 생명에 무슨 광채가 있으랴.

마음에 없는 의를 부르짖으며 뜻에 없는 논論을 함이, 어찌 마음에 없는 노래를 부르며 뜻에 없는 웃음을 웃는 창부娼婦와 다름이 있으랴.

창백한 인텔리의 지적 매음賣淫이여! 나는 내 자신을 이렇게 저주한다.

차라리 '쇠사슬 이외에는 더 잊을 것이 없는 사람'으로 태어나거나, 그렇지 아니하면 타고난 숙명에 자족하는 부르의 충견…… 자유주의의 사도로서 일생을 마치든지 할 것이지, 누구에게 강제를 당한 바도 없고 또 그래야 할 필요도 없었으면서 왜 방향을 바꾸게 되었던가!

| 616 차림을: 원문에는 '차림차리'로 되어 있음.

그러나 주사위는 이미 던졌다.

운은 결정이 되었다.

남은 것은 시간이다.

나는 맹세한다―목숨으로써 '현재'와 양립치 아니하기를 맹세를 한다.

무기력한 인텔리 업을 하루바삐 청산을 하고 나서 황금의 찬란한 배경 앞에 검광劍光이 시퍼런 ××―그것에 부딪쳐 베이고, 베이고, 수없이 베여서[617] 새빨간 피가 임리淋漓[618]하여, 그리하여 그 날카로운 검광이 무디어지고, 필경은 부러지고, 그리하여 살육의 밤이 새는 고요한 아침 날이 돌아 오를 때까지…….

*

세상을 아는 듯한 사람도 손을 꽂고 서서 필연만 기다린다. 그러나 필연은 필연으로만 나타나지를 못한다.

나로드니키[619]들을 본받은 열熱이 없이는 아무것도 오지 아니한다. 그들의 열만은 우리에게 큰 교훈이다.

*

신문기자로 2년…….

---

617 베이고, 베이고, 수없이 베여서: 원문은 '버펴지고 버혀지고 數업시버혀저'로 되어 있음.

618 임리: 피, 땀, 물 따위의 액체가 흘러 흥건한 모양.

619 나로드니키: 19세기 후반에 러시아의 청년 귀족과 급진적 지식인을 중심으로 일어난 농본주의적 사회주의. 또는 그런 사상을 가진 집단. 서구식 자본주의를 비판하고 러시아 고유의 농촌 공동체에서 공산주의 사회의 모태를 찾았으며, 프롤레타리아 계급의 혁명적 역할을 무시하였다는 이유로 러시아 혁명 이후 레닌에게 비판을 받았으나, 20세기 초에 후진국의 농촌 계몽 운동에 커다란 영향을 주었다.

그동안의 생활은 때 아닌 데카당티슴[620]에 술과 계집에 파묻히어 아무런 자각과 성찰이 없었으니 말할 것도 없다.

근거 박약한 민족적 적개심과 야욕적 자유주의에 침체된, 몰락한 중산 계급의 막동 아들이 여의치 못한 세상에서 그와 같이 된 것도 결코 무리는 아니었을 것이다.

남의 일을 보아준다고 하면서 밤이면 술과 계집으로 비위나 맞추려고 하지도 못하고 팽팽한 성질이니 쫓기어날 것은 듣지 아니하여도 알 일이다.

신문사를 쫓기어나서 달리 구직을 하려 하였으나 개꼬리만한 상식의 소유자가 어디 가서 무엇을 하랴.

할 수 없이 고향으로 굴러 내려가서 3년 동안 어려운 아버지의 밥을 얻어먹었다.

나에게는 이 3년 동안이 일생의 운명을 결정하는 가장 크고도 결정적인 시기였다.

무엇보다도 나는 그동안에 많은 독서를 하였다.

처음에는 크로포트킨을 탐독하다가 마르크스로 옮겼다. 이 동안이 아직 반생을 두고 양이나 질에 있어서 가장 많은 독서를 한 시절이다.

또 한 가지 사회의…… 그중에도 농촌의 객관적 정세를 보았고, 보는 법을 알았다.

---

620 데카당티슴: 퇴폐주의頹廢主義. 풍속이나 도덕 따위가 건전하지 못하고 문란한 상태. 또는 그런 태도. 문학에서는, 19세기 프랑스와 영국에서 유행한 문예 경향. 병적인 감수성, 탐미적 경향, 전통의 부정, 비도덕성 따위를 특징으로 한다. 대표적 인물로는 프랑스의 보들레르 · 베를렌 · 랭보, 영국의 와일드 등이 있다. 우리나라의 경우 3 · 1운동 이후에,《폐허廢墟》와《백조白潮》 동인들이 이러한 경향의 작품을 썼다. 늑데카당스.

＊

다시 서울로 뛰어 올라와서 잡지사의 밥을 먹게 되었다. 처음은 역시 그런 줄 저런 줄 모르고 지내다가 필경 나의 이데올로기와 나의 행동을 비교하여보았다. 그리하여 고민이 시작되었다.

나의 지금 하는 일은 익益과 해害를 비교하면 후자가 전자보다 훨씬 크다.

더구나 그 익이라는 것이 나의 이데올로기보다는 딴 세상인 '자유주의의 조선'을 위한 것에 지나지 못한다.

나는 현재의 생활권 속에 있는 것이 결코 노자관계勞資關係로가 아니다. 명실상반名實相伴의 합의제合議制 속에 있는 것이다.

그러므로 프롤레타리아가 ××공장에 가서 앞으로 자기네의 ××을, ××을, ××을 만드는 의미와도 다른 것이다. 그것은 크게 다르다.

나로서 내 자신을 단연코 용서하지 못할 일이다.

만일 순 노자관계라 하면 현재 내가 어떠한 사회적 노동(광의)을 하고 있다고 하더라도 양심에 부끄러움이 없을 것이다.

＊

나는 왜 이것을 벗어나지 못하는가?

생각하면 아직도 나는 세련이 부족하고 약하다. 우리는 모든 조직[621]을 통하여서만 그 본本 사명과 힘을 나타내는 것이다. 그런데 나는 지금 조직[622] 이외에 서서 있다.

---

621 조직: 원문에는 '올가니세―슌'으로 되어 있음.
622 조직: 원문에는 '올가니세―슌'으로 되어 있음.

안 될 말이다.

나는 현재 조그마한 인간적 정에 얽매여 있다. 인간으로서 인간적 정과 의가 필요하기 때문이겠지만—그럼으로 해서 그것을 벗어나지 못하고 헤매는 데 눈물이 있다.

실제 ××의 세련은 전연 없거니와 이론의 수양도 매우 얕다. 이것을 더 깊이 한 뒤에 떨치고 나서려는 데 나의 '지금'의 원인도 없는 것은 아니다.

또 한 가지 큰 힘으로 나를 붙잡는 것은 나의 30년 간 절어[623]온 그 공기, 그 감정에 꼭 맞는 프티부르[624] 사회의 분위기다.

환경에서 벗어나자면 그 쌓이고 쌓인 제2천성을 깨끗이 씻어버리는 데서만 얻을 수 있는 것이다.

알면서 행치 아니하는 것은 모르고 행치 아니함보다 더욱 '악'이다.

*

그러나 노력은 끊이지 아니하고 하고 있으니 용서하여라.

*

새해라고 한다. 반생을 다 살았으니 나머지는 반생이다. 뜬세상[625]의 낙도 맛보아보지 못함이 아니니, 인제는 모든 인연의 줄을 끊고 소신에 향하여 맥진驀進[626]할 때다.

623 절어: '절어'를 강조하여 이르는 말.
624 프티부르: 프티부르주아.
625 뜬세상: 덧없는 세상.
626 맥진: 좌우를 돌아볼 겨를이 없이 힘차게 나아감.

지금 생명이 없어진다 하여도 과히 애석할 것도 없거니와 별로 미련될 일도 없다.

어느 때나 한 번은 죽고 말 인생이니 차라리 가늘고 길게 삶보다 짧아도 굵게 사는 게 얼마나 쾌한 일이냐.

*

잡지 기자의 참회라는 제목에 끌리어 무슨 큰 악덕질이나 하였나 하는 호기심을 가지고 읽은 사람은 실망을 하였을 것이다.

*

그와 같이 명실이 상반相伴치 못한 것은 잡지 그것으로서 퍽 미안한 일일 것이나 사실 나는 잡지 기자로의 참회는 없다. 그 사명만은 십이 분까지는 아니라도 칠팔 분은 했다고 생각하니까.

*

달리 나와 같은 처지와 상태에 있는 동지가 한 사람이라도 있어 이것을 본다 하면, 반드시 동일한 자아를 발견하고 느낌이 있을 줄 믿는다.

《별건곤》, 1931년 1월

난센스 본위 무제목 좌담회—본사 사원끼리의

_ 백릉 기記

채 : 괜히 마지메ましめ[627]한 이야기를 하다가는 이 좌담회는 실패합니다.

박 : 차 선생 이마(벗어진 이마)를 건드려야 이야기가 나올걸.

방 : 지금 조선서 제일 괴기-그로[628]한 게 무얼까?

최 : 양성兩性 문제.

채 : 그건 에로요.

방 : 어느 정도까지는 그렇겠지.

채 : 그로를 찾자면 흉가 이야기에서나……? 그러나 지금 조선 사람은 일반적으로 그로에 대한 엽기적 취미에 대해서 인연이 멀기 때문에 흉가 같은 것을 그로로 환영하기보다 재래의 관습으로 공포를 느끼고 기피를 하니까…….

방 : 그러면 저널리즘으로의 흉가만 말할 것이 아니라 그저 일반적으로…….

---

627 마지메: 진지함. 진심임. 진실임. 성실함.
628 그로: 그로테스크.

박 : 도깨비 귀신 같은 이야기도 많이 있지.

채 : 어쨌거나 지금 우리가 그로를 구한다면 그런 것밖에 없겠지.

박 : 귀신 이야기가 썩 신기한 게 하나 있는데……. 홍노작洪露雀[629]이 직접 보나 다름없는 이야기라고……. 노작의 사촌의 외갓집에서 처녀 하나가 혼인을 정해놓고 죽었는데 그게 손각시[630]가 되어가지고 그 집에 나와서……

방 : 그 집이라니?

박 : 자기 집이지……. 빨간 저고리 파란 치마를 입고—꼭 시집가는 새색시처럼 차리고는 살…….

이 : 살이 뭐야?

박 : 살, 살 몰라?

차 : 쌀말이구려.

박 : 응, 응. (겨우)쌀 뒤주 뒤에서 "하하" 웃고 나온다나. 그런데 그 게 한 사람이나 두 사람의 눈에만 보이는 게 아니라 왼 집안사람의 눈에 다 보인대. 그래 하하 웃고 돌아다니면서 별별 장난을 다 하고. 그러면서 도 저의 오빠는 퍽 무서워한다나. 그래 저의 오빠가 나무라고 호령하면 그 집 뒤에 소나무가 있는데 그 소나무 위에 올라가서 하하 웃고.

방 : 아아니, 그런데 전신이—발까지 다 뵈어?

박 : 그으럼, 사람과 똑같애요.

방 : 그럼 그렇게 장난만 하지 무슨 내용 있는 말은 없나? 가령 무슨 포원[631]이 있든지……?

박 : 없어, 없어……. 그런데 그 집안에서 하도 귀찮으니까 점쟁이한

---

629 홍노작: 노작 홍사용.
630 손각시: 손말명. 혼기가 찬 처녀가 죽어서 된 귀신.
631 포원: 원한을 품음.

테 점을 쳐보았더라나. 점을 보니까 그 소나무에 귀신이 붙어서 그런다고……. 그래서 소나무를 베어버렸더니 이제는 그 소나무 등거럭지⁶³²위에 가 앉아서 여전히 하하 웃고…….

일동 : 허허…….

박 : 그런데 더 이상한 것은 그 오빠 되는 사람이 호령을 하고 야단을 하면 그게 "나는 작은오빠 집에 갈 테야" 하고 그곳에서 얼마 아니 되는 가맛골이라는 곳에서 가마솥도가를 하는 동생네 집으로 간다나. 그래서 가기만 하면 영락없이 가마가 터져서 사람이 죽었다고 곧 기별이 온다나.

최 : 어디서 사람이 죽어요?

박 : 가맛골 동생의 집에서!

방 : 노작도 그것을 목도했다오?

박 : 아아니.

차 : 나도 그것 비슷한 이야기가 있는데, 저어기 박동—중동학교 가는 길가에 우물 하나가 있었는데…… 하기야 내가 전문학교에 다니던 때였으니까 꽤 오래된 일이로군……. 지금은 그 우물도 메워 없앴지만…… 그래 그 우물 옆으로 취한 사람이 지나가기만 하면!

방 : 술 취한 사람의 말이란 종작 할 수 없어!

차 : 아아니, 비단 취한 사람뿐이 아니라 멀쩡한 사람도 여러 번 당했다우……. 그래 어둔 밤에 지나가노라면 고운 계집이 술상을 벌여놓고 앉았다가 웃고 일어서면서 "한 잔 잡숫고 가시지요" 하고 아양을 피우는 바람에 끌리기만 하면 그 이튿날은 그 우물에 송장이 하나씩 떠오르고…….

방 : 그러면 그런 일을 당한 사람은 다 죽었을 텐데 그렇게 그 현장의

| 632 등거럭지: 원문은 '등걸억지'로 되어 있음. '등걸'의 방언인 듯함.

광경을 자세하게 이야기하는 사람은 누구요?

차 : 그런데 그때 내가 다니던 보전普專[633] 소사小使[634]의 사촌 하나가 그 지경을 당해가지고 우물에 빠져서 하마 죽을 뻔한 것을 살려낸 일이 있어요.

이 : 옳습니다. 나도 소학교 다닐 때에 그 우물에 사람이 빠져죽은 것을 보았어요.

방 : 그러나 우물귀신에 대해서는 누구나 공동된 선입감을 가지고 있기 때문에 가령 한 우물에서 두 사람만 빠져죽으면 그 다음부터는 누구든지 그 옆을 지나가게 되면 귀신이 나오는 듯해서 그야말로 자기 최면에 걸리는 수도 많아요.

최 : (성급히)그런데요, 그런데요, 나는 내 눈으로 목도한 일이 있어요.

박 : 무얼?

최 : 들어봐요. 내가 수원서 보통학교에 다닐 땐데 봄이어요. 3월쯤 되었을까⋯⋯ 날이 퍽 노곤하고 아주 그 봄날이 퍽 (애를 쓰며) 좋은 날이어요. 그런 때면 조선 초가지붕이 이상스런 연회색으로 보이잖아요. 그래 나도 (손짓을 하면서) 그것을 그야말로 미토레데[635] 걸어오는데, 그 지붕 한가운데쯤에서 갑자기 연기가 폴싹 올라오고 불꽃이 폭 솟아오르더니 금시에 맷방석만큼 불이 붙겠지요. 그래 깜짝 놀라서 "불이야!" 소리를 치고 쫓아가니까 그 집에서도 역시 "불이야" 하고 야단이 나더만요.

방 : 낮에야?

최 : 그럼요!

방 : 그 집에 어린애가 없든가요?

633 보전: 보성전문학교. 지금의 고려대학교.
634 소사: 관청이나 회사, 학교, 가게 따위에서 잔심부름을 시키기 위하여 고용한 사람. '사동', '사환'으로 순화.
635 미토레데: みとれで, 見蕩れで. 넋을 잃고 보면서.

최 : 어린애는 없고 소박데기 색시는 하나 있대요. 그런데 그 날은 집에 없었더래요……. 그런데 퍽 이상한 것은 그 날 그 집에서 그 불이 열두 번째 나는 불이라고 그래요. 나도 하도 이상해서 지붕으로 올라가서 불붙은 자리를 아무리 살펴봤지만 성냥이나 종이쪽이 잘라진 것은 안 보여요.

박 : 그러나 귀신이라는 것은 어느 사람의 착각으로나 그렇지 아니하면 이야기하는 사람이 될 수 있으면 그 이야기를 재미있게 하느라고 그런 신기한 색채를 가미하는 수가 많으니까.

최 : 그런 것이 없는 것도 아니에요. 이것도 수원서 생긴 일인데 왜 저어, 도깨비가 흙이나 모래를 던진다고 않아요?

차 : 그런 이야기도 많이 있지.

최 : 그런데 그게 사람 더구나 여자가 한 장난이어요.

방 : 여자?

최 : 네, 처녀가!

방 : 몇 살 먹은?

최 : 과년한 색시지요……. 그것을 달리 안 것이 아니라 밤이면 좍좍 흙을 끼뜨리고[636] 해서 무섭기는 하면서도 그 집 사람이 그 끼뜨린 흙을 잘 보니까 왜 저 부엌 뒤에다 조개껍질을 족 덮어놓지 아니해요? 그리고 그 근처 흙은 퍽 습기가 있지요. 그 흙하고 그 조개껍질이더래요. 그래 그 놈을 가지고 한 사흘 동안 끼뜨리는 방향을 조사해봤더니 아닌 게 아니라 그 집에서 두세 집쯤 떨어져 있는 집 처녀가 그짓을 했더래요.

방 : 그게 보통 장난은 아니겠지. 무슨 의미가 있겠지.

채 : 과년한 색시가 남자들이 많이 모여 노는 곳에 도깨비장난을 한

| 636 끼뜨리다: 흩어지게 내어던져 버리다.

다는 것은 아무튼 무슨 속이 있는걸…….

차 : 그렇다고 무슨 악의나 그런 걸로만 볼 수는 없지.

방 : 아아니야, 그저 무의미한 장난이라면 여자가 그런 짓을 삼사 일이나 끈기 있게 계속을 하지 못하고 제 입으로 얼른 발각의 단서를 남에게 암시를 주는 법이에요.

차 : 그것도 과년한 계집애가 그 집에 사는 사내놈들이 모여서 굼실굼실[637]하니까 호기심으로 그런 게지. 또 공연한 시기로 그런 장난을 하는 수도 있고……. 이런 일이 있었어요. 어느 사람이 산 밑 외딴집에서 유부녀 간통을 하는데, 딴 놈이 돌팔매질을 하여서 그 돌이 문에 딱 하고 맞으니까 그 사내는 본부本夫[638]가 온 줄 알고 그 자리에서 기절해 죽은 것 같은…….

방 : (성成더러)진주에 쇠귀신 이야기 없나요?

성 : 전 모릅니다.

방 : 도깨비는 일설에 동화 작가의 창작이라고 합니다. 동화 작가가 자기의 이상에 맞는 인간적 존재는 사람에서 발견할 수가 없으니까 도깨비라는 이상적 초인을 만들어가지고 그것을 통해서 동화 작가로의 이상을 실현한다는 말도 있어요. 그렇게 때문에 동화에 나오는 도깨비는 장난을 잘하지만 결코 악하지는 않아요.

채 : 도깨비에는 인人도깨비[639]와 가도깨비가 있는데, 인도깨비는 나쁜 놈이요 가도깨비는 착한 놈이라는 말이 있어요. 그래서 인도깨비를 만나면 뭐 부자가 된다나……. 그래 옛날 어느 과부가 인도깨비와 결혼을 했는데 그놈이 보물이며 돈을 숱해 많이 갖다 주어서 갑자기 부자가

---

637 굼실굼실: 작은 벌레 따위가 한데 어우러져 굼뜨게 자꾸 움직이는 모양. 구불구불 물결을 이루며 자꾸 넘실거리는 모양.

638 본부: 본남편.

639 인도깨비: 사람 모양을 한 도깨비. 도깨비 같은 사람을 낮잡아 이르는 말.

되었더래요. 부자가 된 과부는 어디 도깨비와 오랫동안 살 생각이 있겠어요. 그래 하루 저녁에는 이불 속에서 도깨비더러 "당신은 세상에서 무엇을 제일 무서워하시오?" 하고 물으니까 "나는 백마 피를 제일 무서워합니다" 하더라나요. 그래 그 이튿날은 과부가 백마를 잡아서 사방에다 피를 뿌리고 자기는 피 묻은 백마 가죽을 쓰고 앉았노라니까 밤에 도깨비 낭군이 와서 그것을 보고는 그만 놀라서 달아났대요. 달아나서 뒷산에 가 두 다리를 쭉 뻗고 앉아서 "여보소 세상 사람들아, 부부간에 정 좋다고 속사정 말소, 속사정 말소" 하고 울더라나. 그러고는 제가 사준 논을 떠간다고 논 네 귀에다 말뚝을 박고 영치기, 영치기…… 하하.

일동 : 하하하하!

방 : 어쨌거나 도깨비는 그놈이 애교가 있는 놈이야. 제 재주를 보이려고 솥뚜껑을 솥 속에다 집어놓고 사람이 그것을 빼지 못해서 애쓰는 것을 보고는 좋아서 하하 웃고.

차 : 도깨비는 도리깨가 모지라진[640] 비가 된단 말이 있지?

성 : 귀신은 피가 묻어야 된다고 안 그래요?

방·박 : 그 이야기는 도처 일반이야!

차 : 피가 묻어야 된다는 것은 귀신이 아니라 도깨비 말이지!

(이때에 일부는 점심을 먹게 되었다.)

차 : (먹는 것을 바라보며)안 먹고는 못 사나?

이(학學) : 안 먹고야 못 살지!

차 : 하기야 먹어야 죽는 놈이 많지 안 먹어 죽는 놈은 적어……. 흉년에 어른은 굶어죽지만 아이들은 배불러 죽는단 말도 있지 않나.

방 : 꽤애니 지금 먹고 싶으니까 저래요.

| 640 모지라지다: 물건의 끝이 닳아서 없어지다.

이 : (채더러)침 뱉어가지고 먹잖소?

채 : 왜? 좀 더 먹을 생각이 있소?

최 : 먹을 때 침 뱉어가지고 먹기는 중동학교 최진순 씨가 제일일걸!

방 : 침이 아마 영약인 모양이야…… 웬만한 부스럼은 침만 바르면 낫지 않소? 앞으로는 아침에 세수할 때 칫솔로 긁은 그 침을 모아가지고 고약회사로 보낼 때도 있을걸.

차 : 그때야말로 침唾으로 침注射을 놀 때지.

일동 : 허허!

(점심이 끝난 뒤에)

최 : 옛날 조선에 목욕탕이 없었나요?

방 : 있을 게 어디 있어.

차 : 여자들은 일 년에 꼭 한 번씩밖에는 목욕을 했나 원…….

방 : 제삿날이면 꼭 했지.

박 : 나는 시골 여자로 목욕하는 걸 못 보았어.

최 : 여자를 몇이나 안다고 그러시우?

차 : 둘은 꼭 알겠지……. 날 때부터 본 자기 어머니하고 이번 인귀仁貴 씨(박노아朴露兒[641] 씨 부인)하고……. 응, 또 하나 있군. 카피야…… 카피야 알어? 가피야可避也란 말이야.

일동 : 허허허허!

---

641 박노아: 연극인. 박로아, 또는 필명 조천석朝天石으로도 알려져 있다. 러시아에서 유학했다고만 알려져 있을 뿐, 1944년 유치진의 현대극장을 통해 제너럴서면호 사건을 소재로 한 〈무장선 서면호〉를 공연하면서 연극계에 등장하기 전까지의 이력은 잘 알 수 없다. 1945년 조선총독부의 후원으로 열린 제3회 연극경연대회에 참가하여 친일 색채가 강한 〈개화촌開化村〉을 출품했다. 〈개화촌〉은 안영일 연출로 극단 황금좌가 공연했다. 〈서어멘호〉와 〈개화촌〉은 미국과 기독교를 부정적으로 그리면서 일제의 논리를 홍보하는 내용을 담고 있다. 2008년 민족문제연구소가 선정한 친일인명사전 수록예정자 명단 연극/영화 부문에 포함되었다. 광복 후 보도연맹에 가입한 바 있고, 〈무지개〉〈선구자〉〈3·1운동과 만주영감〉〈녹두장군〉〈사명당〉〈애정의 세계〉를 발표하며 활발히 활동했으나 한국 전쟁 중 행방불명되었다. 월북했다는 설이 있다.

방 : 재담만 하는 사람은 핀셋으로 집어내, 집어내!

최 : 옛날 조선 형구刑具[642]를 모아둔 게 없나요……. 그런 것은 꽤 그론데.

차 : 있지요. 요전 박람회 때도 진열했습니다.

방 : 참, 저어, 요전에 황해돈지 왜 그 시집을 가면 남편이 죽는다는 말로 삼백 년 동안 그 집 처녀는 색시로서 집을 못 가고 늙는단 말이 있었지요? 그 뒤에 어떻게 낙착이 되었나?

이 : 면사무소를 통해서 혼인을 신청한 사람이 많다지요.

차 : 우리 별건곤에 관상 이야기 쓰는 배상철 씨도 신청을 해봤다더군요.

방 : 그래서 그 뒤에 어떻게 되었어?

이 : 그 색시 집에서 장가오는 사람에게 일생을 보장해준다는 말은 거짓말이라고 해요. 되려 자기 딸을 여위기 위해서 남을 죽일 수가 없다고 통혼을 모두 거절했다지요.

차 : 만일 그것이 사실이라면 그런 여자가 몇 천 명만 있으면 좋겠군!

방 : 왜?

차 : 그런 여자만 모아가지고 어디든지 미운 놈의 나라로 보내서 시집을 가게 하든지 유곽을 꾸민다든지 하면 총 아니 놓고 제쟁[643]하게 될 게 아니요?

방 : 청오靑吾[644] 식이 나오는군.

박 : 그런 말은 청오의 전매특허야.

방 : 화두를 요즈음 세상의 이야깃거리로 돌려서…… 가령 지금 여

---

642 형구: 형벌을 가하거나 고문을 하는 데에 쓰는 여러 가지 기구.
643 제쟁: '다툼을 없앰除爭' 이라는 의미로 쓰고 있는 듯하나 불분명함.
644 청오: 차상찬車相瓚.

학생 방값이 남학생 방값보다 헐하니 그게 무슨 이유로 그러한지……
이상하지 않은가.

　이(학) : 어느 사람 말에는 물도 더 쓰고 하니까 더 받아야 한다고 하
던데.

　방 : 대관절 무엇 때문에 여학생 방값을 덜 받느냐 말이야?

　박 : 밥을 적게 먹고 또 안에서 동성끼리라 허물이 없다는 것이겠지?

　차 : 동정심도 있고.

　채 : 동정심이라는 그런 관념적 이유는 성립이 아니 됩니다.

　방 : 남학생보다 조용한 편이 있어서 그럴까?

　차 : 흥, 연애하는 여학생들은 사내놈이 자꾸 찾아오니까 더 시끄럽지!

　방 : 밥을 적게 먹나?

　이 : 웬걸요!

　방 : 여학생이 군것질은 많이 하지요. 성 선생이 아시겠군요?

　성 : 많이 먹습니다. 밥도 되려 많이 먹지요.

　방 : 아니, 애기 난 여자는 말고요.

　성 : (웃으며)남학생들은 밖에 나가 다니니까 때도 넘기는 때가 많지
만 여학생들은 세 끼면 세 끼 꼭꼭 찾아 먹고, 또 여자인 만큼 사람들과
친하니까 아무 때라도 시장하면 먹을 수가 있어서 되려 밥을 더 먹는 셈
이지요.

　방 : 물은 확실히 많이 써요. 그리고 안에서 숯불만 다르는[645] 것을 보
면 다리미를 들고 나서고.

　차 : 그뿐인가…… 　남학생들에게는 반찬 같은 것도 먹던 것을 그대
로 줄 수가 있지만 여학생을 두면 안속[646]을 빤히 알고 있으니까 그러지도

---

645 다르다: 다루다.
646 안속: 겉으로 드러나지 아니한 속이나 어떤 테두리의 안.

못하지…….

방 : 그런데 지금의 여학생과 하숙 주인의 관계를 다만 밥을 사 먹고 밥을 판다는 그러한 범위에서 좀 더 나아가 지방의 부형을 대신해서 그 여학생의 생활을 감독하도록 그렇게 할 무슨 도리가 없을까? 가령 이러한 게 있어요. 남자들이 제 눈에 드는 여학생이면 그저 무시로 찾아다니고 해서 공부에도 방해가 되고, 또 그런 주책없는 사내들이란 야트름한[647] 환심만 사려고 배우 이야기나 하고 화투나 치고 활동사진 구경이나 꾀어가지고 가고 그러니까, 그런 때는 그런 사람이 찾아오더라도 주인이 말을 해서 돌려보낸다든지 면회를 사절시킨다든지…… 하면 좋을 게 아니요?

박 : 그러나 여학생들이 그런 감독을 달게 여기면 모르거니와 도리어 싫어해서 하숙을 옮겨버리면 할 수 없지.

방 : 그렇다더라도 일반적으로 하숙집의 풍도風度[648]가 그렇게 되면 될 게 아니요?

박 : 그런데 그런 때도 여학생이 물질로써 주인을 매수하는 수도 있으니까.

방 : 그런 경우는 예외겠지만.

박 : 결국 여학생들 자신의 자각에 맡기는 게 제일 좋겠지.

차 : 어느 학부형은 서울 있는 사람에게 자기 딸의 감독을 부탁했더니 그 색시가 그 사람의 감독을 받기가 싫어서 이간질을 했다는데……. 그 사람이 자꾸만 시골서 오는 학비를 빼어서 쓰고 또 나쁜 데로 지도를 한다고 저 아버지한테 편지질을 해서…….

방 : 어느 여학교 선생님은 여학생의 하숙을 찾아와서 늘 드러누웠고, 심지어 그 애들이 먹는 밥까지 뺏어 먹는다니…….

647 야트름한: 원문에는 '얏토롬한'으로 되어 있음. '조금 얕은'의 뜻으로 쓰임.
648 풍도: 풍채와 태도를 아울러 이르는 말.

차 : 어느 여학교 교장은 밤낮 여학생을 찾아다니며 냉면을 사 달래서 먹기 때문에 그 냉면선생이란 별명까지 얻었다는데.

방 : 그런데 여학생이 남학생보다 군것질을 많이 하지요?

박 : 그런 줄을 아니까 남학생한테 여학생이 찾아만 오면 으레 과자를 내지.

방 : 그거야 대접하느라고 하는 게니까 문제가 아니 되지만 어쨌거나 군것질은 많이 해요. 종류로는 고구마 · 왜콩 · 마메콩 · 호떡.

성 : 지금은 호떡은 안 먹습니다.

방 : 천만에!

박 : 호떡은 모욕인걸.

최 : 사실이 사실인데 무에 모욕이에요?

방 : 아아니야, 호떡을 많이 먹어요. 그게 좀 고급으로 가면 초코렛[649] 아이스크림 같은 것이지만.

박 : 남학생은 밖에 나와서 호떡집에도 쑥쑥 들어가니까 많이 먹는 것 같고, 여학생은 앉아서 사다 먹으니까 아니 먹는 것 같겠지.

방 : 어쨌거나 여자는 입을 놀려두기를 싫어해요.

차 : 여자는 소비만 하는 아무데도 못 쓸 거야. 사내가 실컷 벌어서 쌀을 사다 주면 밥을 지어 없애지, 장작을 사오면 불에 살라 없애지, 옷감을 바꿔오면 옷을 만든다고 도막도막 잘라버리지.

박 : 그것은 케케묵은 소리요.

차 : 묵고 새롭고 간에 지금도 사실인걸.

최 : 성 선생님, 항의 아니 하십니까?

방 : 두어두어요. 재담을 반박하면 하는 사람이 긇지[650]!

---

649 초코렛: '초콜릿' 이 맞는 표기이나 당시의 실제 발음을 살리고자 당시 표기를 그대로 둠.
650 긇다: '그르다' 의 방언(전남, 평북).

차 : 진즉 그렇게 항복을 하지들!

방 : 옳소……! 그런데 여학생들은 교실에서 군것질을 해요. 선생의 강의가 재미가 없으면 저어 앞에 앉은 애가 뒤에 앉은 애한테 편지를 하는데, "이애, 초코렛 하나만 보내라아" 하고.

일동 : 허허허허!

성 : 교수 잘못하면 정말 싫증이 나요. 여학교에 젊은 선생이 새로 오면 강의를 천정[651]이나 바깥만 바라보고 하기 때문에 질문을 못 해요.

일동 : 허허허허!

차 : 그것 좋겠군……. 무식해도 젊기만 하면 여학교 선생질을 해먹겠으니까.

방 : 여학교 선생 8년에 모가지가 삐뚜러진 사람이 있어요. 밤낮 천정하고 들창만 바라보고 강의를 하기 때문에!

차 : 2층에 있는 교실은 천정을 바라보았자 별것 없을걸.

일동 : 대소大笑.

방 : 또 하는 소리 봐요.

채 : 과연 그로 100%로군!

방 : 옥선진玉璿珍 씨가 여학생 간에 인기가 놀랍다지? 강의 잘 해준다고.

채 : 지금은 돌아갔지만 중앙에 나원정羅元鼎 씨가 인기가 좋았지. 교수술敎授術이 아주 능란하고 말을 재미있게 해서.

최 : 배재 김동혁金東爀 씨도 호랭이똥이라고 아주 유명했어요.

채 : 나는 처음에 중앙학교에 입학했더니 이중화李重華 씨가 교복 빨아 입는 이야기를 하시는데 아주 구미가 당기게 잘해요……. "우리 중앙

| 651 천정: '천장'의 옛말 또는 북한어.

뒷산에는 맑은 시냇물이 있다. 일요일 날 점심을 꾸려가지고 풀을 꼭 2 전어치만 사가지고 책을 한 권 들고 뒷산으로 올라와! ……그래서 위아 래를 가지고 온 비누로 싹싹 비벼 빨아서 풀을 살풋 묻혀서…… 잔디밭 에 널어놓고 그 옆에 누워 푸른 하늘을 바라보며 새소리도 들으며 생각 도 하고 책도 본다. 그러는 동안에 오정[652]이 땡 치면 점심을 먹어…… 다 시 석양이 되면 옷이 말라…… 그 놈을…… 입고 내려와…… 세탁쟁이 주면 못써, 못써…….” 그리고 군것질을 말란 말을 “……심심하면 앞가 가에 나와서 애플 하나 사 먹는 것은 좋아……. 그러나 늘 주근주근 먹 으면 못써, 못써…….”

차 : (박을 보고) 당신 삼촌어른 박중화朴重華 씨 그이도 유명했지……. 별명은 일순사日巡査고……. 한 번은 시험을 보는데 그 때는 커닝을 할까 봐 책상을 모두 운동장에다 내어다놓고 죽 앉아서 답안을 쓰는데…… 나완羅琓이라고 하는 학생 하나가 이 양반을 골려주려고 답안을 쓰면서 왼편 손에서 무얼 자꾸만 보면서 쓴다. 그러니까 이 양반이 부리나케 쫓 아와서 그 사람의 왼 손목을 꼭 훑어 잡고 “주먹 펴라” 하고 소리를 치니 까, 이 사람은 시치미를 또 떼고 “왜 그러십니까? 시간 바쁜데” “잔말 말 고 펏” “왜 그러세요” “펴봐” ……그러자 손목을 딱 펴니까 웬걸 맨손이 지 하하.

일동 : 대소大笑.

방 : 나는 원달元達 씨 생각하면 지금도 우스워…… 우습다는 것보 다…… 무어라고 할까…… 그 양반이 학교를 막 졸업하고 나와서 보전 普專에서 강의를 하게 되었는데, 학생들은 그이가 다재하고 또 유명하다 니까 모두 필기장을 새로 장만해가지고 마침 기다리고 있는데, 이 양반

| 652 오정: 정오.

이 턱 한다는 말이 "가쿠노고도쿠[653]……" 하면서 책을 외우듯이 죽 내려간다. 학생들은 기가 맥히지……. 그러자 맨 뒤에서 학생 하나가 "선생님, 무엇이 가쿠노고도쿠란 말입니까?" 하니까, 이 양반이 그만 실패를 깨닫고 얼굴이 빨개져서 그래 그 뒤로 영영 기운을 펴지 못했어요.

최 : 배재 이중화 씨도 유명했지요.

차 : 삼중화三重華가 다 유명하군.

박 : 우리는 한문 선생을 손아귀에 넣고 지냈는데, 이 양반이 원래 좀 무식해요. 그래 시학視學[654]이 온다면 미리서 배워둔다…… 그래 시학이 보는 자리에서 척 "아무개 일어나서 오늘 배울 데를 읽어봐" 하면 척척 읽어내지. 그런 비밀이 있으니까 우리가 성적이 좀 나쁘면 그 양반을 조용히 만나서 눈을 똑바로 뜨고 "선생님, 이번 학기에 왜 내 성적이 나빴습니까?" 하면 "응? 그래? 그러면 다음 학기에 보자" 하지. 그럼 아니나 다를까 그 다음 학기는 성적이 아주 좋아지군 했어.

차 : 유일선柳一瑄 씨가 음정월 초하룻날 학생이 아니 온다고 혼자서 교실에 들어가서 기하 문제를 풀고는 그것을 그 다음 시험문제에 내었다는 것도 명담名談이지.

방 : 여규형呂圭亨 씨가 제일고보第一高普에서 한문을 가르칠 때에 학생이 시험 답안에다 술상과 기생을 그려 갔다가 퇴학당한 이야기도 유명해.

차 : 학생, 선생 해서 두 생 이야기를 했으니 삼생三生 연분으로 인제는 기생 이야기나 하지.

방 : 또 나온다……. 뭔 기괴한 장난으로 이야깃거리는 없나?

박 : 조선 사람은 그런 장난을 장난으로 알지 아니하니까 하지도 않

---

653 가쿠노고도쿠: 이와 같이.
654 시학: 학교의 교육이나 경영 따위를 시찰함. 또는 그런 사람.

고 하기도 무서워.

방 : 일본 사람들이 문패 떼어 모으기 같은 것을 경쟁적으로 하는 것은 확실히 그로 취미야……. 조선 사람으로는 이서구李瑞求가 수재水災 때에 평양 사진을 용암포龍岩浦 것으로 써먹은 것이 기발한 장난이고.

성 : 여학생 기숙사에서는 장난하느라고 방문 틈으로 담배 연기를 뿜어 들여보내요.

박 : '술' 이야기나 해보지?

방 : 청오는 술 취하면 진고개에 가서 전등 깨뜨리는 게 전문이라지?

차 : 벌써 그것도 옛날이요.

채 : 취중의 이야기로는 동아일보 김과백金科白 군이 굉장한 일화가 있지……. 이 사람이 담뿍 취해가지고 집에 돌아가서 자는데 갈증이 낫던지 손바닥을 딱딱 치며 "이애 뽀오이, 이애 뽀오이" 하고 부른다. 지금 자기 생각에는 요릿집에 있느니라 하는 생각으로 했겠다. 그런데 옆에 방에서 주무시던 그 아버지(지금은 작고하셨지만)가 잠이 깨어서 문을 열고 "이애가 누구를 부르노?" 하니까 이 사람 좀 봐요, "이야 뽀오이, 냉수 한 그릇 떠 오너라" 하고 호령을 했으니, 하하하하……."

일동 : 허허허허…….

차 : 염상섭 씨가 술 취해가지고 영국 영사관에 갔던 것도 유명하지.

방 : 그건 참 국제적 주정이군.

차 : 술이 곤주가 되게 취해가지고 무슨 생각인지 인력거를 타고는 그 밤중에 영국 영사관을 가서 문을 두드렸다. 그러니까 문간에 있는 사람이 나와서 웬 사람이냐고 하니까 냉수 한 그릇 떠 오라고 야료[655]를 했으니.

| 655 야료: 까닭 없이 트집을 잡고 함부로 떠들어 댐.

박 : 요전에 이은상 씨는 술이 취해가지고는 서해曙海한테 부축을 받아가며 오다가 그 진흙 바닥에서 "이 사람아, 조금만 자고 가자, 조금만 자고 가자" 하더니 그대로 눕더라나…… 눕더니 "어어, 시원해 좋다" 하고 운율적으로 감탄을 했다고.

차 : 나는 한 번 밤늦게 자다가 깨니까 달이 몹시 밝아서 문 앞길로 나오니까 웬 사람이 이중화 씨 집 쓰레기통을 붙잡고서 꾸부리고 서서 "중화아, 중화아" 하고 부른단 말이야. 그래 누군가아 하고 가보니까, 김성수金性洙 씨가 술이 곤주가 되게 취해가지고는 이중화 씨는 찾는다는 게 쓰레기통을 붙잡고 서서 그러는 거야.

일동 : 대소.

채 : 요전 좌담회 때 서춘 씨가 자기가 이야기하는데…… 카페 삐삐에 와서 술을 먹었더라고. 그래 돌아가서 잤는데 이튿날 잠이 깨니까 확실히 무슨 큰 실수를 한 것 같아서 마음에 몹시 걸리기는 하나 아무리 생각해도 기억이 아니 나더라고……. 그래 타고 온 자동차부自動車部에서 물어보아도 도무지 그 자동차부에서는 자기를 태워다준 일이 없다고 하고, 삐삐에 가서 물어보아도 아무 실수는 하지 아니했다고 하고……. 그러나 그래도 마음이 아니 놓여서 그 이튿날 다시 삐삐에 가서 물어보니까 그 집에서는 자기네 영업의 이익상 서 씨가 불러 달라는 집의 자동차를 아니 불러주고 딴 데 것을 불어주었다나……. 그래 자동차도 무심코 타고 가서 내일 와서 받아가라니까 운전수는 싫다고 하면서 두로 태워가지고 근처의 파출소로 갔다. 갖다 놓으니까 서 씨는 파출소에 들어서면서 오줌을 눈다. 그것을 보고 순사가 하도 어이가 없던지 하하 웃더래요.

일동 : 대소.

채 : 그래 순사가 너는 왜 자동차 샀을 아니 주느냐고 하니까 포켓 속

에서 지갑을 꺼내어 돈이 없다고 톨톨 털어 보이는 바람에 명함이 떨어졌다. 그러니까 순사가 명함을 집어가지고 보더니 웬일로 "이분이 《동아일보》 편집국장인데 설마 자동차 값이야 아니 주리라고 그랬느냐"고 운전수를 나무래서 도로 태워다 드리라고 했다나…… . 그때 운전수는 이크 뜨거워라 하고 얼핏 모셔다 드리고는 무서워서 그 이튿날 자동차 값도 받으러 오지 못하고 겨우 이틀 만에 삐삐에 가서 그 야기를 했기 때문에 서 씨도 비로소 그러한 일이 있었던 줄을 알았다고 해요.

차 : 현진건 씨는 술을 먹으면 무겁다고 구두를 벗어버리고 달아나겠다…… . 심하면 양복도 벗고.

□656 : 박승빈朴勝彬 씨는 취하면 그릇 바수기가 일쑤지…… . 술은 여자가 먹고 취한 게 볼만해.

박 : 더럽지!

방 : 소변 흘리고.

채 : 성 선생님 취해보신 일 있습니까?

성 : 술을 통 못 먹어봤습니다. 그때…… 저 맥주 한 잔 먹고서 혼은 났어도.

방 : 홍성 사는 김 무어라는 친구는 석 잔만 먹으면 발가벗어요…… . 그래야 술이 맛이 있다나!

차 : 백대진 씨와 같군!

박 : 나는 취하면 자니까…… . 만식이 자네는 취하면 울지?

채 : 옛말일세.

차 : 나는 취해서 인력거 삯 5원 준 일은 있지.

방 : 조남희趙南熙 씨 술병 세는 것도 유명하지.

| 656 □ : 누구의 발언인지 표시되어 있지 않음.

채 : 동아일보 박찬희朴瓚熙 씨는 취해서 골이 틀리면 암말도 않고 앉아서 가끔 술병으로 유리창만 하나씩 깨지.

방 : 한번 조재호曹在浩 씨하고 같이 취해서 길에 나섰는데 이 양반이 앞에 자동차가 있으니까 그 꽁무니에 가 매달렸다. 그러다가 자동차가 뚜루루 가니까 그 큰 키에다 어린애들처럼 매달려 가던 것이라니…….

일동 : 대소.

방 : 그래 우리가 뒤따라가면서 "떨어져라, 떨어져라" 하니까 툭 떨어져서 쩔쩔매던 꼴이라니.

일동 : 대소.

차 : 변영로 씨가 취중에 친구의 부인이 자는 모기장에 들어가려다가 실수한 것도 명담이야.

이 : 그래서 그때부터 금주했어요.

차 : 심대섭沈大燮[657] 씨가 취해서 그 아버지한테 "왜 났느냐?"고 하였다지?

이 : 네……. 언젠가 한 번 "왜 났느냐?"고 하니까 그 아버지가 하도 기가 맥히어 "낸들 아니? 낸들 아니" 하더라나!

일동 : 대소.

본사 휴게실에서

백릉白菱 기記.

《별건곤》, 1931년 1월

| 657 심대섭: 심훈沈熏(1901년 9월 12일~1936년 9월 16일). 농촌계몽소설 『상록수』를 쓴 소설가 겸 영화인.

생활 개선과 우리의 대가족 제도

_ 북웅생

만근挽近[658] 물산장려운동[659]을 비롯하여 각 방면으로부터 우리들의 생활개선 문제가 논의 선포되는 것은 지리멸렬의 참경慘境에 있는 우리들의 생활전선에서 일조一條[660]의 혈로血路[661]나마 얻어 보자는 의미에서, 비록 소극적이라 하더라도 적극적 정치투쟁이 거의 정체 상태에 있는 오늘날에 있어서는 그리 범연시汎然視[662]할 문제가 아니라고 생각한다. 요체는 말할 것도 없이 근본문제의 해결에 있겠지마는 거기 도달하는 동안에 직접, 간접으로 우리들의 실생활에 적지 않은 해독을 끼치고 있는 전래적傳來的 병폐들 또한 묵과할 수 없을 것이라. 그러한 점에서 색의단발色衣斷髮[663]도 좋다. 허례 폐지도 좋다. 조선 물산을 장려하는 것도 좋다. 그러나

---

658 만근: 몇 해 전부터 현재까지의 기간.
659 물산장려운동: 1920년대에 일제의 경제적 수탈정책에 항거하여 벌였던 범국민적 민족경제 자립실천운동.
660 일조: 한 줄기.
661 혈로: 곤란하고 위태로운 경우를 가까스로 벗어나는 어려운 고비의 길.
662 범연시: '대충 보아 넘김' 정도의 의미로 쓰이고 있음.
663 색의단발: 색깔 있는 옷을 입고 머리를 짧게 자르는 것. 1929년 5월 이후 《조선일보》가 생활개선운동으로 내세운 슬로건 중 하나.

이러한 부분적 개선문제보다도 우리들의 정신 방면에까지 침식해 들어간 근본적 결함이 있으니 그것이 곧 내가 말하고자 하는 조선의 대가족제도이다.

우리의 부조父祖들은 가문의 번창과 영달의 한 표징으로 아직까지도 이 봉건시대의 유물인 대가족제도를 사수하고 있다. 그리하여 표면으로는 자손창성子孫昌盛한 명문거족이라 하여 4, 5대가 한 처마 아래서 군거생활을 하면서 그 친목과 평화를 자랑하지마는 그 내면 생활은 결코 그렇지가 않다. 그 대가족제도라는 질곡 속에서 아들은 아들로서 며느리는 며느리로서 손자는 손자로서 제각각 신음하고 있는 것이다.

그들이 어느 때 자기의 취미와 개성을 발휘해본 적이 있었던가. 그들은 모든 생존권을 박탈당한 노예이며, 금치산자와 다름이 없다. 과연 그들은 시대착오적 무서운 마전魔殿664에 감금된 가련한 희생자인 것이다.

어천만사於千萬事가 부조형숙父祖兄叔665의 호주戶主와 연상年上을 본위로 하여 절대전제絶對專制 하에 입각한 이 대가족제도의 중위重威666에 못 이겨 젊은 청년 자녀들은 남의 정신에 살아가는 한 개의 괴뢰가 되어 부질없이 예기銳氣667를 꺾이고 진취성을 잃고 생활에 취미를 찾지 못하고 창백한 수탄愁嘆668에 나날이 시들어가는 것이다. 많은 가족이 살아가는 넓은 집에서 자기의 기분과 감정을 남에게 침해받지 않고 한시라도 마음 놓고 쉴 수 있고 생각할 수 있는 자기에게 허여된 자유의 처소를 가지지 못한 사람의 비애를 어찌 구복口腹669의 우憂670가 없다는 단순한 사실만으

---

664 마전: 악마의 전당.
665 부조형숙: 모든 가족과 친척.
666 중위: 무거운 위압.
667 예기: 날카로운 기개.
668 수탄: 수심과 탄식.
669 구복: 먹고살기 위하여 음식물을 섭취하는 입과 배.
670 우: 걱정.

로 위무할 수가 있으랴. 만일 그 정신적 고통을 면할 수 있다면 오히려 그들은 빈한貧寒을 즐겨 취했을 것이다.

그러므로 그들은 종종판種種版[671] 반역자가 되어 그 생활 기반羈絆[672]을 벗고[673] 나서 자기의 앞길을 개척하기로 하며, 더러는 반동적으로 외계外界에[674] 일시적 위안을 구하여 드디어 오도誤道[675]에 빠져 타락하기도 하는 것이다.

그들은 가정에 발을 들여놓으면서부터 자기 존재를 잃어버린다. 그러한 가운데 무엇으로써 그들의 생존 의의와 가치를 찾을 수 있을 것인가.

그러나 대가족의 재정財政 전부를 한 손에 장악하고(전 가족의 생명까지도) 있는 가주家主로서는 조상의 유업＝유산＝에 대한 충실한 계승자로서 동전 한 푼을 나누어 쓸 궁리까지 해가면서 질소質素[676] 절약節約하며, 금전 관계에 있어서는 연히然히[677] 사회[678]와 절연을 하고 지내오면서 생명과 같이 지켜온 재산을 다음 계승자에게 상속해준다는 것이 유일한 신조요 생존의 의의였다.

그리하여 그 충실한 계승자는 운명할 때에야 비로소 릴레이 경주의 전주봉傳走棒[679]과 같이 그 재산을 적당하게 처분해서 다음 계승자에게 물려주고 조상의 업적을 허루虛漏[680] 없이 잘 지키었다는 안심의 빛을 띠고 죽는다.

671 종종판: 여러 가지 경우의.
672 기반: 굴레. 굴레를 씌운다는 뜻으로, 자유를 구속하거나 억압함을 이르는 말.
673 벗고: 원문은 '버고'로 되어 있음.
674 외계에: 바깥에서.
675 오도: 잘못된 길.
676 질소: 꾸밈이 없고 수수함.
677 연히: '자연히' 정도의 의미로 쓰임.
678 사회: 원문은 '단사회斷社會'라고 되어 있으나 오식으로 보임.
679 전주봉: 바통.
680 허루: 다루는 태도가 야무지지 못함.

그 덕으로 한 사람의 주된 계승자는 형식도 그 구속에서 벗어나기는 하나, 다시 전 가족에 대한 무거운 책임을 지고 원치 않는 전제군주[681]의 왕좌에 나아가야 된다. 그러나 경제적 방면에는 아무런 경험도 가지지 못한 무지자無智者이므로 거대한 가정家政[682]을 적당히 정리해나갈 능력이 없고, 세태물정을 알지 못하며, 소비 이외의 기술을 가지지 못하고 보니, 자연 미기년未幾年에[683] 가세가 기울어지거나 손자 대에 가서는 파산지경에 이르는 예가 적지 않다.

이리하여 대가족제도는 장차 유위有爲한[684] 청년들의 마음 가운데 유약한 의뢰심을 부식扶植[685]하였고, 독립 자영自營의 정신을 무찔러 세태에 몰각한 무능자를 만들어내었었다. 그 사회적 해독이 얼마나 크랴! 그리고 이 대가족제도에 대한 이상은 결코 부유계급에만 한한 것이 아니었다. 빈한한 가정에 있어서도 마찬가지로 그것을 이상으로 하였고, 또한 가난한 정도에서 실현해왔었다. 그러므로 일인경지一人耕之 하여 십인식지十人食之 하는[686] 악풍이 생기었고, 1인의 경지자耕之者가 불의의 사정으로 경지耕之하지 못하게 되면 그만 수다가권數多家眷[687]은 일조一朝에 생로生路로 잃고 유리걸식하게 되는 특징을 가진 것이다.

물론 원칙적으로 말할 때 이러한 가족제도가 원래 봉건시대의 잔재물이니만치, 봉건사상이 청산됨을 따라 또는 그 내재적 모순으로 말미암아 자연 붕궤崩潰[688]될 성질을 가진 것이지마는, 봉건시대가 지나간

681 군주: 원문은 '자주眷主'로 되어 있으나 오식으로 보임.
682 가정: 집안을 다스리는 일. 가정생활을 처리해나가는 수단과 방법.
683 미기년에: 몇 년 안 되어.
684 유위한: 능력이 있어 쓸모가 있는.
685 부식: 힘이나 영향을 미치어 사상이나 세력 따위를 뿌리박게 함.
686 일인경지 하여 십인식지 하는: 한 사람이 경작하여 열 사람이 그 수확물을 먹는.
687 수다가권: 호주나 가구주에게 딸린 식구.
688 붕궤: 붕괴崩壞.

지 오래요 세계는 자본주의 제3기에까지 도달한 이때에 있어서[689] 아직 껏 고루한 과거 시대의 유풍폐속遺風弊俗[690]에서 해탈되지 못하고 완미순 요頑迷巡遙[691]하고 있는(노후배老朽輩[692]는 물론이나 대가족제도에 얽매여 있는 청년들까지) 치망稚妄[693]과 시대착오를 하루바삐 격퇴하고 그로 말미암아서 받는 일체의 고통과 폐해에서 해방되어야 할 것이다. 그리함에 는 대가족제도를 깨뜨리고 각각 분가하여 부부를 한 단위로 한 독립적 가정생활을 영위하게 되어야 할 것이다. 이 단일적 독립가정을 통하여 우리들은 대가족제도에서 박탈당했던 모든 생존권과 생존 의의를 찾을 것이며, 자주독립의 정신과 개성을 발휘할 수 있을 것이다. 이 부부 단위 의 소가족제도에 대해서는 외국인의 생활을 예증하여 더 자세히 언급하고 싶었으나 지면과 시간 관계로 후일을 기하고 우선 이것으로써 과거에 이미 선각자 간에 허다히 논의된 바를 다시 논의하게 된 우론愚論[694]을 그치려 한다.

《별건곤》, 1931년 2월

---

689 세계는 자본주의 제3기에까지 도달한 이때에 있어서: 1929년 대공황을 계기로 세계 자본주의 체제가 이 제 더 이상 회복 불가능한 상태로 붕괴되어 곧 사회주의 세계체제가 도래하리라고 믿었던 당시 지식인 들의 일반적 인식 틀을 채만식 역시 지니고 있음을 알 수 있는 대목이다.
690 유풍폐속: 옛날로부터 전하여 오는 나쁜 풍속.
691 완미순요: 융통성이 없이 올곧고 고집이 세어 사리에 어두우며, 현실에서 멀리 떨어져 한가히 돌아다님.
692 노후배: 늙은이들.
693 치망: 유치함과 망령됨.
694 우론: 어리석은 이론이나 견해.

취직전선 이상 있다![695]

_ 호연당인

창백한 문화예비군

전 세계에는 2천만의 실업군失業群이 있다. 2천만의 실업군! 누가 그들을 실업케 하였는가!

조선의 실업자는 얼마나 되는가?

조선은 그 사회적 발전 계단에 있어서 선진 자본주의 국가들에게 멀리 뒤져 있다. 그러하지만 실업자의 비율은 다른 어느 자본주의 국가보다도 크다. 조선의 실업군은 2천 3백만에 가깝다.

그러나 세계에 2천만의 실업자가 있고 조선의 농민과 노동자의 거의 전부가 실업자라 하는 것은 진짜[696] 프롤레타리아를 말하는 것이다.

이 프롤레타리아(협의) 이외에 한 큰 실업군의 층이 있으니 즉 지식계급의 그것이다.

그 시비는 고사하고 기미己未 이후 조건에는 향학열이 부쩍 높았다.

---

695 채만식의 대표작 중 하나인 「레디메이드 인생」의 문제의식을 여실히 담고 있는 글이다. 채만식은 3·1 운동 이후 조선의 이상異常 교육열로 인해 양산된 지식인층, 특히 문학 전공자들이 결국 필연적으로 사회에서 남아도는 실업자군을 형성할 수밖에 없었다는 생각을 굳게 갖고 있었다.

696 진짜 : 원문에는 '진쌈'으로 되어 있으나 오식으로 보임.

'지사志士'들은 '아는 것이 잘 사는 것'이라고 민중에게 가르쳐주었다.

많은 보통학교와 강습소가 생기고 중학교가 생기고 전문학교가 생겼다.

조선의 가난한 사람들은 땅을 팔아가면서 밥을 줄여가면서 그 자제들을 학교에 보냈다. 보다 잘 살까 하고.

그러나 기미 이후에 양성해낸 지식군知識群을 흡수하기에는 조선의 문화는 너무도 걸음이 뜨고 빈약하였다.

농민의 자제 중에 보통학교를 마치고 그 이상인 중등학교에 입학하는 수는 실로 몇 %도 다 되지 못한다.

다시 그 빈약한 수인 중등학교를 마친 사람이 전문학교 내지 대학으로 올라가는 수도 역시 몇 %에 지나지 못한다.

그러면 초등 지식의 소유가 대부분인 보통학교만을 마친 그들은 어디로 가는가?

조그마한 상식만을 가진 중학 졸업생의 대부분과, 또 전문 내지 대학을 마치고 나서 직職을 얻지 못한 사람의 대부분은 어디로 가는가?

봉건시대의 지식계급의 영광스러운 후광은 무자비한 자유주의에 짓밟히어 허옇게 퇴색이 되고, 자본주의 문화에 있어서는 역시 손을 버리고 "나에게 밥을 주시오." 하는 일개의 노동자가 되고 만 것이다.

더구나 그들은 해머를 들고 ××을 ×××× 려는 프롤레타리아와도 달라 앞날도 없고 기운도 없고 해쓱한 얼굴에 주린 빛으로 단장만 하고 있을 뿐이다.

그러므로 우리는 그들을 이름 지어 창백한 문화예비군이라고 한다.

그들은 프롤레타리아와 하나 가지로 모두가 자본가의 노예다. ××가 그러하고, 천하를 논하나 ××이 그러하고, 학자가 그러하고 누구 하나 빼어놓을 것 없이 심지어 한 개의 은행회사원에 이르기까지 모두가 그러하다.

산업예비군과 한 가지로 문화예비군은 제한 없이 늘어간다. 그러나 그들을 늘어가는 대로 흡수하기에는 현대의 생산제도가 그것을 허락지 아니한다. 아니, 도리어 모든 산업을 잡아 줄이게 된다. 그러자니 노동자의 실업군이 생겨나고 다시 그만큼 문화기관도 주는 만큼 문화실업군도 늘어간다.

할 수 없이 그들은 상업예비군과 한 가지로 밥을 구하려 가두로 방황하게 되었다.

가두로 방황하는 혹은 아직 세태를 모르는 지식계급 그들이 직을 얻기 위하여 여기에 갖은 각색의 비희극悲喜劇이 연출된다. 여기에 그 몇몇 예를 들어보자.

문학사文學士의 이력서 여섯 장

○○○○○의 상당히 중요한 자리를 차지하고 있는 ○○○ 씨에게 한 장의 친전親展[697] 편지가 들어왔다. 편지의 내용은,

"금년 봄에 졸업을 하게 되었습니다. 집에서는 졸업을 하면 하늘의 별이라도 따가지고 오는가 하여 눈이 빠지게 기다립니다. 사회에서는 한 덩이 밥을 찾느라고 시커먼 손을 높이 들고 대어드는 군중이 있는 이때에, 나 같은 놈조차 밥을 위하여 그 속에 한 몫 끼게 된 것을 생각하면 눈물이 나옵니다마는, 그와 같이 날뛰지 아니하고는 입에 거미줄을 칠 지경이니 어떻게 합니까. (중략) 만행萬幸으로 형이 자리를 주선해주시면……."

| 697 친전: 편지를 받을 사람이 직접 펴 보라고 편지 겉봉에 적는 말.

이러한 의미의 것이요 동봉하여서는 이력서가 여섯 장이 들어 있다.

그 이력서를 한 번 훑어보면, 보통학교 졸업을 비롯하여 일본의 ○○ 어느 대학을 금년에 졸업할 예정으로 되어 있다.

그리고 전문專門은 문학이다. 즉 문학사다.

문학사! 문학사! 배고픈 문학사! 누가 그를 배고프게 하였는가?

이불 싸 짊어지고

《동아일보》 사장 송진우 씨는 머리를 절절 흔들면서 신물이 나게 졸리는 이야기를 다음과 같이 한다.

찾아온 사람은 그다지 가까운 친분도 없고 다만 우연한 기회에 한 번 만나보았을 뿐인 ○ 씨다.

그 ○ 씨는 재래의 형식인 소개니 소개장이니 하는 것은 별로 없고, 그야말로 취직전就職戰의 첨단인 직접 담판을 하러 왔다.

백 명이면 백 명, 천 명이면 천 명, 또는 만 명이면 만 명이라고 소개를 하여주고 스스로 채용도 하여서 그들이 업을 얻게 하였으면야 물론 좋은 일이겠지만, 송 씨로도 그러할 힘은 도저히 없다.

그리하여 송 씨는 여러 가지로 형편이 여의치 못함을 이야기하며 어려운 거절을 하였다. 그랬더니 그 ○ 씨 그날 밤으로 이불을 싸 짊어지고 송 씨 사택으로 찾아왔다.

직업을 얻기까지 혹은 얻어주기까지 먹여 살리라는 것이다.

너무도 첨단에 첨단적인 ○ 씨의 '취직' 전술에 병병하여진 송 씨는 그만 아무 말도 못하고 하는 대로 두었다. 사실 두어둘 수밖에 없는 노릇이다.

그날 밤이 지났다.

밝는 날에는 가리라고 생각하였으나 도무지 그러한 눈치가 보이지 아니한다.

하루가 지났다. 그래도 가지 아니한다. 그러면서 자꾸만 조른다.

이틀, 사흘…… 열흘이 되었다. 그래도 아니 간다. 열하루, 열이틀, 필경 보름이 되었다.

보름이 되어서야 ○ 씨가 졌다. 할 수 없이 물러가고 말기는 하였으나 취직 전초전에 나선 한 용감한 투사라는 칭稱을 주기에 아깝지 아니한 사람이다.

좌이대사坐而待死[698]의 신해석新解釋

사람이 어려워서 못살게 되면 흔히 좌이대사라는 말을 쓴다.

내용인즉 앉아서 죽을까봐 일어서서 한바탕 해본다…… 는 것이다. 기왕 죽을 바이면 마지막 힘이라도 써보고 나서 결과를 기다릴 것이다.

그런데 요즈음 와서는 이 좌이대사의 내용을 '취직' 하러 나선 사람들이 다르게 하여가지고 쓰게 되었다.

즉 앉아서 죽기를 기다리기는 기다리되 자기가 죽기를 기다리는 것이 아니라 '남' 이 죽기를 기다린다는 것이다. 남이라는 것은 현재 어느 직업을 가지고 있는 사람이다.

그러므로 그가 죽고 나면 그 자리는 응당 빌 것이다. 그러면 그 자리는 앉아 기다리던 사람의 차례가 되는 것이다.

그 실례를 하나 들어 보인다.

현 ○○○○○○○○○○로 있는 ○○○ 씨가 작년 여름에 ○○○ ○○에 가서 정양을 하고 있었다.

| 698 앉아서 죽음을 기다림.

그런데 어느 대학시대의 동창생에게서 언제나 돌아오겠느냐, 곧 돌아와 주었으면 긴히 상의할 일이 있다는 편지가 왔다.

그 뒤 ○ 씨가 경성으로 돌아왔을 때에 상의할 일이 있다고 한 궐씨가 찾아왔다.

와서 하는 말은 ○○○○에 자리 하나를 달라는 것이다.

"아시는 바와 같이 지금 직업 가지지 못하고 있노라니까 생활이 곤란한 것은 말할 것도 없고, 또 번들번들 놀고 있노라니까 사람이 사람 꼴이 아니어서⋯⋯."

"글쎄⋯⋯ 빈 자리가 있으면 추천을 해드려도 좋지마는 제일은 자리가 없고 또 내가 무슨 힘이 있어야지요."

"저⋯⋯ 요전에 신문에 보니까 ○○○○에 계신 분이 두 분이나 돌아갔다는 보도가 있었는데⋯⋯."

아! 궐씨인들 무슨 마음으로 남이 죽기를 기다렸으며 또 그것을 기화奇貨[699]로 여겼으랴마는, 그러나 이것이 좌이대사가 아니고 무엇이냐! 아무리 일어서 날뛰어야 별 수가 없다. 인제는 좌이대사다. 모던 식 좌이대사다.

직업소개소에 나타난 통계숫자

사영私營으로는 여러 곳이 있지만 경성부영京城府營으로 하는 황금정黃金町[700] 인사상담소人事相談所로 찾아갔다.

작년 1월 중에 이 인사상담소로만 구직하러 온 사람이 14,448인이요 그것을 재작년에 비하면 3,292인이 늘었다. 그리고 그중에 구직이 된 사

---

699 기화奇貨: ('⋯을 기화로' 구성으로 쓰여) 뜻밖의 이익을 얻을 수 있는 물건. 또는 그런 기회.
700 황금정: 지금의 을지로.

람은 불과 □⁷⁰¹%이라 한다.

다시 작년 12월 중에 나타난 구직자의 지식별知識別을 본다면 다음과
같다.(단 조선 사람만)

	남자	여자
고등전문 이상	1	0
상동上同 중도퇴학	1	0
중등교 졸업	11	3
상동 중도퇴학	25	1
보통학교 졸업	353	25

그리고 다시 작년 12월 중에 동 인사상담소에 나타난 구직인의 연령
별은 다음과 같다.(단 조선 사람만)

	남자	여자
13세	6	0
14세	14	14
16세	137	20
18세 이상	10	38
20세 이상	140	87
25세 이상	48	85
30세 이상	13	137
40세 이상	0	53
50세 이상	0	9

| 701 □: 원문은 '본'으로 되어 있으나 오식으로 보임.

이상의 통계숫자를 얻어가지고 나오는 길에 한 에피소드를 발견하였다.

한 50여 세 되어 보이는, 그리고 시골서 갓 올라온 듯한 노파다.

어릿어릿[702]하다가 나를 보고,

"여보시오" 하고 부른다. 길이나 묻는가 하고 나는 돌아섰다.

"네?"

"여기가 저어 무엇이냐 저어 사람 있을 데 마련해주는 데요?"

분명 인사상담소를 찾는 듯하다. 나는 그렇다고 대답을 하여주고 돌아서려니까 또,

"여보시우" 하고 부른다.

"네?"

"여기 가서 말을 하면 벌이할 데를 마련해주나요?"

"글쎄…… 들어가보십시오그려."

"시골서 듣기에는 와서 말만 하면 당장 된다고 그럽디다."

"그거 당장은 안 될걸요……. 시골은 아들도 딸도 다 없습니까?"

"왜요, 있지요. 아들이 있지요."

"그러면 아들하고 같이 지내지 뭘 하러 올라오셨소?"

"그래도 여기를 오면 벌이가 좋다고 해서……."

"아들은 무얼 합니까?"

"장사하지요."

"그러면 그다지 어렵지는 않겠습니다그려?"

"왜요, 그저 근근이 살아가지요."

"그러면 그대로 근근이라도 지내시지……. 아마 무슨 화나는 일이

| 702 어릿어릿: 어렴풋하게 자꾸 눈앞에 어려 오는 모양. 말과 행동이 활발하지 못하고 생기 없이 움직이는 모양.

있었나봅니다그려?"

"아아니요."

아니라고 하기는 하지만 그 얼굴에는 숨길 수 없는 적막한 빛이 떠돈다.

"영감은 안 계시우?"

"작년에 죽었어요."

"며느리하고 싸우셨구려?"

"……."

"그래 아들도 며느리 편만 들고 그래서 화도 나고 섭섭도 해서 서울로 오셨구려?"

"그 말을 다 어떻게 합니까?"

"그렇더래도 내려가십시오. 여기 가서 말을 했자 곧 될지도 모르고, 또 된다 하더래도 좋건 낫건 내 자식한테 붙어 있는 것만 못합니다."

노파는 한참 서서 망설이다가 그대로 인사상담소로 향하여 들어간다.

누가 그로 하여금 '오마니'가 되게 하는가?

《별건곤》, 1931년 2월

핑핑 돌아가는 세계 대세 이야기

_ 호연당인

사람은 지구를 타고 태양을 돈다. 그리하는 동안에 별의별 일이 콩나물 솟듯이 생겨난다. 대포질을 하며 칼을 빼어 들고 마주 죽이고 죽고 하는 전쟁이나 전 세계의 강철 트러스트가 무너지는 것 같은 큰일로부터, 순사가 나무장수의 뺨을 한 대 때리는 것이나 고구마장수가 2전어치를 파는 데 덤 한 개를 더 주는 것 같은 조그마한 일에 이르기까지 모두가 지구를 타고 태양을 도는 동안에 생기는 일이다. 생각하면 신기하고도 아무렇지 아니한 일이나, 어쨌건 이러한 여러 가지로 생겨나는 일 가운데 굵은 놈만 추려가지고 그것을 '세계 대세'라고 세상 사람들은 부른다.

*

우선 가까운 일본을 한 번 건너다보자.

의회가 열리었다.

일본 정계에서는 민정당民政黨과 정우회政友會가 번갈아가면서 내각

자리를 해먹어왔다. 그런데 지금은 민정당에서 내각을 차지하고 있고 정우회는 재야당이다.

이 두 정당을 놓고 볼 때에 누가 낫고 누가 못하고가 없다. 미기행웅尾崎行雄[703]이라고 하는 사람이 한 말과 같이 그저 민정당은 큰 도적놈 정우회는 작은 도적놈일 따름이다.

*

의회는 열리었는데 빈구濱口[704] 수상은 작년에 맞은 육혈포 상처가 아직도 다 못 낫기 때문에 폐원弊原이라는 양반을 수상 대리로 모셔 올렸다. 그것이 안 된다고 재야당이 두덜거리는데 그 대리 수상이 또 실언까지 해놓았다.

이크, 되었다고 재야당은 와아 일어나서 일대 격투가 일어나고 굉장한 난장판이 벌어졌다.

일국의 재상들은 고사하고 병문친구屛門親舊[705]라도 그것이 한 나라의 일이라면 그런 체면 없는 짓은 아니할 것인데…….

세력은 없으나마 무산정당 편에서 한 말과 같이 민정당이나 정우회나 모두 부르주아 정당이요, 그 싸움은 내각 의자를 차지하려는 싸움이니까 누가 이기고 누가 지는 것이 하등 문젯거리 될 거야 없겠지.

그러나 민정당이 언제까지든지 수 많은 세만 믿고 그렇게 버티다가

<hr>

703 미기행웅: 오자키 유키오(1858~1954년). 정당정치가. 가나가와 현 출생. 케이오의숙에서 공부하고, 개진당改進黨 창립에 참가함. 일본 제1의회 이래 25회를 연속하여 중의원이 됨. 일본에서는 '헌정憲政의 신'으로 불림.

704 빈구: 하마구치 오사치濱口雄幸(1870~1931년). 일본의 정치가. 도쿄대학 졸업. 대장상, 내무상을 거쳐 민정당 초대 총재로서 수상이 되어(1929~1930년) 긴축 정책을 단행하고, 런던해군군축조약을 체결했다. 이것이 군부의 반발을 사 도쿄 역에서 우익에게 저격되어, 이로 인해 그 이듬해 죽었다.

705 병문친구: 골목 어귀의 길가에 모여 막벌이를 하는 사람.

는 별로 재미가 없을 거야.

*

인도……라면 수도를 한다고 한 편 손을 공중에 쳐들고 한평생 사는 사람이나 수백 리 길을 데굴데굴 굴러서 가는 사람만이 사는 곳인 줄 알아서는 큰 코를 떼이지.

그 사람들이 얼굴은 새까맣고 젖이 떨어진 뒤에는 밥 구경을 못한 것 같이 바싹 말랐어도, 인구가 4억만이요 간디의 뒤를 따라 '만세'를 부르기 시작하는 데는 신사양반 대영제국도 어쩔 수가 없는 모양이다.

그리하여 그런지 간디를 잡아 가두고 나이두를 잡아가고, 그래놓고는 영인원탁회英印圓卓會를 하니 어쩌느니 하더니 간디를 비롯하여 '만세꾼'들을 슬그머니 놓아주었다.

인제는 영국의 땅에도 해가 질 날이 가까워 온 모양인데, 실상 알고 보면 단 피를 많이도 빨아먹기는 했어.

*

옛날은 그만두고 근세에만 보더라도 철학자 칸트까지 합해서 나폴레옹, 빌헬름2세(카이저) 등이 구라파 통일을 꿈꾸었다.

그러던 것이 작년 5월에 그때의 불국佛國 외상 브리앙이라는 친구가 '구주연방歐洲聯邦' 안을 만들어가지고 구주의 중요한 26개국에 통첩을 하였다.

이 구주연맹이 정말 성립이 되어 구라파가 정치적으로 경제적으로 통일이 되면 한편은 미국, 한편은 로서아…… 이렇게 세계가 세 군데로

갈려가지고 한바탕 부스대렸다.[706]

*

그러나 브리앙의 구주연방안이라는 그 이상이 실현될지가 의문이다. 껍데기로는 국제연맹과 충돌이 없이 해나가고, 각국민의 기득권을 침해하지 아니하는 범위 안에서 해간다고 하기는 하지만 구주연맹이라는 그것의 발생의 이유가 매우 맹랑하다.

첫째, 구라파에 있는 나라들끼리 국경과 관세장벽이라는 높직한 담을 쌓아놓고 다른 나라의 물건을 못 들어오게 서로 막고 있으니 이러한 것을 없애자는 것이지만, 그것은 한편으로 미국의 경제 세력과 대항을 하게 되는 것이니까 미국이 그것을 가만히 보고 있을 리가 없다.

또 영국은 지금 양편의 눈치만 슬금슬금 보고 있지. 이태리는 콧똥만 팽팽 뀌고 있지.

*

그러니까 일이 성사만 된다면 구라파의 운명도 조금은 더 연장을 할 수 있겠지만…….

*

중국은 장개석이가 염석산閻錫山이와 빙옥상憑玉祥이를 쫓아내고 국

| 706 부스대다: 가만히 있지 못하고 군짓을 하며 몸을 자꾸 움직이다.

민당의 천지가 되었다.

그래서 내란이 평정이 되니까 인제는 다른 나라들한테 빼앗겼던 땅을 찾아들이느라고 야아단이다.

언뜻 보기에 좋은 일이다. 중국의 땅을 빼앗아갔던 나라들도 못 이기는 체하고 조계租界니 조차지租借地니 치외법권이니 영사재판권이니 하는 것들을 모두 돌리어 보내주고 있다.

그러나 그 속을 파보면 별의별 야마시ゃまし[707]가 많다. 소위 강국이라는 작자들은 그런 허울뿐인 권리를 돌려보내는 대신 자본을 중국으로 들여보내서 그야말로 알진[708] 이利를 낚아 먹는다.

이것을 보고 '국민당'은 중국을 팔아먹는다고 한다. 그 말이 옳은 말인지도 몰라!

사실 중국에 있어서 국민당은 제 할 일을 해놓고 물러설 때가 되었건만 아직도 버티고 있는 터이니까.

《별건곤》, 1931년 2월

---

707 야마시: 山師. 투기업자. 사기꾼.
708 알지다: 실속이 있다.

일본 공산당 법정 투쟁기

_ 호연당인[709] 옮김

이 일문—文은 《개조》 9월호에 실리었던 금자건태金子健太 씨의 「공산당 중앙부의 공판 투쟁」의 일부를 역譯한 것인바 사건은 이미 신문과 잡지들에 발표된 것이나 총괄된 의미로 보아 일독의 흥미가 있겠기에 여기에 소개한다.

이번 공판에 피고의 선두에 나서서 싸울 법정위원法庭委員이 우선 선거되었다. 이 법정위원은 옥내 투쟁을 통하여 획득한 재옥在獄 중의 구 중앙위원으로 구성된 것이다.

공판 벽두에 좌야佐野[710]가 명언한 바와 같이 옥내의 곤란한 조건 하에서는 부득이 편의를 좇아 이전 중앙위원이던 사람이 공판 대책을 협의한

---

709 목차에만 호연당인 옮김으로 되어 있고, 본문에는 필자명이 없음.
710 좌야 사노 마나부(佐野學, 1892~1953년). 일본의 사회운동가. 오이타大分 현 출생. 도쿄대학 졸업. 일본 공산당 중앙집행위원장을 지냄. 1929년 일본 공산당원들이 대대적으로 검거된 4·16사건 때 투옥되었다가, 1933년에 나베야마 사다치카鍋山貞親와 함께 전향 선언을 발표하여 대량 전향의 주도자가 되기도 함. 주저로 『러시아 경제사』, 『일본고대사론』 등이 있음.

것이다(그러나 그것을 전 피고가 승인하고 그의 통제 하에 있기를 맹세한 것이 사실이다).

법정위원회는 좌야의 요구에 의하여 1930년 7월10일 ××좌야, 덕전德田, 삼포杉浦가 회합하여 공판의 통일 및 공개, 구 중앙위원회의 회합을 개최할 것……을 결정하였다.

다음, 1930년 10월 27일 ××좌야, 덕전, 삼포, 과산鍋山, 삼전촌三田村, 시천市川, 국령國領, 지하志賀가 회합하여 재판소에 다음과 같은 요구를 하였다.

1. 3 · 15 중간 4 · 16의 재판의 통일.

2. 위 재판을 될 수 있는 대로 연개連開할 것.

3. 재판의 절대 공개.

4. 4 · 16의 예심을 속히 종결시켜 그 지연으로 인하여 통일 재판의 실현을 방해치 아니하게 할 것.

5. 사실 심리의 모두冒頭에 피고 중의 대표로 하여금 11 항목의 대표 진술을 하게 할 것.

6. 법정위원을 두어 재판소와의 교섭, 법정에 있어서의 피고 측의 통일과 통제 및 재판 진행에 관한 일을 보게 할 것.

7. 재옥자在獄者 즉시 해방.

8. 지방의 재판에 중앙위원을 증인으로 출석케 할 것.

9. 법정에 각서 및 참고자료의 휴대를 허할 것.

다음 1931년 4월 2일에 3 · 15와 중간만의 회합이 있었다. 다시 4월 6, 7, 8, 9, 10일에 전 위원의 회합 및 그 뒤의 회합으로 재판소와 절충한 결과는 다음과 같다.

1. 통일 재판의 형식: 3·15 중간의 200인을 법정의 형편상 40인씩 그룹을 지을 것. 법정위원은 제일중앙부 공판은 물론 제2그룹 이후의 공판에도 병합 참석하여 법정위원으로서의 책임을 다하게 하며, 투쟁을 일관 통일된 방침으로 통제 지도할 것.

2. 7월 7일부터 사실 심리가 시작되나 그 전에 사실상의 피고 회의를 할 것.

3. 대표진술로

1) 총론	좌야학佐野學
2) 당조직 원칙의 해명	과산정친鍋山貞親
3) 당의 발달사	시천정일市川正一
4) 노동조합활동	국령오일랑國領五一郎
노동조합책勞動組合策	삼포정계일杉浦政啓一
5) 농업문제	고교정수高橋貞樹
상동	지하의웅志賀義雄
6) 청년운동·부인문제	덕전구일德田球一
7) 해당파解黨派 비판	지하의웅志賀義雄
8) 치안유지법 배격	삼전촌사랑三田村四郎

다시 공판 투쟁의 근본적 지도 방침은 다음과 같다.

1. 아등我等의 공판 투쟁은 노동자, 농민의 전위에 향한 ××××××××에 대한 ××정치적 깜빠니아[711]의 일부이다. 따라서 ××××의 일환이요 그 성분이다.

---

711 깜빠니아: 원문은 '캄페니아'로 되어 있음. 그러나 문맥상 러시아어로 '운동(영어로 캠페인)'을 뜻하는 '깜빠니아'가 맞을 듯함.

2. 노동자계급, 빈농의 전위로서 법정에서 싸운다.

3. 노동자, 빈농의 요구를 당은 어떻게 대표하였는지 그 전모를 명백히 할 것.

4. 공판 투쟁은 대중에 대한 ××××××이요 ××××의 형태로 하지 아니하면 아니 된다.

5. 법정 내의 고립한 투쟁이 아니므로 대중 ×××의 지지와 외부의 ×××××연환連環[712]으로 하여야 할 것.

6. 공판 투쟁의 주요점.

1) 재판의 ××× 성질—×××××적 성질—밝힐 것.

2) 국제주의를 명확히 할 것.

3) 사회민주주의에 대하여 투쟁할 것.

4) 프롤레타리아××을 목표로 한 당이라는 것.

5) ××××××기초로 한 노동자, 농민의 ××××목표로 한 당이라는 것.

6) 공산당의 ×××—×××의 지도자는 ××× 이외에 있지 아니한 것.

7) 당의 중요한 슬로건을 명백히 내세울 것. 그리고 전 공판을 통하여 내세울 다섯 가지의 슬로건이 다음과 같이 결정되었다.

(1) 공판의 절대 통일 공개.

(2) 사회 파시스트 해당파를 분쇄하라.

(3) ×××××××××재판 반대.

(4) 치안유지법의 철폐.

(5) 일체 계급적 희생자의 즉시 무×××.

| 712 연환: 쇠로 된 고리를 연달아 꿰어 만든 사슬.

이 슬로건의 집중적 요구 조건이 되어 있는 것은 절대 통일 공판과 즉시 무×××이다. 그리고 끝까지 그것을 꿰뚫고 있는 것은 ×××××의 재판 절대 반대.

이것은 부르주아의 정치기구, ××××의 입장에서 예리하게 ×××× × 재판에 대립 항쟁하는 것으로 ×××××××이 중요한 전술이다.

그러나 그것은 ××××의 앙양 정도에 의하여 결정되는 것이다.

공산주의자는 객관적 정세에 따라 ××을 발전시킨다. 오늘날 상당한 정도의 ×××××에 의하여 법정투쟁이 수행되기는 하나, 계급적 관계에 뿌리를 두고 법정에 서서 당이 얼마나 국민 대다수의 ××을 위하여 싸워 왔는가를, 아직도 당의 참된 속을 모르는 대중에게 알릴 필요를 가진 것이다. 그것은 결코 ×××××××재판의 승인을 얻어가지고가 아니라 그에 절대로 반대하기 위한 전술인 것이다.

그러나 그를 위하여서는 절대 공개의 조건을 얻지 아니하면 아니 된다. 공판 공개가 금지된다 하면 단연히 재판을 ××한다. 절대 공개의 요구는 결코 합법적 재판의 선線을 따른 ×××××아니요 프롤레타리아트의 근본적 요구와 결합되는 것이다.

더욱이 법정투쟁에 있어서 공판 공개는 ×××××××재판 절대 반대의 근본적 입장에서 진술하는 절대 조건이다. 그러므로 공개, 불공개는 재판×××××냐 아니냐를 결정하는 분수령이 되는 것이므로 옥내 피고는 ×××× 즉 필요에 의하여는 헝거 스트라이크[713]로 싸우려는 요구인 것이다. 여기에 주의할 것은 옥내 전술에 대하여서다. 불식동맹不食同盟을 결코 남용하는 것이 아니다. 극히 신중하게 그 결과를 충분히 고려한 위에 ×××××적 전술로 이것을 쓰는 것이다.

| 713 헝거 스트라이크: hunger strike, 단식투쟁.

법정에 선 전위들이 그것 때문에 얼마나 그 경우에 적절한 전술을 가지고 싸웠는지 예를 들면 이러하다.

지도자×× 과산鍋山은 제1공판 때에 검사의 공개 금지 요구에 대하여,

"검사국의 공판 공개 금지의 요구의 이유는 안녕질서를 문란케 하는 것에 있다고 하나 그것은 헛된 말이다.

도시都是714 안녕질서란 무엇이냐?

현재 일본에는 250만의 실업자가 있다. 이것은 전 일본의 노동자 총수 500만의 반수다. 즉 노동자 두 사람 중에 한 사람이 실업을 한 셈이다.

또 소화昭和 4년715 이래 노동쟁의, 소작쟁의가 급격하게 늘었고, 전인구의 40%를 점하고 있는 소빈농小貧農의 궁핍화는 극도에 이르렀다. 이 상태를 ×××××하려는가?

검사가 공판 공개를 안녕질서의 문란이라고 하는 것은 현실에 있어서 ×× ××××아니한가? 가령 현재에 안녕과 질서가 있다고 하더라도 공판의 공개가 어째서 그것을 문란케 한다고 하는가.

우리의 주장이 □□□인 것은 어김이 없겠으나 그것을 □□□주장하는 것이 과연 안녕과 질서를 문란케 하는가?

가까운 예를 들어보자.

소화 3년 이래로 검사를 비롯하여 재판소 서기들은 공산당의 허다한 주장과 문서를 읽고 공산당원의 수천만을 들었으나716 아무런 움직임도 없었다. 그러나 일단 가봉加俸717 문제問題가 일어남에 대번에 동요가 되어 (2행 가량 삭제됨.) 그러므로 안녕과 질서가 있다고 하더라도 공개 금지

714 도시: 도무지.

715 소화 4년 : 1929년.

716 공산당원의 수천만을 들었으나: 문맥상 '공산당원이 수천만 늘었다고 했으나' 또는 '공산당원이 수천만 들고 일어날 것이라고 했으나'의 의미인 듯함.

717 가봉: '정한 봉급 외에 일정한 액수를 따로 더 줌. 또는 그런 봉급.

의 요구는 이론적으로 성립이 되지 아니한다. 우리의 공판이 공개 속행되어 (2행 가까이 삭제됨.) 그것은 공개의 책임이 아니라 ××××그것에 결함이 있는 것이다."

재판의 전국적 통일 심리의 요구는 전 피고를 동일시기에 동일한 장소에 통일하는 것으로서, 이것은 대중 앞에 ××××를 밝히는 점으로 공개와 연결시키는 의의 있는 슬로건이다.

그들은 이번의 3·15와 4·16의 중앙부 공판을 중심으로 전국적 통일 심리를 요구할 ××권리를 주장한다.

지금까지 각 지방에서 열린 공판은 당에 대한 정당한 인식이 없기 때문에[718] 많이 처단되었다.

××들이 이번에 법정에서 폭로시킨 바와 같이 각 예심 결정서 검사의 공소장은 형형색색으로 당을 규정하였다.

입당수속만 하더라도 중앙부에서 승인하지 아니한 자까지 당원으로서 입당한 것같이 되어 있다.

이번의 중앙부 공판에 의하여 이러한 점이 전부 명백히 표명되었으므로 각지의 피고의 재심을 요구하게 되었다.

그러므로 가장 중요한 것은 공개와 한 가지로 완전한 통일에 의하여 3·15에서 4·16까지의 당의 전모를 대중 앞에 제시하여…… 앞에 노시 露示[719]하는 데 있는 것이다.

이것이 ××××× 통일을 전혀 ××하는 이유다. (하략)

《혜성》, 1931년 10월

718 1/2행 가량 삭제됨.
719 노시: 드러내 보여줌.

황금무용론

_북웅

돈, 돈, 돈, 돈, 돈…… 이 세상에서 어디로 대가리를 돌려도 '돈' 소리다.

금, 금, 금, 금, 금…… 사람이라고 생긴 것치고는 '금' 소리다.

돈의 세상이다. 금의 세상이다. 황금의 세상이다.

황금이 말을 시킨다. 황금이 사람을 웃긴다. 황금이 사람을 울린다.

황금이 사람을 죽인다, 살린다, 부린다, 쓰인다.

황금이다. 황금이다.

그러니까 춘향 잡으러 갔던 방자도 돈을 받아들고,

"돈, 돈, 돈, 돈 봐라"를 불렀고, 황금산(금광) 하나를 발견한 덕으로 최○○이도 일세의 명사가 되어 신문기자가 인터뷰 가며, 조선 일류사업가 ○○○ 씨와도 너나들이로 농을 하게 된 것이다. 도적놈이 사람을 죽이는 것도 돈 때문이요 이수탁李洙卓이가 살부殺父[720] 공판을 받는 것도

---

[720] 이수탁이가 살부: 1920년대 중반 전라북도 익산의 백만장자 이건호를 그의 아내 박소식과 아들 이수탁, 그리고 며느리 김영자가 공모하여 아편을 먹여 독살한 사건. 당시 엄청난 센세이션을 일으켰다.

돈 때문이다.

돈, 돈, 황금! 얼마나 좋은 것이냐. 얼마나 위력이 있는 괴물이냐.

그리하여 세상 사람은 너나 할 것 없이 돈을 부르짖는다.

돈이 없으면 소위 황금 부족증이라 하여 얼굴이 새하얗고 돈이 있으면 얼굴이 누릿누릿하여진다.

황금을 많이 내면 천당 문이 열리고 돈이 없으면 지옥에서 초대장이 온다.

황금이 있으면 처녀장가도 여남은 번 갈 수가 있고 정치가를 아래턱으로 사용한다.

그리하여 누구나 눈이 시뻘게 가지고 황금을 주워 모으려 든다.

그러나 이 황금열黃金熱은 황금의 좋은 것 이상으로 인류에게 비극을 일으킨다.

어느 녀석은 황금알을 매일 낳는 거위를 한꺼번에 꺼내려다가 거위를 죽이기도 하고, 마이다스라는 옛날의 왕은 황금을 많이 가지기를 소원한 결과 그것이 성취되어 왕의 손으로 만지는 것은 전부 황금이 되며 필경은 먹는 밥과 사랑하는 딸까지도 황금이 되었다는 이야기는 너무 유명하다.

그리고 최근 세상의 실례로는 황금을 담뿍 안고 소위 금융공황에 우는 미국과 불란서 같은 것이다.

*

이 세상의 모든 사실은 금—황금으로써 그 값이 표현이 된다.

배트 잘 치는 베이브 루스는 연액年額 20만 불 즉 □□□량중兩重의 황금으로써 그의 몽둥이 값이 표시된다.

궁민窮民이 요새 구제 사업을 하는 공사장에 가서 일을 하면 일금 30전야라는 품삯을 받은 것은 즉 30분지 1 몸메৯んめ[721]라는 황금으로써 그의 노동력이 값 쳐진 것이다.

여러분이 이 《제일선》 한 권을 사자면 역시 황금 30분지 1 몸메를 정부에서 보장하는 10전짜리 백동화白銅貨 세 닢이 있어야만 된다.

기생이 하룻밤 손님을 모시고 30원을 받았다면 그는 즉 금으로 서 돈 5푼쯤을 받은 셈이다.

이와 같이 방망이의 값으로부터 노동이며 물가며 심甚하여는 정조의 값까지도 황금으로써 표현이 된다.

그러면 황금은 무슨 신비스러운 힘을 가지고 있길래 그와 같이 모든 사물의 가치의 척도가 되는가?

금—황금이란 대관절 무엇인가?

금의 화학적 기능이나 물리적 성질이나 하는 것은 예서 말할 것도 없고, 또 그 재화적財貨的 가치는 한 장식물과 공업품의 원료에 불과한 것이다.

예서 문제가 되는 것은 화폐로서의 금 즉 황금이 문제가 되는 것이다.

돈은 즉 금—황금이다. 그러나 황금이 돈인 것은 역사적 산물이지 애초부터 돈을 황금으로 표현한 것은 아니다.

옛날에는 조개껍질이 돈이 된 적도 있었고, 50년 전만 하여도 조선의 돈은 엽전, 쇠鐵였었던 것이다.

중국을 가면 지금도 은이 돈이지 황금이 돈은 아니다.

황금이 돈인 소위는 그것이 돈이 될 성질을 다른 무엇보다도 충분히 가지고 있는 때문이다.

| 721 몸메: 무게의 단위. 돈. 돈쭝. 옛날 일본의 화폐 단위.

그러므로 만일 황금 이상으로 '돈'의 역할을 할 수가 있는 것이 있다면 황금은 돈으로서는 무용의 물건이 되어버릴 것이다.

과연 그러면 황금을 대신하여 돈 노릇을 할 것이 있는가?

있다. 절대의 신용 그것이다.

오늘날 어느 나라든지 황금을 본위 화폐로 하고 그 금이 있는 만큼 지폐를 발행하여 유통에 편리케 하지만 거기에는 에누리가 있다. 대개는 준비한 금보다는 종이돈을 더 많이 발행한다.

요즈음 금값이 올라갔다고 한다. 그러나 그것은 금값이 오른 것이 아니라 종이돈이 많아졌기 때문에 종이돈 값이 떨어진 것이다.

그러니까 만일(차간此間 필자 자신이 약略) 그러느니보다 금이 없이 신용 있는 정부가 비록 종이돈일망정 척척 치르고 그 종이돈에 대하여 절대 보장을 하도록 유력하다면 황금 같은 것은 주어도 싫을 판이다.

《제일선》, 1933년 2월

채만식 문학의 원형을
보여주는 다양한 자료들

_정홍섭

채만식이 작가로서 등단한 것은 1924년에 「세 길로」라는 단편이 이광수의 추천으로 《조선문단》 1권 3호(12월호)에 게재된 때이다. 물론 「과도기」라는 작품을 1923년에 쓴 바 있지만, 이것은 창작 당시에 발표되지 못하고 묻혀 있다가 유고로서 1973년에야 소개되었다. 그리고 잘 알려져 있는 바와 같이 그가 한국 근대의 대표적인 풍자 작가로서 입지를 굳히기 시작한 것은 「레디메이드 인생」(《신동아》, 1934년 5~7월)을 통해서였고, 그 후 대표작인 『탁류』(《조선일보》, 1937년 10월 12일~1938년 5월 17일)와 『천하태평춘』(《조광》, 1938년 1월~9월, 이후 1940년에 단행본으로 출간되면서 『태평천하』로 개제함), 그리고 「치숙」(《동아일보》, 1938년 3월 7일~14일)과 「미스터 방」(《대조》, 1946년 7월) 「논 이야기」(《협동》, 1946년 10월) 등을 발표했다. 이번에 이 선집에 묶은 작품들은 가장 앞선 것이 「박명」(《동아일보》, 1925년 10월 9일~16일)이고 가장 나중 것이 1933년에 쓴 몇 편의 글로서, 채만식이 아직 그 특유의 작품 세계를 온전히 구축하기 이전 시기의 글들이다. 이 점만으로도 충분히 짐작할 수 있듯이, 이 선집의 글들은 채만식 문학의 원형을 구성하는 다양한 내용과 형식들을 더욱 더 풍부하게 보여주는 흥미로운 것들이다.

이 선집에 실은 글들은 다음과 같은 몇 가지 면에서 채만식 문학의 뿌리를 더욱 더 잘 이해할 수 있게 해준다.

첫째, 채만식이 자신의 시대와 사회에 대해 어떤 문제의식을 갖고 있었고, 또 그것이 왜 그로 하여금 풍자 작품의 창작으로 나아가게 했는지를 보여주는 글들이 여러 편 있다. 풍자정신이 자기 전통에 대한 발본적 문제의식에 근거한 것이라는 점은, 「박명」「순녜의 시집살이」「수돌이」「봉투에 든 돈」 등 초기 단편들을 통해서도 여실히 알 수 있다. 즉 돈을 위해 부모가 딸을 판다는 모티프의 「박명」과 「봉투에 든 돈」이나, 어떤 이유에서인지 모르지만 부모에게 버림받았다고 짐작되는 한 소녀가 노예 같은 시집살이 끝에 도망치는 이야기를 담은 「순녜의 시집살이」, 그리고 인격 파탄자로 동네에서 실인심한 강 참봉의 큰아들 수돌이가 무모하게 도박판에 끼어들었다가 패가망신한다는 줄거리의 「수돌이」 등 네 작품 모두가 사실은 전통적인 가족 공동체와 마을 공동체의 근본적 붕괴 문제를 제기한 것이다. 이것은 바로 한국 사회를 지탱해온 전통의 큰 줄기 가운데 하나라 할 수 있는바, 가부장 중심의 가족주의와 마을 공동체 성원들 간의 인간적 유대가 회복하기 힘든 위기를 맞고 있다는 채만식의 문제의식의 뿌리를 보여준다.

이후의 다른 여러 글에서 잘 나타나듯 이러한 전통의 파탄을 초래한 근본 원인을 채만식은 자유주의에서 찾는데, 이때 그가 말하는 자유주의란 개인의 이기적인 물질적 욕망을 무한대로 방임하는바 자본주의 체제를 떠받치는 근본이념이다. 바로 이 때문에, 이 선집에 실린 다른 글에서도 드러나는 것처럼, 채만식은 한때 자본주의를 비판하고 넘어서는 대안이념으로서 사회주의를 강력히 옹호하고 지향하기도 한다. 위 네 작품

이후 1929년에서 1930년 사이에 쓴 이미 알려져 있는 몇몇 작품들, 즉 「그 뒤로」 「병조와 영복이」 「앙탈」 「산동이」 등은 그가 그러한 지향성을 스스로 표명하면서 발표한 것들이었다. 이 선집에 실려 있는 「유락 동서 칠전팔기 위인 분전기: 혁명 전후 레닌의 생활」 「막사과 야화」 「일본 공산당 법정 투쟁기」 등의 글에서도 그러한 지향성이 직간접적으로 나타난다.

그러나 그가 사회주의를 지지하면서도 끝내 사회주의 문예운동에 조직적으로 가담하지 않은 것은 우연이 아니었다고 생각된다. 그가 판단하기에 당시 한국사회가 맞닥뜨리고 있던 문제는 사회주의 이념만으로 해결되기 어려운 성격을 지니고 있었다. 그가 보는바 한국의 전통적 가족 제도의 문제, 그리고 돈에 대한 욕망이 낳는 인간성 파괴의 문제는 훨씬 더 근본적인 해결책을 필요로 하는 것이었다. 돈을 위해 부모가 딸을 팔아먹는다는 모티프는 이후 그의 대표작 『탁류』에서도 나타나지만, 이 선집에 실린 다른 글들 즉 「난센스·가공 대좌담—시집살이 좌담회」 「청춘 남녀들의 결혼 준비」 「생활 개선과 우리의 대가족 제도」 「잡아먹고 싶은 이야기·1—나는 몰라요」 등을 통해서도 낡은 전통적 가족제도가 특히 여성을 얼마나 억압하며, 또 나아가 그것이 왜 독립적인 개인의 인격 형성을 불가능하게 만들 수밖에 없는지를 밝히고 있다. 작고하기 직전에 그가 고전 『심청전』을 다시 한 번 자기 식으로 개작하여 소설 「심봉사」를 완성해보고자 시도한 것도 역시 가부장제의 가족주의 전통에 대한 근본적 성찰을 재시도한 것이었다. 어쨌든 중요한 점은, 전통에 대한 이러한 근본적 문제의식이 그의 최전성기 작품들을 통해 풍자의 형식을 입을 수밖에 없었다는 점이다. 그것은 단순히 어떤 특정의 정치적 이념을 지향하는 것을 통해서는 수용될 수 없었다. 낡은 전통을 대체할 새로운 전통을 어떤 자명한 정치 이념(관념)에서 구하는 것이 아니라, 끊임없이 스스로 '모색'하는 문학 양식으로서의 풍자를 채택하는 것은, 채만식이 지닌 문제의식의 성격에 비춰볼 때 필연이었다.

다음으로, 이 선집의 구성을 통해 알 수 있듯이 여기에 실린 글들 자체가 매우 다채로운 형식을 보여주고 있으며, 이를 통해 채만식이 다양한 양식 실험을 한 작가였음이 다시 한 번 여실히 증명된다. 우선 1부의 소설 장르에 들어 있는 「해학·풍자·기발, 신부후보자 전람회, 입장 무료…… 씽S 주최」부터 보자. 이 글은 채만식이 '씽S'라는, 뜻을 짐작하기 힘들면서도 그 자체로서 뭔가 풍자 작가로서의 기질을 엿볼 수 있게 해주는 필명으로 쓴 잡문에 가까운 글이다. 그러나 이 글을 굳이 소설에 포함시킨 것은 이유가 없지 않은데, 이 글이 담고 있는 33인의 가상 미혼 여성에 대한 묘사와 서사가, 매우 가벼운 요설에 가깝다는 결함에도 불구하고 그 '허구적 재미'가 소설적 성격을 강하게 띠고 있기 때문이다. 채만식이 얼치기 개화꾼들, 특히 그 가운데에서도 겉멋만 든 모던 걸들에 대해 강한 거부감을 가진 사람이었다는 것을 더욱 잘 알 수 있게 된다는 점에서도 이 글은 의미가 없지 않다.

채만식이 소설뿐만 아니라 여러 편의 희곡을 쓴 작가임은 잘 알려져 있는 사실인데, 이 책 2부에 실린 네 편의 글들 즉 「난센스·가공 대좌담―시집살이 좌담회」 「각계 남녀 봉변 지상좌담회」 「잡아먹고 싶은 이야기·1―나는 몰라요」 「잡아먹고 싶은 이야기·2―일금 일 원 각수야」 등은 그 희곡 작품들의 원형에 해당한다고 볼 수 있다. 이 중 첫째 글은 제목에서 이미 드러내고 있듯이 '가공'의 것이며, 염상섭과 변영로 등 유명 문인들과 허영숙·서춘·차상찬 등 명망가들이 겪은 망신거리들을 역시 가볍고 우스꽝스럽게 묘사하고 있는 「각계 남녀 봉변 지상좌담회」 역시 누가 봐도 알 수 있듯이 가상좌담회이다. 「잡아먹고 싶은 이야기·1―나는 몰라요」와 「잡아먹고 싶은 이야기·2―일금 일 원 각수야」

는 사실 채만식 자신이 겪은 두 차례의 결혼 생활 각각의 에피소드를 짧은 희곡 형식으로 허구화한 것으로 볼 수 있다. 물론 이 네 편의 글을 본격적 의미의 희곡이라 말할 수는 없지만, 채만식은 현실의 이야기를 허구화하는 한 방편으로서 대화를 중심적으로 이용하는 희곡의 극적 성격을 이렇게 실험했다고 할 수 있다. 그리고 그것은 이후에 채만식 스스로 말했듯이, 소설을 쓰기 위한 예비적 형식 실험의 일환이었다.

이 선집에 실린 작품 중 가장 많은 수를 차지하는 수필과 잡문 역시 채만식 문학의 전체 상과 핵심을 이해하는 데 중요한 자료가 된다. 우선 「독설록에서」라는 수필은 앞서 살핀 1920년대 중반의 네 편 소설과 마찬가지로 화서華壻라는 젊은 시절의 호로 발표된 또 하나의 글이다. 앞서 언급한 바대로 이 글에서 채만식은 부르주아 자유주의에 대해 신랄한 '독설'을 퍼붓고 있는데, 그에 따르면 그 부르주아 자유주의의 이념을 체현한 인간상이 바로 수전노이며, 이 부르주아 또는 수전노의 돈 숭배는 아편쟁이가 향유하는 행복에도 미치지 못하는 것이다. 이러한 독설에 담긴 비판의식과 거침없는 풍자적 필력이 바로 『태평천하』을 낳은 바탕임을 금방 짐작할 수 있다. 또 「지상 특별 공개: 폭리대취체」라는 글을 통해서는 사회 전반에 걸쳐서 자행되고 있는 폭리 현상을 낱낱이 상세하게 고발하고 있는데, 이 중 예컨대 매약업체와 병원의 행태에 관한 취재 경험은 『탁류』의 창작에 직접적으로 도움이 된 것으로 보인다. 이것은 바로 채만식의 작품들이 작가 개인의 탁월한 입담으로써만이 아니라, 당대 사회 현실에 대한 광범하고도 치밀한 관찰과 투신을 근거로 하여 만들어질 수 있었음을 알게 해주는 증거다. 그러나 채만식이 독설과 부정적 사고의 소유자인 것만은 아니라는 것을 「숨은 일꾼 기 일」과 같은 또 다른 글을 통해 알 수 있는데, 이 글에서는 윗글의 경우와는 정반대로 기층 민중이나 사회적 약자들을 위해 사재까지 털어가면서 사심 없이 봉사하는 인물들을 매우 상세하게 소개하면서 그들에게 따뜻한 관심과 존경을 표한다. 사실은 그의 '화서華婿'라는 호 역시 '이상적으로 잘 다스려지는 나라에 관한 꿈'의 의미를 담고 있다는 데에서도 채만식의 독설과 풍자가 발원하고 지향하는 바를 충분히 미루어 헤아릴 수 있다.

그 밖의 잡문 가운데에서도 「취직전선 이상 있다!」와 같은 글 역시 당대 사회의 근본문제에 대한 비판의식이 잘 드러나는데, 기미년 이후의 기형적 교육열로 인해 특히 문학 '전문가'들이 양산됨에 따라 젊은이들의 실직 문제가 더욱 더 구조적으로 악화되었다는 비판의 내용은, 이후 「레디메이드 인생」이라는 대표 소설을 통해 구체적으로 형상화된다. 한편 채만식 자신의 생활사와 내면 풍경을 이해하는 데 적지 않은 도움을 주는 글로서 「문예가(?)가 본 조선 사람과 여름」 「속임 없는 고백, 나의 참회―잡지 기자 참회」 등을 주목할 필요가 있다. 그 스스로가 매우 독특한 인성의 소유자로서 작품 이외에 후대의 평전에 담길 만한 자료를 거의 남긴 바 없는 채만식이기에, 이런 짧은 분량의 대수롭지 않아 보이는 글들조차 중요한 의미를 갖지 않을 수 없다. 또한 최남선이 《기괴》라는 개인잡지를 발간하는 것에 대해 짧지만 신랄하게 논평하고 있는 「알수 없는 일―기괴한 《기괴》」를 비롯하여 「김기전 씨」 「지상 이동 좌담회: 해학 속에 실정―《동아일보》를 중심으로, 송진우 · 이광수 씨를 붙잡고」 「난센스 본위 무제목 좌담회―본사 사원끼리의」 등은 앞서 언급한 「각계 남녀 봉변 지상좌담회」와 더불어, 당대 유명 인사들의 맨얼굴을 그대로 보고 느끼는 데 도움이 되며 그 자체로서 가벼운 홍밋거리로서 읽을 만하다. 또 한편으로는, 이 모든 글들을 개벽사 재직 시절 채만식 한 사람이 썼S · 단S · 백릉 · 북웅 · 북웅생 · 호연당인 등의 여러 호와 필명을 동원하여 썼을 만큼 《별건곤》《혜성》《제일선》 등의 잡지 편집을 주도했다―어떤 호에서는 거의 절반 가까운 분량을 채만식 혼자 썼다―는 부수적인 사실 또한 알 수 있다.

마지막으로, 이 선집에 실린 글과 작품들을 통해 채만식이 방언과 토박이말을 비롯하여 온갖 다양하고 풍부한 어휘를 구사할 줄 아는 독보적 작가라는 점이 다시 한 번 입증된다. 말할 필요도 없지만 이 선집에 각주가 이처럼 많이 붙은 것이 바로 그 때문이다. 채만식의 여타 작품들, 특히 그의 대표작들이 물론 그러하지만, 이 선집에 실린 소설과 여타 형식의 글 속에도 역시 『표준국어대사전』에 '북한어'로 분류되어 있는 다수의 어휘들과 어떤 방언사전이나 토박이말사전에도 등재되어 있지 않은 진귀한 말들이 많이 담겨 있다(『표준국어대사전』에서는 과거 식민지시대에는 한국 사회 전역에서 고루 사용되었으나 분단 이후 북한에서는 계속 살아남고 남한에서는 사멸된 어휘들을 모두 '북한어'로 분류해놓고 있다). 그가 소개하고 있는 외래어 또는 외국어 역시 당대의 사회 · 문화적 분위기를 생생하게 느끼고 이해하는 데 많은 도움을 준다. 이것은 바로 채만식이 당대에 한국 사회의 다양한 지역과 생활 현장에서 쓰이고 있던 풍부한 어휘들을 자유자재로 구사할 수 있을 만큼 체득하고 있었기 때문에 가능한 일이다.

특히 소설 작품에서 당대의 생생한 방언을 구사하는 것이 얼마나 '선구적인' 일이었는지는 다른 작가와의 비교를 통해서도 분명히 알 수 있다. 예컨대 한설야의 「과도기[722]」가 등장하기 이전 우리 소설사에서 농촌 인물들의 대화를 이렇게 구체적으로 한 특정 지역의 방언을 사용하여 형상화한 예는 별로 없는 듯하며, 김동인이나 최서해 정도가 부분적으로 그러했을 뿐이라는 평가[723]는, 이 선집에 실린 채만식의 「순녜의 시집살이」 「수돌이」 「봉투에 든 돈」이 그보다 2년이나 앞서 발표된 작품이라는

---

722 1929년 작.
723 양문규, 「일제하 한설야 소설의 농촌 · 농민의 형상화」, 『한설야문학의 재인식』, 문학과사상연구회 편, 소명출판, 2000년, 126쪽.

사실만으로도 인정할 수가 없다. 그런데 「봉투에 든 돈」의 사투리가 경상도 방언인 데에서 보듯, 작품 속에서 그가 구사하는 방언은 자신의 출신지인 전라도의 그것에만 국한되지 않는다. 이것은 『탁류』와 같은 그의 대표작에서도 또한 나타나는 현상이다. 바로 이 점이 채만식의 방언 구사에 특유한 현상이며, 그의 방언 구사가 단순히 지역적 특수성의 표현을 넘어서서 당대 민중들의 생활 조건과 감각을 보편적인 차원에서 형상화하는 데 목적이 있었음을 보여주는 증거이기도 하다.

채만식의 작품과 글들은 이처럼 풍부한 말의 유산을 남기고 있는데, 이 선집에서도 밝히고 있는 바대로 그 의미를 분명하게 확정하지 못한 어휘들이 아직도 많다. 사실 이 문제는 이 선집의 글 이외에 채만식의 다른 작품들에 대해서도 마찬가지로 남아 있다. 채만식 읽기가 완결될 수 없는 이유는, 그 작품들이 담고 있는 현재적 의미가 날이 갈수록 바래지 않고 더욱더 빛을 발하기 때문이기도 하지만, 읽기의 기본이라 할 수 있는 어휘 정리 작업이 여전히 끝나지 않은 과제로 남아 있기 때문이기도 하다. 이 선집의 정리 작업은 그 과제를 더욱 절실히 느끼는 계기가 되기도 하였다.

1902년 6월 17일 전라북도 옥구군 임피면 읍내리 274(구 임피군 군내면 동상리)에
 서 아버지 채규섭蔡圭燮과 어머니 조우섭趙又燮 사이에서 9남매(생존한 6남
 매) 중 5남으로 태어남. 어려서 사망한 누이 둘과 바로 아래 아우도 있었음.
 관향貫鄕은 평강. 선조 누대가 옥구에서 살아 왔다 하며, 부친 규섭 씨 대에
 와서 가산이 늘어나 어린 시절에는 비교적 여유 있는 생활을 함.

1910년 임피보통학교에 입학함. 입학 전(6, 7세 때)과 후 자기 집에 개설된 서당에
 서 한문 공부를 함.

1914년 임피보통학교(4년제) 졸업(3월 26일). 집의 서당에서 한문 수학을 계속함.

1918년 상경하여 중앙고등보통학교(당시 사립중앙학교)에 입학함(3월).

1920년 3학년 재학 중 19세의 나이로 함열읍내의 은선흥殷善興 씨와 결혼함(4월 21
 일. 은 씨의 나이는 이때 20세. 은 씨의 고향인 익산군 함라면 함열리는 임
 피와 16km 거리임). 8월 15일에 혼인 신고함.

1922년 중앙고등보통학교(4년제)를 13회로 졸업(3월 19일).
 일본 와세다대학 부속 제일고등학원 문과에 입학(4월 14일). 이 학원 축구
 선수(센터포드)로 활약함.

1923년 와세다대학 본과 영문과에 입학(4월).
 귀국하라는 전보를 받고 와보니 집안이 몰락하여 위 대학을 중도 폐학하게 됨.
 대학을 폐한 좌절을 극복하고 작가가 되고자 처녀작 「과도기」를 탈고함.
 강화에서 사립학교 교원으로 잠시 취직함(학교 이름은 분명치 않음).

1924년 장기 결석과 학비 미납으로 위 대학에서 제적됨(2월 1일자).
 본 부인과의 사이에서 장남 무열武烈 출생(11월 11일).
 단편 「세 길로」가 《조선문단》 1권 3호(12월호)에 이광수의 추천으로 게재되
 어 문단에 데뷔함.

1925년 《동아일보》 정치부 기자로 입사함(7월).
 단편 「불효자식」이 《조선문단》 2권 10호에 또 추천 게재됨.

1926년 딸 복열福烈 출생(9월 15일).
 1925년의 '전조선기자대회'에 이어 1926년 6·10만세사건 이후 《동아일보》
 기자에서 면직되어 낙향함(10월). 낙향 후 3년여의 기간은 실직 고등인텔리

로서 힘든 시간이면서도 또 한편으로는 조선 농민들의 실제 생활상을 체험하고 사회과학 학습을 알차게 할 수 있는 귀한 계기였다고 술회하고 있음.

1928년 차남 계열桂烈 출생.

1929년 잡지 개벽사에 입사함(11월).

1933년 위 잡지사의 몰락으로 다시 실직. 최초 장편『인형의 집을 나와서』를 《조선일보》에 연재함.

1934년 《조선일보》 사회부 기자로 입사함. 실직 당시의 경험을 반영한 「레디메이드 인생」 발표.

1936년 전업 작가의 길을 걷기 위해 조선일보사를 사직함(1월).
개성(개성부 남산정 956번지)으로 이거함(12월).

1937년 대표작『탁류』를 이듬해(1938년) 5월까지 《조선일보》에 연재함.

1938년 대표작『천하태평춘』(이후『태평천하』로 개제)을 잡지 《조광》에 연재함.

1939년 최초 작품집인『채만식단편집』이 출판됨(조선문고 제2부 제7책, 학예사 간).
장편집『탁류』(박문서관)가 출판됨.

1940년 개성에서 안양으로 이거함(5월). 최초의 친일 글이라 할 수 있는 「나의 '꽃과 병정'」을 발표하고(7월) 이해 말경부터 〈조선문인협회〉 회원으로 활동함.

1941년 서울 동대문 밖 광장리로 이거함.
『탁류』 재판이 간행됨(5월 30일. 6월 27일자로 조선총독부의 3판 발행 금지 처분을 받음).
장편집『금의 정열』(영창서관)이 출판됨.

1942년 둘째 부인과의 사이에서 삼남 병훈炳熏 출생.

1943년 중편집『배비장』(박문서관)이 출판됨.
단편집『집』(조선출판사)이 출판됨.

1944년 이어 딸 영실永實 출생.

1945년 부친 규섭 별세, 장남 무열 병사(1월).
소개령에 따라 향리인 임피로 낙향(4월)하여 해방을 맞음.
해방 후 상경하여 잠시 서대문 충정로 1가 75에 거처하고 이듬해 동소문동 38-3 유문각有門閣에 머물렀음.

1946년 중편집『허생전』(조선금융조합연합회, 협동문고 4-1)이 출판됨.
작품집『제향날』(박문출판사)이 출판됨.

다시 낙향. 이리시 고현동 중형집으로 이거.

1947년 모친 조우섭 별세.

둘째부인과의 사이에서 사남 영훈永燻 출생(2월 7일).

『조선대표작가전집』 제8권(서울타임스)이 출판됨.

장편집『아름다운 새벽』 전편(박문출판사)이 출판됨.

1948년 장편『태평천하』(동지사)가 출판됨.

단편집『잘난 사람들』(민중서관)이 출판됨.

작품집『당랑의 전설』(을유문고 14, 을유문화사)이 출판됨.

1949년 장편집『탁류』(민중서관)가 출판됨.

이리시 주현동으로 이거함.

1950년 봄에 이리시 마동 269에 집을 사서 이거함.

이 집에서 지병인 폐환으로 영면함(6월 11일 오전 11시 30분). 유택은 전라북도 옥구군 임피면 취산리 선영 하에 있음.

1984년 군산시 월명공원에 채만식문학비가 세워짐(8월 2일).

2000년 백릉白菱 채만식 선생 50주기 추모 심포지엄(주최 사단법인 민족문학작가회의·대산문화재단, 후원 한국문화예술진흥원)이 고려대학교에서 열림(10월 28일).

군산시 매흥동 285(구 시립도서관 자리)에 채만식문학관이 세워짐(12월 19일).

2002년 탄생 1백 년을 기념하는 문학제(주최 민족문학작가회의·대산문화재단)가 세종문화회관에서 열림(9월 26일~27일. 김상용, 김소월, 정지용, 나도향, 주요섭 등의 시인·작가들에 대한 행사와 함께 열림).

■ 단편소설

1923년 「과도기過渡期」,[724] 《문학사상》, 1973년 8월~9월

1924년 「세 길로」,[725] 《조선문단》, 12월

1925년 「불효자식」, 《조선문단》, 7월

　　　　「박명薄命」,[726] 《동아일보》10월 9일~16일

1926년 「순네의 시집살이」,[727] 《동아일보》, 1월 20일~26일

1927년 「봉투에 든 돈」,[728] 《현대평론》, 6월

　　　　「수돌이」,[729] 《동광》, 6월

1928년 「생명의 유희」,[730] 《문학사상》, 1975년 1월

1929년 「산적」, 《별건곤》, 12월

1930년 「그 뒤로」, 《별건곤》, 1월

　　　　「병조와 영복이」, 《별건곤》, 2월. 3월. 5월

　　　　「앙탈」, 《신소설》, 5월

　　　　「산동山童이」, 《신소설》, 5월

1931년 「창백한 얼굴들」, 《혜성》, 10월

　　　　「화물자동차」, 《혜성》, 11월

1932년 「농민의 회계보고」, 《동방평론》, 7월[731]

1933년 「팔려간 몸」, 《신가정》, 8월

1934년 「레디메이드 인생」, 《신동아》, 5월~7월

1936년 「보리방아」, 《조선일보》, 7월 4일~18일[732]

---

724 유고遺稿(처녀작).
725 데뷔작.
726 필(자)명: 화서華胥.
727 필(자)명: 화서.
728 필(자)명: 화서.
729 필(자)명: 화서.
730 유고.
731 '칠팔월 배대호'로 되어 있음.
732 13회 연재 중 중단되어 단편으로 봄.

「소복素服 입은 영혼」,《신동아》, 8월

「빈貧……제1장 제1과」,[733] 《신동아》, 9월

「명일明日」,《조광》, 10월~12월

1937년　「젖」,[734] 《여성》, 1월

「얼어죽은 모나리자」,《사해공론》, 3월~4월

「생명」,《백광》, 3월[735]

「어머니를 찾아서」,[736] 《소년》, 4월~8월

1938년　「동화」,《여성》, 3월

「치숙」,《동아일보》, 3월 7일~14일

「두 순정」,《농업조선》, 6월

「쑥국새」,《여성》, 7월

「이런 처지」,《사해공론》, 8월

「용동댁의 경우」,[737] 《농업조선》, 8월

「소망少妄」,《조광》, 10월

「황금원黃金怨」,[738] 《현대문학》 1956년 4월

1939년　「정자나무 있는 삽화」,《농업조선》, 1월~2월

「패배자의 무덤」,《문장》, 4월

「남식南植이」,《여성》, 7월

「반점斑點」,《문장》, 7월

「모색摸索」,《문장》, 10월

「흥보씨興甫氏」,《인문평론》, 10월

「태풍」,[739] 《박문》 12집, 10월

「이런 남매」,《조광》, 11월

---

733 후에 『채만식단편집』(1939년)에 실릴 때에는 「빈·제1장 제2과─젖」으로 제목이 바뀜. 목차에는 「빈·
　　제1장 제2조」로 되어 있으나 잘못된 것임.
734 1936년 9월 《신동아》에 발표된 「빈……제1장 제1과」를 개제하여 재수록한 작품.
735 3·4 합집.
736 '장편소설' 과 '소년소설' 이라는 두 개의 장르 명칭이 붙어 있음.
737 후에 『채만식단편집』(1939년)에 실릴 때에는 「용동댁龍洞宅」으로 개제함.
738 유고.
739 장편 『탁류濁流』에서 재수록.

「상경반절기上京半折記」,[740] 《신사조》 1962년 11월

1940년 「차車 안의 풍속」,《신세기》, 1월~2월

「순공巡公 있는 일요일」,《문장》, 4월

「회懷」,《조광》, 12월

1941년 「근일近日」,《춘추》, 1월

「사호일단四號一段」,《문장》, 2월

「종로의 주민」,『제향祭饗날』(1946년), 2월 20일[741]

「해후邂逅」,『제향날』, 3월 17일[742]

「집」,《춘추》 2권 5호, 6월

「병이 낫거든─「동화」의 속편으로」,《조광》, 7월

「차중車中에서」,[743] 《체신문화》 72호(1961년 3월)

1942년 「향수鄕愁」,[744] 《야담》, 2월

「삽화揷話」,『집』, 2월 28일[745]

1943년 「선량하고 싶던 날」,『집』, 10월 25일

「암소를 팔아서」,『집』, 10월 25일

1944년 「이상적 신부」,[746] 《방송지우》, 3월

「군신」,《반도의 빛半島の光》, 3월~7월

1944년 「처자妻子」,[747] 《자유문학》(1961년 7월)

「실實의 공功」,[748] 《가정생활》(1962년 10월)

1946년 「맹순사孟巡査」,《백민》, 3월[749]

「역로歷路」,《신문학》, 6월

「미스터 방方」,《대조》, 7월

---

740 유고.
741 탈고함.
742 탈고함.
743 유고.
744 「강姜선달」로 개제, 단편집 『집』(1943)에 수록함.
745 탈고.
746 '방송소설'로 창작, 발표된 작품이며, '가정소설家庭小說'이라는 장르 명칭이 붙어 있음.
747 광장리廣壯里에 살던 시절 쓴 작품으로 유고작임.
748 정확한 집필 시기를 알기 힘듦. 만일 '실實'이 작가의 친딸 영실永實(1944년 출생)을 모델로 한 인물이라면 이 작품은 작가의 말년에 쓴 작품이 됨.
749 3·4월 합병호

「논 이야기」,《협동》, 10월

1947년　「흥부전」,《협동》, 6월~7월[750]

1948년　「처자」,[751]《주간서울》34 · 35호[752], 7월 26일[753]

　　　　「낙조落照」,『잘난 사람들』, 8월 15일[754]

　　　　「도야지」,《문장》,[755] 10월

　　　　「민족의 죄인」,《백민》, 10월~11월

　　　　「청류淸流」,[756]《현대문학》(1986년 11월)

1949년　「역사歷史—총기 좋은 할머니」,《학풍》, 1월

　　　　「늙은 극동선수極東選手—「역사」제2화」,《신천지》, 2월~3월

　　　　「아시아의 운명」,[757]《야담》55호, 10월

1950년　「소—백수애白手哀」,[758]『전집10』[759]

■ 중편소설

1937년　「정차장停車場 근처」,《여성》, 3월~10월

1940년　「냉동어冷凍魚」,《인문평론》, 4월~5월

　　　　「젊은 날의 한 구절」,[760]《여성》, 5월. 7월~11월

1942년　「배비장裵神將」,《반도의 빛》, 2월~10월

1949년　「소년은 자란다」,[761]《월간문학》(1972년 9월), 2월 25일[762]

750 미완.
751 해방 전의 같은 제목의 작품과 전혀 다른 작품임.
752 직접 확인하지는 못했고, 창작과비평사에서 간행한 『채만식전집』의 연보를 그대로 인용한 것임.
753 탈고.
754 탈고.
755 속간호
756 유고작. 미완.
757 유고.
758 유고작. 미완.
759 작품 연보에 소개되어 있음. 동서문화사에서 간행한 『동서한국문학전집5—채만식』(1960년)에는 이 작
　　품의 육필 원고의 맨 첫 장 사진이 수록되어 있기도 함.
760 미완된 작품. 6회에서 9회까지 4회분은 유고로 『채만식전집』(1989년)에 발표됨.
761 유고.
762 탈고.

■ 장편소설

1933년 　「인형人形의 집을 나와서」,[763]《조선일보》, 5월 27일~11월 14일(150회 연재)

1934년 　「염마艶魔」,[764]《조선일보》, 5월 16~11월 5일(123회 연재)

1937년 　「탁류」,《조선일보》, 10월 12일~1938년 5월 17일(198회 연재)

1938년 　「천하태평춘天下太平春」,[765]《조광》, 1월~9월

1939년 　「금金의 정열」,《매일신보》, 6월 19일~11월 19일(152회 연재)

1942년 　「아름다운 새벽」,《매일신보》, 2월 10일~7월 10일(145회 연재)

1943년 　「어머니」,[766]《조광》, 3월~10월(미완)

1944년 　「여인전기女人戰紀」,《매일신보》, 10월 5일~1945년 5월 16일(101회 연재)

　　　　　「심봉사」,[767]《신시대》, 11월~1945년 2월

1948년 　「옥낭사玉娘祠」,[768]《희망》, 1955년 5월~1956년 5월

1949년 　「심봉사」,[769]《협동》, 3월. 5월. 7월. 9월(미완)

■ 수필

1929년 　「독설록毒舌錄에서」,[770]《중외일보》, 9월 16일. 24일

1930년 　「신록新綠……기타」,《별건곤》, 6월

　　　　　「여름 원두막 정취」,《별건곤》, 7월

　　　　　「문예가가 본 조선사람과 여름」,[771]《별건곤》, 7월

　　　　　「막사과 야화莫斯科夜話」,[772]《별건곤》, 7월

　　　　　「가을의 몇 조각」,《별건곤》, 9월

---

763 1933년 7월 25일 완성.
764 필(자)명: 서동산徐東山.
765 이후 장편집(1940년)을 출간할 때에는 『태평천하太平天下』로 개제함.
766 1947년 『여자의 일생』으로 개제, 개작하고 완성하여 출판함.
767 장편으로 계획했으나 4회 연재 중 중단으로 미완성된 작품. 1949년에 이 작품을 개작하면서 다시 한 번 장편 창작을 시도했으나 역시 4회 연재 중 중단됨.
768 유고. 1948년 1월 18일 탈고함.
769 1944년에 발표된 작품을 개작한 작품. 그러나 그때와 마찬가지로 애초의 계획과는 다르게 4회 연재만으로 중단되었음.
770 필(자)명: 화서. 1회와 2회의 소제목은 각각, '아편쟁이와 부르주아'와 '수전노守錢奴의 변태적變態的 미의식美意識'임.
771 필(자)명: 호연당인.
772 필(자)명: 북웅생.

「추야단상秋夜斷想」,《학생》, 9월

「눈 나리는 황혼」,《별건곤》, 12월

1931년　「잡지 기자참회」,[773]《별건곤》, 1월

「벽도화碧桃花에 어린 옛 추억」「봄과 외투外套와」,《혜성》, 4월

「봄과 여자와」,《신여성》, 4월

「신록新綠 이제二題」,《혜성》, 7월

「가을 수제數題」,《혜성》, 10월

1932년　「교통차단交通遮斷」,《신동아》, 2월

「인테리」,《신동아》, 6월

「폭포잡필瀑布雜筆」,《제일선》, 7월

「오성낙조五聖落潮」,《신동아》, 9월

「가을 하늘」,《제일선》, 10월

「가을 색시」,[774]《제일선》, 10월

「청량리의 가을」,《동광》, 10월

1933년　「매사냥」,《별건곤》, 1월

「톡기사냥」,[775]《별건곤》, 1월

「범사냥」,[776]《별건곤》, 1월

「아버지의 체온」,《별건곤》, 2월

「황금무용론黃金無用論」,[777]《제일선》, 2월

「현대여성의 정조손료貞操損料」,[778]《신여성》, 2월

「학교 무용론學校 無用論」,[779]《제일선》, 2월

「길거리에서 만난 여자」,《신동아》, 4월

「전당표典當票에 온 봄」,《신가정》, 4월

「자전거 드라이브」,《동아일보》, 4월 24일

773　필(자)명 : 호연당인.
774　필(자)명 : 호연당인.
775　필(자)명 : 호연당인.
776　필(자)명 : 북웅北熊.
777　필(자)명 : 북웅.
778　필(자)명 : 호연당인.
779　필(자)명 : 호연당인.

「오월 가두풍경街頭風景」,《신여성》, 5월

「원두막의 밤 이야기」,《신동아》, 7월

1934년 「여름 · 도시 · 밤 · ETC」,《중앙》, 7월

「비응도飛鷹島의 쾌유快遊」,《동아일보》, 7월 11일

「저회미암低廻迷暗의 발원發源」,《조선일보》, 12월 11일

1936년 「문학인의 촉감」,《조선일보》, 6월 5일~7일. 9일~13일

「여름 풍경風景」,《조선일보》, 7월 17일~19일. 21일~22일

1937년 「불가음주不可飲酒 단연불기斷然不可」,《조광》, 12월

1938년 「퇴주수난기退酒受難記」,《동아일보》, 2월 4일

「유월의 아침」,《여성》, 6월

「여백록餘白錄」,《박문》 2집, 11월

「다듬이」,《조광》, 11월

「장년壯年의 백발白髮」,《동아일보》, 12월 21일. 23일

1939년 「'설' 없는 신년新年—기타」,《고려시보》, 1월 1일

「속 여백록餘白錄」,《박문》 5집, 2월

「다방찬茶房讚」,《조광》, 7월

「포도주」,《매일신보》, 7월 23일

「쇄하수필鎖夏隨筆」,《조선일보》, 7월 28일~30일. 8월 2일

「범죄 아닌 범죄」,《조광》, 8월

「말 몇 개」,《문장》, 8월

「지충紙蟲」,《박문》 10집, 8월

「병질病疾 · 의료醫療」,《매일신보》, 8월 12일

「산채山菜」,《매일신보》, 9월 9일

「추창만필秋窓漫筆」,《매일신보》, 10월 5일~6일

「추제秋題 이삼二三」,《고려시보》, 10월 16일

「만경晩景」,《매일신보》, 11월 15일

「동면冬眠」,《매일신보》, 12월 3일

「철조망鐵條網」,《매일신보》, 12월 10일

1940년 「봄을 보장保障한다」,《조광》, 2월

「박연폭포朴淵瀑布로의 초대장」,《문학사상》(1976년 2월), 2월 8일[780]

「액년厄年」,《박문》16집, 3월

「난물難物인 음악音樂」,《매일신보》, 3월 14일

「고려자기송高麗磁器頌」,《매일신보》, 3월 23일. 25일

「병여잡기病餘雜記」,《조광》, 4월

「애저찜猪」,《박문》17집, 4월

「병후기病後記」,《매일신보》, 5월 10일

「어머니의 슬픈 기원祈願」,《조광》, 6월

「안양복거기安養卜居記」,《매일신보》, 6월 5일~8일. 10일~11일

「명일明日에 기대企待하는 인간 '타입'」,《조선일보》, 6월 14일~15일

「나의 '꽃과 병정兵丁」,《인문평론》, 7월

「외래어 사용의 단편감斷片感」,《한글》80호, 10월

1941년　「풍속시평風俗時評」,《매일신보》, 1월 25일. 27일~28일

「방황 이십 년」,《신시대》, 2월

「주택」,《매일신보》, 3일. 6일. 7일. 14일. 22일

「귀향도중歸鄉途中」,《매일신보》, 5월 15일~18일

1942년　「영아嬰兒는 나다」,《대동아》,[781] 3월[782]

「오리식례」「술멕이」,《신시대》, 9월

「포로捕虜의 시사示唆」,《경성일보》, 12월 11일

1943년　「명태明太」,《신시대》, 1월

「곤장일백도棍杖一百度」,《신시대》, 5월

「몸뻬-시시비비」,《반도의 빛》, 7월

1945년　「팔·일오 전후」,《건설》[783] 제1권 5호, 12월 22일

1946년　「상경후上京後」,《백민》, 1월

「기미근未 삼일三―날」,《한성일보》, 3월 1일

「한글 교정·오식·사투리」,《민성》5권 4호, 3월

「밤손님」,《협동》, 11월

---

780 유고.
781 『삼천리』를 개제改題한 잡지.
782 잡지 표지에는 5월호로 되어 있음.
783 주보週報임.

■ 잡문

1929년 「누구든지 당하는 스리 도적비화盜賊秘話—'스리' 맞지 않는 방법」,[784] 《별
건곤》, 9월

「우미인애화虞美人哀話」,[785] 《별건곤》, 12월

1930년 「유락동서流落東西 칠전팔기七顚八起 위인분전기偉人奮戰記: 혁명전후革命前後
「레닌」의 생활」,[786] 《별건곤》, 1월

「칼 세이지의 애국영웅 한니발」[787] 「난중삽화亂中揷話」 「나폴레옹과 불란서
의 기업」 「연분홍 나체裸體」 「김기전金起田 씨」 「기괴奇怪한 《기괴奇怪》」,[788]
《별건곤》, 3월

「결혼의 최첨단—우애결혼友愛結婚 이야기」 「지상이동좌담회誌上移動座談
會—해학 속에 실정—《동아일보》를 중심으로 송진우 · 이광수 씨를 붙잡
고」 「변태심리變態心理」 「청춘남녀들의 결혼준비」,[789] 《별건곤》, 5월

「초특투빈술超特鬪貧術」 「현대투쟁現代鬪爭의 육대비술六大秘術」[790] 「제일육효
第一六效 투빈술鬪貧術」,[791] 《별건곤》, 6월

「신부후보자전람회新婦候補者展覽會」,[792] 《별건곤》, 6월~9월

「빈대고考」,[793] 《별건곤》, 7월

「인면사신人面蛇身—남편을 모살謀殺한 소부애화少婦哀話」[794] 「젊은 마음」 「소
낙비와 쓰르라미」, 《별건곤》, 8월

「난센스 인간」 「환락극혜내하歡樂極兮奈何—신청주유죄新淸酒有罪」[795] 「독거獨
居」, 《별건곤》, 9월

---

784 필(자)명: 쌍S
785 필(자)명: 목차에서는 '초산인楚山人', 본문에서는 '초산생楚山生'
786 필(자)명: 북웅생北熊生
787 목차에는 「위걸偉傑 한니발의 일대기一代記」라 되어 있음. 필(자)명 역시 목차에서는 '초산인', 본문에
서는 '백릉생白菱生'으로 되어 있음.
788 필(자)명: 본문 속에서만 '백릉白菱'으로 되어 있음.
789 필(자)명: 북웅생.
790 필(자)명: 활빈당活貧堂.
791 필(자)명: 운정거사雲庭居士.
792 '제1회'에서는 목차에 '해학만문'이라는 부제를 달고 있고, 2회부터는 본문에서 '해학 · 풍자 · 기발'
이라는 부제를 달고 있음. 필(자)명: 쌍S(주최).
793 필(자)명: 호연당인.
794 필(자)명: 호연당인.
795 필(자)명: 호연당인.

「자정자正 뒤의 괴여자怪女子」,《별건곤》, 11월

「인도의 뮤니티―(토병반란土兵反亂)―급及 간디운동運動의 초기初期」,《별건곤》, 12월

1931년 「쌀값과 조선여자」,[796]《신여성》, 1월

「여학생 얼굴에」[797]「기생집 문 앞에서 맴돌이하던 이야기」「생활개선과 우리의 대가족제도」,《별건곤》, 2월

「핑핑 돌아가는 세계대세世界大勢 이야기」[798]「육체의 경이」,[799]《별건곤》, 3월

「동아일보 사장 송진우 씨 면영面影」,《혜성》창간호, 3월

「실천여교實踐女校를 조상弔喪하노라」,[800]《별건곤》, 4월

「세계제일인자 미국의 야근대통령夜勤大統領―범죄왕 알·카포네」,[801]《혜성》, 7월

「검둥이 무희·흑진주―조세핀 베이커」,《혜성》, 8월

「현대의 대진기사실大珍奇事實―서장西藏의 연애전쟁」,《별건곤》, 8월

「이화여전 바자회 잡관雜觀」,[802]《혜성》, 11월

1932년 「잊혀지지 않는 그 여자」,[803]《별건곤》, 1월

「눈 하나 적은 여인」,《신생》, 3월

「신공포시대新恐怖時代」「이수흥사건李壽興事件의 기억記憶」,《제일선》, 5월

「최근 십년간의 사대정객四大政客 암살사暗殺史―부附 세계 정객 암살기暗殺記」,[804]《제일선》, 8월

「신춘지상新春誌上 내 자랑 좌담회」,[805]《별건곤》, 12월

1933년 「말세부산물末世副産物―코 묻은 도적놈」,[806]《별건곤》, 3월

---

796 필(자)명: 호연당인.
797 필(자)명: 호연당인.
798 필(자)명: 호연당인.
799 필(자)명: 목차에만 '북웅생' 으로 되어 있음.
800 필(자)명: 호연당인.
801 필(자)명 : 호연당浩然堂.
802 필(자)명: 목차에서는 쌍S, 본문에서는 유소희兪素姬.
803 필(자)명: 호연당인.
804 필(자)명: 목차에서는 '북웅北熊', 본문에서는 '백릉생白菱生'.
805 허구적인 좌담 형식을 취하고 있음. 필(자)명: 쌍S(사회).
806 필(자)명: 호연당인.

「수고 망칙하오」,[807] 《제일선》, 3월

「봄, —가여운 녀석—」, 《신여성》, 4월

「연작만담連作漫談 제3회 '취직편就職篇' —여자의 일생」「왕좌에서 쫓기어
나 왕관을 꿈꾸는 사람들」[808] 「최근 합주남녀씨열전合奏男女氏列傳—봄바람
에 날아간 모-던 남녀男女세상」,[809] 《별건곤》, 5월

「들킨 이야기」,[810] 《별건곤》, 7월

「별 같은 반딧불에 싸인 옛 기억」, 《신가정》, 7월

「내가 만일 조선서 첫째가는 성악가가 된다면」, 《신동아》, 7월

「난센스 무용담(기일其一) 돈키호-테(무사수업의 일절)」, 《신동아》, 10월

「베이비 골프」, 《조선일보》, 10월 8일

1934년 「금년 신수는 좋을 뜻」, 《신동아》, 2월

1935년 「생활해전종군기生活海戰從軍記」, 《조선일보》, 8월 10일~11일. 13일~14일

1936년 「감感은 유혹에 빠졌다가」, 《조광》, 6월

「출범전야出帆前夜」, 《조광》, 8월

「인간하경人間夏景 수제數題」, 《사해공론》, 8월

「신변잡초身邊雜草」, 《중앙》, 9월[811]

「문학청년文學靑年에게 주는 글—지망志望치 마십시오」, 《풍림》, 12월

1937년 「내 만화漫話」, 《풍림》, 5월

「밥이 사람을 먹다」, 《백광》, 5월

「유정裕貞과 나」, 《조광》, 5월

「문예가협회 문제 검토—한 개의 사상事象으로 봅니다」, 《백광》, 6월

1938년 「백만 원의 원탁몽圓卓夢」, 《동아일보》, 1월 3일

「통곡하고 싶은 심정」, 《동아일보》, 1월 14일

「봄의 현미경적顯微鏡的 검사檢査」, 《조광》, 4월

「세 뼘 자란 흑축」, 《여성》, 8월

---

807 필(자)명: 호연당인.
808 필(자)명: 쌍S.
809 필(자)명: 호연당인.
810 필(자)명: 쌍S.
811 1936. 5. 21 탈고.

「여인들의 머리쪽」,《사해공론》, 10월

「유언遺言」,《조광》, 11월

1939년   「『탁류』의 계봉桂鳳—날 보고 늙었다고 타박」,《동아일보》, 1월 7일

「괴담怪談(노변만화爐邊漫話)」,《조광》, 2월

「연애의 도구와 생식의 도구로」「가혹苛酷할 줄 모르는 그리운 봄빛」,《여성》, 3월

「안회남安會南 씨에게」,《여성》, 4월

「토키의 비극」,《동아일보》, 5월 12일

「가두소견街頭小見」,《매일신보》, 5월 16일

1940년   「차중車中의 소견所見」,《매일신보》, 3월 14일

「대륙경륜大陸經綸의 장도壯圖, 그 세계사적 의의」,《매일신보》, 11월 22일
~23일

「신부新婦의 버선코가」,《삼천리》, 12월

1941년   「자유주의를 청소淸掃」,《삼천리》, 1월

「농촌에 이바지한 조합의 지대한 공헌」,《반도의 빛》,[812] 9월

1943년   「위대한 아버지 감화感化」,《매일신보》, 1월 18일

「지린태대위유족방문기池麟泰大尉遺族訪問記—반도 최초로 진 군국軍國의
꽃」,《신시대》, 1월

「추모追慕되는 지린태대위池麟泰大尉의 자폭自爆」,《춘추》, 1월

「영예榮譽의 유가족遺家族을 찾아서」,《매일신보》, 1월 18일

「농산물출하農産物出荷(공출供出)기타」,《반도의 빛》, 4월

「홍대鴻大하옵신 성은聖恩」,《매일신보》, 8월 3일

1944년   「경금속공장輕金屬工場의 하루」,《신시대》, 6월

「소악품疎惡品 기타」,《조광》, 10월

■ 기사

1929년   「기자총출記者總出 대경성암야탐사기大京城暗夜探査記」,[813]《별건곤》, 12월

812 『家庭の友』를 개제改題한 잡지.
813 기자 이름 중에 필명인 '北熊'이 있음.

1930년　「숨은 일꾼 기일其一」,[814]《별건곤》, 2월

　　　　「세계각국 약소민족의 생활상」,[815]《별건곤》, 8월

　　　　「폭리대취체暴利大取締─제1회……약가藥價와 치료비治療費」,《별건곤》, 9월

　　　　「폭리대취체─제2회……전당포·셋집·양복점洋服店」,[817]《별건곤》, 10월

　　　　「폭리대취체─제3회……전기회사·사진관·정미소매상」,[818]《별건곤》,
　　　　11월

1931년　「여자체육회에 독촉함」,[819]《별건곤》, 1월

　　　　「취직전선 이상 있다!」,[820]《별건곤》, 2월

　　　　「금일今日의 세계문제·전채戰債와 배상금賠償金─지불유예支拂猶像란 무엇
　　　　인가」,[821]《별건곤》, 8월

　　　　「일본공산당 법정투쟁기」,[822]《혜성》, 10월

1932　　「재산을 싸고도는 골육상쟁 총점고總點考」,[823]《제일선》, 6월

　　　　「조선 초유의 대의옥사건大疑獄事件─경성부 토목 부정사실의 흑막」,[824]《제
　　　　일선》, 7월

　　　　「식색食色의 작희作戱(법정실화)」,[825]《제일선》, 12월

1933년　「가난과 사랑의 갈등 애정·증오·죄악의 삼중주」,[826]《별건곤》, 6월

■ 희곡

1927년　「가죽버선」,[827]《문학사상》(1973년 2월)

---

814 필(자)명: 북웅생(목차에만 있음).
815 필(자)명: 북웅생(목차에만 있음).
816 필(자)명: 호연당인.
817 필(자)명은 없으나 같은 잡지 9월호에 호연당인이 쓴 기사에서 이어진 글.
818 필(자)명은 없으나 같은 잡지 9월호에 호연당인이 쓴 기사에서 이어진 글.
819 필(자)명: 북웅생.
820 필(자)명: 호연당인.
821 필(자)명: 호연당인.
822 필(자)명: 호연당인.
823 필(자)명: 호연당인.
824 필(자)명: 호연당인.
825 필(자)명: 호연당인.
826 필(자)명: 호연당인.
827 유고.

1930년	「낙일落日」,《별건곤》, 6월
	「농촌 스케치」,《별건곤》, 8월
	「밥」,《별건곤》, 10월
1931년	「그의 가정풍경家庭風景」,《별건곤》, 1월
	「미가米價 대폭락大暴落」,《별건곤》, 2월
	「스님과 새장사」,《혜성》(창간호), 3월
	「우리들의 생활풍경 기其(일一)—두부」,《혜성》, 5월
	「야생소년군野生少年軍」,《동광》, 5월
	「코떼인 지사志士」,《혜성》, 8월
	「사라지는 그림자」,《동광》, 9월
	「간도행間島行」,[828]《신동아》, 11월
	「조고마한 기업가」,[829]《신동아》, 12월
1932년	「행랑 들창에서 들리는 소리」,《신동아》, 2월
	「감독監督의 안해」,《동광》, 3월
	「낚시질판의 풍파風波」,《혜성》, 3월
	「목침 맞은 사또」,[830]《신동아》, 5월
	「부촌富村」,《신동아》, 7월
1933년	「조조曹操」,《신동아》, 3월
	「잡어먹고 싶은 이야기·1—나는 몰라요」,[831]「잡어먹고 싶은 이야기·2— 일금一金 일 원一圓 각수야也」,[832]《별건곤》, 6월
	「들창으로 들여다본 이야기」,[833]《별건곤》, 7월
1934년	「다섯 귀머거리」,[834]《신가정》, 3월
	「인테리와 빈대떡」,《신동아》, 4월

---

828 '촌극寸劇'이라는 장르 명칭이 붙어 있음.
829 '단편소설短篇小說', '對話小說'이라는 장르 명칭이 붙어 있음.
830 '寸劇'이라는 장르 명칭이 붙어 있음.
831 필(자)명: 단單S.
832 필(자)명: 호연당인.
833 필(자)명: 단S.
834 '童劇'이라는 장르 명칭이 붙어 있음.

「영웅모집英雄募集」, 《중앙》, 8월[835]

1936년　「심봉사」[836]

1937년　「흘러간 고향」, 《조광》, 3월

「예수나 안 믿었드면」, 《조선문학》, 5월[837]

「제향날」, 《조광》, 11월

1940년　「당랑螳螂의 전설」, 《인문평론》, 10월

「심봉사」, 《전북공론》, 10월~11월

■ 평론

1930년　「작자作者의 변辯」, 《조선일보》, 5월 31일. 6월 3일~5일

1931년　「평론가에 대한 작자로서의 불복不服」, 《동아일보》, 2월 14일~15일. 17
일. 20일~21일(5회 연재)

「문단소어文壇小語」, 《중앙일보》, 11월 30일

1932년　「현인玄人 군과 카프에 약간의 준비적準備的 질문質問」, 《조선중앙일보》, 1월
31일

「현인玄人 군의 몽夢을 계啓함」, 《제일선》, 7월~8월

「신인의 통언」, 《제일선》, 11월

1933년　「백명百名이 한 개를 낳더라도 옳은 프로 작품을」, 《조선일보》, 1월 6일

「문단제일선文壇第一線」,[838] 《제일선》, 3월

「비평정신과 내용內容의 양전兩全에」, 《조선일보》, 10월 4일

1934년　「사이비평론 거부—창작의 태도와 실제」, 《조선일보》, 1월 11일

「문예비평가론文藝批評家論」, 《조선일보》, 2월 15일~16일

「문예시감文藝時感」, 《조선중앙일보》, 5월 13일~18일

「한 작가로서의 항변」, 《조선일보》, 10월 3일

1936년　「문단의견文壇意見」, 《조선일보》, 1월 4일

「문예시감文藝時感」, 《동아일보》, 2월 13일~16일. 18일

835 1934. 7. 2 탈고.
836 文章에 발표하려다 검열 삭제되어 『한국문학전집』 33권, 민중서관, 1960년에 수록.
837 4·5월 합병호.
838 필자명: 채생蔡生.

「소설 안 쓰는 변명」,《조선일보》, 5월 26일~30일

「문단시감文壇時感」,《조선중앙일보》, 6월 20일~21일. 24일~28일. 30일

1937년 「극평劇評에 대하여」,《동아일보》, 8월 6일

「조선문단朝鮮文壇 근상近狀」,《조선일보》, 9월 30일. 10월 1일. 10월 3일. 10월 5일

「출판문화의 위기」,《조선일보》, 10월 24일. 26일

「위장僞裝의 과학평론科學評論─기실其實 리얼리슴에 대한 모독侮瀆」,《조선일보》, 12월 1일~5일. 7일

「한제閑題 수편數片」,[839]《동아일보》(1972년 8월 26일. 29일)

1938년 「문학과 영화」,《조선일보》, 6월 16일~18일. 21일

「조선문단朝鮮文壇의 황금시대黃金時代」,《동아일보》, 7월 19일

「작가의 한계」,《조선일보》, 8월 4일~7월 9일

「먼저 지성知性의 획득을」,《비판》, 11월

1939년 「연극발전책演劇發展策─극연좌劇研座에의 부탁」,《조광》, 1월

「모방模倣에서 창조創造로」,《동아일보》, 2월 7일~8일

「삼월 창작개관創作槪觀」,《동아일보》, 3월 7일. 9일~10일. 14일

「장덕조張德祚 여사의 진경進境」,《조광》, 3월

「정당한 평가」,《조선문학》, 4월

「문학작품의 영화화 문제」,《동아일보》, 4월 6일

1940년 「작품권作品權의 변辯」,《매일신보》, 3월 26일~28일

「삼월의 작품들」,《인문평론》, 4월

「소설을 잘 씁시다」,《조광》, 7월

「문학과 해석」,《매일신보》, 8월 21일~24일. 26일

「문예시평文藝時評」,《매일신보》, 9월 25일~28일. 30일

1941년 「시대를 배경背景하는 문학文學」,《매일신보》, 1월 5일. 10일. 13일~15

「문학과 전체주의」,《삼천리》, 1월

1948년 「역판逆版 그레셤 법칙」,《서울신문》, 11월 19일

---

839 유고.

■ 콩트

1930년　「허허 망신했군」,《신소설》, 1월

1932년　「서울은 무서운 곳」, 7월

1933년　「내 조카가 미쳤소」,[840]《제일선》, 3월

1936년　「언약言約」,《여성》, 9월

　　　　「부전不傳딱지」,《여성》, 11월[841]

1937년　「어떤 화가의 하루」,《동아일보》, 9월 18일. 21일~22일

1938년　「향연饗宴(구고舊稿에서)―조춘早春의 가두街頭에서」,《동아일보》, 5월 14
　　　　일. 17일

　　　　「점경點景」,《조선일보》, 12월 28일

1945년　「유감遺感」,《한성시보》, 10월

■ 자해自解

1933년　「투르게네프와 나와―무의식적無意識的 영향影響」,《조선일보》, 8월 26일

　　　　「'인형人形의 집을 나와서'를 쓰면서」,《삼천리》, 9월

1934년　「향수鄉愁에 번뇌煩惱하여서」,《조선일보》, 5월 10일~11일

　　　　「인연因緣 맺어진 여인들」,《신동아》, 7월

1935년　「하일잡초夏日雜草」,《조선일보》, 7월 18일~21일

　　　　「나의 무력한 '펜' 한 개」,《조선일보》, 8월 31일

　　　　「단장斷章 수삼제數三題」,《조선일보》, 12월 21일~22일. 25일. 27일~28일

1936년　「농촌 색시와 나」,《신동아》, 7월

1937년　「여인 멘탈테스트」,《백광》, 3월

1938년　「작가단편作家短篇 자서전」,《삼천리문학》, 1월

　　　　「잃어버린 십 년」,《조선일보》, 2월 18일~20일

1939년　「자작안내自作案內」,《청색지》, 5월

　　　　「사이비 농민소설」,《조광》, 7월

1940년　「금金과 문학」,《인문평론》, 2월

---

840 필(자)명: 북웅.
841 미완으로 문학사상 1975년 2월에 유고로 발표됨.

「문학을 나처럼 해서는」, 《문장》, 2월

■ 기행

1927년   「'백마강白馬江'의 뱃놀이」, 《현대평론》, 7월

1937년   「박연행朴淵行 회화戱畫」,[842] 《동아일보》, 11월 16일~21일. 23일~26일(7회
          연재)[843]

1938년   「금강창랑錦江滄浪 굽이치는 군산항群山港의 금일今日」, 《조광》, 7월

          「송도잡기松都雜記」, 《조선일보》, 7월 3일. 9일. 10일. 12일

          「임진강과 그 유역」, 《조광》, 8월

          「구기자 열매만 붉어 있는 고향」, 《조광》, 9월

          「만경평야萬頃平野」, 《여성》, 9월

1940년   「남행기南行記」, 《문장》, 2월

          「등경암登檠岩」, 《매일신보》, 2월 21일

1943년   「간도행間島行」, 《매일신보》, 2월 17일~24일

■ 서평

1939년   「『대하大河』를 읽고서」, 《조선일보》, 1월 28일

          「이효석 씨 저 『해바라기』」, 《동아일보》, 2월 21일

          「박태원 씨 저 『지나소설집支那小說集』」, 《조선일보》, 5월 22일

          「염상섭 작 『이심二心』」, 《조선일보》, 6월 5일[844]

1940년   「김남천 저 『사랑의 수족관』 평」, 《매일신보》, 11월 19일

1949년   「『청춘잡조靑春雜俎』를 받아 읽고」, 《협동》, 1월

■ 좌담

1931년   「난센스 본위本位 무제목좌담회—본사 사원끼리의」,[845] 《별건곤》, 1월

---

842 1회 제목은 '朴淵 戱畫'로 되어 있음.
843 《현대문학》 1980년 1월호에 유고라고 하여 재수록됨.
844 《박문》 1939년 7월호에 재수록됨.
845 채만식이 참석하고 있음.

1932년	「난센스 · 가공좌담회 시집살이 좌담회」,[846]《신여성》, 6월
1933년	「각계남녀 봉변 지상 좌담회」,[847]《별건곤》, 6월
1937년	「현대작가 창작고심創作苦心 합담회」,《사해공론》, 1월
1941년	「농민문학의 공작정담회工作鼎談會─작가의 입장」,《매일신보》, 11월 7일. 8일. 10일~11일
1946년	「창작합평회創作合評會」,《신문학》, 6월

■ 동화

1933년	「쥐들은 고양이 목에 방울을 달러 나섰다」,[848]《신가정》, 10월
1941년	「왕치와 소새와 개미와」,《문장》(폐간호), 4월
1949년	「이상한 선생님」,《어린이나라》, 1월

■ 가요 · 시나리오 · 방송극

1931년	가요,「신 아리랑」,[849]《별건곤》, 7월
1941년	시나리오,「무장삼동無藏三冬(박토薄土)」,[850]《문학사상》(1976년 2월~3월)
1943년	방송극,「영계嬰鷄」,[851]『전집9』[852]

■ 작품집

1939년	단편집『채만식단편집』,[853] 학예사, 8월 4일
1939년	장편『탁류』,[854] 박문서관, 11월
1940년[855]	장편『태평천하』, 명성사

846 허구적인 좌담 형식을 취하고 있음. 필(자)명: 쌍S(주최)(본문에서는 사회 김태판金泰判으로 되어 있음).
847 허구적인 좌담 형식을 취하고 있음. 필(자)명: 쌍S(사회).
848 필(자)명: 서동산徐東山.
849 필(자)명: 호연당인.
850 유고.
851 유고.
852 창작과비평사 刊『채만식전집』을 말함. 이하에서도 마찬가지로 표기할 것임.
853 「생명」「빈…제1장 제2과」「동화」「이런 처지」「소망」「쑥국새」「용동댁」「정자나무 있는 삽화」등 8편 수록.
854 재판은 1941년 5월 30일, 3판은 1949년 민중서관에서 나옴.
855 1948년『태평천하』의 재판본이 출간되는데(이 책의 작자 서序가 쓰인 날짜는 1948년 10월 16일로 되어 있고, 출판사는 확인할 수 없었음), 여기에 실린 초판본 작가 서가 쓰인 날짜가 1940년 3월 6일로 되어 있음.

1941년	장편『금金의 정열』, 영창서관, 6월 10일

1941년 장편『금金의 정열』, 영창서관, 6월 10일

1943년 단편집『집』,[856] 조선출판사, 10월 25일

중편집『배비장』, 박문서관, 11월 30일

1946년 작품집『조선단편문학선집 제1집』,[857] 범장각, 1월 20일

중편집『허생전』, 협동문고 4-1, 11월 15일[858]

작품집『제향날』,[859] 박문출판사, 12월

1947년 작품집『조선대표작가전집 제8권』,[860] 서울타임스사, 3월 10일

장편『아름다운 새벽』,[861] 박문출판사

1948년 작품집『조선문학전집 단편집 상』,[862] 한성도서주식회사, 6월 20일

단편집『잘난 사람들』,[863] 민중서관

작품집『당랑의 전설(을유문고 14)』,[864] 을유문화사, 10월 15일

작품집『해방문학선집 단편집 1』,[865] 종로서원, 12월 25일

1949년 장편『황금광시대』,[866] 중앙출판사

1958년 장편『애정의 봄』,[867] 대동사, 1월 17일

작품집『한국단편소설전집 제2권』,[868] 백수사, 7월 1일

장편『꽃다운 청춘』,[869] 중앙출판사

작품집『한국문학전집 제9권』,[870] 민중서관, 12월 10일

856 「집」「순공 있는 일요일」「홍보씨」「회」「동화」「암소를 팔아서」「강선달」「삽화」「병이 낫거던」등 9편 수록.
857 「당랑의 전설」수록.
858 1946. 9. 16 탈고함.
859 「패배자의 무덤」「소망」「치숙」「해후」「종로의 주민」「제향날」등 6편 수록.
860 『여자의 일생』(해방 전 작품인「어머니」를 개제, 개작하고 완성한 작품), 「모색」「사호일단」등 수록.
861 전반부만 수록되어 있음. 이는 해방 전 매일신보 연재본 중 1942년 2월 10일에서 4월 21일까지의 내용에 해당함. 나머지 4월 22일에서 7월 10일까지의 내용은 수록되어 않음.
862 「순공 있는 일요일」수록.
863 작가 후기를 적은 날짜가 9월 26일로 되어 있음. 「낙조」「도야지」「논 이야기」「맹순사」「미스터 방」「치숙」「이런 남매」등 7편 수록.
864 「반점」「회」「사호일단」「종로의 주민」「당랑의 전설」등 5편 수록.
865 「논 이야기」수록.
866 해적판으로 간행된『태평천하』.
867 해적판으로 간행된『태평천하』.
868 「레디메이드 인생」「치숙」수록.
869 해적판으로 간행된『탁류』.
870 『탁류』,『태평천하』「레디메이드 인생」수록.

1960년   희곡집『한국문학전집 제33권』,[871] 민중서관, 5월 15일

1961년   장편『옥낭사玉娘祠』,[872] 성화사, 10월 31일

1969년   단편집『한국단편문학대계 제3권』,[873] 삼성출판사

1970년   장편『한국장편문학대계 제7권 탁류』, 성음사, 4월 10일

1972년   작품집『신한국문학전집 7 채만식선집』,[874] 어문각, 10월 20일

1973년   작품집『한국단편문학선집 26』,[875] 정음사, 3월 15일

1974년   단편집『현대한국단편문학전집 A-17』,[876] 문원각, 4월 1일

          단편집『현대한국단편문학전집 A-18』,[877] 문원각

          중편집『한국중편소설문학전집 2』,[878] 을유문화사, 8월 15일

          작품집『낙조落照(정음문고 60)』,[879] 정음사, 12월 30일

1975년   단편집『한국대표단편문학 제8권』,[880] 정한출판사, 1월 30일

          단편집『레디메이드 인생』(삼중당문고 86),[881] 삼중당, 2월 1일

          수필집『한국대표수필문학전집 제3권』,[882] 을유문화사, 9월 15일

1976년   장편『탁류(상·하)』(삼중당문고 242, 243), 삼중당, 4월 5일

          작품집『한국문학대전집 5 채만식 편』,[883] 태극출판사, 6월 25일

1978년   수필집『다듬이 소리(범우에세이선72)』,[884] 범우사, 4월 30일

          작품집『한국현대문학전집 제8권』,[885] 삼성출판사, 7월 1일

---

871 「심봉사」(1936년 작품) 수록.

872 유고.

873 「레디메이드 인생」「치숙」「순공 있는 일요일」「논 이야기」 수록.

874 『탁류』「태평천하」「레디메이드 인생」「치숙」「순공 있는 일요일」「논 이야기」「쑥국새」「명일」「정자
나무 있는 삽화」「생명」등 수록.

875 표제작「소년은 자란다」외 7편 수록.

876 「세 길로」외 25편 수록.

877 「레디메이드 인생」외 20편 수록.

878 「소년은 자란다」수록.

879 「낙조」「냉동어」수록.

880 「세 길로」외 29편 수록.

881 「레디메이드 인생」외 8편 수록.

882 「벽도화에 어린 옛 기억」외 3편 수록.

883 『탁류』「여자의 일생」「과도기」「부촌」「레디 메이드 인생」 수록.

884 「어머니의 슬픈 기원」외 22편 수록.

885 『탁류』「레디메이드 인생」「소망」「제향날」「한제 수편」「다방찬」「어머니의 슬픈 기원」「극연좌에의
부탁」등 수록.

1982년	단편집『대표代表 한국단편문학전집 1』,[886] 신영출판사, 10월 15일
1985년	작품집『문예총서 4 한국대표명작 채만식』,[887] 지학사, 10월 20일
1986년	작품집『정통正統 한국문학대계 6—채만식 · 계용묵』,[888] 어문각, 12월 1일
1990년	작품집『동서한국문학전집 5—채만식』,[889] 동서문화사, 6월 30일
1995년	장편『한국소설문학대계 14—탁류』, 동아출판사, 1월 10일
	작품집『한국소설문학대계 15—태평천하』,[890] 동아출판사, 1월 10일

---

886 「세 길로」「레디메이드 인생」 수록.
887 단편「세 길로」외 9편, 산문「자작안내」외 3편 수록.
888 『태평천하』「팔려간 몸」「레디메이드 인생」「치숙」「소망」「병이 낫거든」「미스터 방」「민족의 죄인」등
　　수록.
889 『탁류』「민족의 죄인」「정자나무 있는 삽화」「레디메이드 인생」「명일」「치숙」『태평천하』등 수록.
890 『태평천하』「레디메이드 인생」「치숙」「냉동어」「맹순사」「논 이야기」「미스터 방」「처자 2」(해방 후 작
　　품), 「낙조」「민족의 죄인」등 수록.

한국문학의재발견-작고문인선집

채만식 선집

지은이 ┃ 채만식
엮은이 ┃ 정홍섭
기　획 ┃ 한국문화예술위원회
펴낸이 ┃ 양숙진

초판 1쇄 펴낸날 ┃ 2009년 4월 30일

펴낸곳 ┃ ㈜현대문학
등록번호 ┃ 제1-452호
주소 ┃ 137-905 서울시 서초구 잠원동 41-10
전화 ┃ 516-3770
팩스 ┃ 516-5433
홈페이지 www.hdmh.co.kr

값 12,000원

ISBN 978-89-7275-522-7 04810
ISBN 978-89-7275-513-5 (세트)